갈라파고스

Galápagos

# 갈라파고스

**커트 보니것** | **황윤영** 옮김

아마추어 박물학자
힐리스 L. 하위(1903~1982) 선생님을 기리며.


1938년 여름,
나와 내 단짝 벤 히츠, 그리고 다른 소년들을
인디애나주 인디애나폴리스에서
서부의 황야로 데려가 준 훌륭한 하위 선생님.


하위 선생님은 우리에게 진짜 인디언들을 소개해 주고
매일 밤 우리를 야외에서 재우고
우리가 싼 똥은 우리 손으로 파묻게 하고
우리에게 말 타는 법을 가르쳐 주고
여러 동식물의 이름을 알려 주며
그 동식물들이 어떻게 생존하고 번식하는지도 들려주었다.


어느 날 밤, 하위 선생님은 야영지 가까이에서
살쾡이처럼 울부짖어 우리를 혼비백산시켰다.
그러자 진짜 살쾡이도 울부짖어 답했다.

모든 것에도 불구하고, 나는 여전히 믿어.
사람들의 마음은 사실 선하다고.

−안네 프랑크(1929~1944)

# 차례

Galápagos

제1부
이야기의 전모는 이러하다

# 1

이야기의 전모는 이러하다.

지금으로부터 백만 년 전으로 거슬러 올라가는 서기 1986년, 과야킬은 남미의 작은 민주주의 국가인 에콰도르의 주요 항구 도시였다. 안데스산맥의 키토를 수도로 두고 있는 에콰도르는 지구의 가상의 허리띠인 적도를 따서 이름 붙인 나라*로, 과야킬은 적도에서 2도 남쪽에 위치했다. 그곳은 1년 내내 무척 더운 데다가 습하기까지 했는데, 그 도시가 적도무풍대에 그것도 안데스산맥에서 흘러내린 여러 강물이 뒤섞여 흐르는 질척질척한 습지에 건설되었기 때문이었다.

그 항구 도시에서 난바다까지는 수 킬로미터 떨어져 있었다. 뗏목처럼 뭉쳐서 떠다니는 수초 따위가 말뚝이나 닻줄을 에워싸 난바다로 나가는 걸쭉한 물길을 막기 일쑤였다.

그 당시 인류는 지금보다 훨씬 뇌가 컸기 때문에 불가사의한 일에 현혹되고는 했다. 1986년 당시의 커다란 불가사의 가운데 하나는 먼 거리

---

* 에콰도르는 스페인어로 '적도'라는 뜻이다. —이하 *표시 옮긴이 주.

를 헤엄칠 수 없는 수많은 생물들이 어떻게 갈라파고스 제도에 이르게 되었는가 하는 것이었다. 갈라파고스 제도는 과야킬 정서(正西)에 위치한 화산섬 군도였고, 본토와 그 군도 사이에는 남극에서 갓 흘러온 차디찬 물이 흐르는 깊디깊은 1천 킬로미터의 바다가 가로놓여 있었다. 인류가 갈라파고스 제도를 발견했을 때, 그곳에는 거대한 땅거북은 말할 것도 없고 이미 도마뱀붙이와 이구아나, 쌀쥐와 용암도마뱀, 거미와 개미, 딱정벌레와 메뚜기, 좀진드기와 참진드기가 살고 있었다.

그것들은 어떻게 갈라파고스 제도로 갔을까?

많은 사람들의 커다란 뇌를 만족시킬 수 있었던 대답은 이러했다.

'그것들은 자연 뗏목을 타고 갈라파고스 제도로 갔다.'

어떤 사람들은 이에 반박하여, 그런 자연 뗏목들은 금방 물에 잠기고 썩어서 산산조각 나기 때문에 그런 뗏목이 육지의 시계(視界)에서 사라지는 것을 본 사람은 아무도 없으며, 설령 그런 조야한 통나무 뗏목이 바다로 떠내려갔을지라도 갈라파고스 제도와 본토 사이에 흐르는 해류 때문에 서쪽보다는 북쪽으로 실려 갔을 것이라고 주장했다.

그러면서 그들은 그 모든 육지 생물들이 자연적으로 생긴 다리를 걸어서 건너갔거나 땅덩어리들을 징검돌 삼아 그 사이의 짧은 거리를 헤엄쳐서 건너갔고, 그 후로 그런 자연 다리나 땅덩어리들이 해저로 사라졌다고 단언했다. 하지만 1986년 무렵에는 커다란 뇌와 정교한 도구를 사용하는 과학자들이 만든 해저 지도가 이미 나와 있었다. 그 지도를 보면, 본토와 갈라파고스 제도 사이에는 어떤 종류의 광활한 땅덩어리의 흔적도 없었다.

큰 뇌로 기발한 사고를 하던 그때 그 시대의 어떤 사람들은 또 이렇게도 주장했다. 갈라파고스 제도가 한때는 본토의 일부였지만 어떤 엄청난 지각 변동으로 인해 본토에서 떨어져 나왔다고.

하지만 그 섬들은 어딘가에서 떨어져 나온 것처럼 보이지 않았다. 그 섬들은 분명 그 섬들이 있는 바로 그 자리에 화산이 분출해 생겨난 어린 화산 섬들이었다. 그 가운데 여럿은 갓 생겨난 화산섬이라서 언제라도 다시 폭발할 수 있었다. 1986년 당시 그 섬들에는 아직 산호도 별로 자라지 않았기 때문에, 많은 사람들이 미리 살짝 맛보는 이상적인 내세의 모습으로 여겼던 하얀 해변과 푸른 석호 같은 즐거움을 선사하는 곳들도 없었다.

그로부터 백만 년 뒤인 지금, 그 섬들에는 하얀 해변과 푸른 석호들이 펼쳐져 있다. 하지만 이 이야기가 시작될 무렵의 갈라파고스 제도는 아직 부서지기 쉽고 거친 용암으로 된 보기 흉한 혹 모양이나 반구 모양, 원뿔 모양의 화산섬일 뿐이었다. 그리고 갈라진 틈이나 구덩이, 사발처럼 우묵한 곳과 골짜기에는 비옥한 표토나 담수는 없고 굉장히 미세하고 건조한 화산재만 가득했다.

그 당시 제기됐던 또 다른 가설은 전지전능한 하느님이 그 모든 생물들을 탐험가들이 발견한 바로 그 자리에 창조해 놓았기 때문에 그 생물들은 이동할 필요가 없었다는 것이었다.

또 다른 가설로, 그 생물들은 한 쌍씩 그곳 해변에 내려진 것이라는 주장도 있었다. 바로 '노아의 방주'의 발판을 딛고 아래로.

만약 정말로 노아의 방주가 있었거나 혹시라도 있었을 가능성이 있다면, 나는 어쩌면 이 이야기의 제목을 '제2의 노아의 방주'라고 붙였을지도 모른다.

# 2

백만 년 전, 제임스 웨이트라는 이름을 지닌 서른다섯 살의 미국인 사내가 헤엄도 못 치면서 어떻게 남미 대륙에서 갈라파고스 제도로 건너갈 생각을 했는가 하는 것은 불가사의한 일이 아니었다. 그는 분명 나무나 수초 따위가 뭉쳐서 생긴 자연 뗏목에 앉아 있다 보면 그곳에 닿을 것이라는 기대 따위는 하지 않았다. 그는 자신이 묵고 있는 과야킬 시내의 호텔에서 새로운 여객선의 2주간의 유람선 여행을 위한 배표를 이제 막 구입해 놓은 상태였다. 스페인어로 '다윈만(灣)'이란 뜻의 '바이아데다윈호'라고 불리는 그 배는 처녀 출항을 앞두고 있었다. 에콰도르 국기를 게양한 그 배의 첫 번째 갈라파고스 항해는 '세기의 자연 유람선 여행'으로 지난해 동안 전 세계에 걸쳐 대대적으로 홍보되고 광고되었다.

웨이트는 혼자 여행하고 있었다. 그는 너무 이르게 머리가 벗겨지고 땅딸막한 데다 혈색은 싸구려 간이식당에서 파는 파이의 껍질처럼 나쁘고 안경도 쓰고 있었다. 그래서 자신에게 유리할 경우에는 오십 대라고 주장해도 그럴듯해 보였다. 그는 남들 눈에 해롭지 않고 수줍음 많은 사람처럼 보이고 싶어 했다.

아고스토 10번가 대로변에 자리 잡은 엘도라도 호텔의 칵테일 라운지에 현재 손님은 그 호텔에 방을 잡은 그뿐이었다. 그리고 자부심 강한 잉카 귀족의 후손인 스무 살의 헤수스 오르티스*라는 바텐더는 자신을 캐나다인이라고 주장한 이 생기 없고 친구도 없는 사내가 터무니없이 부당하거나 비극적인 어떤 일을 당해 기가 팍 꺾였다는 느낌을 받았다. 웨이트는 자기를 본 사람은 모두 그런 식으로 느끼기를 바랐다.

지금 내가 쓰고 있는 이 이야기에서 가장 선한 사람들 가운데 하나인 헤수스 오르티스는 이 외로운 관광객을 멸시하기보다는 동정했다. 웨이트의 바람대로, 오르티스는 웨이트가 지금 착용하고 있는 밀짚모자와 끈 샌들, 노란색 반바지와 파란색, 흰색, 자주색이 뒤섞인 면 셔츠를 사느라 호텔 부티크에서 돈을 많이 쓴 모양이라며 애석하게 여겼다. 웨이트가 신사복 차림으로 처음 이 호텔에 왔을 때는 굉장히 품위 있어 보였는데, 하고 오르티스는 생각했다. 하지만 지금은 큰 비용을 들여 어릿광대로 변신해, 열대 지방에 놀러온 우스꽝스런 북미 관광객 꼴을 하고 있었다.

웨이트의 알록달록한 새 셔츠에 가격표가 아직 그대로 달려 있어서 오르티스는 유창한 영어로 아주 정중하게 그에게 그 사실을 알려 줬다.

"그래요?" 웨이트가 말했다. 그는 가격표가 붙어 있는 것을 이미 알고 있었지만 가격표를 그대로 두길 원했다. 하지만 그는 짐짓 당혹스런 몸짓을 하며 금방이라도 가격표를 떼 낼 것 같은 시늉을 했다. 그러다가 문득 마치 벗어나려고 애쓰고 있던 어떤 슬픔에 휩싸인 나머지 가격표 따위는 까맣게 잊어버린 사람처럼 굴었다.


웨이트는 일종의 낚시꾼이었고 그 가격표는 그의 미끼로, 처음 만나는 사람들이 자신에게 말을 걸도록, 그러니까 어떻게든 오르티스처럼 "실례

---

* 스페인어로 '헤수스'는 '예수'란 뜻이 있다.

합니다만, 세뇨르*, 말씀드려야 할 것 같아서 그러는데……"라고 말하도록 유도하는 수단이었다.

웨이트는 위조한 캐나다 여권에 적힌 '윌러드 플레밍'이라는 이름으로 그호텔에 투숙했다. 그는 사기를 쳤다 하면 성공하는 고도의 협잡꾼이었다.

오르티스에게야 그가 전혀 위험하지 않았지만, 돈 좀 있어 보이는 혼자인 여자나 남편도 없고 출산도 마친 여자에게는 분명히 위험했을 것이다. 웨이트는 이제까지 그런 여자들을 열일곱 명이나 꾀어 결혼한 뒤, 그 여자들의 보석함과 대여 금고는 물론 통장까지 몽땅 다 털고는 잠적해 버렸다.

그런 짓을 아주 성공적으로 해치운 덕분에 그는 백만장자가 되어 북미 전역의 은행들에 이자부 예금 계좌를 여러 가명으로 개설했지만 단 한 번도 체포된 적이 없었다. 그가 아는 한은 아무도 그를 잡으려고 시도조차 하고 있지 않았다. 경찰 측에서는 그가 각기 다른 이름을 지닌 열일곱 명의 불성실한 남편들 가운데 하나일 뿐이지, 진짜 이름이 제임스 웨이트인 단독 상습범이라고는 생각지도 못하는 모양이라고 그는 추론했다.

사람들이 제임스 웨이트만큼 사기에 대단히 능할 수 있었다는 사실은 오늘날에는 믿기 어렵다. 그렇지만 상기해 보면, 과거 그 당시 성인인 사람들은 거의 모두 무게가 약 3킬로그램이나 나가는 뇌를 지니고 있지 않았는가! 그러니 그런 특대형의 생각 기계로 상상하고 실행할 수 있는 흉계는 그야말로 무궁무진했을 것이다.

그래서 나는 주위에 답할 사람이 없기는 하지만 다음과 같은 질문을 제기하는 바이다.

"3킬로그램짜리 뇌가 인류의 진화 과정에서 한때는 거의 치명적인 결함이 아니었을까?"

---

* '세뇨르(Señor)'는 남자를 부를 때 쓰는 스페인어 호칭으로 영어의 'Mr.'에 해당한다.

그리고 두 번째 질문도 제기하는 바이다.

"과거 그 당시, 지나치게 정교한 우리의 신경 회로를 제외한다면, 우리가 어디에서나 보고 들었던 그런 악행들이 비롯된 근원은 과연 무엇이었을까?"

나의 대답은 이러하다.

"다른 근원은 없었다. 그 엄청나게 커다란 뇌만 뺀다면, 이곳은 아주 무해한 행성이었다."

# 3

엘도라도 호텔은 관광객을 위한 5층짜리 신축 숙박시설로, 아무런 장식 없는 시멘트 블록으로 지어져 있었다. 높으면서도 넓고 얄팍한 건물의 모양새는 앞면이 유리로 된 초대형 책장 같은 분위기를 자아냈다. 모든 객실의 한쪽 벽은 바닥에서 천장까지 통유리로 서쪽을 향해 나 있어서 3킬로미터 떨어진 삼각주에 준설된 대형 선박용 부두가 내다보였다.

과거에 그 부두는 교역으로 활기를 띠어 전 세계에서 온 선박들이 고기나 곡물, 채소, 과일, 차량, 의복, 기계, 가전제품 따위를 싣고 와서, 에콰도르에서 나는 커피나 코코아, 설탕, 석유, 금, 그리고 원산지는 언제나 파나마가 아니라 에콰도르였지만 '파나마' 모자로 불리는 모자를 비롯한 인디오의 공예품과 공정하게 맞바꾸어 싣고 갔다.

하지만 제임스 웨이트가 호텔 칵테일 라운지의 바에 앉아 럼에 코카콜라를 탄 칵테일을 천천히 마시고 있는 지금 그 부두에는 단 두 척의 배만이 있었다. 그는 머리를 굴려 사기를 쳐서 살아가는 처지라서 그의 두개골 속에 든 대형 컴퓨터의 정교한 스위치들이 알코올로 인해 합선을 일으키면 안 되기 때문에 사실 평소에는 술을 입에도 대지 않았다. 그에게 있어 술은 그의 우스꽝스런 셔츠에 달린 가격표처럼 일종의 연극 소품일 뿐이었다.

그는 그 부두의 상황이 통상적인 것인지 아닌지 헤아려 볼 처지가 아니었다. 이틀 전까지만 해도 그는 과야킬이란 도시에 대해 들어 본 적도 없었고, 적도 아래로 내려와 본 것도 이번이 난생처음이었다. 그에게 있어 엘도라도 호텔은 캐나다 서스캐처원의 무스조, 멕시코의 산이그나시오, 뉴욕의 워터블릿 같은 곳에서 그가 지금까지 은신처로 삼았던 개성 없는 호텔들과 다를 바가 없었다.

그는 뉴욕 케네디 국제공항의 비행기 도착/출발 안내판에서 지금 그가 와 있는 이 도시의 이름을 골랐다. 그때 그는 열일곱 번째 아내—일리노이주 시카고 바로 외곽에 위치한 스코키의 일흔 살 과부—를 빈털터리로 만든 뒤 버리고 도망치는 길이었다. 과야킬이라는 이름을 보자 그는 그곳이야말로 그녀가 절대 자신을 찾으러 올 생각조차 못 할 곳이라는 느낌이 들었다.

그 여자는 어찌나 못생기고 우둔하던지 아마도 태어나지 않았더라면 더 좋았을 것이다. 그럼에도 불구하고 웨이트와의 결혼은 그녀의 두 번째 결혼이었다.

그리고 호텔 로비에 안내 데스크를 둔 여행사 직원에게서 '세기의 자연 유람선 여행'을 위한 표를 샀으니 그는 엘도라도 호텔에 그리 오래 머물지 않을 것이었다. 늦은 오후인 지금, 바깥은 지옥문의 돌쩌귀보다 더 뜨거웠다. 바깥에는 산들바람 한 점 불지 않았지만 그는 냉방이 되는 호텔 안에 있는 데다 여하튼 그곳을 곧 떠날 것이므로 개의치 않았다. 그가 탈 배인 바이아데다윈호는 바로 다음 날 출항할 예정이었다. 그러니까 지금으로부터 백만 년 전인 1986년 11월 28일 금요일 정오에.

웨이트가 타고 갈 배가 이름을 따온 만*은 갈라파고스 제도의 헤노베사섬에서 남쪽으로 부채꼴로 펼쳐져 있었다. 웨이트는 그때까지 갈라파고스 제도에 대해 들어 본 적이 단 한 번도 없었다. 그는 갈라파고스 제도가 자신이 옛날에 신혼여행을 갔던 하와이나 언젠가 몸을 숨겼던 괌처럼, 드넓은 백사장과 푸른 석호, 그리고 바람에 흔들리는 야자수와 밤색 피부의 원주민 아가씨들이 있는 그런 섬일 것이라고 예상했다.

웨이트는 여행사 직원에게서 유람선 여행 안내 책자를 받았지만 아직 펼쳐 보지 않았다. 그 안내 책자는 그의 앞에 있는 바에 반듯이 놓여 있었다. 그 안내 책자에는 갈라파고스 제도에 있는 대부분의 섬들이 얼마나 험악한지에 대한 솔직한 설명과 함께 예비 승객들에게 전하는 주의 사항이 적혀 있었는데, 그것은 호텔 로비에 있던 그 여행사 직원이 웨이트에게 말해 주지 않았던 내용이었다. 수륙양용작전을 펼치는 보병대원들처럼 해안에서 물을 헤치고 걷고 암벽을 기어올라 가야 할 때가 많을 테니까 예비 승객들은 몸을 건강한 상태로 유지하고 튼튼한 신발과 두툼한 옷을 챙기라는 내용이었다.

'다윈만'은 영국의 위대한 과학자 찰스 다윈을 기리기 위해 그의 이름을 붙인 만으로, 그는 1835년에 5주 동안 헤노베사섬과 그 주변의 섬 몇 군데를 방문한 적이 있었다. 그때 다윈은 지금의 웨이트보다 아홉 살 어린 스물여섯 살의 풋내기 청년에 불과했다. 그 당시 다윈은 지도 제작을 위해 5년간 전 세계를 일주하는 원정길에 나선 영국 군함 비글호에 무보수 박물학자로 승선해 있었다.

행락객보다는 자연애호가의 기호에 맞게 제작된 그 유람선 여행 안내 책자에는 갈라파고스의 전형적인 섬에 대해 다윈이 직접 묘사한 글이 그

---

* '바이아데다윈(Bahia de Darwin)'은 스페인어로 '다윈만'이란 뜻이다.

대로 실려 있는데, 그것은 다윈의 첫 번째 저서인 『비글호 항해기』에서 인용한 것이었다.

"그 어떤 곳도 이보다 첫인상이 안 좋을 수는 없을 것이다. 거칠게 몰아치는 억센 파도 속에 내동댕이쳐진 가운데 군데군데 크게 갈라진 틈들이 나 있는, 시커먼 현무암질 용암으로 된 울퉁불퉁한 대지는 성장을 멈춘 듯한 모양새의 햇볕에 탄 관목 덤불로 온통 뒤덮여 있어서 생명의 징후는 거의 보이지 않았다. 바짝 말라 버린 건조한 지면이 한낮의 햇볕에 달궈져서 난로처럼 무덥고 후텁지근한 열기를 뿜어내는 듯했다. 그러자 그 덤불에서 고약한 냄새가 나는 것 같다는 생각마저 들었다."

다윈은 글을 계속 써 내려갔다.

"전체 지면은…… 지하의 증기가 위로 스며 나왔던 것처럼 체와 같은 모양새를 하고 있었다. 여기저기에서 아직 무른 상태인 용암이 커다란 거품 모양으로 부풀어 올라 있었다. 또 다른 곳에는 이와 유사하게 형성된 동굴들의 천장이 내려앉아 원형의 가파른 벽면만 남아 있었다." 다윈이 기록하기를, 그 모습에 그는 "스태퍼드셔의 대형 주철 공장들이 즐비한 곳들"이 생생하게 떠올랐다고 한다.

다윈의 초상화 한 점이 엘도라도 호텔의 칵테일 라운지 바 뒤쪽에 선반과 술병에 둘러싸인 채 걸려 있었다. 강판에 조각한 초상화를 확대한 복제품이었는데, 다윈이 갈라파고스 제도를 탐사하던 시절의 젊은 모습이 아니라 영국으로 돌아온 시절의 크리스마스 화환만큼 무성한 턱수염을 한 풍채가 좋은 가장의 모습이었다. 웨이트가 호텔 부티크에서 산 티셔츠 두 벌에도 가슴 부분에 그것과 똑같은 초상화가 찍혀 있었다. 바로 그 초상화 속의 모습을 하고 있었던 무렵, 다윈은 마침내 친지들에게 설득당해 그 자신과 친지들, 그리고 영국 여왕까지 포함한 모든 생명체가 어떻게 19세기 그 당시의 모습을 하고 있게 되었는지에 대한 자신의 견해를 종이에 기록하기로 했다. 그리하여 그는 대단히 큰 뇌를 지녔던 그 시대를 통틀어 가장 광범위한 영향을 끼치게 된 과학 서적을 집필하게 되었다. 그 책은 성공인지 실패인지를 식별하는 법에 대한 사람들의 변덕스런 의견을 안정시키는 데 그 어떤 책보다 더 많은 기여를 했다. 과연 어떤 책이었을까 상상해 보라! 다음과 같은 그의 책 제목에는 냉혹한 그 책의 내용이 요약되어 있기까지 했다.

『자연 선택에 의한 종의 기원, 즉 생존 경쟁에서 유리한 품종의 보존에 대하여』*

웨이트는 그 책을 읽은 적도 없었고 다윈이라는 이름도 그에게는 아무런 의미도 없었지만, 가끔 교양 있는 사람 행세가 통하는 데 도움이 되었다. 그는 이번 '세기의 자연 유람선 여행' 동안에는 최근에 아내를 암으로 여의고 캐나다 서스캐처원의 무스조에서 온 기계 기사인 척할까 생각 중이었다.

사실, 그의 정규교육은 그가 태어난 곳인 오하이오주 미들랜드시티의 실업계 고등학교에서 자동차 수리와 정비를 2년간 배운 뒤 중단되었다. 그 당시 다섯 번째 위탁 가정에서 살고 있던 그는 본디 고아였는데, 어떤 아버지와 딸이 근친상간으로 그를 낳자마자 버리고 영원히 함께 마을에서 도망쳐 버렸기 때문이었다.

달아날 수 있을 만한 나이가 되자, 그는 지나가는 차를 얻어 타고 뉴욕의 맨해튼섬으로 갔다. 그곳에서 어떤 포주가 그를 거둬들여, 동성애자를 상대하는 남창으로 성공하는 법이라든가, 옷에 가격표를 남겨 두는 법, 가능할 때마다 애인을 즐겁게 해 주는 법 따위를 가르쳤다. 웨이트는 한때 굉장한 미남이었다.

---

* 1859년 출간된 다윈의 『종의 기원』의 원제.

미모가 시들기 시작하자, 그는 댄스 교습소의 사교춤 강사가 되었다. 타고난 춤꾼이었던 그는 과거 미들랜드시티에 살던 시절에 그의 부모도 아주 뛰어난 춤꾼들이었다는 이야기를 들은 적이 있었다. 그의 리듬감은 아마도 부모에게서 물려받았을 것이다. 그리고 그가 이제까지 꾀어서 결혼했던 열일곱 아내 가운데 첫 번째 아내를 만난 곳이 바로 그 댄스 교습소였다.

어린 시절 내내, 웨이트는 아무것도 아닌 온갖 일로 수양부모들에게 호된 벌을 받았다. 그가 근친상간으로 태어났으니 도덕성이라고는 전혀 없는 괴물이 될 게 뻔하다고 수양부모들이 예상했기 때문이었다.

그리하여 그 괴물이 지금 여기 엘도라도 호텔에 와 있었다. 자기 생각에는 행복하고 부유하며 건강한 상태로 자신의 생존 기술의 다음 시험을 열망하며.

말이 나온 김에 덧붙이자면, 나도 제임스 웨이트처럼 한때는 십 대 가출 청소년이었다.

# 4

앵글로색슨족의 후예로 말수가 적고 신사적이었던 찰스 다윈은 객관적이고 중립적이며 관찰력이 아주 날카로운 저술들을 선보였다. 그런 그는 여러 언어를 사용하는 열정적인 사람들로 북적거리는 과야킬에서 영웅이었는데, 바로 그 덕분에 그곳이 관광객들로 대성황을 이루게 되었기 때문이었다. 다윈이 없었더라면 제임스 웨이트가 머물고 있는 엘도라도 호텔도, 그가 타려고 하는 바이아데다윈호도 없었을 것이다. 또한 그가 그토록 우스꽝스런 옷을 입게 만든 부티크도 없었을 것이다.

만약 찰스 다윈이 갈라파고스 제도가 놀라울 만큼 유익한 곳이라고 선언하지 않았더라면, 과야킬은 그저 덥고 지저분한 항구 도시에 불과했을 것이고, 갈라파고스 제도가 에콰도르에서 지니는 가치는 스태퍼드셔의 광석 찌꺼기 더미보다 나을 바가 없었을 것이다.

다윈은 갈라파고스 제도를 바꿔 놓은 것이 아니라 갈라파고스 제도에 대한 사람들의 견해를 바꿔 놓았다. 이는 굉장히 큰 뇌를 지녔던 그 시대에 단순한 견해가 얼마나 중요했는지를 보여 준다.

사실, 단순한 견해는 확실한 증거만큼이나 사람들의 행동을 쉽게 지배했다. 그리고 확실한 증거는 절대로 뒤집힐 수 없었지만 단순한 견해는 갑자기 뒤집히기도 쉬웠다. 그러므로 갈라파고스 제도는 한순간에는 지옥 같은 곳이었다가 다음 순간에는 천국 같은 곳이 될 수 있었고, 율리우스 카이사르는 한순간에는 위대한 정치가였다가 다음 순간에는 잔인한 학살자, 에콰도르 지폐는 한순간에는 의식주를 교환하는 수단이었다가 다음 순간에는 새장 바닥의 깔개가, 우주는 한순간에는 전능한 신의 창조물이었다가 다음 순간에는 대폭발의 산물이 될 수도 있었다. 그리고 이런 예는 무궁무진했다.

오늘날은 지적 능력이 줄어든 덕분에 사람들은 더 이상 도깨비 같은 견해에 홀려 주된 일상에서 벗어나 딴 데 한눈팔지 않는다.


백인들이 갈라파고스 제도를 발견한 것은 1535년으로, 스페인 선박 한 척이 폭풍 때문에 항로를 이탈해 그곳에 우연히 닿게 되면서였다. 그곳에는 아무도 살고 있지 않았으며 인간이 거주했던 흔적도 전혀 보이지 않았다.

이 불운한 배는 그저 남미 해안이 보이는 가시거리에서 계속 항해해 내려가 파나마의 주교(主敎)를 페루에 데려다주고자 했을 뿐이었다. 그런데 폭풍이 불어와 그 배를 서쪽으로, 계속 서쪽으로 거칠게 떠밀었고, 그 당시 사람들 사이에 널리 퍼져 있는 견해에 따르면 그쪽에는 오직 바다만이, 끝없는 망망대해만이 펼쳐져 있어야 했다.

하지만 폭풍이 그치자 그 배의 스페인 사람들은 자신들이 주교를 안전한 정박지도, 그늘도, 담수도, 나무에 매달린 열매도, 어떤 종류의 인간도 없는 땅뙈기들뿐인, 뱃사람에게도 악몽 같은 곳으로 데려왔음을 알게 되었다. 식수와 식량이 다 떨어져 가고 있었지만 바람이 불지 않아 배를 움직일 수가 없었다. 그곳의 바다는 거울 같았다. 그들은 대형 구명정을 내려 그들의 종교 지도자가 타고 있는 본선을 예인해 그곳에서 벗어났다.

그들이 지옥을 스페인령이라고 주장할 리 없듯 그들은 그 섬들을 스페인령이라고 주장하지 않았다. 그리고 사람들의 견해가 바뀌어 그 군도가 지도에 표시된 후로도 꼬박 3세기 동안은 어떤 다른 나라도 그곳을 소유하고자 하지 않았다. 그러다가 1832년에 지구상에서 가장 작고 가난한 나라 가운데 하나였던 에콰도르가 세상 사람들에게 '갈라파고스 제도는 에콰도르의 영토'라는 견해를 받아들여 달라고 요청했다.

이에 반대하는 사람은 아무도 없었다. 그 당시 그것은 아무런 해도 없고 우스꽝스럽기까지 한 견해로 보였다. 그건 마치 에콰도르가 제국주의의 광기에 충동적으로 사로잡힌 나머지, 지나가는 아무짝에 쓸모없는 불가사리 떼를 그 나라의 소유라고 선언한 것과 같았다.

하지만 그로부터 불과 3년 뒤, 청년 찰스 다윈이 나타나 자신이 봤던 것처럼 갈라파고스 제도를 보기만 한다면, 즉 과학적인 관점에서 본다면, 그 제도에서 생존해 나가는 방법을 찾아낸 대개 기이한 그곳의 동식물들로 인해 그 제도는 굉장히 소중한 곳이라고 다른 사람들을 설득하기 시작했다.

그가 갈라파고스 제도를 전혀 가치 없는 곳에서 값을 매길 수 없을 정도로 가치 있는 곳으로 바꿔 놓은 것을 적절히 묘사할 수 있는 표현은 오직 하나, 바로 '마법 같은 일'이라는 표현뿐이다.

그랬다. 그리고 제임스 웨이트가 과야킬에 왔을 즈음에는 자연사에 관심 있는 많은 사람들이 다윈이 봤던 것을 보고 다윈이 느꼈던 것을 느끼기 위해 갈라파고스 제도로 가는 길에 과야킬에 들르고는 했던 터라, 세 척이나 되는 유람선이 과야킬을 모항으로 삼고 있었으며 그중 가장 최신 유람선이 바로 바이아데다윈호였다. 현대식 관광호텔도 몇 개 있었는데 그중 가장 최신 호텔이 엘도라도 호텔이었고, 아고스토 10번가 길거리의 위아래 모든 곳에 관광객을 위한 기념품 가게와 부티크, 식당들이 들어서 있었다.

그렇지만 실상은 이러했다. 제임스 웨이트가 그곳에 도착했을 때는 세계적인 금융 위기가 닥쳐서 화폐나 주식, 채권, 저당권 등 종잇조각으로 발행된 자산의 가치에 대한 인간의 견해가 갑작스레 바뀌는 바람에 에콰도르뿐만이 아니라 거의 모든 곳에서 관광업이 망해 버린 상태였다. 그리하여 과야킬에서 아직 문을 열고 있는 호텔은 엘도라도 호텔이 유일했고, 여전히 항해할 준비를 갖춘 유람선은 바이아데다윈호 하나뿐이었다.

엘도라도 호텔이 계속 문을 열고 있기는 했지만 '세기의 자연 유람선 여행'의 표를 지닌 사람들이 모이는 장소로만 사용되고 있었는데, 바이아데다윈호를 소유한 에콰도르 회사가 그 호텔도 소유하고 있었기 때문이었다. 하지만 그 유람선 여행이 시작되기까지 스물네 시간도 남지 않은 지금, 이백 개의 침상을 갖춘 그 호텔에 손님이라고는 제임스 웨이트를 포함해 여섯 명이 전부였다. 나머지 다섯 손님은 다음과 같았다.

★젠지 히로구치: 29세, 일본인 컴퓨터 천재.

히사코 히로구치: 26세, 젠지 히로구치의 만삭의 아내, 일본식 꽃꽂이인 이케바나 강사.

★앤드루 매킨토시: 55세, 막대한 유산을 물려받은 미국인 금융업자이자 투기꾼, 홀아비.

셀레나 매킨토시: 18세, 앤드루 매킨토시의 딸, 선천적 맹인.

메리 헵번: 51세, 뉴욕주 일리움* 출신의 미국인 과부. 전날 밤 혼자 도착한 뒤로 5층에 있는 자기 방에만 틀어박혀 식사도 전부 그곳에서 했기 때문에 그 호텔에서 그녀를 본 사람은 거의 없었다.

---

* 커트 보니것의 여러 소설에서 등장하는 가상의 지명으로, 고대 도시 트로이의 라틴어 이름에서 따왔다.

이름 앞에 별표가 달린 두 사람은 해가 지기 전에 죽게 되는 사람들이다. 말이 나온 김에 덧붙이자면, 이런 식으로 어떤 이름 앞에는 이야기 내내 계속 별표가 달릴 것인데, 이는 독자들에게 일부 등장인물들이 체력과 지력에 대한 다윈설의 궁극적인 시험에 곧 직면하게 될 것이라는 사실을 알리기 위함이다.

나도 그곳에 있었지만 사람들 눈에는 전혀 보이지 않았다.

# 5

바이아데다윈호 또한 운이 다해 가고 있었지만 그 이름 앞에 별표를 달기에는 아직 이르다. 그 배의 엔진이 영원히 멈추기까지는 아직 다섯 번의 일몰이, 선체가 완전히 해저로 가라앉기까지는 아직 10년이 더 남아 있었다. 바이아데다윈호는 과야킬을 모항으로 삼은 가장 새롭고 크고 빠르고 호화로운 유람선일 뿐만 아니라, 갈라파고스 관광업계를 위해 특별히 설계된 유일한 유람선이었다. 배의 용골*이 놓이는 순간부터 그 배의 운명은 끊임없이 물길을 헤치고 나아가 갈라파고스 제도로 갔다가 다시 돌아오고, 또다시 갔다가 또 돌아오기를 반복하는 것으로 정해져 있었다.

바이아데다윈호는 스웨덴 말뫼**에서 건조되었는데, 나도 그곳에서 그 배를 만드는 작업에 참여했다. 말뫼에서 과야킬로 그 배를 몰고 오는 도중에 북대서양에서 폭풍을 만났던 스웨덴과 에콰도르의 기간 선원들 말로는, 앞으로 그 배가 그런 거친 바다와 추운 날씨를 만날 일은 없을 것이라고 했다.

---

\* 선박 바닥의 중심선을 따라 설치된 길고 큰 재목으로, 선체를 받치는 기능을 한다.
\*\* 스웨덴 남부의 항구 도시.

바이아데다윈호는 백 명의 승객을 싣고 바다 위를 떠다니는 식당이자 강당이며 나이트클럽이자 호텔이었다. 그 배에는 전파 탐지기와 수중 음파 탐지기, 그리고 지구상에서 그 배의 위치를 백 미터 단위로 계속해서 알려 주는 전자 항법 장치가 갖추어져 있었다. 완전히 자동화된 배였기 때문에 기관실이나 갑판에 아무도 없어도 선교*에 있는 사람이 혼자서 시동을 걸고 닻을 올리고 기어를 넣어 자동차처럼 몰 수 있었다. 그 배에는 수세식 화장실이 여든다섯 칸, 비데가 열 개 있었고, 특등실과 선교에는 전화도 있어서 위성을 통해 전 세계 어디로든 통화가 가능했다.

그 배에는 텔레비전도 있어서 사람들은 그날그날의 뉴스를 알 수 있었다.

배의 주인인 키토에 사는 늙은 독일인 형제는 자신들의 배가 한순간도 나머지 세계와 연락이 닿지 않는 일은 결코 없을 것이라고 자랑했다. 그들은 조금도 알지 못했던 것이다.


그 배의 길이는 70미터였다.

찰스 다윈이 무보수 박물학자로 승선했던 비글호는 길이가 겨우 28미터밖에 되지 않았다.

바이아데다윈호가 말뫼에서 처음 띄워졌을 때는 1,100톤의 바닷물이 다른 갈 곳을 찾아야 했다. 그때쯤 나는 죽은 사람이었다.

비글호가 영국 팰머스**에서 처음 띄워졌을 때는 215톤의 바닷물만 다른 갈 곳을 찾으면 됐다.

바이아데다윈호는 금속제 동력선이었다.

비글호는 목제 범선이었고, 해적과 야만인을 격퇴하기 위해 대포 10문을 싣고 있었다.

---

* 선장이 항해나 통신 따위를 지휘하는 곳으로 상갑판 앞쪽에 높게 자리한다.
** 영국 잉글랜드 남서부의 항구 도시.

바이아데다원호와 경쟁하기로 되어 있던 더 오래된 유람선 두 척은 싸움이 시작되기도 전에 퇴역했다. 두 척 다 앞으로 여러 달 동안 예약이 꽉 차 있었지만, 그때 금융 위기가 닥치는 바람에 예약 취소가 빗발쳤던 것이다. 그 두 척은 이제 도로나 주거지역에서 멀리 떨어져 과야킬 시내에서는 보이지 않는 습지의 후미진 곳에 정박해 있었다. 두 배의 선주들은 무법천지가 장기간 계속될 것이라 내다보고 자신들의 배에서 전자 기기와 다른 값비싼 장비들을 다 뜯어냈다.

에콰도르도 결국은 갈라파고스 제도처럼 대부분의 땅이 용암과 화산재로 이루어져 있었기 때문에 9백만 국민을 먹여 살릴 엄두도 내지 못했다. 파산 상태인 에콰도르는 비옥한 표층토가 많은 다른 나라에서 더 이상 식량을 사 올 수 없었으므로, 과야킬의 항구는 사용되지 않고 있었고 그곳 사람들은 굶어 죽기 시작하고 있었다.

그래도 일은 일이니까 사업은 계속되고 있었다.

이웃나라인 페루와 콜롬비아도 파산 상태였다. 바이아데다원호 외에 과야킬의 부둣가에 있는 배라고는 녹슨 콜롬비아 화물선인 산마테오호 한 척뿐으로, 그 배는 식량이나 연료를 살 돈이 없어서 그곳에서 오도 가도 못하는 신세가 되어 있었다. 앞바다에 정박한 그 배는 그곳에 얼마나 오래 정박해 있었던지 닻줄 주위로 나뭇가지와 수초가 뭉쳐 거대한 뗏목을 이루고 있었다. 그런 크기의 뗏목이라면 새끼 코끼리 한 마리 정도는 갈라파고스 제도로 실어 나를 수도 있을 것 같았다.

멕시코, 칠레, 브라질, 아르헨티나 또한 파산 상태였고, 인도네시아, 필리핀, 파키스탄, 인도, 태국, 이탈리아, 아일랜드, 벨기에, 터키도 마찬가지였다. 모든 나라가 갑자기 산마테오호와 같은 신세가 되어, 그 나라의 지폐나 동전 또는 나중에 지불하겠다는 약정서로는 가장 기본적인 생필품조차도 살 수 없었다. 뭐든 팔 수 있는 생필품을 가지고 있는 사람들은 외국인뿐만 아니라 내국인도 자신들의 물건을 돈과 교환하려고 하지 않았다. 그들은 오직 종이에 표시된 재산만을 가진 사람들에게 이제 이렇게 말하고 있었다.

"정신 차려, 이 멍청이들아! 대체 그딴 종이 쪼가리가 뭐라고 그렇게 소중히 여겼던 거야?"

지구상에는 이제껏 그래 왔던 것처럼 전 인류가 소모할 수 있을 만큼의 식량과 연료가 아직도 많이 남아 있었지만, 또 한편에서는 무수히 많은 사람들이 굶어 죽어 가고 있었다. 그 가운데 가장 건강한 사람도 음식 없이는 고작 40여 일 정도만 견딜 수 있을 뿐, 그 후에는 죽음이 닥칠 것이었다.

그리고 이 기근은 베토벤 교향곡 9번과 마찬가지로 순전히 지나치게 큰 뇌가 빚어낸 산물이었다.

그것은 완전히 사람들의 머릿속에서 비롯되었다. 사람들은 그저 종이로 된 재산에 대한 견해를 바꿨을 뿐이었지만, 실질적으로는 지구가 룩셈부르크만한 유성에 부딪혀 궤도에서 나가떨어진 것이나 다름없었다.

# 6

오늘날에는 절대 일어날 수 없는 그때 그 금융 위기는 전적으로 인간의 뇌에서 비롯된 20세기의 잇단 흉악한 재앙 가운데 그저 최후의 것일 뿐이었다. 다른 행성에서 온 방문객이 지구의 사람들이 자기 자신과 서로에게 그리고 살아 있는 다른 모든 것들에게 폭력을 가하고 있는 모습을 본다면, 지구의 환경이 엉망이 되어 버렸다고, 자연이 그들 모두를 막 말살하려고 하는 참이기 때문에 사람들이 그토록 광분된 상태에 빠진 것이라고 추측했을지도 모른다.

하지만 백만 년 전의 지구도 오늘날만큼이나 수분과 양분이 풍부했다. 그리고 그 점에 있어서만큼은 지구는 전체 은하계에서 다시없는 곳이었다. 바뀐 것이라고는 오직 이곳에 대한 사람들의 견해뿐이었다.

그럼에도 예전 인류에게도 칭찬할 거리가 있었다. 그것은 바로 자신들의 뇌가 무책임하고, 신뢰할 수 없으며, 소름끼칠 만큼 위험하고, 완전히 비현실적이라고, 즉 간단히 말해 전혀 쓸모없다고 말하는 사람이 점점 많아지고 있었다는 점이다.

예를 들면, 엘도라도 호텔이라는 소우주에서는 모든 식사를 방에서 하는 과부 메리 헵번이 '자살하라'는 충고를 하고 있는 자신의 뇌에게 낮은 목소리로 저주를 퍼붓고 있었다.

"넌 내 적이야." 그녀는 혼자 속삭였다. "왜 난 이토록 끔찍한 적을 내 안에 달고 다니고 싶어 했던 걸까?" 그녀는 지금은 없어진 뉴욕주 일리움의 공립 고등학교에서 25년 동안 생물 교사로 일했었기 때문에, 그 당시 이미 멸종된 동물로 인간들이 '큰뿔사슴'*이라고 명명한 동물의 진화에 얽힌 아주 기묘한 이야기를 잘 알고 있었다. "너 같은 뇌와 큰뿔사슴의 뿔 중에서 선택하라고 한다면," 그녀는 자신의 중추신경계에게 말했다. "난 큰뿔사슴의 뿔을 선택할 거야."

그 동물은 무도회장의 샹들리에만 한 뿔을 갖고 있었다. 그녀는 그 동물이 진화 과정에서 일어난 터무니없는 실수들에 자연이 얼마나 관대할 수 있는지에 대한 흥미진진한 예라고 학생들에게 말하고는 했었다. 큰뿔 사슴에게 달린 뿔은 싸움이나 자기방어용으로 쓰기에도 거추장스럽고, 울창한 숲이나 빽빽한 덤불에서 먹이를 찾는 데도 방해가 됐지만 큰뿔사슴은 250만 년 동안이나 생존했기 때문이었다.

메리는 또한 인간의 뇌는 이제까지 진화 과정에서 생겨난 가장 감탄할 만한 생존 장치라고 가르쳤다. 그런데 지금 자신의 커다란 뇌가 벽장에 있는 빨간 이브닝드레스를 싸고 있는 폴리에틸렌으로 된 옷 커버를 벗겨 내 머리에 덮어씌워서 그녀의 세포들에게서 산소를 뺏으라고 재촉하고 있었다.

그보다 앞서, 그녀의 훌륭하기 짝이 없는 뇌는 화장품과 옷가지가 다

---

* 신생대 제4기인 홍적세에 살았다가 멸종된 사슴과의 포유류. 폭이 3~4미터, 무게는 40킬로그램에 달하는 넓적하고 큰 뿔을 지니고 있었다.

들어 있던 여행 가방을 공항에서 도둑에게 맡겨 버렸다. 그것은 키토에서 과야킬로 오는 비행기 안에서 소지했던 휴대용 가방이었다. 그래도 그녀에게는 수화물로 부쳤던 다른 여행 가방의 짐이 아직 남아 있었고, 그 가운데는 바이아데다윈호에서 열릴 파티에서 입으려고 가져와 지금 벽장 안에 걸어 둔 이브닝드레스도 있었다. 또한 잠수복과 오리발, 잠수용 마스크, 수영복 두 벌, 튼튼한 등산화 한 켤레, 그리고 해안 탐방 시에 입으려고 챙겨 온 잉여 군수품인 미 해병대 전투복 한 벌도 있었다. 지금 그녀는 그 전투복을 입고 있었다. 키토에서 비행기를 타고 올 때 입었던 바지 정장은 어떻게 됐냐면, 그녀의 큰 뇌가 그 바지 정장을 호텔 세탁실에 보내게 했고, 슬픈 눈을 한 호텔 지배인이 아침 식사 시간에 맞춰 반드시 옷을 돌려받을 수 있을 것이라고 말했을 때 그 말을 믿게 만들었다. 그렇지만 지배인이 무척 당황스럽게도 그 옷 또한 사라져 버렸다.

하지만 자살을 권하고 있는 것 외에 그녀의 뇌가 그녀에게 한 가장 나쁜 짓은 세계적인 금융 위기에 대한 온갖 뉴스가 쏟아지는데도, 또 불과 한 달 전만 해도 예약이 꽉 차 있던 '세기의 자연 유람선 여행'이 승객이 부족해 취소될 것이 거의 확실시되는데도, 그녀에게 과야킬에 가라고 강요한 것이었다.

그녀의 거대한 생각하는 기계는 무척 좀스러워질 때도 있었다. 그 생각하는 기계는 그녀가 전투복 차림으로 아래로 내려가면 모두가, 호텔에 사람은 거의 없었지만 아무튼 모두가, 그녀를 우스꽝스럽게 여길 것이라는 이유로 내려가지 못하게 했다. 그녀의 뇌는 그녀에게 이렇게 말했다.

"그들은 네 등 뒤에서 너를 비웃고 미쳐 버린 불쌍한 여자 취급하면서 네 인생은 끝났다고 생각할 거야. 넌 남편도 교직도 잃었고, 애들도 살아야 할 다른 어떤 이유도 없잖아. 그러니 그냥 그 옷 커버로 너의 고통스런 삶에서 스스로 벗어나 버리는 거야. 그보다 더 쉬운 일이 어디 있어? 그보다 더 고통 없는 일이 어디 있어? 그보다 더 이치에 맞는 일이 어디 있냐고?"

그녀의 뇌에 대해 공정하게 평가하자면, 1986년이 그 정도로 끔찍한 해였던 것은 그녀의 뇌 탓만은 아니었다. 그해도 시작은 아주 순조로웠다. 메리의 남편 로이는 더할 나위 없이 건강해 보였고, 일리움의 주요 산업체인 게프코사에서 기술공으로 일자리도 갖고 있었다. 그리고 메리의 경우에는 봉사 단체인 키와니스 클럽에서 연회를 열어 그녀가 25년 동안 훌륭히 교직 생활을 수행한 것을 축하하는 기념패를 주었고, 학생들은 그녀를 12년 연속으로 최고 인기 교사로 선정했다. 1986년 연초에 그녀는 남편에게 말했다. "오, 여보, 우리는 감사해야 할 게 너무나 많아요. 우리는 대부분의 사람들에 비하면 정말 운이 좋아요. 난 행복해서 눈물이 날 것만 같아요."

그러자 그는 그녀를 안으며 말했다. "그래, 그럼 그냥 울어." 그녀는 쉰한 살, 그는 쉰아홉 살이었지만, 그들 부부는 하이킹, 스키, 등산, 카누, 달리기, 자전거, 수영 같은 야외 활동을 굉장히 좋아해서 둘 다 군살 하나 없이 젊은이처럼 탄탄한 몸을 지니고 있었다. 그들은 술이나 담배는 입에 대지 않았고, 신선한 과일과 채소를 주로 먹으면서 가끔 작은 생선을 곁들여 먹고는 했다.

그들 부부는 또한 돈 관리도 잘해서, 그들이 영양가 있는 음식을 먹고 몸을 탄탄하게 만드는 운동을 하듯이 재정적인 면에서도 영양가 있고 탄탄하게 저축한 돈을 불렸다.

나중에 메리가 그들 부부의 재테크 비결에 대한 이야기를 들려줄 수 있다면, 당연히 제임스 웨이트에게는 정말 짜릿한 이야기가 될 터였다.

아니나 다를까 과부의 등골을 빼먹는 데 선수인 웨이트는 아직 그녀를 만나지도 그녀가 얼마나 부유한지 확실히 알지도 못했지만, 엘도라도 호텔의 바에 앉아 메리 헵번에 대해 분석하고 있었다. 그는 앞서 호텔 숙박부에서 그녀의 이름을 보고는 젊은 지배인에게 그녀에 대해 물어봤었다.

웨이트는 지배인이 그에게 말해 주는 아주 사소한 정보에도 좋아했다. 수줍음 많고 외로운 위층의 그 여교사는 그가 이제껏 망가뜨린 어떤 아내들보다도 나이가 적었지만 그에게는 당연한 먹잇감처럼 들렸다. 그는 '세기의 자연 유람선 여행' 동안 그녀에게 느긋하게 접근할 생각이었다.

괜찮다면 이 시점에서 내 개인적인 이야기를 하나 끼워 넣고자 한다. 살아 있었을 때 나는 나 자신의 큰 뇌에게서 조언을 자주 들었는데, 그 조언들은 나의 생존이나 인류의 생존 면에 있어서는 아무리 관대하게 봐줘도 미심쩍은 조언들이었다고 말할 수 있다. 예를 들어, 나의 뇌는 내가 미해병대에 들어가 베트남에 싸우러 가게 만들었다.

참 고맙기도 하군, 커다란 뇌야.

# 7

엘도라도 호텔에 투숙한 미국인 넷─그 가운데 한 사람은 자기가 캐나다인이라고 주장하지만─과 일본인 둘, 이렇게 여섯 손님 모두의 자국 통화는 여전히 전 세계 어디에서든 금만큼이나 신용할 수 있는 통화였다. 다시 말하지만, 그들이 지닌 돈의 가치는 가상의 것이었다. 우주의 본질처럼, 그들이 지닌 미국 달러화와 엔화가 바람직한 통화냐 아니냐 하는 것도 모두 사람들의 머릿속에서 정해졌다.

그리고 만약 금융 위기가 진행되고 있다는 사실을 전혀 모르는 웨이트가 캐나다 달러를 에콰도르로 가져올 정도로 캐나다인 행세를 완벽하게 수행했더라면, 그는 지금처럼 환대받지 못했을 것이다. 캐나다가 파산하지 않았는데도 캐나다까지 포함한 점점 더 많은 나라에서 그저 사람들의 상상력만으로 캐나다 달러의 가치를 정한 탓에, 사람들은 이제 캐나다 달러를 받고 유용한 물건을 파는 일에 못마땅해 하고 있었다.

이와 유사하게 상상력이 초래한 가치 하락은 영국의 파운드화, 프랑스와 스위스의 프랑화, 서독의 마르크화에서도 일어나고 있었다. 그러는 사이, 국민 영웅인 안토니오 호세 데 수크레(1795~1830)를 기리기 위해 이름을 붙인 에콰도르의 수크레화는 그 가치가 바나나 껍질보다 더 떨어져 버렸다.

위층의 자기 방에서 메리 헵번은 자신이 뇌종양에 걸린 것은 아닐까, 그래서 그것 때문에 자신의 뇌가 그녀에게 내내 최악의 조언을 하고 있는 것은 아닐까 의심하고 있었다. 바로 뇌종양 때문에 불과 석 달 전에 남편 로이가 죽었기 때문에 그런 의심이 드는 건 당연한 일이었다. 뇌종양은 그를 죽이는 것만으로 만족하지 않았었다. 그러기 전에 먼저 뇌종양은 그의 기억을 혼란스럽게 만들고 그의 판단력을 파괴시켜 버렸다.

그녀는 또한 과연 언제부터 뇌종양이 자기 남편에게 그런 몹쓸 짓을 하기 시작했을까 하는 의문도 들지 않을 수 없었다. 그러니까 결국에는 끔찍한 해가 되어 버린 그해의 그 전도양양했던 1월에 그가 '세기의 자연 유람선 여행'에 그들 부부의 참가 신청을 하게 된 것도 바로 그 뇌종양 때문이 아니었을까?

그녀는 자기 남편이 유람선 여행에 그들 부부의 참가 신청을 했다는 사실을 다음과 같은 과정을 통해 알게 되었다. 어느 날 오후, 퇴근해서 집으로 돌아온 그녀는 남편의 퇴근 시간이 그녀보다 한 시간 늦기 때문에 남편 로이가 아직 회사에 있을 줄 알았다. 하지만 남편은 벌써 집에 와 있었는데, 알고 보니 그날 정오에 조퇴를 했다는 것이었다. 그는 기계를 다루는 자신의 일을 무척 좋아했고, 게프코사에서 일한 29년 동안 단 한 시간도 쉰 적이 없는 사람이었다. 몸이 아픈 적이 없었기 때문에 아프다는 이유나 다른 어떤 이유로도 그런 적이 없었다.

그녀가 남편에게 어디 아프냐고 묻자, 그는 태어나서 몸 상태가 이보다 더 좋았던 적은 결코 없었다고 대답했다. 메리 눈에는 그가 줄곧 착한 소년이라고 여겨지는 데 진저리난 사춘기 소년 같은 태도로 으스대는 것처럼 보였다. 그는 원래 말수가 적고 말을 적절하게 잘 가려 쓰는 사람이지 어리석거나 치기 어린 말은 절대 하지 않는 사람이었다. 하지만 믿을 수 없게도 지금 그는 마치 그녀가 못마땅한 자기 엄마인 양 고약하게 말을 내뱉었다.

"그냥 땡땡이 좀 쳤어."

그때 그런 식으로 말했던 건 뇌종양 때문임이 틀림없어, 하고 메리는 지금 과야킬에서 생각했다. 그리고 그 뇌종양은 태평스럽게 농땡이를 치기에는 최악인 날을 골랐다. 그 전날 밤에 얼음 폭풍우가 휘몰아쳤던 탓에 그날은 하루 종일 진눈깨비가 바람에 흩날렸던 날이었기 때문이다. 하지만 그녀의 남편 로이는 일리움의 중심가인 클린턴가를 오르내리며 가게마다 들러 점원들에게 자기가 땡땡이를 치고 있는 중이라고 자랑하며 돌아다녔다.

그래서 메리는 그 일을 그냥 기분 좋게 받아들여 남편에게 긴장을 풀고 즐거운 시간을 보내라고 진심으로 말해 주려 했다. 비록 실제로는 그들 부부가 주말에도, 휴가 동안에도, 그리고 직장에서까지도 늘 즐거운 시간을 보내 왔지만 말이다. 하지만 이 예기지 못한 탈선행위에는 불길한 기운이 감돌고 있었다. 그리고 이른 저녁 식사를 하는 동안 로이 본인마저도 그날 오후의 일에 당황한 기색이었다. 그리하여 그것으로 끝이었다. 그는 자신이 또다시 그런 짓을 하리라고 생각하지 않았고 그들은 그 일에 대해서 잊을 수 있었다. 가끔 그 일에 대해 웃으며 얘기할 수는 있겠지만.

그런데 잠자리에 들기 직전, 로이가 자신의 두 손으로 지은 자연석 벽난로 속의 시뻘건 잔불을 그녀와 함께 응시하고 있다가 불쑥 말을 꺼냈다. "그것 말고 더 있어."

"더 있다니, 뭐가요?" 메리가 물었다.

"오늘 오후에 말이야, 내가 들렀던 가게 가운데 한 곳이 여행사였어."

일리움에는 여행사가 딱 하나 있었는데, 장사가 잘 되는 곳은 아니었다.

"그래서요?"

"우리 부부 이름으로 뭔가를 신청했어." 그가 말했다. 그는 마치 꿈에서 본 장면을 떠올리고 있는 것 같았다. "돈은 모두 지불했어. 다 처리됐어. 끝났어. 11월에 당신과 나는 에콰도르로 날아가서 '세기의 자연 유람선 여행'을 떠날 거야."

로이와 메리 헵번 부부는 바이아데다윈호의 처녀항해에 대한 홍보 프로그램에 처음으로 반응을 보인 사람들이었다. 그 배는 당시 스웨덴 말뫼에서 겨우 용골만 설치되었을 뿐, 그냥 청사진 더미에 불과했다. 일리움의 그 여행사 직원은 유람선 여행을 알리는 포스터를 방금 막 받은 상태였다. 로이 헵번이 여행사 안으로 걸어 들어갔을 때, 그 직원은 벽에 스카치테이프로 그 포스터를 붙이고 있던 참이었다.

괜찮다면 내 개인적인 이야기를 또 하나 끼워 넣겠다. 나는 말뫼에서 1년 정도 용접공으로 일하고 있었지만, 바이아데다윈호는 아직 충분히 형체가 갖춰져 있지 않아서 아직 내 손길을 필요로 하지 않았다. 봄철이 되어서야 나는 그 강철로 된 처녀 때문에 글자 그대로 내 머리가 어떻게 될 터였다. 질문: 봄철에 머리가 어떻게 되지 않는 사람이 있던가?

다시 본 이야기로 돌아가자.

일리움에 붙은 그 유람선 여행 홍보 포스터에는 아주 이상하게 생긴 새 한 마리가 화산섬 끝자락에 서서 물거품을 일으키며 지나가는 아름다운 흰색 동력선을 바라보고 있는 모습이 그려져 있었다. 그 새는 까맣고 오리만 했으며 목이 뱀처럼 길고 유연했다. 그렇지만 그 새에게 있어 가장 기묘했던 점은 날개가 없어 보인다는 점이었는데, 그것은 거의 사실로 봐도 무방했다. 그 새는 갈라파고스 제도의 고유종이었다. 즉 그 새는 그곳에서만 발견되고 지구상 다른 어떤 곳에서도 발견되지 않는다는 뜻이었다. 그 새의 날개는 아주 작았으며 납작하게 접혀 몸에 딱 붙어 있었는데, 그것은 물고기만큼 빠르고 깊게 헤엄치기 위한 것이었다. 그런 식으로 물고기를 잡는 것은 물고기가 수면으로 올라오기를 기다렸다가 부리를 딱 벌리고 물고기를 덮치는 다른 새들의 방식보다 훨씬 더 좋은 방법이었다. 물고기를 아주 잘 잡는 그 새를 사람들은 '날지 못하는 가마우지'라고 불렀다. 가마우지는 물고기가 있는 곳으로 갈 수 있었다. 물고기가 치명적인 실수를 저지르기를 기다릴 필요가 없었다.

1986년에 사람들이 자신들의 커다란 뇌가 과연 바람직한 것인가에 대해 진지하게 의문을 제기하기 시작하고 있었던 것처럼, 그 새의 조상들도 진화하는 과정에서 자신들의 날개의 가치를 의심하기 시작했음이 틀림없었다.

만약 다윈의 자연 선택의 법칙*이 옳다면, 작은 날개를 지닌 가마우지는 그냥 물가에서 물을 힘껏 밀어젖히며 낚싯배처럼 나아가는 것만으로도, 나는 솜씨가 뛰어난 가마우지보다 분명 더 많은 물고기를 잡았을 것이다. 그리하여 날개가 작은 가마우지끼리 서로 짝짓기를 했고, 그렇게 태어난 자손 가운데 가장 날개가 작은 가마우지가 더 훌륭한 낚시꾼이 되었고, 또 그런 자손들끼리 짝짓기를 하는 식으로 진화가 계속 되어 왔을 것이다.

---

\* '자연 선택'이란 생물 진화의 주된 요인으로, 자연계에서 외부 환경에 적응하는 생물은 살아남아 번식하고, 그러지 못한 생물은 저절로 사라지는 것을 말한다. '자연 도태'라고도 한다.

이제 그것과 똑같은 일이 사람들에게도 일어났지만, 당연히 사람들에게는 날개가 없으니 날개가 아니라 손과 뇌에 그것과 똑같은 일이 일어났다. 그래서 오늘날 사람들은 더 이상 물고기가 미끼를 끼운 낚싯바늘을 입질하거나 실수로 그물 따위에 걸리거나 하는 것을 기다릴 필요가 없다. 요즘은 물고기를 잡고 싶으면 그냥 깊고 푸른 바닷속에서 상어처럼 물고기를 뒤쫓으면 된다.

지금은 그건 정말 쉬운 일이다.

# 8

지난 1월에도 로이 헵번이 그 유람선 여행을 신청하지 말았어야 할 이유는 얼마든지 있었다. 물론 세계적인 경제 위기가 닥치리란 것도, 또 그 유람선이 항해하기로 되어 있는 때에 에콰도르 사람들이 굶어 죽어 가게 되리란 것도 그때는 분명히 알지 못했다. 하지만 메리의 일이 문제였다. 자신이 머잖아 조기 퇴직을 강요당하며 해고될 줄 미처 알지 못했던 그녀는 한창 학기 중인 11월 말과 12월 초에 도의상 어떻게 3주간이나 휴가를 낼 수 있을지 몰랐던 것이다.

또한 그녀는 한 번도 가본 적은 없었지만 갈라파고스 제도에 무척 질려 있었다. 갈라파고스 제도에 대한 영화며, 슬라이드며, 책이며, 기사를 워낙 많이 수업 중에 반복해서 사용했던 탓에, 그녀는 그곳에서 어떤 놀라운 일이 자신을 기다리고 있으리라고는 상상도 할 수 없었다. 그녀는 조금도 알지 못했던 것이다.

그들 부부는 결혼 생활을 통틀어 단 한 번도 미국을 벗어난 적이 없었다. 그래서 만약 자신들이 신나게 돌아다니며 정말로 멋진 여행을 할 예정이라면, 그녀는 아프리카로 가는 편이 훨씬 좋겠다고 생각했다. 아프리카에서는 야생 동물도 훨씬 더 기분을 짜릿하게 하고 생존해 나가는 것도 훨씬 더 위험하니까 말이다. 이런저런 것들을 모두 고려해 봤을 때, 갈라파고스 제도의 동물들은 코뿔소나 하마, 사자, 코끼리, 기린 등에 비하면 전혀 마음이 끌리지 않았다.

그 항해 여행에 대한 전망이 그렇다 보니 실제로 그녀는 친한 친구에게 이렇게 털어놓기까지 했다. "살아생전 절대 두 번 다시는 푸른발부비새를 보고 싶지 않다는 생각이 불쑥 든다니까!"

그녀는 조금도 알지 못했던 것이다.

메리는 그 여행에 대한 자신의 염려를 남편 로이에게 말하면 그가 가벼운 뇌 기능 장애를 일으켰다는 사실을 스스로 알아차릴 것이라고 확신했지만 그냥 입을 다물었다. 하지만 3월쯤에는 로이가 실직했고, 6월에는 메리가 자신이 학교에서 해직될 것이라는 사실을 알게 되었다. 어쨌든 이제 유람선 여행을 떠나는 시기는 문제가 되지 않았다. 그리고 점점 변덕스러워져만 가는 로이의 상상 속에서 그 유람선 여행은 '그들 부부가 손꼽아 기다려야 하는 유일하게 좋은 일'로 커다랗게 자리 잡았다.

그들 부부의 일자리에 일어났던 일은 다음과 같다. 게프코사는 일리움 공장을 현대화하기 위해서 블루칼라, 화이트칼라 가리지 않고 거의 모든 노동자들을 일시 해고했다. 일본 회사인 마츠모토사가 그곳의 현대화 작업을 진행하고 있었다. 마츠모토사는 또한 바이아데다윈호를 자동화하는 작업도 맡고 있었다. 그 회사는 메리와 같은 시기에 자신의 아내와 함께 엘도라도 호텔에 머물게 될 젊은 컴퓨터 천재인 ★젠지 히로구치가 다녔던 회사였다.

마츠모토사가 컴퓨터와 로봇 설치 작업을 끝내면, 단 열두 명의 사람만으로 그 공장의 모든 것을 가동할 수 있었다. 그래서 아이들을 가질 만큼 젊거나, 적어도 미래에 대해 야망 가득한 꿈을 지닐 만큼 젊은 사람들은 줄지어 그 도시를 떠났다. 훗날 메리 헵번이 백상아리에게 잡아먹히기 두 주 전인 자신의 여든한 번째 생일날 말한 바에 따르면, "마치 피리 부는 사나이가 그 도시를 지나간 듯한" 모습이었다. 갑자기 가르칠 아이들이 거의 없어졌고, 그 도시는 세금 낼 사람이 부족해서 파산했다. 그리하여 일리움 고등학교는 6월에 마지막 학생들을 졸업시키는 것을 끝으로 문을 닫기로 했다.

4월에 로이는 수술이 불가능한 뇌종양 진단을 받았다. 그러자 '세기의 자연 유람선 여행'은 그가 계속 살아남아 있어야 하는 유일한 이유가 되었다. "여보, 난 적어도 그때까지는 버틸 수 있을 거야. 11월이니까 그리 멀지는 않잖아, 안 그래?"

"그럼요."

"그때까지는 버틸 수 있어."

"여보, 당신은 몇 년이고 더 살 수 있어요." 그녀가 말했다.

"그냥 그 유람선 여행만이라도 갔으면 해. 적도에 사는 펭귄만이라도 봤으면 좋겠어. 난 그거면 족해."

로이는 점점 더 많은 것들에 대해 틀렸지만, 갈라파고스 제도에 펭귄이 산다는 그의 말은 맞았다. 갈라파고스 제도의 펭귄들은 수석 웨이터 같은 복장 아래로 비쩍 마른 몸을 하고 있었다. 그 펭귄들은 그래야만 했다. 그렇지 않고 만약 그 펭귄들이 지구 반만큼 떨어진 남극의 부빙 위에서 사는 친척 펭귄들처럼 몸이 두꺼운 지방으로 둘러싸여 있더라면, 그들은 알을 낳고 새끼를 돌보기 위해 그곳 해안의 용암에 올랐다가 구워져서 죽었을 것이다.

날지 못하는 가마우지의 조상처럼, 갈라파고스펭귄의 조상도 비행의 매력을 포기하는 대신 물고기를 더 많이 잡는 쪽을 선택했던 것이다.

백만 년 전, 사람이 하던 일을 최대한 많이 기계에게 넘기려는 그 이해하기 힘든 열의에 대해서 한마디 하자면, 그것이 바로 사람들이 자신들의 뇌가 전혀 쓸모없다고 다시 한번 인정하는 것이 아니라면 과연 무엇이었겠는가?

# 9

로이 헵번이 죽어 가고 있는 동안, 마찬가지로 일리움시 전체도 죽어 가고 있는 동안, 그러니까 그 남자와 그 도시가 인류의 건강과 행복에 반하는 세포 증식과 기술 발전에 의해 살해되고 있는 동안, 로이의 큰 뇌는 그를 구슬려 과야킬처럼 적도 부근에 위치한 비키니섬에서 1946년 미국이 원자 폭탄 실험을 할 당시 자신이 그곳에서 해군 병사로 복무했다고 믿게 만들었다. 그는 정부를 상대로 수백만 달러를 요구하는 소송을 제기할 것이라고 말했다. 그곳에서 방사능에 피폭된 탓에 처음에는 그들 부부가 아이를 갖지 못하게 되었고 이제는 그가 뇌종양까지 걸리게 됐다는 이유에서였다.

로이는 해군에서 복무하기는 했지만, 그 사실 말고는 미합중국을 상대로 한 그의 소송은 그에게 불리한 소송이었다. 그가 1932년에 태어났다는 사실을 정부 측 변호사들은 아무 문제없이 입증할 것이기 때문이었다. 그 말인즉슨 자신이 피폭됐다고 주장하는 시기에 그는 겨우 열네 살이었던 셈이 되는 것이다.

그런 연도 착오에도 불구하고 로이는 자신의 정부가 소위 하등 동물들을 대상으로 자신에게 하라고 시킨 끔찍한 짓들만큼은 생생하게 기억했다. 그가 말한 바에 따르면 그는 도움을 받지 않고 거의 혼자서 일했는데, 먼저 그 섬 곳곳에 말뚝을 박은 다음, 말뚝마다 각기 다른 종류의 동물들을 묶었다. "그들이 나를 선택했던 이유는," 그는 말했다. "동물들이 늘 날 믿고 따르기 때문이었던 것 같아."

그 말만큼은 사실이었다. 동물들은 모두 로이를 믿고 따랐다. 로이는 고등학교를 마친 뒤로는 게프코사에서 받은 실습 교육을 제외하고는 더 이상 정규 교육을 받지 않은 반면, 메리는 인디애나 대학에서 동물학 석사 학위까지 받았지만, 로이가 메리보다 동물들과 훨씬 잘 교감했다. 예를 들면 그는 새들의 언어로 새들과 이야기할 수 있었는데, 메리의 조상은 친가 외가 모두 음치로 악명이 높았기 때문에 그것은 그녀로서는 결코 할 수 없는 일이었다. 개나 가축, 심지어 게프코사의 경비견이나 새끼 딸린 암퇘지에 이르기까지, 아무리 사나운 짐승일지라도 로이는 5분도 안 걸려 친구로 만들 수 있었다.

그래서 로이가 동물들을 말뚝에 묶었던 일을 떠올리며 눈물을 흘린 것은 이해할 만했다. 물론 그런 잔혹한 실험이 동물들을 대상으로 행해지기는 했지만, 양이나 돼지, 소, 말, 원숭이, 오리, 닭, 거위 같은 동물들을 대상으로 한 것이었지, 결단코 로이가 말한 것과 같은 동물원에서나 볼 법한 동물들을 대상으로 한 것은 아니었다. 그의 말을 들어 보면 그는 공작, 눈표범, 고릴라, 악어, 앨버트로스를 말뚝에 맸다. 그의 커다란 뇌 속에서 비키니섬은 노아의 방주와 정반대의 것이 되었다. 모든 종류의 동물들이 한 쌍씩 원자 폭탄 공격을 받기 위해 그곳으로 끌려왔던 것이다.

그의 이야기에서 가장 터무니없던 부분, 물론 그에게는 전혀 터무니없지 않았지만, 바로 이 대목이었다. "도널드가 거기에 있었어." 도널드는 수컷 골든레트리버로, 그가 그 말을 하고 있는 바로 그 순간에 아마도 헵번 부부의 집 바깥을 돌아다니고 있을 것이었다. 게다가 그 개는 겨우 네 살밖에 되지 않았다.

"모든 게 다 정말 힘들었어." 로이는 말하곤 했다. "하지만 가장 힘들었던 건 도널드를 말뚝에 묶는 일이었어. 난 더 이상 미룰 수 없을 때까지 그 일을 계속 미루고 또 미뤘지. 도널드를 말뚝에 묶는 건 가장 하기 싫은 일이었지만 어쩔 수 없이 해야만 했어. 녀석은 내가 자기를 묶어도 가만히 있더군. 그리고 다 묶고 난 뒤에는 내 손을 핥고 꼬리까지 흔들더라니까. 그래서 난 녀석에게 말했지. 녀석에게 말하는 게 부끄럽지 않았으니 소리쳐 말했어. '잘 가, 오랜 친구. 이제 넌 딴 세상으로 갈 거야. 분명 그곳은 여기보다 더 좋을 거야. 이 세상보다 나쁜 세상은 있을 수가 없으니까.'라고 말이야."


로이가 그런 별난 짓들을 선보이기 시작한 동안, 메리는 아직도 평일에는 매일 예전에 가르치던 학생 몇 명을 모아 놓고 커다란 뇌를 주신 데 대해 하느님께 감사해야 한다는 생각을 심어 주고 있었다. 그녀는 "너희라면 뇌보다는 차라리 기린의 목이나 카멜레온의 위장술, 코뿔소의 가죽이나 큰뿔사슴의 뿔을 선택했을까?"라는 질문 따위를 하고는 했다.

그녀는 옛날부터 늘 해 왔던 허튼소리를 아직도 지겹도록 늘어놓고 있었다.

그랬다. 그런 뒤 그녀는 집의 로이에게로, 뇌가 얼마나 사람을 그릇된 길로 이끌 수 있는지에 대한 증거인 그에게로 돌아오고는 했다. 그는 검사를 받기 위해 잠시 입원했던 것을 제외하고는 한 번도 입원하지 않았다. 그리고 그는 유순해서 다루기가 쉬웠다. 그는 자신이 더 이상 차를 운전해서는 안 된다는 사실도 잘 받아들여서 메리가 그의 지프 스테이션왜건의 열쇠를 감추었을 때도 분하게 여기지 않는 것 같았다. 그는 심지어 더 이상은 별로 야영을 갈 것 같지도 않으니 그 차를 처분하는 게 좋겠다는 말까지 했다. 그래서 메리는 자신이 일하는 동안 남편을 보살필 간병인을 고용할 필요가 없었다. 퇴직한 이웃 사람들은 몇 달러만 받고도 기꺼이 그와 함께하면서 그가 다치지 않게 잘 보살펴 주었다.

그는 그 사람들에게 전혀 골칫거리가 아니었다. 그는 텔레비전을 한참 보다가는 밖으로 나가 몇 시간이고 마당에서 도널드와 노는 것을 좋아했다. 그의 상상 속 비키니섬에서 이미 죽음을 맞이한 바로 그 골든레트리버와 말이다.

그런데 메리는 갈라파고스 제도에 대한 마지막 수업을 하던 중에 어떤 의문이 들어 말을 중간에 5초 정도 멈추게 된다. 그 의문을 말로 표현한다면 다음과 같을 것이다. "어쩌면 나는 그냥 거리를 헤매다가 이 교실로 들어와 이 어린 아이들에게 생명의 신비에 대해 설명해 대기 시작한 미친 여자일지도 몰라. 그리고 이 아이들은 내 말을 믿고 있어. 내가 모든 것을 완전히 잘못 알고 있는데도."

메리는 또한 소위 과거의 위대한 스승들에 대해서도 의심해야 했다. 그들의 뇌는 아무 이상 없었지만, 지금 실제로 벌어지고 있는 일에 대해서는 그들도 로이만큼이나 잘못 생각했던 게 밝혀졌으니까 말이다.

# 10

  백만 년 전에는 갈라파고스 제도에 섬이 몇 개나 있었을까? 그 제도에는 큰 섬이 13개, 작은 섬이 17개, 작디작은 섬이 318개 있었는데, 그 가운데 일부는 해수면 위로 겨우 1~2미터 솟은 바위에 불과했다.

  현재는 큰 섬이 14개, 작은 섬이 7개, 작디작은 섬이 326개 있다. 화산 활동은 여전히 활발하게 일어나고 있다. 우스갯소리를 하자면, 신들이 아직도 화를 내고 있다고나 할까.

  그리고 갈라파고스 제도의 최북단에는 홀로 나머지 섬들과 굉장히 멀리 떨어져 있는 산타로살리아섬도 아직 있다.

  그랬다. 그리고 백만 년 전인 1986년 8월 3일, ★로이 헵번이란 이름의 사내가 뉴욕주 일리움에 있는 작고 비좁은 자기 집에서 임종을 맞이하고 있었다. 그 마지막 순간에 그가 가장 애통해 한 일은 자신과 아내 메리 사이에 자식이 없다는 것이었다. 그는 아내에게 자기가 떠난 후에 다른 사람을 만나 아이를 가지라고 권할 수도 없었다. 아내는 이미 폐경이 되었기 때문이었다.

"우리 헵번 가문은 이제 도도새처럼 멸종되는군."이라고 말한 그는 진화의 나무에서 열매도 맺지 못하고 잎도 나지 않는 가지가 되어 버린 여러 생물들의 이름을 늘어놓기 시작했다. "큰뿔사슴…… 흰부리딱따구리…… 티라노사우루스 렉스……." 그는 이런 식으로 계속 이름을 이어 나갔다. 그런데 바로 그 최후의 순간에 뜻밖에도 그의 썰렁한 유머 감각이 튀어나왔다. 그는 그 침울한 점호 명단에 익살스럽게 둘을 추가했다. 자손이 없는 게 정말 확실한 둘을. "천연두…… 조지 워싱턴……."

마지막 순간까지 그는 정부가 자신을 방사능으로 죽음에 이르게 한 것이라고 진심으로 믿었다. 그는 메리에게, 그리고 이제 어느 순간에라도 최후를 맞이할 수 있기 때문에 그곳에 와 있던 의사와 간호사에게 이렇게 말했다. "내게 화난 것이 전능하신 하느님뿐이면 좋으련만!"

메리는 그것이 남편의 마지막 대사라고 생각했다. 그 말을 한 뒤에 그는 분명 죽은 것처럼 보였기 때문이다.

그런데 10초 뒤에 그의 시퍼런 입술이 다시 움직였다. 메리는 그의 말을 듣기 위해 몸을 바짝 기울였다. 그녀는 그의 말을 놓치지 않았던 것을 남은 평생 동안 기뻐하게 될 것이었다.

"여보, 인간의 영혼이 무엇인지 말해 줄게." 그가 눈을 감은 채 속삭였다. "동물에게는 영혼이 없어. 영혼은 바로 당신의 뇌가 언제 작동을 멈추게 될지 아는 당신의 일부야. 여보, 나는 늘 알고 있었어. 그걸 안다고 해서 내가 어떻게 할 수 있는 건 아니었지만, 그래도 나는 늘 알고 있었지."

그런 뒤 바로 그가 이글거리는 두 눈을 부릅뜨고 벌떡 일어나 앉는 바람에 메리를 비롯한 그 방의 모든 사람들은 혼비백산이 되었다. "성경을 가져와!" 그가 온 집 안에 쩌렁쩌렁 울리는 목소리로 명령했다.

그가 병석에 있던 기간을 통틀어 공식적으로 종교와 관계가 있는 뭔가를 언급한 것은 그때가 유일했다. 그들 부부는 평소 교회에도 다니지 않고 비참한 상황에서도 기도하지 않는 사람들이었지만, 그래도 집 안 어딘가에 성경은 한 권 가지고 있었다. 하지만 메리는 그걸 어디에 뒀는지 잘 떠오르지 않았다.

"성경을 가져와!" 그가 다시 소리쳤다. "이 여편네야, 성경을 가져오라니까!" 그는 여태껏 한 번도 그녀를 '여편네'라고 부른 적이 없었다.

그렇게 메리는 성경을 찾으러 갔다. 성경은 다윈의 『비글호 항해기』와 찰스 디킨스의 『두 도시 이야기』와 함께 손님용 침실에 있었다.

★로이는 일어나 앉은 채로 또다시 메리를 '여편네'라고 소리쳐 불렀다. "이 여편네야!" 그가 명령했다. "성경에 손을 올리고 내 말을 따라해. '나, 메리 헵번은 사랑하는 남편의 임종 자리에서 그에게 엄숙히 두 가지 약속을 하겠습니다.'"

그녀는 그 말을 따라했다. 그녀는 그 두 가지 약속이 정부에 대한 소송 제기 건처럼 어찌나 생뚱맞던지 자신이 하나라도 지킬 가능성은 없을 것이라고 생각했다. 하지만 그녀는 그리 운이 좋지 않았다.

첫 번째 약속은 우울하게 풀 죽어 지내며 허송세월하지 말고 가능한 한 빨리 재혼하도록 최선을 다하는 것이었다.

두 번째 약속은 11월에 과야킬로 가서 '세기의 자연 유람선 여행'을 떠나 그의 몫까지 즐기는 것이었다.

"내 영혼은 그 여행의 모든 순간을 당신과 함께 할 거야." 그 말을 마지막으로 그는 숨을 거뒀다.

그리하여 여기 과야킬에 오게 된 그녀는 자기도 뇌종양에 걸린 것은 아닐까 의심하고 있었다. 그녀의 뇌가 이제 그녀에게 벽장으로 가서 빨간 이브닝드레스의 옷 커버를 벗기라고 시켰다. 그녀는 그 드레스를 '재키 드레스'라고 불렸는데, 그런 별명을 붙인 이유는 재클린 케네디 오나시스가 그 유람선에 같이 탄다고 하기에 그녀에게 멋지게 보이고 싶었기 때문이었다.

하지만 벽장으로 간 메리는 과부 오나시스가 설마 미치지 않고서야 과야킬에 올 리가 없다는 사실을 깨달았다. 거리와 옥상을 순찰하거나 공원에 개인용 참호나 기관총용 참호를 파는 군인들도 없는데 그녀가 올 리만무하지 않은가.

그녀는 드레스의 옷 커버를 벗기다가 드레스를 옷걸이에서 미끄러뜨리는 바람에 바닥에 떨어뜨렸다. 바닥에 떨어진 그 드레스는 빨간 물웅덩이처럼 보였다.

이제 자신에게는 이 세상의 물건들이 더 이상 필요하지 않다고 믿었기에 그녀는 드레스를 줍지 않았다. 하지만 아직 그녀의 이름 앞에 별표를 달 단계는 아니었다. 그녀는 실제로 30년을 더 살게 될 운명이었다. 게다가 그녀는 이 행성의 어떤 필수적인 물질을 이용해 의심할 여지없이 인류 역사상 가장 중요한 실험자가 될 사람이었다.

# 11

만약 메리 헵번이 자살하고 싶은 기분 대신 옆방의 소리를 엿들을 기분이었더라면, 그녀는 벽장 안쪽에 귀를 갖다 대고 옆방에서 속삭이는 소리를 들었을지도 모른다. 전날 밤 그녀가 도착했을 때 다른 투숙객은 없었던 데다가, 그때 이후로는 자기 방 밖으로 나간 적이 없었기 때문에 그녀는 양쪽 옆방의 투숙객들이 누구인지 전혀 몰랐다.

그 속삭이는 소리의 주인공들은 컴퓨터 천재인 ★젠지 히로구치와 그의 임신한 아내인 일본식 꽃꽂이 이케바나 강사 히사코였다.

그 반대쪽의 옆방 투숙객은 ★앤드루 매킨토시의 십 대 딸로 맹인인 셀레나 매킨토시와 그녀의 안내견인 암캐 카자크였다. 메리는 개 짖는 소리를 듣지 못했는데, 카자크는 절대 짖지 않는 개였기 때문이었다.

카자크는 절대 짖지도, 다른 개와 놀지도, 흥미로운 냄새나 소리에 반응하지도, 자기 조상이 으레 잡아먹었던 동물들을 쫓지도 않았다. 이는 강아지 시절, 카자크가 그런 짓들을 할 때마다 커다란 뇌를 지닌 인간들이 질색하며 카자크의 먹이를 도로 물려 버렸기 때문이었다. 인간들은 카자크에게 자기가 있는 곳이 어떤 종류의 행성인지를, 본능에 따른 개의 그런 행동들은 모두 다 규칙에 어긋나는 것임을 처음부터 깨우치게 했다.

인간들은 카자크가 성적 충동으로 인해 주의가 산만해지는 일이 없도록 카자크의 생식기관까지 제거했다. 그리고 지금 내가 하고 싶은 말은 내 이야기의 배역진이 곧 단 한 명의 남성과 암캐 한 마리를 포함한 여러 명의 여성으로 줄어들 것이라는 점이다. 하지만 카자크는 중성화수술을 받았기 때문에 실제로는 더 이상 여성이 아니었다. 메리 헵번처럼 카자크도 진화의 게임에서 물러났다. 카자크는 자신의 유전자를 어느 누구에게도 남기지 않게 된 것이다.

셀레나와 카자크의 방 너머에는 개방형 사잇문을 사이에 두고 셀레나의 원기 왕성한 아버지 ★앤드루 매킨토시의 방이 있었다. 금융업자이자 투기꾼인 그는 홀아비였다. 그와 과부 메리 헵번은 둘 다 야외 활동에 열정적인 사람들이었기 때문에 무척 잘 어울렸을지도 모른다. 하지만 두 사람은 결코 만나지 못할 운명이었다. 앞서 말했듯 ★앤드루 매킨토시와 ★젠지 히로구치는 해가 지기 전에 죽게 되니까 말이다.

말이 나온 김에 덧붙이자면, 제임스 웨이트는 다른 손님들과 최대한 멀찍이 떨어져 혼자 2층에 방을 잡아 놓았다. 그의 커다란 뇌는 순진하고 평범한 사람인 척 잘했다며 자축하고 있었지만 그건 오산이었다. 호텔 지배인은 이미 웨이트가 사기꾼임을 간파한 상태였다.

이름이 ★지그프리트 폰 클라이스트인 이 호텔 지배인은 에콰도르에 정착한 지 오래되고 전반적으로 부유한 독일인 사회의 일원이며 침울해 보이는 중년 사내였다. 그 호텔은 물론이고 바이아데다윈호까지 소유한 키토에 사는 두 삼촌이 딱 2주 동안만, 그러니까 이제 끝에 가까워지고 있는 기간 동안만, 그에게 그 호텔을 맡겨 '세기의 자연 유람선 여행'의 여객들을 맞이하는 일을 책임지게 했다. 거액의 돈을 상속받은 그는 대개 빈둥거리며 한량처럼 지냈지만, 삼촌들이 그에게 집안의 수치라며 다름 아닌 바로 이 가족 사업에서 '자기 몫을 다하라고' 다그치는 바람에 그 일을 맡게 됐던 것이다.

그는 결혼도 하지 않았고 번식한 적도 한 번도 없었기에 진화론적 관점에서는 중요하지 않은 사람이었다. 그 역시 메리 헵번과 결혼할 가능성이 있었을지도 모른다. 하지만 그 역시 죽을 운명이었다. ★지그프리트 폰 클라이스트는 해가 질 때까지는 살아 있겠지만, 해가 지고 세 시간 뒤에 해일에 휩쓸려 익사할 것이었다.

이제 오후 4시였다. 연파랑 눈동자에 축 늘어진 수염을 지닌 이 에콰도르 태생의 독일인은 실제로 자신이 그날 저녁 죽을 거라고 예상하고 있는 듯했지만, 그도 나와 마찬가지로 앞날을 내다볼 수는 없었다. 그날 오후 우리 둘 다 지구가 지축을 중심으로 흔들거리는 느낌과 함께, 다음에 무슨 일이 일어날 것 같은 느낌을 받았다.

그건 그렇고, ★젠지 히로구치와 ★앤드루 매킨토시는 총상을 입고 죽게 될 운명이었다.


내 이야기에서 ★지그프리트 폰 클라이스트는 중요하지 않지만, 그의 유일한 형제인 세 살 위의 형으로 역시 미혼이었던 아돌프는 정말로 중요하다. 바이아데다윈호의 선장인 아돌프 폰 클라이스트는 사실상 오늘날 지구상에 존재하는 모든 인류의 조상이 될 것이기 때문이었다.

메리 헵번의 도움으로 그는 말하자면 현대판 아담이 될 것이었다. 그렇지만 일리움에서 온 그 생물 교사는 이미 폐경이 되었기 때문에 그의 이브가 되지도 않을 것이고 될 수도 없었다. 그래서 대신 그녀는 더 신과 같은 역할을 해야 했다.

그리고 전혀 중요하지 않은 호텔 지배인의 이 최고로 중요한 형은 바로 그 순간 거의 텅 빈 뉴욕발 수송기를 타고 과야킬 국제공항에 도착하고 있었다. 뉴욕은 그가 '세기의 자연 유람선 여행'을 홍보해 온 곳이었다.

메리가 벽장의 벽을 통해 히로구치 부부의 대화를 엿들었다고 해도, 그녀는 그 부부가 무슨 일로 괴로워하는지 알지 못했을 것이다. 그 부부는 자신들이 유창하게 구사하는 유일한 언어인 일본어로 속삭이고 있었기 때문이다. ★젠지는 영어와 러시아어를 조금, 히사코는 중국어를 조금 알았다. 하지만 두 사람 다 에콰도르에서 가장 널리 통용되는 언어들인 스페인어나 케추아어*나 독일어나 포르투갈어는 알지 못했다.

알고 보니 히로구치 부부도 그들의 훌륭하다고 추정되는 뇌가 그들에게 한 짓에 몹시 분개해 하고 있었다. ★젠지는 세상에서 가장 똑똑한 사람 가운데 한 명으로 널리 인정받고 있었기 때문에, 그들은 제 발로 그런 악몽 속으로 들어오다니 정말 바보 같다는 기분이 들었다. 그리고 사실상 그들이 정력적인 ★앤드루 매킨토시의 포로가 된 것은 그녀가 아니라 그의 탓이었다.

어떻게 된 사연인가 이야기하자면 다음과 같다. 한 1년 전쯤, ★매킨토시가 맹인인 딸과 안내견을 데리고 일본을 방문했다가 ★젠지를 만난 적이 있었는데, 그때 ★매킨토시는 ★젠지가 마츠모토사에서 월급쟁이로 일하며 수행하고 있는 훌륭한 연구에 대해 알게 되었다. 기술적 견지에서 말하면, ★젠지는 겨우 29세에 불과했지만 그 기술의 시조가 되어 있었다. 그는 일찍이 여러 언어들을 동시통역할 수 있는 휴대용 소형 컴퓨터를 최초로 개발해 '고쿠비'라고 명명한 바 있었다. 그리고 매킨토시 가족이 일본을 방문했던 당시에 ★젠지는 차세대 동시통역기의 시제품을 만들어 놓고 '만

---

\* 잉카 제국에서 쓰던 언어로, 남아메리카 인디오의 최대의 언어.

다락스'라고 이름 지어 놓은 상태였다.

그래서 주식과 채권을 매매해 자금을 마련하는 투자은행회사를 운영하는 ★앤드루 매킨토시는 젊은 젠지를 따로 불러내, 그에게 월급쟁이로 여기서 이러고 있다니 바보 아니냐며 직접 회사를 차려서 운영하면 미화로는 수십억 달러, 엔화로는 수조 엔쯤은 금방 벌어들일 수 있다며 그가 회사 차리는 것을 돕겠다고 제안했다.

그러자 ★젠지는 생각할 시간을 달라고 했다.

이 예비 단계의 대화가 오간 곳은 도쿄의 한 초밥 식당이었다. 초밥이란 찬밥을 날 생선으로 싼 음식으로 백만 년 전의 인기 요리였다. 그 당시에는 앞으로 다가올 즐거운 미래에 모든 사람들이 사실상 날 생선만 먹고 살 것이라고 과연 어느 누가 상상이나 했겠는가?

혈색 좋은 얼굴에 활기차고 떠들썩한 미국인 사업가와 무표정한 얼굴에 속내를 드러내지 않는 내성적인 일본인 발명가는 두 사람 다 상대방의 언어는 전혀 할 줄 몰랐기 때문에 고쿠비로 의사소통을 했다. 그 당시에는 수천수만 대의 고쿠비가 세계 곳곳에서 사용되고 있었다. 하지만 두 사람은 만다락스는 사용할 수 없었는데, 만다락스의 단 하나뿐인 실용 모형이 마츠모토사에 있는 ★젠지의 연구실 안쪽에 놓인 채 삼엄한 경비 하에 있었기 때문이었다. 그리하여 ★젠지의 커다란 뇌는 자기 나라에서 가장 부자인 일왕만큼이나 부자가 되는 생각을 갖고 놀기 시작했다.

몇 달 뒤인 다음 해 1월, 메리와 로이 헵번 부부가 자신들이 감사해야 할 게 너무나 많다고 생각했던 바로 그 1월에, ★젠지는 ★매킨토시에게서 앞으로 열 달 뒤에 멕시코 유카탄주의 메리다시 외곽에 있는 자신의 사유지에 손님으로 와 달라고, 그런 뒤 그가 출자한 '바이아데다윈호'라고 불리는 에콰도르의 호화 유람선의 처녀항해도 함께 하자고 초청하는 편지를 받았다.

★매킨토시의 편지는 영어로 쓰여 있었기 때문에 ★젠지에게는 번역이 필요했다. 그 편지에는 "이 기회를 통해 우리가 서로를 정말로 잘 알게 되었으면 합니다."라는 말도 적혀 있었다.

운 좋으면 유카탄에서, 안 되면 '세기의 자연 유람선 여행' 동안에라도 반드시 ★매킨토시가 ★젠지에게서 얻어낼 작정인 것은 신설 회사의 사장직을 제안하는 계약서에 ★젠지의 서명을 받아내는 것으로, ★매킨토시는 사람들에게 그 회사의 주식을 팔 계획이었다.

제임스 웨이트처럼 ★매킨토시도 낚시꾼이라 할 수 있었다. 그는 셔츠에 달린 가격표가 아니라 일본인 컴퓨터 천재를 미끼로 투자자들을 낚고자 했다.

그건 그렇고 내가 해야만 하는 백만 년에 걸친 이 이야기는 처음부터 끝까지 그리 많은 변화가 있을 것 같지는 않다. 이제 보니, 끝 부분에서처럼 시작 부분에서도 나는 뇌 크기와는 상관없이 인간을 낚시꾼이라고 일관되게 말하고 있으니까 말이다.

그리하여 11월이 된 지금, 히로구치 부부는 과야킬에 와 있었다. ★매킨토시가 조언해 준 대로, ★젠지는 지금 다니고 있는 회사에는 자기가 어디로 가는지에 대해 거짓말을 둘러댔다. 그는 자기가 만다락스를 개발하느라 지칠 대로 지쳤으니 두 달 정도 일 생각은 전혀 않고 연락도 일절 끊은 채로 아내 히사코와 단둘이서만 지내고 싶다고 회사 사람들이 믿게 만들었다. 그렇게 그는 그들의 커다란 뇌에 다음과 같은 그릇된 정보를 주입시켜 놓았다.

'그가 승무원이 딸린 돛단배를 빌려 놨는데, 그가 이름을 밝히고 싶지 않은 그 배를 타고 역시 그가 이름을 밝히고 싶지 않은 어느 멕시코 항구에서

출항해 카리브해의 여러 섬들을 돌아다니며 유람선 여행을 할 것이다.'

또한 '세기의 자연 유람선 여행'의 승객 명단이 널리 공개되었지만, ★젠지의 회사 사람들은 자기 회사의 가장 생산성 높은 직원이 아내와 함께 그 배에 탑승하기로 되어 있는 줄은 전혀 알지 못했다. 제임스 웨이트처럼 그들도 위조된 신분증으로 여행하고 있었기 때문이었다.

그리고 역시 제임스 웨이트처럼 그들도 잠적해 버렸다!

누가 그들을 찾으려 해도 어디에서도 그들을 찾을 수 없었을 것이다. 커다란 뇌를 이용해 아무리 그들을 수색하려 해도 어느 대륙에서부터 수색을 시작해야 할지도 알 수 없었을 것이다.

# 12

메리 헵번의 옆방인 자신들의 호텔 방에서 히로구치 부부는 ★앤드루 매킨토시가 진짜 미치광이라고 속삭이고 있었다. 그것은 과장된 표현이었다. ★매킨토시가 난폭하고 탐욕스러우며 사려 깊지 못한 건 분명했지만 그렇다고 미치광이는 아니었다. 그의 커다란 뇌가 지금 일어나고 있다고 믿는 일은 대부분 실제로 일어나고 있었다. 그가 셀레나와 카자크, 히로구치 부부를 태우고 자신의 전용기를 직접 몰아 메리다에서 과야킬로 왔을 때, 사실 그는 그 도시가 비상계엄령이나 그 비슷한 상황에 놓이리란 것도, 가게들이 모두 문을 닫게 되리란 것도, 굶주린 사람들이 점점 더 많이 떼 지어 돌아다니게 되리란 것도, 바이아데다윈호가 아마도 예정대로 출항하지 못하리란 것 등등도 이미 다 알고 있었다.

유카탄에 있는 그의 대저택에 설치된 통신 시설 덕택에 그는 에콰도르에서든 그가 관심을 가질 만한 다른 어느 곳에서든 현재 벌어지고 있는 일에 대한 최신 소식을 완전히 파악하고 있었다. 하지만 그러면서도 그는 히로구치 부부에게는 그들 앞에 기다리고 있을 것으로 예상되는 일에 대해 말해 주지 않았기 때문에, 자신의 눈먼 딸이 아니라 히로구치 부부가 깜깜한 어둠 속에서 아무것도 보지 못하는 것 같은 상태로 있게 했다.

그가 과야킬에 온 진짜 목적은, 이것 역시 자신의 딸에게는 밝혔지만 히로구치 부부에게는 밝히지 않았는데, 가격이 바닥으로 떨어진 에콰도르의 자산을 최대한 많이 사들이는 것이었다. 어쩌면 엘도라도 호텔과 바이아데다윈호를 비롯해 금광이나 유전 같은 것들까지 모두 다. 게다가 그는 ★젠지 히로구치도 에콰도르에서 주요 자산가가 될 수 있도록 그에게 돈을 빌려 줘서 그와 이 사업을 함께하며 영원히 그를 자기 옆에 단단히 묶어 둘 생각이었다.

★매킨토시는 히로구치 부부에게 자기가 곧 놀라운 소식을 가져올 테니까 어디 가지 말고 엘도라도 호텔의 그들 방에 꼼짝 말고 있으라고 당부했다. 그는 오후 내내 전화기를 붙들고 에콰도르의 금융업자들과 은행들에 전화를 돌렸다. 그가 부부에게 가져가고자 하는 소식은 하루나 이틀이면 그와 히로구치 부부의 것이 될 온갖 자산에 대한 소식이었다.

그 소식을 전한 뒤 그는 이렇게 말할 생각이었다. "아 참, 그리고 '세기의 자연 유람선 여행' 말인데, 그 따위는 그냥 잊어버려요!"

히로구치 부부는 ★앤드루 매킨토시가 자신들에게 좋은 소식을 전해 주리라는 기대는 더 이상 품지 않았다. 솔직히 그들은 그가 정신 이상자라고 믿었다. 그런데 얄궂게도 그런 오해를 깊이 각인시킨 것은 바로 ★젠지 자신의 발명품인 만다락스였다. 그 당시 세상에는 만다락스가 도쿄에 아홉 대, ★젠지가 유람선 여행길에 가져온 한 대, 이렇게 총 열 대가 있었다. 고쿠비와 달리 만다락스는 통역 기능만 하는 것이 아니라, 열두 가지 종류의 신경 쇠약증을 포함해 '호모 사피엔스'를 공격하는 가장 흔한 질병 천 가지를 꽤 정확하게 진단하기도 했다.

만다락스가 의료 분야에서 하는 일은 사실 단순했다. 만다락스는 진짜 의사들이 하는 일을 하도록 프로그램되어 있었는데, 그 일이란 바로 대답마다 그 다음 질문이 정해져 있는 일련의 질문을 하는 것이었다. 이를 테면, "식욕은 어떻습니까?"라는 질문 뒤에는 "장의 움직임은 규칙적입니까?"라고 묻고, 그런 뒤에는 또 "대변의 모양은 어떻습니까?"라고 묻는 식이었다.

유카탄에서 히로구치 부부는 만다락스에게 ★앤드루 매킨토시의 행동을 설명하며 그런 연속된 질문과 대답 과정을 수행해 보았다. 만다락스는 마침내 트럼프 카드 한 장만한 크기의 화면에 일본어로 어떤 단어를 보여 줬다. '병적 인격.'

어떤 것도 느끼지 못하고 아무것도 신경 쓰지 않는 만다락스에게는 상관없었지만, 히로구치 부부에게는 불행하게도 그 컴퓨터는 다음과 같은 설명을 이어 가도록 프로그램되어 있지는 않았다. '병적 인격은 대부분의 질환에 비해 다소 가벼운 질환이어서 이 질환을 지닌 사람들은 병원 치료를 거의 받지 않아도 되며 사실은 지구상에서 가장 행복한 사람들 축에 속한다. 그리고 그들의 행동은 주위 사람들에게만 고통을 줄 뿐, 정작 자신은 결코 고통스러워하지 않는다.'는 설명 말이다. 진짜 의사였다면 진단을 내린 후, 매일 거리를 걸어 다니는 수백만의 사람들이 이 질환을 지니고 있다 아니다 진단하기 애매한 상황에 속하는데, 그런 사람들의 경우에는 그들의 인격이 병적인지 아닌지를 확실하게 말하기는 어렵다는 설명을 이어 갔을 것이다.

하지만 히로구치 부부는 의학에 대해서 무지했던 탓에 그런 진단이 내려지자 마치 그 병이 무시무시한 질병인 것처럼 반응했다. 그래서 그들은 어떻게 해서든 ★앤드루 매킨토시에게서 벗어나 도쿄로 돌아가기를 원했다.

그렇지만 그들은 그러지 않았으면 하고 바랄수록 오히려 그만큼 더 그에게 의지하게 되었다. 그들은 만다락스를 통해 애절한 표정의 호텔 지배인과 이야기를 나누던 중에, 과야킬발 항공편이 모두 취소되었으며, 전세기를 지닌 회사 가운데 어느 곳도 전화를 받지 않는다는 사실을 알게 됐다.

그리하여 겁에 질린 히로구치 부부가 과야킬에서 나갈 수 있는 방법은 두 가지밖에 남아 있지 않았다. ★매킨토시의 전용기를 타거나 바이아데다윈호를 타는 것이었는데, 그나마 두 번째 방법은 출항할 것이라고는 점점 더 믿기 어려워져만 가는 그 배가 정말로 출항해야지만 가능한 일이었다.

# 13

★젠지 히로구치는 백만 오 년 전에는 고쿠비의 아버지가 되었고, 백만 년 전에는 만다락스의 아버지도 되었다. 그랬다. 그리고 만다락스의 아버지가 되었을 무렵, 그의 아내는 그의 첫 인간 아기를 낳기 직전이었다.

엄마인 히사코는 자신의 태아에게 전해질 유전자에 대한 우려가 있었는데, 미국이 일본 히로시마에 원자폭탄을 투하했을 때 히사코의 어머니가 방사능에 노출되었기 때문이었다. 그래서 도쿄에 있을 당시 그 아이가 비정상인지 단서라도 얻기 위해 히사코의 양수를 검사했었다. 그런데 말이 나온 김에 덧붙이자면, 그 양수는 바이아데다윈호가 사라지게 될 바다와 염도가 같았다.

검사 결과, 태아는 정상이었다.

또한 그 검사를 통해 태아의 성별도 밝혀졌다. 그 태아는 여자아이로, 즉 이 이야기에 등장하는 또 한 명의 여성으로 세상에 나올 예정이었다.

하지만 그 검사를 통해서는 태아에게 있는 사소한 결함까지 찾아낼 수는 없었다. 이를 테면 메리 헵번만큼 음치일지 모른다거나, 실제로 그 아이는 그렇지는 않았다. 또는 물개처럼 보드랍고 매끈매끈한 가죽으로 온몸이 덮일지 모른다거나, 실제로 그 아이는 그런 모습으로 태어나게 된다.

★젠지 히로구치가 낳은 자식 가운데 유일한 인간은 그는 결코 보지 못할 운명의 사랑스럽지만 털로 뒤덮인 딸이었다.

그 아기는 갈라파고스 제도의 최북단에 있는 산타로살리아섬에서 태어나게 되어 있었다. 그 아기의 이름은 아키코가 될 것이었다.

아키코가 산타로살리아섬에서 어른이 되었을 때, 그녀는 속은 엄마와 무척 비슷할 테지만, 겉은 엄마와 다른 모습일 것이었다. 이에 반해, 고쿠비에서 만다락스로 이어지는 진화는 겉 포장 속의 내용물에 있어서는 근본적인 개선이 이루어졌지만, 그것을 싸고 있는 껍데기에 있어서는 인지할 만한 변화가 거의 없었다. 아키코는 엄마와 다른 겉모습 덕택에 햇볕에 화상을 입지도 않았고, 헤엄칠 때는 물이 차가워도 괜찮았고, 용암 바닥에 앉거나 누워도 살갗이 까지지 않았다. 반면, 아키코 엄마의 털로 덮이지 않은 맨살은 섬 생활의 이런 일상적인 위험들에 완전히 무방비 상태였다. 고쿠비와 만다락스는 속은 달랐지만, 세로 12센티미터, 가로 8센티미터, 두께 2센티미터의 검정색 고강도 플라스틱으로 된 겉껍데기는 거의 똑같았다.

아키코와 히사코는 아무리 바보라도 분간할 수 있었지만, 고쿠비와 만다락스는 전문가가 아니고서는 분간할 수 없었다.

고쿠비와 만다락스 둘 다 뒷면에는 케이스 면과 평평하게 압력 감지 버튼들이 달려 있어서 사람들은 그 버튼들을 이용해 그 속에 넣어져 있는 통역기와 의사소통할 수 있었다. 고쿠비와 만다락스 둘 다 앞면에는 영상을 띄울 수 있는 똑같은 화면이 있었는데, 그 화면은 또한 둘 다에 똑같이 들어 있는 소형 배터리를 충전하는 태양 전지 기능도 했다.

고쿠비와 만다락스 모두 화면의 우측 상단 모서리에는 핀 대가리만한 마이크가 달려 있었다. 바로 그 마이크에 대고 사람들이 말을 한 뒤 버튼을 눌러 지시를 내리면, 고쿠비나 만다락스는 그 말을 통역해 화면에 띄웠다.

서로 다른 두 언어로 하는 대화가 조금이라도 자연스럽게 술술 이어지게 하려면, 고쿠비나 만다락스 가운데 어떤 통역기를 사용하든 그 사용자는 손놀림이 마술사처럼 재빠르고 우아해야 했다. 가령, 만약 내가 포르투갈 사람과 대화를 나누고자 하는 영어 화자라면, 나는 그 기계를 포르투갈 사람의 입 가까이에 대면서도, 한편으로는 그 사람이 하고 있는 말을 영어로 통역한 글을 내가 읽을 수 있을 정도로 내 눈에 가깝게 화면을 대야 할 것이었다. 그런 뒤에는 재빨리 그 기계를 휙 뒤집어 이번에는 내가 그 기계에 대고 말하고 상대방이 내가 하는 말을 화면으로 읽을 수 있도록 해 줘야 할 것이었다.

오늘날을 살아가는 사람들은 고쿠비나 만다락스를 작동시킬 정도로 재주 있는 손도 커다란 뇌도 가지고 있지 않다. 또한 어느 누구도 바늘에 실을 꿰지도 피아노를 치지도 못하며, 경우에 따라서는 자기 코도 후비지 못한다.


고쿠비가 통역할 수 있는 언어는 열 가지뿐이었지만, 만다락스가 통역할 수 있는 언어는 천 가지나 되었다. 고쿠비는 어떤 언어를 통역해야 하는지를 먼저 알려 줘야 했지만, 만다락스는 몇 마디만 듣고는 그 천 가지 언어 가운데 어떤 언어인지를 식별해 내서 사용자의 언어로 그 말을 통역하기 시작했다.

둘 다 대단히 정확한 시계이며 영구적인 달력이었다. ★젠지 히로구치가 가져온 만다락스에 내장된 시계는 그가 엘도라도 호텔에 체크인한 시각과 31년 뒤 메리 헵번과 그 기계가 백상아리에게 잡아먹힌 시각 사이에 82초만 늦어졌을 뿐이었다.

고쿠비 역시 시간은 정확하게 잘 맞출 수 있었지만, 그 외의 모든 면에서는 자기 자식인 만다락스보다 훨씬 뒤떨어졌다. 만다락스는 자기 조상보다 백 배나 많은 언어로 소통할 수 있었을 뿐만 아니라, 그 당시 대다수의 의사들보다 더 많은 질병을 정확히 진단할 수 있었다. 만다락스는 또한 명령만 내리면 특정 연도에 일어난 주요 사건들을 죽 나열할 수도 있었다. 예를 들어, 만다락스의 뒷면에 찰스 다윈이 태어난 해인 1802년을 입력하면, 만다락스는 알렉상드르 뒤마와 빅토르 위고도 그해에 태어났고, 베토벤이 교향곡 2번을 완성했으며, 프랑스가 산토도밍고에서 흑인 반란을 진압했고, 고트프리드 트레비라누스가 '생물학'이란 용어를 만들었으며, 영국에서 '도제의 건강 및 도덕에 관한 법'이 만들어졌다는 따위의 정보를 알려 줬다. 그해는 또한 나폴레옹이 이탈리아 공화국의 대통령이 된 해이기도 했다.

만다락스는 또한 2백 가지 게임의 규칙도 알고 있었고, 미술과 공예 분야의 거장들이 정한 50가지 기본 원리들도 나열할 수 있었다. 게다가 만다락스는 명령만 내리면 2만 개의 인기 있는 문학 인용문 가운데 어떤 것이든 화면에 띄울 수도 있었다. 그래서 만다락스의 뒷면에 예를 들어 '해질녘'이라는 단어를 입력하면, 만다락스의 화면에는 다음과 같은 고상한 정취가 깃든 글귀가 나타났다.

해질녘 되어 저녁 별 뜨니
날 부르는 또렷한 소리!
내 먼 바다로 떠나는 날

모래톱에 구슬픈 울음소리 없기를.
—앨프리드 테니슨 경(1809~1892)*

★젠지 히로구치의 만다락스는 이제 곧 그의 임신한 아내, 메리 헵번, 눈먼 셀레나 매킨토시, 아돌프 폰 클라이스트 선장, 그리고 모두 여자인 다른 여섯 사람들과 함께 31년 동안 산타로살리아섬에 고립될 처지였다. 하지만 그런 특별한 상황에서도 만다락스는 사실 별로 도움이 되지 않았다.

만다락스가 지닌 그 모든 지식이 아무짝에도 쓸모없자, 선장은 화가 치밀어 그것을 바다에 던져 버리겠다고 위협했다. 선장이 여든여섯 살, 메리가 여든한 살이던 해의 그의 생애 마지막 날에, 그는 그 위협을 실행에 옮기게 된다. 새로운 아담으로서 그의 마지막 행동은 '지식의 사과'를 깊고 푸른 바다에 던져 버리는 것이었다고 할 수 있겠다.

산타로살리아섬의 특수한 상황 아래서 만다락스의 의학적 조언은 조롱하는 말처럼 들릴 수밖에 없었다. 히사코 히로구치가 죽을 때까지 거의 20년 동안 계속될 심한 우울증에 빠지게 되었을 때, 만다락스는 새로운 취미를 가지고, 새로운 친구를 사귀고, 환경이나 직업에 변화를 주고, 우울증 약을 복용하라고 권했다. 셀레나 매킨토시가 겨우 서른여덟 살밖에 되지 않은 나이에 콩팥이 망가지기 시작했을 때는 만다락스는 콩팥을 이식해 줄 기증자를 가능한 한 빨리 찾아야 한다고 제안했다. 히사코의 털북숭이 딸 아키코가 여섯 살 때 가장 친한 친구인 물개에게서 옮은 것이 분명한 폐렴에 걸렸을 때는 만다락스는 항생제를 권했다. 히사코와 눈먼

---

* 영국의 계관시인. 이 시는 「Crossing the Bar(모래톱을 건너며)」라는 시의 첫 4행으로, 모래톱이란 육지와 바다의 경계, 즉 삶과 죽음의 경계를 상징한다. 황혼녘 모래톱을 건너 초연히 바다로, 즉 죽음의 길로 떠나는 마음을 노래한 시이다.

셀레나는 그 당시 같이 살면서 아키코를 함께 키우고 있었는데, 두 사람은 거의 부부 같았다.

그리고 산타로살리아섬의 광석 찌꺼기 더미에서 벌어진 어떤 사건을 기념하는 행사에 쓸 수 있는 세계 문학 인용문을 찾아 달라는 요청을 받았을 때도 만다락스는 줄곧 쓸모없는 인용문들만 내놓았다. 아키코가 스물네 살에 자신을 쏙 빼닮은 털북숭이 딸이자 그 섬에서 태어난 제2세대 인류의 첫 번째 구성원을 낳았을 때, 그 기계가 내놓은 생각들은 다음과 같다.

> 내가 만약 가장 높은 언덕에서 교수형에 처해진다면
> 어머니, 오 나의 어머니!
> 누구의 사랑이 변함없이 나를 따를지 나는 압니다.
> 어머니, 오 나의 어머니!
> ―러디어드 키플링(1865~1936)*

> 내가 시작된 그곳, 캄캄한 자궁 속에서
> 어머니가 당신의 생명을 희생해 나를 사람으로 만들었네.
> 인간으로 탄생할 순간을 기다리는 그 모든 달 내내
> 어머니가 당신의 아름다움을 희생해 이 비천한 몸을 키웠네.
> 나는 보지도 숨 쉬지도 움직이지도 못하네.
> 어머니가 당신의 일부를 죽음으로 내놓지 않고서는.
> ―존 메이스필드(1878~1967)**

---

* 『정글북』으로 유명한 인도 태생의 영국 소설가이자 시인으로 노벨문학상 수상자. 이 시는 「Mother O' Mine(나의 어머니)」란 시의 첫 4행이다.
** 영국의 계관시인. 이 시는 시인이 여섯 살 때 폐렴으로 돌아가신 어머니에게 바치

자애로운 노고와 애정 어린 보살핌을
인류를 위해 정해 놓으신 하느님이시여!
어머니와 자식을 인연의 줄로 묶어 주신 데 대해
당신께 감사드리옵나이다.
−윌리엄 컬런 브라이언트(1794~1878)*


네 부모를 공경하라.
그리하면 네 하느님 여호와가 네게 준 땅에서 네 생명이 길리라.
−성경**


아키코가 낳은 딸의 아버지는 선장의 장남인 가미카제로, 그때 겨우
열세 살이었다.

---

는 「C. L. M.」이란 시의 첫 6행으로, 시 제목은 어머니의 이름 이니셜로 추정된다.
* 미국의 시인 겸 언론인.
** 십계명 가운데 다섯 번째 계명을 담고 있는 출애굽기 20장 12절.

# 14

 

 

 

현시대 모든 인류의 시조인 그 사람들이 산타로살리아섬에 처음으로 정착해 살았던 41년 동안, 출생은 많아도 축하할 정식 결혼은 없을 것이었다. 그곳에서는 처음부터 확실히 둘씩 짝을 지었다. 히사코와 셀레나는 그들의 남은 생애 동안 짝을 이루고 살았다. 선장과 메리 헵번은 처음 10년 동안, 그러니까 메리 헵번이 선장이 절대로 용서할 수 없다고 여기는 어떤 짓을 할 때까지는 짝을 이루고 살았는데, 그 어떤 짓이란 그의 정자를 허락도 받지 않고 독단적으로 이용한 일이었다. 그리고 나머지 여섯 여자들도 한 가족으로 함께 살면서 기존에 아주 친했던 자매끼리 짝을 이뤘다.

2027년에 산타로살리아섬 최초로 가미카제와 아키코가 결혼식을 올리지만, 이때는 그 섬에 최초로 정착했던 그 사람들 모두가 이미 오래전에 내세로 이어지는 구불구불한 파란 터널 속으로 사라져 버린 뒤였고, 만다락스는 따개비가 여기저기 들러붙은 채 남태평양 바다에 가라앉아 있었다. 만약 만다락스가 그때도 계속 있었더라면, 결혼에 대해 대부분 불쾌한 글들을 화면에 띄웠을 것이다. 이를 테면 다음과 같은 글들 말이다.

결혼: 남자 주인 한 사람, 여자 주인 한 사람,
그리고 노예 두 사람으로 이루어지지만, 총 인원은 둘인 공동체.
—앰브로즈 비어스(1982~?)*

사랑에서 비롯된 결혼도, 포도주에서 비롯된 식초처럼,
시간이 지나면, 밍밍하고 시큼하며 김빠진 음료가 되어
뛰어난 천상의 풍미를 잃고
더없이 소박한 가정의 맛을 풍기게 된다.
—바이런 경(1788~1824)**

만다락스는 위와 같은 종류의 글들을 계속 쏟아 냈을 것이다.

갈라파고스 제도에서 인간의 마지막 결혼은, 그러니까 지구상에서 인간의 마지막 결혼은, 23,011년 페르난디나섬에서 치러졌다. 오늘날은 아무도 결혼이 무엇인지 모른다. 그러니 나는 한창때의 만다락스가 결혼이란 제도에 대해 쏟아 낸 냉소적인 글귀는 상당히 지당했다고 말해야겠다. 나의 부모님도 결혼을 해서 서로를 비참하게 만들었고, 메리 헵번도 산타로살리아섬에서 노부인이 되었을 때 언젠가 털북숭이 아키코에게 자기와 로이가 일리움시를 통틀어 아마도 유일하게 행복한 부부였다고 말한 적이 있으니까.

그때 당시 결혼을 그토록 어렵게 만들었던 원인 역시 다른 수많은 비통한 일들의 선동가인 '너무나도 큰 뇌'였다. 그 거추장스러운 컴퓨터는

---

* 미국의 작가 겸 기자. 위의 글은 그의 풍자적 어휘 사전인 『악마의 사전』에 나오는 결혼의 정의이다. 1913년 멕시코 혁명 와중에 멕시코에 취재를 갔다가 이듬해에 실종되었다.
** 영국의 낭만파 시인. 위는 「돈 후안」이라는 장편 풍자 서사시에서 인용한 구절.

아주 많은 주제들에 대해 아주 많은 정반대의 의견들을 동시에 지닐 수 있었고, 또 어떤 한 의견이나 주제에서 다른 의견이나 주제로 대단히 빠르게 바꿀 수 있었으므로, 남편과 아내 사이의 일개 토론이 뇌의 압박을 받으면 결국에는 눈가리개를 하고 롤러스케이트를 신은 사람들 사이의 싸움처럼 되어 버릴 수도 있었다.

예를 들어, 메리가 호텔 방의 벽장 안쪽을 통해 옆방의 히로구치 부부가 속삭이는 소리를 들었을 때, 히로구치 부부는 자신과 상대방, 사랑과 섹스, 일과 세계 등등에 대한 의견을 번개 같은 속도로 바꾸고 있었다.

한순간, 히사코는 자기 남편이 무척 어리석으니까 스스로 자신과 뱃속의 딸을 구해야겠다고 생각했다. 하지만 또 바로 다음 순간, 그녀는 남편이 모두가 입 모아 말하듯 똑똑하니까, 남편이 자신들을 이 엉망인 상황에서 아주 쉽게 벗어나게 해 줄 거라며 그냥 걱정일랑 접어 두자고 생각했다.

한순간, ★젠지는 아내가 무력하고 몸이 무거워 잘 움직이지도 못한다며 마음속으로 아내를 욕하고 있다가, 다음 순간에는 이 여신과 뱃속의 딸을 위해 필요하다면 목숨도 바칠 수 있다고 맹세하고 있었다.

적어도 인간 아이를 기를 수 있을 정도로 오랫동안, 한 14년 정도는 함께 지내야만 하는 동물들의 머릿속에서 그런 감정적인 변덕은 무슨 소용이 있어서 일어났던 것일까?

★젠지는 한참 이어지던 침묵을 깨고 어느새 이렇게 말하고 있었다. "당신에게 뭔가 신경 쓰이는 다른 일이 있나 보군." 그의 말은 자신들이 처한 이 엉망인 상황보다 더 개인적인 일로 이미 꽤 오랫동안 그녀가 화가 나 있었고, 지금 역시 그렇다는 뜻이었다.

"아냐." 그녀가 말했다. 이런 대답은 커다란 뇌가 지닌 또 다른 문제점이었다. 커다란 뇌는 만다락스가 결코 하지 못하는 일을 쉽게 할 수 있었는데, 그것은 거짓말을 술술 늘어놓는 것이었다.

"지난주 내내 당신은 뭔가 신경 쓰이는 일이 있었어. 무슨 일인지 그냥 털어놓지 그래? 무슨 일인지 말해 봐." 그가 말했다.

"아무것도 아냐." 그녀가 말했다. 진실을 말하는지 아닌지도 전혀 확신할 수 없으면서 누가 이런 컴퓨터와 14년을 보내고 싶을까?

히로구치 부부는 내가 이 이야기 내내 사용하고 있는 백만 년 전의 자연스러운 미국 영어가 아니라 일본어로 대화하고 있었다. 그런데 ★젠지가 만다락스를 한 손에서 다른 손으로 넘기며 신경질적으로 만지작거리다가 무심코 건드리는 바람에 만다락스는 부부가 하는 말을 나바호어*로 옮기고 있었다.


"뭐, 정 그렇게 알고 싶다면야 말해 줄게." 히사코가 마침내 입을 열었다. "유카탄에 있었을 때 어느 날 오후 나는 오무호에서 만다락스를 만지작거리고 있었어." 오무호는 ★매킨토시의 백 미터짜리 요트였다. "당신은 바다에 가라앉은 보물을 찾아 잠수 중이었고." 사실 ★젠지는 수영을 잘 못했지만 ★매킨토시가 자꾸 권하는 바람에 어쩔 수 없이 40미터 아래에 있는 스페인 대형 범선까지 스쿠버다이빙해 내려가서 깨진 그릇이며 포탄을 갖고 올라오고 있었다. ★매킨토시는 또한 3미터짜리 나일론 끈으로 셀레나의 오른쪽 손목을 자신의 오른쪽 발목에 묶어 자신의 눈먼 딸 셀레나도 잠수를 시켰다.

"그러다가 우연히 난 당신이 내게 미처 말해 주지 않은 만다락스의 어떤 기능을 알게 됐어." 히사코는 계속 말했다. "그게 뭔지 알아맞혀 볼래?"

---

* 북미 인디언인 나바호족이 쓰는 언어.

79

"아니, 그러고 싶지 않아." 그가 말했다. 이제 그가 거짓말할 차례였다.

"만다락스는," 그녀가 말했다. "알고 보니 아주 훌륭한 꽃꽂이 강사더라고." 당연히 꽃꽂이는 그녀가 무척 자긍심을 지니고 있는 분야였다. 하지만 그녀는 일개 작은 검정 상자가 자신이 가르치는 것을 가르칠 수 있는 것은 물론, 그것도 천 가지 다른 언어로 가르칠 수 있다는 사실을 발견하고는 자존심이 굉장히 상했다.

"당신한테 말하려고 했어. 정말이야." 그의 이 말 또한 거짓말이었는데, 사실 그는 만다락스가 일본식 꽃꽂이 이케바나에 대해서도 잘 안다는 사실을 그녀가 알게 되는 것은 그녀가 은행 금고를 채운 자물쇠의 비밀번호를 알아맞히는 것만큼이나 있을 법하지 않은 일이라고 생각했었다. 그녀는 만다락스의 작동법을 배우는 것을 아주 꺼려했었고 죽을 때까지도 여전히 그러할 것이었다.

그런데, 저런, 그녀가 오무호에서 만다락스의 버튼들을 만지작거리고 있었는데, 갑자기 만다락스가 그녀에게 가장 아름다운 꽃꽂이는 한 가지나 두 가지 요소, 많아야 세 가지 요소로 이루어진다고 알려 주는 게 아닌가. 그러면서 계속 설명하기를, 세 가지 요소로 배열할 때는 세 요소 모두가 같거나 셋 중 두 요소가 같을 수는 있지만, 세 요소 모두가 달라서는 절대 안 된다고 했다. 만다락스는 그녀에게 한 요소 넘게 배열할 때 각 요소의 높이 사이의 이상적 비율에 이어, 요소들과 꽃병이나 수반, 때로는 꽃바구니의 지름과 높이 사이의 이상적 비율도 알려 줬다.

결국 이케바나도 현대 의학만큼이나 쉽게 체계적으로 정리될 수 있는 것으로 드러났다.


★젠지 히로구치 본인이 만다락스에게 이케바나나 만다락스가 알고 있는 다른 지식들을 직접 가르친 것은 아니었다. 그는 부하 직원들에게 그

일을 맡겼었다. 만다락스에게 이케바나를 가르친 부하 직원은 그저 히사코의 유명한 꽃꽂이 강좌에 녹음기를 가져가 녹음한 내용을 요약해 입력했을 뿐이었다.

★젠지는 오나시스 여사를 깜짝 선물로 즐겁게 해 주기 위해 만다락스가 이케바나를 익히게 했다고, 오나시스 여사에게 '세기의 자연 유람선 여행'의 마지막 밤에 그 기계를 선물할 생각이었다고 히사코에게 둘러댔다.

"오나시스 여사님을 위해 그런 거야. 여사님이 아름다운 것을 무척 좋아하는 분 같아서."

그의 이 말은 공교롭게도 사실이었지만 히사코는 믿지 않았다. 1986년 당시에는 그런 식으로 상황이 나빠지고는 했다. 너무나도 많은 거짓말이 오가고 있었던 탓에 사람들은 더 이상 서로를 믿지 않았다.

"아, 그래, 어련하실까." 히사코가 말했다. "아무렴 오나시스 여사님을 위해 그랬겠지. 더불어 당신 아내의 명예도 드높이고 말이야. 당신 덕택에 난 불멸의 인물들 사이에 자리하게 됐네." 그녀가 말한 불멸의 인물들이란 만다락스가 인용할 수 있는 위대한 사상가들을 뜻했다.

그녀는 이제 정말로 심술궂게 변해서 그가 자신의 공적을 폄하시킨 만큼 그의 공적을 폄하시키고 싶어 했다. "내가 정말 멍청이지." 그녀가 말했다. 만다락스는 그녀의 말을 나바호어로 화면에 충실히 번역하고 있었다. "당신이 하는 일이 얼마나 악의적이고 타인에 대한 멸시가 담겨 있는지 내가 깨닫는 데 이토록 오랜 시간이 걸리다니."

"★히로구치 박사," 그녀는 계속 말했다. "당신은 당신 자신을 제외한 모든 사람이 이 행성에 그냥 공간이나 차지하고 있다고 생각하지? 그러면서 우리가 엄청 시끄럽게 떠들어 대기만 하고, 소중한 자연 자원이나 낭비하면서, 애들도 너무 많이 낳고, 여기저기 쓰레기만 어질러 놓는다고 생각하겠지. 그래서 당신 같은 훌륭한 분들을 위해 우리가 제공할 수 있는 몇몇 시시한 서비스 따위는 기계에 넘겨 버리면, 이 행성이 훨씬 나은 곳이 될 거라고 생각하잖아. 당신이 지금 귀를 긁는 데 쓰고 있는 바로 그 훌륭하신 만다락스에게 넘겨 버리면 말이야. 그 기계는 언어나 수학, 역사, 의학, 문학, 이케바나나 뭐 그런 것에 대한 지식을 지닌 사람에게 결코 대가를 지불하지도 감사조차도 않는 비열한 자기중심주의자를 위한 변명이 아니면 대체 뭐란 말이야?"

과거 그 당시에 인간이 하던 모든 일을, 그야말로 모든 일을, 기계에게 대신 시키고자 하는 열풍이 불어닥치게 된 원인에 대해 나는 이미 의견을 제시한 바 있다. 그러니 나는 그저 SF 작가였던 나의 아버지가 언젠가 썼던 소설에 대한 이야기만 덧붙이고자 한다. 그 소설은 스포츠 로봇을 개발한다는 이유로 모두의 비웃음을 산 한 남자에 대한 소설이었다. 그 남자는 매번 홀인원을 할 수 있는 골프 로봇, 매번 골을 넣을 수 있는 농구 로봇, 매번 서브 에이스를 넣을 수 있는 테니스 로봇 따위를 개발했다.

처음에 사람들은 그런 로봇들이 무슨 쓸모가 있는지 알지 못했고, 그것을 발명한 그 남자의 아내도 아버지의 아내가 그랬던 것처럼 그를 떠나 버렸다. 급기야 그의 자식들은 그를 정신병원에 넣으려고 했다. 그러자 그는 광고주들에게 그의 로봇들이 자동차나 맥주, 면도기, 손목시계, 향수 등등의 광고도 할 수 있다고 알렸다. 내 아버지에 따르면, 그는 그 덕택에 부자가 되었는데, 꼭 그 로봇들처럼 되기를 바라는 스포츠광들이 엄청나게 많았기 때문이다.

내게 왜냐고는 묻지 마라.

# 15

한편, ★앤드루 매킨토시는 자신의 눈먼 딸의 방에서 전화벨이 울리기를, 히로구치 부부와 함께 나누고 싶은 좋은 소식을 전해 줄 전화가 오기만을 기다리고 있었다. 스페인어가 유창한 그는 맨해튼섬에 있는 자신의 사무실들에 연락하고, 겁에 질린 에콰도르의 금융업자들과 관리들과 통화하느라 오후 내내 전화기를 붙들고 있었다. 그는 자기가 무슨 일을 하고 있는지 딸이 듣기를 바랐기 때문에 딸의 방에서 업무를 보고 있었다. 부녀 사이는 무척 친밀했다. 엄마가 자기를 낳다가 죽었기 때문에 셀레나는 엄마를 본 적도 없었다.

지금 생각해 보니, 셀레나의 무의미한 초록색 눈동자는 자연의 실험이었던 것 같은데, 셀레나가 눈이 먼 것은 유전이라서 그것을 아이에게 물려줄 가능성이 있었기 때문이다. 과야킬에 왔을 때 그녀는 열여덟 살로 출산 최적기를 눈앞에 두고 있었다. 나중에 산타로살리아섬에서 메리 헵번이 선장의 정자로 하는 자신의 무허가 실험에 참여하고 싶으냐고 셀레나에게 물었을 때도 셀레나는 겨우 스물여덟 살이었다. 셀레나는 그 제안을 거절했다. 하지만 만약 눈이 먼 것에서 어떤 이점이라도 찾아냈더라

83

면, 셀레나도 그 이점을 물려주려 했을 것이다.

과야킬에서 자신의 반사회적 아버지가 전화기에 대고 온갖 사업 수완을 발휘하는 말을 듣고 있을 때만 해도 어린 셀레나는 자신이 두 칸 떨어진 방에 있는 히사코 히로구치와 짝을 이뤄 털북숭이 아기를 키울 운명인 줄은 조금도 알지 못했다.

과야킬에서 그녀는 자기 아버지와 짝을 이루었는데, 그는 이 행성을 자기가 소유한 양 마음이 내킬 때면 언제 어디서든 뭐든 할 수 있는 것처럼 굴었다. 그녀의 커다란 뇌는 그녀에게 속삭였다. 불굴의 성격을 지닌 그녀의 아버지가 전자기를 이용한 사기성 짙은 사업으로 일궈 낸 거품 속에서 그녀는 안전하고 즐겁게 삶을 살아 나갈 것이며, 그 거품은 아버지가 돌아가신 후에도, 그러니까 아버지가 내세로 향하는 파란 터널로 들어갈 차례가 온 뒤에도 계속 그녀를 보호할 것이라고.

잊어버리기 전에 말해 두자면, 산타로살리아섬에서는 셀레나가 눈이 먼 덕택에 그 섬에 함께 정착한 나머지 사람들보다 이로운 점이 한 가지 있었다. 그것은 그녀에게는 큰 기쁨이었지만 그렇더라도 또 다른 세대에게 물려줄 만한 가치가 있지는 않았다.

그 섬에 있는 어느 누구보다도 더, 셀레나는 어린 아키코의 털의 감촉을 즐길 수 있었다.

★앤드루 매킨토시는 에콰도르의 최고 금융업자들에게 에콰도르에서 그의 지정 수탁자가 되어 주면 여전히 금만큼이나 신용할 수 있는 화폐인 미화로 5천만 달러를 즉시 송금할 준비가 되어 있다고 말해 놓은 상태였다. 그 시점에 미국 은행들이 보유한 것으로 여겨지는 재산의 대부분은 완전히 가상의 것이, 무게도 실체도 없는 것이 되어 있었기 때문에, 액

수가 얼마든 유선이나 무선 전신으로 서면 메시지를 받을 수 있는 곳이면 에콰도르든 어디든 즉시 송금이 가능했다.

★매킨토시는 에콰도르 사람들이 그런 큰 액수의 돈을 받는 대가로, 마찬가지로 즉시, 어떤 재산들을 기꺼이 그 자신과 그의 딸과 히로구치 부부의 명의로 해 줄 것인지 키토에서 연락이 오기를 기다리고 있었다.

그렇게 하는 데는 그의 돈도 들이지 않을 것이었다. 그는 그 액수가 얼마든 간에 체이스 맨해튼 은행으로부터 빌리기로 이미 처리해 놓은 상태였다. 은행 측에서는 얼마든 간에 어떻게든 그에게 대출해 주기로 되어 있었다.

그랬다. 그리고 만약 그 거래가 성사되면, 에콰도르는 비옥한 나라들에 그 신기루 조각들을 유선이나 무선 전신으로 보내고 그 대가로 진짜 식량을 구할 수 있었다.

그리고 에콰도르 사람들이 그렇게 구한 식량을 게걸스레 걸신들린 듯 냠냠 쩝쩝 다 먹어 치우면 그 식량은 그저 배설물과 추억으로만 남을 것이었다. 그런 뒤에는 작은 나라 에콰도르는 어떻게 될까?


★매킨토시가 기다리는 전화는 정확히 5시 30분에 오기로 되어 있었다. 아직 30분을 더 기다려야 해서 그는 여러 음식을 곁들인 살짝만 익힌 안심스테이크 2인분을 룸서비스로 주문했다. 엘도라도 호텔에는 아직도 맛있는 먹을거리가 많았다. '세기의 자연 유람선 여행'을 위해 도착한 손님들을 위해, 특히 오나시스 여사를 위해 비축해 둔 것이었다. 바로 그 순간, 군인들이 한 블록 떨어진 거리에서 호텔을 사방팔방으로 빙 두르며 가시철조망을 치고 있었는데, 그것은 그 음식을 지키기 위해서였다.

똑같은 일이 부둣가에서도 일어나고 있었다. 바이아데다윈호 주위로 가시철조망이 쳐지고 있었다. 과야킬 사람이라면 모두 알고 있듯이, 그 배에는 14일 동안 1백 명의 손님들에게 매끼 다르게 하루 3끼 고급 식사를 대접하기 위한 식량이 실려 있었다. 산수를 조금이라도 할 줄 아는 사람이라면 그 아름다운 배를 보고 이런 생각을 했을 것이다. "나도, 아내와 애들도, 부모님도 배를 쫄쫄 곯고 있는데, 저 배에는 4,200인분의 맛있는 식사가 실려 있다니."

저녁으로 시킨 안심스테이크 2인분을 셀레나의 방으로 가져온 사내도 그런 계산을 했으며, 자신의 커다란 뇌에 호텔의 식품 저장실에 있는 맛있는 먹을거리의 목록도 넣어 가지고 다녔다. 호텔 직원들에게는 아직도 식사가 제공되고 있었으므로 그 사내는 아직 배를 곯고 있지는 않았다. 에콰도르 기준으로 보면 소가족인 임신한 아내, 장모, 자기 아버지, 그리고 고아가 되는 바람에 그가 맡아 기르고 있는 조카로 이루어진 그의 가족 역시 지금까지는 충분히 잘 먹고 있었다. 다른 모든 직원들처럼, 그도 자신의 가족을 위해 호텔에서 음식을 훔쳐 오고 있었던 것이다.

그 사내는 조금 전에 아래층에서 제임스 웨이트의 시중을 들던 젊은 잉카족 바텐더인 헤수스 오르티스였다. 호텔 지배인인 ★지그프리트 폰 클라이스트가 직접 바텐더 자리를 넘겨받고는 오르티스는 객실 손님을 시중드는 웨이터로 보내 버린 것이었다. 갑자기 호텔에 일손이 모자랐다. 평소 룸서비스를 맡았던 웨이터 둘이 사라져 버린 모양이었다. 하지만 룸서비스가 그리 많지 않을 것으로 예상되므로, 그 둘이 사라졌다 해도 괜찮을 것 같았다. 그 둘은 어딘가에서 잠자고 있을지도 몰랐다.

그리하여 오르티스가 그 안심스테이크 2인분을 들고 가게 되었고, 그의 커다란 뇌는 부엌에서, 그런 뒤 엘리베이터에서, 또 그런 뒤에는 셀레나의 방 밖의 복도에서도 그 스테이크에 대해 계속 생각했다. 그 호텔의 종업원들은 그렇게 좋은 음식은 먹지도 훔치지도 않았다. 그들은 그 사실을 대체로 자랑스럽게 여겼다. 가장 좋은 음식은 그들이 '세뇨라* 케네디'라고 부르는 존재를 위해 아직 아껴 두고 있었다. '세뇨라 케네디'는 실제로는 오나시스 여사를 가리켰지만, 그들 사이에서는 아직도 이곳으로 올 것이라 여겨지는 유명하고 부유하며 영향력 있는 모든 사람들을 총칭하는 은어로 쓰였다.

오르티스의 뇌는 굉장히 커서 그의 머릿속에 그 자신과 부양가족들이 백만장자로 주연을 맡은 영화들을 보여 줄 수 있었다. 그리고 소년이나 마찬가지인 이 사내는 굉장히 순진했기 때문에, 자신은 나쁜 습관도 없고 자발적으로 아주 열심히 일하고 있으니까 이미 백만장자인 사람들로부터 인생에서 성공하는 비결을 몇 가지 듣기만 한다면 그 꿈이 실현될 수 있다고 믿었다.

오르티스는 아까 아래층에서 제임스 웨이트를 만났을 때 정말 이상하리만치 그에게 호감이 안 갔지만, 조심스레 관찰하다 보니 그의 지갑이 신용카드와 미화 20달러짜리 지폐로 꽉 차 있었다. 그래서 오르티스는 그에게서 잘살 수 있는 방법에 대해 조언을 구하려 했지만 그리 만족스럽지는 않았다.

그는 셀레나 방의 문을 두드리면서 그 안심스테이크에 대해 이런 생각도 했다. '이 방 안에 있는 사람들은 이 스테이크를 먹을 자격이 있어. 나도 백만장자가 되면 그럴 자격이 있을 거야.' 그리고 이 사내는 무척 총명하고 진취적인 젊은이였다. 그는 열 살 때부터 과야킬의 여러 호텔에 근무하면서 6개 국어를 유창하게 구사하게 되었는데, 그것은 고쿠비가 아는 언어 수의 절반 이상, 제임스 웨이트나 메리 헵번이 아는 언어 수의 여섯 배, 히로구치 부부가 아는 언어 수의 세 배, 매킨토시 부녀가 아는 언

---

* '세뇨라(Señora)'는 기혼인 여자를 부를 때 쓰는 스페인어 호칭으로 영어의 'Mrs.'에 해당한다.

어 수의 두 배였다. 그는 또한 훌륭한 요리사이자 제빵사였으며, 야간 학교에서 회계와 상법을 수강하기도 했었다.

그러므로 그는 성향상 셀레나가 그 방으로 들여 줬을 때 그 안에서 보고 들은 것은 뭐든 좋아하게 되어 있었다. 그는 그녀의 초록색 눈이 멀었다는 사실을 이미 알고 있었다. 그렇지 않았더라면 그는 깜빡 속았을 것이다. 그녀는 눈먼 사람처럼 행동하지도 보이지도 않았다. 그녀는 무척 아름다웠다. 오르티스의 커다란 뇌는 그가 그녀에게 반해 버리게 만들었다.

★앤드루 매킨토시는 바닥에서 천장까지 통유리로 된 벽 앞에 서서 습지와 빈민가 너머로 바이아데다윈호를 내다보고 있었다. 그는 해가 지기 전에 그 배가 자신이나 셀레나, 아니면 히로구치 부부의 소유가 될 것이라고 기대하고 있었다. 5시 30분에 그에게 전화를 걸기로 한 사람은 구름 속 높은 곳에 있는 키토의 금융업자들로 이루어진 긴급 컨소시엄의 대표 고트프리트 폰 클라이스트로, 그는 엘도라도 최대 은행의 대표 이사이자, 엘도라도 호텔 지배인과 바이아데다윈호 선장의 삼촌이었으며, 형 빌헬름과 함께 바이아데다윈호와 엘도라도 호텔의 공동 소유자이기도 했다.

안심스테이크를 갖고 이제 막 방으로 들어온 오르티스를 돌아봤을 때, ★매킨토시는 고트프리트 폰 클라이스트에게 스페인어로 처음으로 건넬 말을 머릿속으로 연습 중이었다. '친애하는 동업자 선생, 나머지 좋은 소식에 앞서, 내가 나의 호텔 꼭대기 층에서 저 멀리 있는 나의 배를 바라보고 있다는 언명부터 먼저 해 주지 않겠습니까?'

★매킨토시는 맨발에 카키색 반바지를 입고 있었는데, 바지 앞 단추가 끌러져 있는 데다 안에는 속옷도 입고 있지 않아서 그의 음경이 대형 괘종시계의 추처럼 훤히 들여다보였다.

그랬다. 그리고 지금 잠시 이야기를 멈추고 생각해 보면, 이 남자는 과시욕 강한 성적 취향과 지구상의 생명 유지 장치들을 최대한 많이 자신의 재산으로 만들려는 광적인 소유욕을 지니고 있음에도 불구하고, 정말 놀라울 정도로 번식에는, 즉 생물학적으로 큰 성공을 이루는 존재가 되는 일에는 관심이 없었다. 그 당시 생존 장치를 가장 많이 축적한 유명인들은 대체로 자녀의 수가 적었다. 물론 거기에도 예외는 있었다. 하지만 번식도 많이 하고 자손이 안락하게 살려면 아주 막대한 재산이 필요하다고 여겼을지 모르는 그 예외적인 사람들은 대개 자신의 자식들을 정신적 불구자로 만들었다. 그들의 상속자들은 대개 좀비처럼 송장이나 다름없어서, 동물로서 인간이 원하거나 필요로 하는 것을 그들의 조상에게서 굉장히 많이 물려받았지만 그들의 조상만큼이나 탐욕스러운 사람들에게 쉽게 빼앗겼다.

★앤드루 매킨토시는 본인이 살고 죽는 것에는 신경 쓰지 않았는데, 이는 그가 스카이다이빙이나 고성능 자동차 경주 따위에 열정을 쏟는 것을 보면 알 수 있었다.

그러므로 나는 과거 그 당시 사람의 뇌가 목숨을 버리게 될지도 모르는 일을 하라고 부추기는 굉장히 방대하고 무책임한 발동기처럼 되어 버리는 바람에, 미래 세대를 위해 행동하는 것을 편협한 광신자들이나 할지 모르는 포커, 폴로, 채권 거래, SF 소설 창작 같은 여러 독단적인 게임들 가운데 하나인 것처럼 보이게 만들었다고 말할 수밖에 없다.

그 당시 ★앤드루 매킨토시뿐만이 아니라 점점 더 많은 사람들이 인류의 생존을 지켜 나가는 것이 완전히 지루한 일이라는 사실을 깨닫게 되었다.

말하자면, 테니스공을 치고 또 치는 것이 그것보다는 훨씬 더 재미있는 일이었다.

안내견 카자크는 셀레나의 킹사이즈 침대 발치의 짐을 놓는 선반 옆에 앉아 있었다. 카자크는 독일 셰퍼드 암컷이었다. 카자크는 본연의 모습으로 있어서 편안하고 자유로웠는데, 그 순간에는 몸에 매는 띠와 손잡이를 하고 있지 않았기 때문이었다. 그리고 그 암캐의 작은 뇌는 고기 냄새에 행동 개시 신호를 내려 그 개가 커다란 갈색 눈동자에 잔뜩 기대에 찬 눈빛을 띤 채 오르티스를 올려다보며 꼬리를 흔들게 만들었다.

그 당시 개들은 냄새를 구별하는 것에 관한 한 사람들보다 훨씬 우월했다. 다윈의 자연 선택의 법칙 덕분에, 오늘날의 모든 인간은 카자크만큼이나 예민한 후각을 지니고 있다. 그리고 오늘날의 모든 인간은 한 가지 면에서는 개들보다 뛰어나다. 바로 '인간은 수중에서도 냄새를 맡을 수 있다.'는 점이다.

개들은 여전히 수중에서는 헤엄도 치지 못한다. 그것을 배울 시간이 백만 년이나 있었는데도 말이다. 개들은 여전히 빈둥거리며 시간을 보낸다. 개들은 아직도 물고기를 잡지 못한다. 그리고 동물계의 나머지 전체도 그토록 긴 세월 동안 생존 전략을 향상시키기 위해 한 일이라고는 정말이지 거의 아무것도 없다고 말해야 할 것 같다. 단, 인간만을 제외하고는.

# 16

★앤드루 매킨토시가 이제 헤수스 오르티스에게 하게 되는 말은 굉장히 모욕적이면서도, 에콰도르 전역을 휩쓸고 있는 굶주림의 고통을 고려하면 대단히 위험한 말이었기 때문에, 다음에 일어날 일에 신경 쓰는 것이 정신이 건강한 상태인지 알 수 있는 징후라면, 그의 커다란 뇌는 상당히 심각한 병을 앓고 있는 것임에 틀림없었다. 게다가 이 친절하고 마음씨 고운 웨이터에게 그가 이제 막 던지려는 잔인무도하고 모욕적인 말은 고의적인 것도 아니었다.

★앤드루 매킨토시는 중간 키에 네모진 체격을 지닌 남자로, 머리는 커다란 상자 위에 놓인 상자 같았고 팔다리는 무척 굵었다. 그는 메리 헵번의 남편 로이만큼이나 원기 왕성하고 유능한 야외 활동 애호가였지만, 로이와는 전혀 다르게 위험천만하고 오싹한 모험을 즐겼다. ★매킨토시의 큼직하고 새하얀 치아에 좋은 인상을 받은 오르티스는 그 모습에 그랜드 피아노의 건반이 떠올랐다.

★매킨토시가 스페인어로 그에게 말했다. "개한테 먹일 거니까 스테이크 두 접시 다 바닥에 놓고 나가."

치아에 대한 얘기가 나온 김에 말하자면, 산타로살리아섬이나 사람이 정착한 갈라파고스 제도의 다른 어느 섬에도 치과 의사가 있었던 적은 없다. 상황이 이러면 백만 년 전에도 그랬을 테지만, 현재 이곳 정착민은 머리가 깨지는 듯한 치통을 숱하게 겪는 과정 끝에 보통 서른 살 무렵이면 치아를 모두 잃게 될 것으로 예상된다. 그리고 그렇게 되면 분명 단순한 허영심에 타격을 입는 것 이상의 타격을 입게 되는데, 현재는 살아 있는 잇몸에 박힌 치아가 사람들의 유일한 도구이기 때문이다.

정말이다. 치아를 제외하고는 이제 사람들에게 도구라고는 전혀 없다.

메리 헵번과 선장은 산타로살리아섬에 도착했을 때 건강한 치아를 지니고 있었다. 두 사람 다 서른을 훌쩍 넘긴 나이였지만 치과를 정기적으로 다니면서 충치의 썩은 부분을 파내고 농양을 짜내는 등의 치료를 받은 덕분이었다. 하지만 그 둘은 죽었을 때 치아가 없었다. 셀레나 매킨토시는 히사코 히로구치와 동반 자살로 생을 마감했을 때 아주 젊은 나이였기 때문에 아직 치아가 많이 남아 있었지만 전부 다 남아 있었던 것은 아니었다. 히사코는 그때 치아가 하나도 남아 있지 않았다.

그리고 만약 내가 백만 년 전에 가졌던 것과 같은 종류의 인간의 몸을 마치 누군가가 시장에 팔려고 내놓으려는 기계처럼 비판하고 있는 것이라면, 밝히고 싶은 요점이 두 가지 있다. 하나는 내가 이 이야기에서 지금까지 확실히 밝혀 왔던 점인데, 바로 '인간의 뇌는 너무나도 큰 탓에 실용적이지 못하다.'라는 것이다. 다른 하나는 '우리의 치아는 늘 뭔가 말썽이 생기기 때문에 대개는 평생을 가지 않는다. 우리가 입안 가득 썩어 가는 치아를 갖게 된 것은 진화상의 어떤 일련의 사건들 때문일까?'라는 것이다.

그토록 짧은 시간에 사람에게 굉장히 많은 호의를 베풀어 온 자연 선택의 법칙이 치아에 관한 문제도 처리했다고 말할 수 있으면 좋을 것이다.

어느 정도는 그랬지만 그 해결책은 가혹했다. 자연 선택의 법칙은 사람의 치아를 더 오래가게 만드는 쪽으로 그 문제를 처리하지 않았다. 그저 인간의 평균 수명을 30년가량 줄여 놓았을 뿐이었다.

이제 다시 과야킬로, ★앤드루 매킨토시가 헤수스 오르티스에게 안심 스테이크를 바닥에 내려놓으라고 한 장면으로 돌아가자.

"죄송하지만 다시 한번 말씀해 주시겠습니까, 손님?" 오르티스는 영어로 말했다.

"두 접시 다 그 개 앞에 내려놓으라니까." ★매킨토시가 말했다.

그래서 오르티스는 시키는 대로 했지만, 그의 커다란 뇌는 완전히 혼란스러운 상태로 그 자신과 인류, 과거와 미래, 우주의 본질에 대한 오르티스의 견해를 전부 바꿔 놓고 있었다.

오르티스가 개 앞에 음식을 차려 놓고 몸도 채 펴기 전에 ★매킨토시가 또다시 말했다. "썩 꺼져."

인간의 그런 나쁜 행실에 대해 쓰려니 백만 년 뒤인 지금도 마음이 아프다.

백만 년이 지났지만 나는 인류를 대신해 사과하고 싶다. 내가 할 수 있는 말은 그것뿐이니까.

만약 자연이 셀레나를 대상으로 눈이 먼 것을 실험했다면, 그녀의 아버지를 대상으로는 무정함을 실험했다. 그랬다. 그리고 자연은 헤수스 오르티스를 대상으로는 부자를 흠모하는 것을, 나를 대상으로는 만족할 줄 모르는 관음증을, 나의 아버지를 대상으로는 냉소주의를, 나의 어머니를 대상으로는 낙천주의를, 바이아데다윈호의 선장을 대상으로는 근거 없는 자신감을, 제임스 웨이트를 대상으로는 목적 없는 탐욕을, 히사코 히로구치를 대상으로는 우울증을, 아키코를 대상으로는 털로 뒤덮인 몸을 실험했다. 그리고 이런 식의 예는 무궁무진했다.

내 아버지의 소설 가운데 하나인 『바람직한 괴물들의 시대』*가 떠오른다. 그 소설은 어떤 행성에 대한 이야기로, 그곳에 사는 인간을 닮은 우주인들은 최후의 순간까지 가장 심각한 생존 문제들을 무시한다. 그러다가 결국 모든 숲이 망가지고, 모든 호수가 산성비로 오염되고, 모든 지하수가 산업폐기물 같은 것들로 인해 마실 수 없게 되는 상황을 맞이하자, 비로소 그 우주인들은 자신들이 어느 틈엔가 날개나 뿔이나 지느러미가 달리거나, 눈이 백 개이거나, 눈이 아예 없거나, 뇌가 거대하거나, 뇌가 아예 없거나 하는 따위의 모습을 한 아이들의 부모가 되어 있다는 사실을 깨닫게 된다. 이런 아이들은 운이 따른다면 부모 세대의 우주인보다 더 나은 행성의 시민이 될지도 모르는, 생물을 대상으로 한 자연의 실험이었다. 대부분은 죽거나 사살되거나 할 수밖에 없었지만, 몇몇은 정말로 바람직한 모습이었는데 그들은 자기들끼리 결혼해서 자기들과 비슷한 아이를 낳았다.

나는 이제 백만 년 전 내가 살았던 시대를 '바람직한 괴물들의 시대'라고 부르고자 한다. 그 시대를 살던 괴물 같은 인간들 대부분이 몸보다는 인격 면에서 이전까지 보지 못했던 새로운 종이었기 때문이다. 그리고 현재는 몸에 관해서든 인격에 관해서든 그런 실험들은 진행되고 있지 않다.

그때 당시 커다란 뇌들은 잔인함이란 목적을 위해 잔인하게 굴 수 있었을 뿐만 아니라, 하등 동물은 전혀 느끼지 못하는 온갖 고통도 느낄 수

---

* '바람직한 괴물'이란 우연한 큰 돌연변이에 의해 출현한다는 가설적인 생물개체를 가리키는 용어이다.

있었다. 지구상의 다른 어떤 동물도 헤수스 오르티스가 엘리베이터를 타고 로비로 내려가면서 매킨토시가 한 말에 자신이 만신창이가 되어 버렸다고 느낀 것과 같은 기분은 느낄 수 없었다. 그는 심지어 이제 자신에게 삶을 가치 있게 만들 수 있는 것이 남아 있는지도 확신할 수 없었다.

그리고 그의 뇌는 너무나도 복잡해서 그의 두개골 안에서 어떤 하등동물도 볼 수 없는 온갖 종류의 그림들을 보고 있었다. 그 그림들은 모두 순전히 인간의 생각만큼이나, 그리고 ★앤드루 매킨토시가 바라던 말을 전화로 듣기만 하면 맨해튼에서 에콰도르로 즉시 송금할 준비가 되어 있는 5천만 달러만큼이나 가상의 것이었다. 그는 세뇨라 케네디, 즉 재클린 케네디 오나시스의 그림을 보았지만 예전에 본 적 있는 성모 마리아의 그림들과 분간할 수 없었다. 오르티스는 로마가톨릭교도였다. 에콰도르 사람들은 모두 로마가톨릭교도였다. 폰 클라이스트 가문도 모두 로마가톨릭교도였다. 에콰도르 열대 우림 지역의 식인 부족으로 사람들 눈에 좀처럼 띄지 않는 칸카보노족조차도 로마가톨릭교도였다.

그 그림 속의 세뇨라 케네디는 아름답고 슬프고 순수하고 다정하고 전능했다. 오르티스의 마음속에서 그녀는 또한 이미 호텔에 와 있는 여섯 손님을 포함한 '세기의 자연 유람선 여행'에 참가할 예정인 다수의 하급 신들을 통솔했다. 오르티스는 그들 모두가 선할 것임을 믿어 의심치 않았으며, 기아가 닥치기 시작할 때까지 대부분의 에콰도르 사람들이 그랬던 것처럼 그들이 에콰도르에 오는 것은 자기 나라의 역사에서 영광스러운 순간이 될 것이므로 그들에게 온갖 호사를 아낌없이 베풀어야 한다고 생각했다.

하지만 이제 훌륭하다고 여겼던 손님 가운데 한 사람인 ★앤드루 매킨토시의 실체가 드러나자 오르티스의 머릿속에 있는 나머지 모든 하급 신들의 그림뿐만 아니라, 세뇨라 케네디의 그림까지도 오염되었다.

그리하여 머리에서 어깨까지 그려진 그 초상화는 뱀파이어처럼 송곳니가 나고 얼굴에서는 피부가 떨어져 나갔지만 머리카락은 그대로인 모습이 되었다. 이제 그것은 이를 드러내고 히죽거리는 해골 모습을 한 채, 약한 나라 에콰도르에 오직 역병과 죽음만이 찾아오기를 소원하고 있었다.

그것은 무시무시한 그림이었고 오르티스는 그 그림을 떨쳐 낼 수가 없었다. 그는 바깥의 열기 속에서라면 그 그림을 떨쳐 버릴 수 있을지도 모른다고 생각해서 로비를 가로질러 갔다. 그의 귀에는 ★지그프리트 폰 클라이스트가 바에서 외치는 소리도 들리지 않았다. ★폰 클라이스트는 그에게 무슨 일인지, 어디에 가는 것인지 등을 묻고 있었다. 오르티스는 그 호텔에서 가장 우수한 직원, 즉 가장 충실하고 재치 있고 한결같이 쾌활한 직원이었으므로, ★폰 클라이스트는 그가 절실하게 필요했다.

말이 나온 김에 덧붙이자면, 그 호텔 지배인은 이성애자이고 현미경으로 본 결과 정자 상태도 좋아 보이는 등 아무런 이상이 없었는데도 아이가 없었는데 그 이유는 이러하다. 그가 오늘날에는 발생하지 않는 '헌팅턴 무도병'*이라는 불치의 유전성 뇌질환의 보인자**일 가능성이 반반이었다. 그때 당시, 헌팅턴 무도병은 만다락스가 진단할 수 있는 가장 흔한 천 가지 질병 가운데 하나였다.

오늘날 헌팅턴 무도병의 보인자가 없는 것은 카지노 도박에서 어쩌다 맞은 요행수 같다. 그것은 당시 ★지그프리트 폰 클라이스트를 그저 보인자일 가능성만 지닌 상태로 있게 만들었던 것과 같은 뜻밖의 행운이었다.

---

* 몸의 근육을 제대로 움직이지 못해 걸음걸이가 춤추는 듯한 모습이 되는 데서 병명이 유래한 무도병과 치매를 특징으로 하는 유전성 신경계 퇴행성 질환.
** 保因者: 유전병이 겉으로는 드러나고 있지 않지만 그 유전인자를 가지고 있는 사람.

그의 아버지는 자신이 보인자라는 사실을 두 차례 번식을 한 후인 중년에 서야 알게 되었으니까.

그리고 물론 그것은 ★지그프리트보다 더 키도 크고 나이도 들고 매력도 넘치는 그의 형, 바이아데다원호의 아돌프 선장 또한 보인자일지도 모른다는 것을 뜻했다. 그래서 이제 곧 자식 없이 죽게 될 ★지그프리트와 결국 전 인류의 공동 조상이 될 아돌프는 둘 다 감탄스러울 정도로 이타적인 이유에서 백만 년 전 생물학적으로 중요한 성교를 거부했던 것이다.


★지그프리트와 아돌프 형제는 자신들의 유전자 속에 이러한 결함이 있을지도 모른다는 사실을 비밀로 했다. 그렇게 비밀로 한 덕택에 그들 형제는 개인적으로 난처한 상황을 모면했음은 물론, 그들의 친척들도 모두 보호할 수 있었다. 그들 형제가 헌팅턴 무도병을 그들의 자식에게 물려줄지 모른다는 사실이 널리 알려졌더라면, 폰 클라이스트 집안사람들은 그들이 보인자일 가능성이 없다 할지라도 모두 좋은 혼처를 구하기 어려웠을 것이다.

사실은 이러했다. 만약 그들 형제가 그 병에 걸렸다면, 그 병은 그들의 친할머니에게서 물려받은 것이었다. 그녀는 친할아버지의 두 번째 부인으로 아이를 단 한 명만 낳았는데, 그 아이가 바로 에콰도르의 조각가이자 건축자로 그들 형제의 아버지인 제바스티안 폰 클라이스트였다.

그 병은 얼마나 나쁜 결함이었을까? 음, 그것은 분명 온몸이 털로 뒤덮인 아이를 낳는 것보다 훨씬 더 나쁜 것이었다.

사실은 만다락스에 입력된 모든 끔찍한 질병 가운데 헌팅턴 무도병이 최악의 질병이었을지도 모른다. 그것은 불시에 닥치는 병들 가운데서 가장 위태롭고 중한 병이었다. 그 병을 물려받은 가엾은 사람이 성년기를 훌쩍 넘길 때까지 그 병은 대개 잠복해 있기 때문에 어떤 검사로도 찾아

낼 수가 없었다. 예를 들어, 폰 클라이스트 형제의 아버지는 54세까지는 구름 한 점 없이 밝고 생산적인 삶을 살았다. 그런데 갑자기 54세가 되자 그는 자기도 모르게 춤을 추는 것처럼 몸을 흐느적거리고 눈앞에 있지도 않은 것들을 보기 시작했다. 그러다가 그는 아내를 살해했지만 그 사건은 은밀히 처리되었다. 경찰에 신고 되기는 했으나 경찰에서는 그 사건을 가정에서 일어난 우발적 사고로 처리하고 넘어갔던 것이다.

그리하여 두 형제는 그 후로 이제 25년째 어느 순간에 갑자기 자신들이 미쳐서 춤을 추듯 몸을 흐느적거리고 환각을 일으킬지 몰라서 걱정해 왔다. 형제가 그럴 가능성은 저마다 반반이었다. 둘 중 어느 한 사람이 미친다면, 그 사람이 또 다음 세대에게 그 결함을 물려줄 수도 있다는 증거일 것이었다. 둘 중 어느 한 사람이 미치지 않고서 노인이 된다면, 그 사람이 보인자가 아니며 그의 후손 가운데 어느 누구도 보인자가 아닐 것이라는 증거일 터였다. 그러면 그가 만약 번식을 했더라도 그런 형벌은 받지 않았을 것이라는 사실도 밝혀질 것이었다.

나중에 밝혀진 바에 따르면, 마치 동전 던지기를 한 것처럼 선장은 보인자가 아니었고 그의 동생은 보인자였다. 그래도 가엾은 ★지그프리트는 그 병을 오래 앓지는 않을 예정이었다. 1986년 11월 27일 목요일 오후, 그가 미치기 시작했을 때 그에게는 앞으로 살 시간이 겨우 몇 시간밖에 남아 있지 않았기 때문이다. 그때 그는 엘도라도 호텔의 칵테일 라운지 바 안쪽에 서 있었고, 제임스 웨이트는 그의 앞에 앉아 있었고, 찰스 다윈의 초상화는 그의 뒤에 놓여 있었다. 그는 이제 막 자신의 가장 믿음직스런 직원인 헤수스 오르티스가 뭔가에 잔뜩 속이 상한 채 호텔 정문으로 나가는 모습을 보았다.

그 순간 ★지그프리트의 커다란 뇌는 잠깐 동안 그가 정신이 아찔해지며 광기에 사로잡히게 했다가 다시 제정신이 들게 했다.

그 병의 초기 단계, 즉 그 불운한 동생이 발병 사실을 스스로 인식할 수 있는 유일한 단계에서는, 아직 그의 영혼이 자신의 뇌가 위험해졌다는 사실을 알아채 오로지 의지력만으로 그가 겉보기에는 정신이 멀쩡한 사람처럼 구는 것을 도울 수 있었다. 그래서 그는 무표정한 얼굴로 평소처럼 행동하려고 애쓰며 웨이트에게 질문을 던졌다.

"플레밍 씨, 손님은 무슨 일을 하십니까?" 그가 물었다.

이렇게 묻는 ★지그프리트에게 자신이 내뱉은 말이 마치 텅 빈 강철 배럴 통에 대고 목청껏 소리치고 있는 것처럼 섬뜩하게 되돌아왔다. 그가 소리에 극도로 민감해져 있었던 탓이다.

나지막이 말했음에도 그에게는 웨이트의 대답 또한 귀청이 찢어질 것 같은 소리로 들렸다. "저는 기술자였습니다만 그 일에 흥미를, 사실은, 모든 것에 흥미를 잃었어요. 제 아내가 죽고 난 뒤로는 말이죠. 지금은 그냥 목숨만 붙어 있는 사람이라고 할 수 있을 겁니다."

그렇게 ★앤드루 매킨토시에게 심하게 모욕을 당한 뒤 헤수스 오르티스는 그 호텔을 나왔다. 그는 좀 진정이 될 때까지 호텔 인근을 돌아다닐 생각이었다. 하지만 그는 이내 가시철조망이 쳐지고 군인들이 배치돼 호텔 주변 지역이 일종의 완충 지대처럼 되어 있다는 사실을 깨달았다. 그런 장벽의 필요성 또한 명백했다. 철조망 반대편에는 남녀노소 수많은 사람들이 그가 혹시나 음식을 줄지도 모른다는 가망 없는 희망을 품고서 안내견 카자크만큼이나 간절한 눈빛으로 그를 쳐다보고 있었다.

그는 울타리 안쪽에서 호텔 주위만 계속 빙빙 돌아다녔다. 세 바퀴를

돌았는데 그때마다 그는 세탁실의 열린 출입구 앞을 지나갔다. 세탁실 바로 안쪽에는 회색 강철 상자가 벽에 부착되어 있었다. 그는 그 상자 안에 뭐가 들어 있는지 알고 있었다. 바로 그 호텔의 전화들을 바깥세상과 마치 결혼시키듯 이어 놓은 접속선들이었다. 백만 년 전의 훌륭한 시민이라면 그런 상자를 '전화 회사가 이어 놓은 것이니 사람이 갈라서는 안 되는 것'*이라고 생각했을지도 모른다.

그랬다. 그리고 그런 생각은 헤수스 오르티스의 뇌에도 뚜렷하게 각인되어 있었다. 그는 많은 사람들에게 그토록 중요한 상자를 결코 훼손하지 않을 것이었다. 하지만 그 당시의 뇌들은 아주 컸기 때문에 실은 그들의 주인도 속일 수 있었다. 오르티스의 뇌는 그가 세탁실 앞을 처음 지나갈 때 전화선을 몽땅 끊어 버리기를 바랐지만, 그의 영혼이 시민으로서 나쁜 행동을 하는 것에 얼마나 적대적인지도 알고 있었다. 그래서 그의 뇌는 그가 마비되는 것을 막기 위해 계속 그를 안심시켰다. 요컨대 "안 돼. 안 되고말고. 당연히 우리는 그런 짓을 절대 하지 않을 거야."라는 말로.

하지만 결국 네 바퀴째에 그의 뇌는 그가 세탁실에 들어가게 한 다음, 그곳에서 그가 지금 하고 있는 짓에 대한 핑곗거리도 마련해 주었다. 그는 선량한 시민이니까 호텔 손님 메리 헵번의 녹색 바지 정장이 아무래도 그 전날 밤 어딘가 다른 우주로 사라져 버린 듯하니 그것을 찾으려고 세탁실에 들어갔다는 내용이었다.

세탁실에 들어간 그는 곧바로 그 상자를 열고 전화 접속선들을 뜯어 버렸다. 순식간에, 백만 년 전의 전형적인 뇌 하나가 과야킬 최고의 시민을 노략질하는 테러리스트로 바꿔 버린 것이었다.

---

* '하느님이 이어 놓은 것이니 사람이 가르지 마라.'라는 이혼에 대한 성경 구절인 마가복음 10장 9절에서 '하느님'을 '전화 회사'로 바꾼 것이다.

# 17

맨해튼섬에서는 중년의 미국인 광고대리업자가 자신의 걸작인 '세기의 자연 유람선 여행'이 실패로 돌아간 것에 대해 곰곰이 생각하고 있었다. 그는 바로 얼마 전에 크라이슬러 빌딩의 텅 빈 꼭대기 층에 있는 새 사무실을 구해 들어왔다. 그 사무실은 전에 일리움시나 에콰도르, 필리핀, 터키 등등처럼 파산한 하프 회사의 전시실로 쓰였던 곳이었다. 그 광고대리업자의 이름은 보비 킹이었다.

그는 과야킬과 같은 표준시간대에 있었다. 그러니 그의 이마의 깊은 주름에서 시작해 정남쪽으로 적도 바로 아래까지 선 하나를 쭉 그어 내려오면 종국에는 과야킬에 있는 ★앤드루 매킨토시의 이마의 훨씬 더 깊은 주름에 닿을 것이었다. ★매킨토시는 먹통이 되어 버린 전화에 대고 필사적으로 외치고 있었다. 그렇지만 "여보세요! 여보세요!"라고 점점 더 긴박하게 소리 지르느니 차라리 박제한 갈라파고스 바다이구아나를 그의 네모진 머리 옆에 갖다 대고 있는 편이 나았을 것이다.

보비 킹의 책상에는 박제한 갈라파고스 바다이구아나가 놓여 있었다. 실제로 그는 그것을 전화기로 착각한 척하며 머리 옆에 갖다 대고는 "여보세요! 여보세요!"라고 외쳐 손님을 웃긴 적도 여러 번 있었다.

하지만 지금은 분명 농담할 기분이 아니었다. 그는 자기 나름대로 갈라파고스 제도를 유명하게 만들기 위해 찰스 다윈만큼이나 있는 힘을 다하며, 10개월간 홍보와 광고 활동을 펼쳐 전 세계 수백만 명의 사람들이 바이아데다윈호의 처녀항해가 정말로 '세기의 자연 유람선 여행'이 될 것이라고 믿게 만들어 놓았었다. 그 과정에서 그는 날지 못하는 가마우지, 푸른발부비새, 도둑군함조와 같은 갈라파고스 제도의 여러 동물들을 유명하게 만들기도 했다.

그에게 그 일을 맡긴 의뢰인들은 에콰도르 관광부 장관과 에콰토리아나 항공사*, 그리고 ★지그프리트 폰 클라이스트 지배인과 아돌프 폰 클라이스트 선장의 친삼촌들인 엘도라도 호텔과 바이아데다윈호의 공동 소유주들이었다. 덧붙여 말하자면, 그 호텔 지배인도 선장도 생계를 위해서는 일할 필요가 없었다. 그들은 상속을 받아 엄청나게 부자였지만 그래도 일은 계속해야 한다고 생각했다.

아직 통보를 받은 것은 아니었지만, 이제 킹은 그의 노력이 수포로 돌아갈 것이라는, 그러니까 '세기의 자연 유람선 여행'이 진행되지 않을 것이라는 확신이 들었다.

그의 책상에 놓인 박제한 바다이구아나에 대해 말하자면, 그는 그 파충류를 유람선 여행의 토템 동물로 삼아, 바다이구아나의 모습을 바이아데다윈호의 뱃머리 양편에 그리게 하고, 광고를 하고 홍보물을 내놓을 때마다 바다이구아나의 모습을 전면에 로고로 내세웠다.

실제 바다이구아나의 길이는 1미터가 넘고, 생김새는 중국의 용만큼이나 무서웠다. 하지만 사실 바다이구아나는 해초를 제외하고는 어떤 종류의 생명체에게도 소시지만큼이나 위험하지 않았다. 오늘날 바다이구아나

---

\* 에콰도르의 국영 항공사.

의 모습은 어떠냐면, 정확히 백만 년 전과 같은 다음의 모습이다.

바다이구아나는 천적이 없으므로 배가 고플 때까지는 원하는 것도 걱정도 없이 한 자리에 가만히 앉아 먼 산만 우두커니 바라보며 있다. 그러다 배가 고파지면 바다로 뒤뚱뒤뚱 내려가 해안에서 몇 미터 떨어진 곳까지 천천히 능숙하지도 않게 헤엄쳐 간다. 그런 뒤 잠수함처럼 물속 깊이 들어가 해초를 배불리 먹는다. 그런데 해초는 바로 소화되지 않는다. 해초가 소화되려면 먼저 요리가 되어야 한다.

그래서 바다이구아나는 수면 위로 쑥 올라와 다시 해안으로 헤엄쳐 가서 햇볕이 내리쬐는 화산암에 앉는다. 자신의 몸을 뚜껑 덮은 냄비처럼 이용해, 햇볕에 몸을 점점 뜨겁게 달궈 몸 안의 해초가 요리되게 하려는 것이다. 바다이구아나는 앞서와 같이 계속 먼 산만 우두커니 바라보지만 이번에는 다른 점이 있다. 이제는 가끔씩 점점 뜨거워지는 바닷물을 뱉어낸다.

내가 여기 갈라파고스 제도에서 보낸 백만 년 동안, 자연 선택의 법칙은 이 특별한 생존 체계를 진화시킬 방법을, 아니 이 문제에 있어서는 퇴화시키는 것이 진화시키는 것이므로, 퇴화시킬 방법을 찾지 못했다.


킹은 여섯 사람이 이미 과야킬에 도착해 엘도라도 호텔에 머물면서 아직도 '세기의 자연 유람선 여행'을 떠날 것을 기대하고 있다는 사실을 알고 있었다. 이것은 그에게는 가벼운 충격이었다. 그 지역에서 들려오는 소식이 워낙 안 좋았기 때문에 그곳에 갈 계획이었던 사람들이 분명 그 여행을 취소할 줄 알았던 것이다.

그는 그 여섯 사람 모두의 명단을 가지고 있었다. 한 사람은 전혀 모르는 사람으로 윌러드 플레밍이라는 이름의 캐나다인이었다. 물론 그 사람은 실제로는 제임스 웨이트였다. 킹은 어떻게 이 사람이 승객 명단에 올라 있는지 짐작이 되지 않았다. 그 명단에는 메리 헵번과 일본인 수의사 부부를 제외하고는 뉴스거리가 되거나 유행을 선도하는 유력 인사들이 올라 있어야 했기 때문이다.

메리 헵번이 남편 로이 없이 혼자 그곳에 가 있다는 사실에 킹은 당혹스러웠다. 그는 로이가 죽었다는 소식을 듣지 못했던 것이다. 그는 헵번 부부에 대해서는 어느 정도는 알고 있었다. 헵번 부부는 유명인들로 이루어진 승객 명단에서 완전히 무명인들이었지만 '세기의 자연 유람선 여행'에 처음으로 참가 신청을 한 사람들이었기 때문이었다. 처음으로 참가 신청한 사람들이 그들 부부라는 사실을 알게 된 순간, 킹은 어떤 유명 인사가 그 여행을 하고 싶은 마음이 들게 할 수 있을까 하는 당연한 의심을 품게 되었다.

헵번 부부가 참가 신청을 했을 때, 킹은 사실 그들을 토크쇼나 신문 인터뷰 같은 데 내보내 조금이나마 유명하게 만들어 볼까 하고 구상했었다. 그는 그들을 직접 만날 생각은 전혀 없었고, 비록 그들이 실업률이 가장 높은 칙칙한 공업 도시에서 대단히 평범한 직업을 지니고 있었지만 그래도 혹시나 그들에게 뭔가 흥미로운 얘깃거리가 있을지 모른다는 실낱같은 희망을 안고서 메리와 전화상으로만 이야기를 나눴다. 이를 테면, 부부 중 한 사람에게라도 유명한 조상이나 친척이 있다거나, 남편 로이가 전쟁 영웅이었다거나, 부부가 복권에 당첨되었다거나, 아니면 부부가 최근 비극적인 일을 겪었다거나 하는 그런 일이 뭐든 있을지도 모른다는 희망을 안고서.

앞선 1월에 킹과 메리가 전화로 나눴던 대화 내용은 다음과 같다.

"음, 대니얼 분*이 저의 먼 친척이시긴 해요." 메리가 말했다. "저는 처녀 시절 성이 '분'이었고 켄터키에서 태어났죠."

---

* Daniel Boone(1734~1820): 켄터키 지역을 개척한 것으로 유명한 미국의 개척자.

"좋아요!" 킹이 말했다. "그럼 그분이 부인의 5대조 할아버지쯤 되겠군요?"

"그런 직계 조상은 아닌 것 같아요." 메리가 말했다. "제게는 전혀 의미 없는 일이었기 때문에 한 번도 제대로 알아보지 않았어요."

"어쨌든 부인의 처녀 시절 성이 '분'이었다면서요?"

"예. 하지만 그건 그냥 우연의 일치일 뿐이에요. 제 아버지의 성이 '분'이긴 했지만 대니얼 분과는 아무 관계도 아니에요. 대니얼 분은 오히려 저의 외가 쪽으로 친척이 되세요."

"부인 아버지의 성이 '분'이었고 켄터키 태생이라면, 부인 아버지가 어떻게든 대니얼 분과 친척이 되어야 하잖아요, 안 그렇습니까?" 킹이 말했다.

"꼭 그렇진 않아요." 그녀가 말했다. "제 아버지의 아버지는 '미클로시 곰보시'라는 이름의 헝가리 출신의 말 조련사였는데, 당신의 이름을 '마이클 분'으로 바꾸셨으니까요."

혹시 그녀나 남편이 받은 상이나 훈장이 없냐는 질문에 대해서는 메리는 자기 남편이 게프코사에서 이뤄 낸 그 모든 훌륭한 업적에 대해 많은 상과 훈장을 받아야 마땅하지만, 그 회사는 최고 경영진이 아니면 그런 종류의 일은 어떤 것도 그 가치를 인정해 주지 않았다고 대답했다.

"무공 훈장이나 뭐 그런 것도 없나 보군요?" 그가 말했다.

"제 남편은 해군으로 복무하기는 했지만 전투에 참가하지는 않았어요."

물론 킹이 석 달 뒤에 전화를 해서 로이와 통화를 했더라면, 태평양에서 원자 폭탄 실험을 하는 동안 세웠던 로이의 비극적인 공적에 대해 귀가 따갑도록 들었을 것이다.

"자제분은 어떻게 되십니까?" 킹이 물었다.

"통상적인 의미에서는 없어요." 메리가 말했다. "하지만 저는 학생들을 모두 제 자식이라고 여기고, 스카우트 활동에 열심인 제 남편은 자기 대원들을 모두 아들이라고 여기지요."

"훌륭한 태도로군요." 킹이 말했다. "부인과 말씀을 나눠서 정말 좋았습니다. 그리고 부인과 남편께서 이번 여행을 즐기시기를 바랍니다."

"그럴 거예요. 하지만 그러기 전에 용기를 내서 교장 선생님께 학기 중에 3주 동안 휴가를 내 달라고 부탁드려야 해요."

"여행이 끝나고 학교로 돌아갔을 때 학생들에게 들려줄 멋진 얘깃거리가 정말 많을 거예요." 킹이 말했다. "그러니 교장 선생님께서는 부인을 기꺼이 보내 주실 겁니다." 그런데 실은 킹은 갈라파고스 제도를 직접 본 적이 한 번도 없었고, 앞으로도 결코 없을 것이었다. 메리 헵번처럼 그도 분명 그 제도를 사진으로만 수없이 봐 왔을 뿐이었다.

"저기," 킹이 막 전화를 끊으려는 순간 메리가 말했다. "훈장이나 상 같은 것들에 대해 물으셨던 것 같은데……."

"그렇습니다만?" 킹이 말했다.

"제가 상 비슷한 것을 이제 곧 하나 받을 것 같아서요. 아무튼 제게는 상처럼 느껴지는 것을 말이에요. 저는 그 사실을 모르고 있는 걸로 해야 돼서, 아무래도 말씀드려서는 안 될 것 같긴 한데……."

"절대 다른 사람에게는 말하지 않겠습니다."

"저도 그냥 우연히 알게 된 건데요. 올해 졸업반 아이들이 졸업 앨범의 헌사를 제게 바칠 거래요. 그 아이들이 헌사에 제 별명을 지어서 넣어 주기로 했나 본데, 제가 인쇄소에서 친구에게 줄 출산 축하 카드를 고르다가 어쩌다가 그걸 보게 됐어요. 제 친구가 쌍둥이를 낳았거든요. 아들딸 쌍둥이요."

"아, 네, 그렇군요." 킹이 말했다.

"그 훌륭한 아이들이 제게 어떤 별명을 지어 줬는지 아세요?"

"글쎄요."

"바로 '대자연의 화신'이랍니다."

현재 갈라파고스 제도에는 무덤이 없다. 바다가 그 나름으로 이용하기 위해 시체를 전부 가져가기 때문이다. 하지만 만약 메리 헵번의 묘비가 있다면, 묘비명으로는 오직 단 하나 '대자연의 화신' 말고는 다른 어떤 묘비명도 적절하지 않을 것이다. 어떤 면에서 그녀가 대자연과 그렇게 닮았을까? 산타로살리아섬의 절망적인 상태에서도 그녀는 여전히 그곳에서 사람의 아기가 태어나기를 원했다. 그 어떤 것도 그녀가 삶이 계속 이어지도록 하기 위해 무슨 일이든 하는 것을 막을 수 없었다.

# 18

과야킬에 도착한 불운한 그 여섯 사람 가운데 메리 헵번이 있다는 소식을 들었을 때, 보비 킹은 몇 달 만에 처음으로 그녀에 대해 생각했다. 헵번 부부가 서로 떨어지고는 절대 못 사는 부부 같았기 때문에 아마 그녀의 남편도 과야킬에 함께 있을 텐데, 남편의 이름을 엘도라도 호텔 지배인이 잘못해서 빠뜨린 모양이라고 생각했다. 호텔 지배인에게서 전송된 통신문이 시간이 갈수록 점점 더 정신없이 바삐 써서 보낸 것처럼 되어 가고 있었기 때문이다.

그런데 킹은 내 이름까지는 아니어도 나에 대해서도 알고 있었다.

그는 그 유람선을 건조하는 동안 노동자 한 명이 죽었다는 사실을 알고 있었던 것이다.

하지만 그 정보를 알게 되면 미신에 사로잡힌 사람들이 바이아데다윈호에 유령이 있다고 믿을지도 몰랐기 때문에 그는 그 정보가 사람들에게 알려지는 것을 바라지 않았다. 그것은 마치 폰 클라이스트 가문이 집안사람 중 하나가 헌팅턴 무도병으로 입원해 있으며, 그들 집안사람들 중 둘

이상이 그 병의 보인자일 가능성이 반반이라는 사실이 사람들에게 알려지기를 바라지 않았던 것과 같았다.

선장은 산타로살리아섬에서 메리 헵번과 함께 사는 동안 자신이 헌팅턴 무도병의 보인자일지도 모른다는 사실을 메리 헵번에게 말했을까? 그는 그들이 섬에 고립되고 10년이 지난 뒤에서야, 그러니까 그녀가 자신의 정자로 분별없는 짓을 해 오고 있다는 사실을 알고 난 뒤에서야 그 끔찍한 비밀을 털어놓았다.

엘도라도 호텔의 여섯 손님 가운데 킹이 친분이 있는 사람은 단 둘, ★앤드루 매킨토시와 그의 눈먼 딸 셀레나뿐이었다. 아, 그리고 물론 셀레나의 개 카자크도 알고 있었다. 카자크가 수술과 훈련을 받은 탓에 사실상 개로서의 개성은 없었지만, 매킨토시 부녀를 아는 사람이라면 어느 누구나 그 개도 알았다. 매킨토시 부녀는 킹의 고객인 몇몇 식당의 단골손님이었고, 개와 딸은 아니었지만 ★매킨토시는 그의 고객 몇몇과 함께 토크쇼에 여러 번 나오기도 했었다. 킹은 셀레나와 그 개와 함께 무대 뒤의 모니터로 토크쇼를 보고는 했었다. 그는 셀레나가 자기 아버지가 바로 옆에 없을 때는 그 개만큼이나 개성이 없다는 인상을 받았다. 그리고 하는 이야기라고는 죄다 자기 아버지에 대한 것뿐이었다.

★앤드루 매킨토시는 토크쇼에 나가는 것을 정말로 즐겼다. 굉장히 엉뚱한 사람이기 때문에 토크쇼 측에서도 그의 출연을 반겼다. 그는 자신에게 쓸 돈이 무제한으로 있다면 삶이 얼마나 즐거울지에 대해 말을 장황하게 늘어놓았다. 자기는 부자가 아닌 사람들을 동정하고 멸시한다는 따위의 말도 했다.

산타로살리아섬에서 겪게 되는 고난 덕택에 셀레나는 내세로 향하는 파란 터널로 들어가기 전에 자기 아버지의 개성과는 아주 또렷이 구별되는 개성을 지니게 될 것이었다. 그녀는 또한 일본어도 유창하게 구사하게 될 것이었다. 커다란 뇌의 시대에는 사람의 일대기가 어떤 식으로 끝나게 될지 아무도 몰랐다.

나의 일대기를 보라.

로이와 메리 헵번 부부 다음으로 '세기의 자연 유람선 여행'의 승객 명단에 이름을 올린 사람은 매킨토시 부녀와 히로구치 부부였다. 그때는 2월이었다. ★젠지 히로구치가 다니는 회사에서 그가 ★매킨토시와 사업 거래 협상을 벌이고 있다는 사실을 알아채지 못하도록 히로구치 부부는 ★매킨토시의 손님으로 위장해 가명을 여행객 명단에 올렸다.

킹과 ★지그프리트 폰 클라이스트, 그리고 그 유람선 여행과 관련 있는 다른 어느 누구든, 히로구치 부부는 겐자부로 부부로, ★젠지는 수의사로 알았다.

그 말인즉슨 엘도라도 호텔 손님의 딱 절반이 가짜 신분이었다는 뜻이었다. 커다란 뇌가 진행하고 있는 이 모든 속임수에 비하면 사소한 것이었지만, 메리 헵번의 잉여 군수품 전투복에는 아직도 왼쪽 가슴 호주머니에 전 소유자의 성 '캐플런'이 수놓아져 있었다. 그리고 마침내 그녀와 제임스 웨이트가 칵테일 라운지에서 만났을 때, 그는 그녀에게 자신의 가짜 이름을 알려 줄 것이고, 그녀는 그에게 자신의 진짜 이름을 알려 줄 것이지만, 그래도 그는 그녀를 계속해서 '캐플런 부인'이라고 부르면서 유대인에 대한 극찬을 늘어놓을 것이었다.* 그리고 그들은 나중에 바이아데다 원호의 상갑판에서 선장의 주례로 결혼하게 될 것인데, 그녀가 알기로는 그녀는 윌러드 플레밍의 아내가 되었고, 그가 알기로는 그는 메리 캐플런

---

* '캐플런'이 유대계 성이기 때문이다.

의 남편이 되었다.

요즘은 아무도 이름이나 직업, 들려줄 일대기도 갖고 있지 않기 때문에 오늘날에는 이런 종류의 혼동은 불가능할 것이다. 이제는 어느 누구에게든 이름이나 직업 같은 것 대신 사람을 평판할 만한 것이라고는 태어나서 죽을 때까지 바뀌지 않는 체취뿐이다. 사람들은 있는 모습 그대로의 사람이고 그것이 다다. 이 점에 있어서 자연 선택의 법칙은 인간을 완전히 정직하게 만들어 놓았다. 모든 사람은 정확히 그 사람이 보이는 모습 그대로이다.

★앤드루 매킨토시가 바이아데다윈호의 처녀항해에 특등실 세 칸을 신청했을 때, 킹은 당연히 어리둥절할 수밖에 없었다. ★매킨토시에게는 오무호라는 개인 요트가 있는데다가 그 배는 거의 바이아데다윈호만큼 커서 그 혼자서도 갈라파고스 제도에 갈 수 있었기 때문이다. 그러면 낯선 이들과 가까이 붙어 지내는 것을 감수하지도, '세기의 자연 유람선 여행'의 참가자들에게 부과되는 규율을 따르지도 않아도 될 텐데 말이다. 예를 들어, 그 유람선 여행의 승객들은 내킬 때마다 해안에 배를 대고 섬에 오를 수도 없고, 아무리 원한다고 할지라도 그곳에서는 자기 맘대로 행동할 수도 없을 것이었다. 그들은 언제나 안내인들의 호위와 감독을 받기로 되어 있었는데, 그 안내인들은 모두 산타크루스섬에 있는 다윈 연구소의 과학자들로부터 훈련을 받았으며, 자연과학 분야 가운데 한 분야의 석사 학위를 갖고 있었다.

그래서 킹이 어느 날 밤 식당과 클럽 여러 곳을 돌아보다가 ★매킨토시와 그의 딸과 그녀의 개와 다른 두 사람이 '일레인'이라는 유명 인사들이 즐겨 찾는 식당에서 늦은 저녁 식사를 하고 있는 것을 보았을 때, 그는 그들의 테이블에 잠시 들러 그들이 유람선 여행에 참가 신청을 해서 자신이 얼마나 기쁜지 모른다며 말을 걸었다. 그는 그들이 참가 신청을 한 이유를 정말이지 듣고 싶었다. 그 이유를 뉴스거리가 되는 다른 인사들도 그 여행에 끌어들이는 유인책으로 쓸 수 있도록 말이다.

킹은 매킨토시 부녀와 인사를 한 뒤에야 그 테이블에 있는 다른 두 사람이 누구인지 알아보았다. 그는 그 두 사람 다와 말을 걸 정도의 안면은 있어서 바로 그렇게 했다. 그 여자는 지구상에서 가장 존경받는 여성인 재클린 부비어 케네디 오나시스 여사였고, 그날 밤 그녀의 동행은 위대한 무용가 루돌프 누레예프였다.

덧붙여 말하자면, 누레예프는 전에는 소련 국민이었지만 영국에서 정치적 망명을 허락받았다. 그리고 그때는 나도 아직 살아 있을 때였는데, 나는 스웨덴에서 정치적 망명을 허락받은 미국 국민이었다.

그랬다. 그리고 우리는 둘 다 춤추는 것을 좋아했다.


★매킨토시에게 그가 난바다까지 항해할 수 있는 요트를 소유했다는 사실을 상기시키게 될 위험을 무릅쓰고, 킹은 그에게 바이아데다윈호의 어떤 점에 그렇게 마음이 끌렸냐고 물었다. 그러자 지적이고 박식한 ★매킨토시는 곧바로 이기적이고 무지한 인간들이 감독받지 않고 섬에 상륙하는 바람에 갈라파고스 제도에 입힌 피해에 대해 열변을 토했다. 사실 그 내용은 모두 〈내셔널 지오그래픽〉의 기사에서 도용한 것이었는데, 그는 그 잡지를 매월 처음부터 끝까지 다 읽었다. 그 잡지의 요점은 사람들이 갈라파고스 제도에 있는 섬에 상륙해 마음 내키는 대로 행동하는 것을 막기 위해서는 에콰도르에 세계 연합 함대 규모의 해군이 필요하며, 오직 각 개인이 자제력을 발휘하도록 교육을 받아야만 그곳의 망가지기 쉬운 서식지가 보호될 수 있다는 것이었다. 그 잡지의 기사에는 이렇게 적혀 있었다. "지구의 선량한 시민이라면 잘 훈련된 안내인의 호위 없이는 절

대 그곳의 섬에 올라서는 안 된다."

메리 헵번과 선장, 히사코 히로구치와 셀레나 매킨토시, 그리고 그들 나머지가 산타로살리아섬에 고립되었을 때, 그들에게는 훈련된 안내인이 없을 것이었다. 그리고 그곳에서 보낸 첫 몇 해 동안, 그들은 그 망가지기 쉬운 서식지를 완전히 엉망으로 만들어 버릴 것이었다.

다행히 아주 아슬아슬한 순간에 그들은 자신들이 망가뜨리고 있는 것이 바로 자신들의 서식지임을, 즉 자신들이 단순한 방문객이 아님을 깨닫게 된다.

'일레인' 식당에서, ★매킨토시는 이구아나가 위장해 놓은 보금자리를 밟아 뭉개는 사람들의 발길, 부비새의 알을 훔치는 사람들의 탐욕스런 손길 등의 이야기들로 자신의 열변에 마음을 뺏긴 청중에게 분노를 불러일으켰다. 그가 들려준 잔혹 행위들 가운데 단연코 그 사람들의 마음을 가장 뭉클하게 한 것은, 그 이야기 역시 〈내셔널 지오그래픽〉에서 슬쩍한 것인데, 사진 한번 찍어 보겠다고 물개 새끼를 마치 사람의 아기인 양 품에 안는 사람들에 대한 이야기였다. 그런 다음 물개 새끼를 어미에게 돌려주면, 새끼가 심하게 끽끽거리지만 어미는 새끼의 냄새가 변했기 때문에 더 이상 새끼를 돌보려 하지 않는다는 것이었다.

"그러면 그 사랑스러운 새끼에게 무슨 일이 일어날까요? 방금 막 관대한 자연 애호가 품에 안기는 영광을 누렸던 그 새끼는 어떻게 될까요?" ★매킨토시가 물었다. "새끼는 굶어 죽습니다. 고작 사진 한 장 때문에 말입니다."

그러므로 보비 킹의 질문에 대한 ★매킨토시의 대답은 자신이 '세기의 자연 유람선 여행'에 참가함으로써 바라건대 다른 사람들이 따를 좋은 본

보기가 되고자 한다는 것이었다.

그 사내가 열렬한 자연 보호론자 행세를 하다니 내게는 웃기는 일이다. 그가 이사를 맡거나 대주주인 수많은 회사들이 수질이나 토양, 대기를 오염시키는 것으로 악명 높았는데 말이다. 하지만 그건 ★매킨토시에게는 웃기는 일이 아니었는데, 그는 이 세상에 태어날 때부터 어떤 것에도 별로 신경 쓰지 않는 사람이었다. 그래서 그는 자신의 이런 결함을 숨기기 위해 훌륭한 연기자가 되어 자기가 온갖 것들에 열렬하게 신경 쓰는 척하며 자기 자신까지 속여 왔던 것이다.

사람들 앞에서 이런 연기를 할 때와 똑같은 정도의 확신을 갖고, 그는 앞서 자신의 딸에게 왜 그들이 오무호 대신 바이아데다윈호를 타고 갈라파고스 제도에 가는지에 대해 이와는 전혀 다른 설명을 해 둔 상태였다. 오무호를 타고 가면 히로구치 부부에게는 이야기할 상대가 매킨토시 부녀 말고는 아무도 없으므로 그들 부부는 갇힌 것 같은 기분이 들지도 몰랐다. 그런 상황에서는 그들 부부가 겁에 질리게 되어 ★젠지가 더 이상의 협상을 거부하고 아내와 함께 비행기를 타고 집으로 돌아갈 수 있도록 가장 가까운 항구에 내려 달라고 할지도 몰랐다.

백만 년 전 권력을 지닌 위치에 있었던 수많은 병적 인격체들처럼, 그도 별생각 없이 충동적으로 무슨 일이든 할 수 있었다. 그렇게 먼저 충동적으로 행동부터 한 다음, 자신의 행동에 대한 논리적 설명을 느긋하게 만들어 내서 늘 나중에 내놓고는 했다.

그리고 과거 커다란 뇌의 시대에 그런 종류의 행동은 내가 영광스럽게 참전했던 베트남 전쟁의 간추린 역사로 보면 될 것이다.

# 19

대부분의 병적 인격체들처럼, ★앤드루 매킨토시도 자신이 한 말이 사실인지 아닌지는 별로 신경 쓰지 않았다. 그래서 오히려 그의 말은 엄청나게 설득력이 있었다. 과부 오나시스와 루돌프 누레예프는 그의 말에 무척 감동을 받은 나머지 보비 킹에게 '세기의 자연 유람선 여행'에 대한 정보를 더 많이 알려 달라고 요청했고, 그는 그 정보를 다음 날 아침 바로 인편으로 그들에게 보내 주었다.

요행히도 그날 저녁 교육방송에서 갈라파고스 제도에 사는 푸른발부비새의 삶에 대한 다큐멘터리가 방영될 예정이었다. 그래서 킹은 시청을 원한다면 참고하라며 그 소식을 적은 쪽지도 동봉했다. 푸른발부비새는 나중에 산타로살리아섬에 정착하게 되는 그 소규모 인류 집단의 생존에 결정적인 역할을 할 것이었다. 만약 그 새들이 그리 멍청하지 않았더라면, 인간이 위험하다는 사실을 깨달을 정도의 머리만 있었더라면, 그 섬의 최초 이주자들은 굶어 죽었을 것이 거의 확실하다.

그 다큐멘터리의 하이라이트는 일리움 고등학교에서 갈라파고스 제도에 대해 메리 헵번이 했던 수업의 하이라이트와 마찬가지로, 푸른발부비새의 구애 춤 장면이었다. 그 춤은 다음과 같이 진행되었다.

꽤 큰 바닷새 두 마리가 화산암 위에 우두커니 서 있었다. 그 두 새는 날지 못하는 가마우지만한 크기에 똑같이 뱀처럼 긴 목과 작살 모양 부리를 지니고 있었다. 하지만 비행을 포기하지 않았기 때문에 크고 강한 날개를 지니고 있었다. 다리와 물갈퀴 발은 선명한 푸른색으로 고무 같은 느낌을 주었다. 그 새들은 공중에서 덮쳐 물고기를 잡았다.

물고기! 물고기! 물고기!

그 두 새는 비슷해 보였지만 한 마리는 수컷, 한 마리는 암컷이었다. 두 새는 각기 다른 용무가 있는 듯 서로에게 전혀 관심이 없어 보였다. 그렇지만 벌레나 씨앗도 먹지 않았으므로 둘 중 어느 새도 화산암 위에서 별로 할 일이 없었다. 둥지를 짓기에는 철이 아직 너무 일렀기 때문에 둥지를 지을 재료를 찾고 있는 것도 아니었다.

수컷이 아주 바삐 하고 있던 것을, 그러니까 아무것도 하지 않는 척하던 것을 멈췄다. 수컷이 암컷을 힐끔 쳐다봤다. 수컷이 암컷에게서 시선을 돌렸다가 다시 쳐다봤지만 가만히 선 채로 아무런 소리도 내지 않았다. 둘 다 소리를 낼 줄 알지만 그 춤의 어떤 단계에서도 어느 새도 소리를 내지 않았다.

암컷이 이쪽저쪽 두리번거리다가 수컷과 시선이 우연히 마주쳤다. 두 새는 그때 5미터 남짓 떨어져 있었다.

고등학교에서 그 춤을 찍은 다큐멘터리를 보여 줄 때면, 메리는 이 대목에서 마치 그 암컷을 대변하는 것처럼 이렇게 말하고는 했다. "이 낯선 자는 도대체 나한테서 뭘 원하는 거지? 저런! 별나기도 해라!"

수컷이 선명한 푸른색 발 한 쪽을 들었다. 녀석은 그 발을 공중에서 종이부채처럼 쫙 펼쳤다.

또다시 암컷 대신, 메리 헵번은 이렇게 말하고는 했다. "뭐하는 거람? 저게 '세계의 불가사의'라도 되나? 이 제도에서 푸른색 발을 지닌 게 자기뿐인 줄 아나 봐?"

수컷이 그 발을 내려놓고 다른 발을 들어 암컷 쪽으로 한 발 가까이 다가왔다. 그런 뒤 수컷은 암컷의 눈을 똑바로 보면서 암컷에게 다시 첫 번째 발을 보여 주고, 그런 뒤에는 두 번째 발도 다시 보여 줬다.

메리는 암컷을 대신해서 "난 갈 거예요."라고 말하고는 했다. 하지만 암컷은 그곳을 떠나지 않았다. 수컷이 한 발을 보여 준 뒤 다른 발을 보여 주면서 계속 가까이 다가오는 동안, 암컷은 화산암에 딱 달라붙은 듯 꼼짝하지 않았다.

그러다가 암컷이 자신의 푸른 발 한 쪽을 들면, 메리는 이렇게 말하고는 했다. "당신 발이 대단히 아름답다고 생각하나 보군요? 아름다운 발을 보고 싶다면 내 발을 봐요. 그래요. 그리고 이쪽 발도 있어요."

암컷은 한 발을 내려놓고 다른 발을 올리며 수컷에게 한 발 더 가까이 다가갔다.

바로 그 순간 메리는 입을 다물고는 했다. 그녀는 의인화한 농담을 더는 하지 않았다. 그 쇼를 이끌어 가는 것은 이제 그 두 새의 몫이었다. 두 새 모두 속도를 올리지도 늦추지도 않고 똑같이 엄숙하고 위풍당당한 태도로 서로에게 다가가더니, 마침내 서로 가슴과 가슴을 그리고 발끝과 발끝을 맞댔다.

일리움 고등학교 학생들은 그 두 새가 교미하는 장면을 볼 것을 기대하지 않았다. 메리가 여러 해 동안 봄철 교육 행사의 일환으로 5월 초마다 강당에서 그 다큐멘터리를 틀어 주었기 때문에 그 다큐멘터리는 학생들 사이에서 무척 유명했고 다들 그 두 새가 교미하는 장면은 보지 못한다는 사실을 알았다.

하지만 그 새들이 카메라 앞에서 했던 행동은 지극히 에로틱했다. 이미 가슴과 가슴, 발끝과 발끝을 맞댄 그 두 새는 자신들의 구불구불한 목을 깃대처럼 곧추세웠다. 두 새는 머리를 한껏 뒤로 젖혔다. 그러고는 서로의 긴 목과 턱 아랫부분을 바짝 밀착시켰다. 그렇게 둘이서 탑을 하나, 그러니까 네 개의 푸른 발을 토대로 하고 꼭대기는 뾰족한 단일한 하나의 구조물을 완성했다.

이로써 결혼식이 엄숙히 거행되었다.

그 결혼식에는 증인도 없었고, 그 두 새가 멋진 한 쌍이며 춤도 무척 잘 췄다고 축하해 줄 다른 부비새 하객도 없었다. 메리 헵번이 고등학교에서 보여 주곤 했던 다큐멘터리에서는, 그것은 보비 킹이 오나시스 여사와 루돌프 누레예프가 즐겁게 시청할지도 모른다고 생각했던 교육방송에서 방영 예정인 것과 같은 다큐멘터리였는데, 그 결혼식의 증인이라고는 커다란 뇌를 지닌 촬영팀원들뿐이었다.

그 다큐멘터리의 제목은 '하늘 가리키기'였는데, 그것은 커다란 뇌를 지닌 과학자들이 두 새의 부리가 중력이 당기는 방향과 정확히 반대 방향을 가리키는 순간에 붙인 용어와 같았다.

그리고 오나시스 여사는 그 다큐멘터리에 엄청나게 감동을 받아, 다음날 아침 비서를 통해 보비 킹에게 전화를 걸어 '세기의 자연 유람선 여행'을 떠나는 바이아데다윈호의 주갑판에 있는 바깥쪽 특등실 두 칸을 예약하고 싶은데 너무 늦지 않았는지 문의해 왔다.

# 20

메리 헵번은 학생들이 그 구애 춤에 대한 짧은 시나 에세이를 써 오면 추가 점수를 주고는 했다. 절반 정도의 학생이 뭔가를 제출했고, 또 제출한 학생의 절반 정도가 그 춤은 동물이 하느님을 숭배한다는 증거라고 생각했다. 나머지 학생들의 반응은 두서없었다. 한 학생은 시를 제출했는데, 메리는 그 시를 죽을 때까지 기억하며 나중에 만다락스에게 가르쳐 주게 된다. 그 학생의 이름은 노블 클래깃으로 베트남 전쟁에서 죽게 되지만, 그의 시는 가장 위대한 작가들이 쓴 작품과 함께 만다락스 안에서 살아남게 될 것이었다. 그 시는 다음과 같았다.

물론 나는 그대를 사랑합니다.
그러니 아이를 하나 가집시다.
제 부모가 했던 말을
이렇게 정확히 말할 아이를 말입니다.
"물론 나는 그대를 사랑합니다.
그러니 아이를 하나 가집시다.

제 부모가 했던 말을
이렇게 정확히 말할 아이를 말입니다.
'물론 나는 그대를 사랑합니다.
그러니 아이를 하나 가집시다.
제 부모가 했던 말을
이렇게 정확히 말할 아이를 말입니다.'"
이 시는 이렇게 계속됩니다.
─노블 클래깃(1947~1966)


어떤 학생들은 갈라파고스 제도의 다른 동물에 대해 써도 되냐고 묻고
는 했다. 그러면 메리는 무척 좋은 선생님이었기 때문에 당연히 "그럼."
하고 대답하고는 했다. 학생들이 부비새 대신 선택하기 좋아했던 동물은
부비새를 괴롭히고 약탈하는 새인 큰군함조였다. 이들 조류 세계의 제임
스 웨이트들은 부비새가 잡은 물고기를 빼앗아 먹고 살았으며, 자기들의
둥지를 짓는 재료도 부비새가 지어 놓은 둥지에서 훔쳐갔다. 어떤 학생들
은 그런 짓을 몹시 재미있다고 생각했는데, 그런 학생은 거의 예외 없이
남학생이었다.

그리고 수컷 큰군함조의 독특한 신체적 특징도 자신의 발기 능력에 관
심이 많은 미숙한 인간 수컷의 눈길을 끌기 마련이었다. 수컷 큰군함조는
짝짓기 철이면 저마다 목 아랫부분의 공기주머니를 새빨간 풍선처럼 부
풀려 암컷들의 눈길을 끌려고 했다. 짝짓기 철에 그들의 번식지를 하늘에
서 내려다보면, 저마다 하나씩 빨간 풍선을 받아든 인간 아이들의 거대
한 파티장과 비슷했다. 그 섬은 사실상 머리를 뒤로 젖힌 채 폐를 터지기
직전까지 부풀려 남편으로서의 자격을 과시하는 수컷 큰군함조로 빽빽이
덮이고는 했다. 그러는 동안 하늘 높이에서는 암컷들이 선회했다.

암컷들은 하나씩 맘에 드는 빨간 풍선을 선택한 뒤 하늘에서 내려오고 는 했다.

메리 헵번이 큰군함조에 대한 다큐멘터리를 보여 주고 나서 교실 창문의 블라인드가 올려지고 전등이 다시 켜진 뒤에는 어떤 학생이, 이 역시 거의 예외 없이 남학생이었는데, 때로는 분석적으로, 때로는 코미디언처럼, 때로는 비통하게, 여자들에 대한 증오와 두려움을 드러내며 꼭 이렇게 묻기 마련이었다. "암컷들은 언제나 가장 큰 것을 선택하려고 합니까?"

그래서 메리는 만다락스가 알려 주는 어느 인용문 못지않게 절절이 일관된 대답을 준비해 두고 있었다. "그 질문에 대답하기 위해서는 암컷 큰군함조와 인터뷰해야 할 테지만 내가 알고 있는 바로는 아직 아무도 그런 적은 없어요. 일생을 바쳐 그 새를 연구하는 사람들이 있는데, 그들의 의견으로는 암컷이 사실은 둥지를 짓기 가장 좋은 장소에 위치한 빨간 풍선을 선택한다고 해요. 그게 생존의 측면에서 보면 타당하다는 건 여러분도 알겠지요.

그리고 그 의견은 우리에게 정말 깊은 수수께끼 같은 푸른발부비새의 구애 춤을 다시금 떠올리게 해 줍니다. 그 춤은 둥지나 물고기 같은 부비새의 생존 요소와는 전혀 상관이 없어 보이니까요. 그렇다면 그 춤은 무엇과 상관이 있는 것일까요? 용기를 내서 그것을 '종교'라고 부를까요? 아니면, 우리가 그럴 용기가 부족하다면 그냥 그것을 '예술'이라고 부를까요?

여러분 생각은 어때요?"

오나시스 여사가 갑자기 직접 보고 싶어 했던 푸른발부비새의 구애 춤은 백만 년이 지난 지금까지 눈곱만큼도 바뀌지 않았다. 이 새들은 뭔가를 두려워하는 것도 배우지 못했다. 또한 비행을 포기하고 바닷속을 누비는 동물이 되고 싶은 의향도 전혀 보인 적이 없다.

푸른발부비새의 구애 춤의 의미에 관해서라면, 그 새들은 선명한 파란색 발을 지닌 거대한 분자들이며 그 문제에 있어서는 선택권이 없다. 바로 본성에 의해 정확히 그렇게 춤을 춰야 하는 것이다.

인간도 한때는 마음이 내키는 대로 여러 종류의 춤을 출 수도 있고 아예 춤추는 것을 거부할 수도 있는 분자였다. 나의 어머니는 왈츠, 탱고, 룸바, 찰스턴, 린디홉, 지르박, 와투시, 트위스트를 출 수 있었다. 아버지는 어떤 춤도 추기를 거부했는데 그것은 그의 특권이었다.

# 21

오나시스 여사가 '세기의 자연 유람선 여행'을 가고 싶어 하자 갑자기 다들 그 여행을 가고 싶어 했고, 흘수선 아래의 초라한 작은 객실을 예약한 로이와 메리 헵번 부부는 거의 까맣게 잊혔다. 3월 말 무렵, 킹은 오나시스 여사를 필두로 하여, 헨리 키신저 박사, 믹 재거, 팔로마 피카소, 윌리엄 F. 버클리 주니어, ★앤드루 매킨토시는 물론이고, 루돌프 누레예프, 월터 크롱카이트 등 거의 그녀만큼이나 화려한 명사들의 이름이 뒤따르는 승객 명단을 발표할 수 있었다. 젠지 겐자부로라는 이름으로 여행할 ★젠지 히로구치는 다른 승객들과 다소라도 급이 맞게 보이게 만들려고 그 발표문에는 동물 질병 분야에서 세계적으로 유명한 권위자라고 소개되어 있었다.

승객 가운데 두 사람은 완전히 무명 인사였기 때문에 정확히 그들이 누구냐는 난처한 질문이 제기되지 않도록, 그 두 사람의 이름은 요령껏 그 명단에서 빠져 있었다. 그들은 흘수선 아래의 초라한 작은 객실을 예약한 로이와 메리 헵번 부부였다.

하지만 그 바람에 이 꼬리 부분을 약간 자른 명단이 공식 명단이 되었다.

그리하여 5월에 에콰토리아나 항공사가 명단에 있는 모든 사람에게 바이아데다윈호가 출항하기 전날 저녁 혹시라도 뉴욕시에 오게 될 손님을 위해 특별 심야 항공편이 있을 것이라고 알리는 전보를 보냈을 때, 메리 헵번은 그 전보 통보 대상에 들지 않았던 것이다. 뉴욕시 어느 곳으로든 리무진이 와서 그들을 공항으로 실어다 줄 것이었다. 비행기 좌석은 모두 침대로 변환 가능했고, 일반석들이 있던 곳은 카바레 테이블들을 설치한 무도장으로 개조된 상태로, 그곳에서 에콰도르 민속 무용단이 사람들 눈에 좀처럼 띄지 않는 칸카보노족의 불춤을 비롯한 다양한 인디오 부족들의 춤들을 공연할 예정이었다. 프랑스의 최고급 레스토랑에 어울리는 포도주와 함께 고급 음식이 제공될 예정이었다. 이 모두가 무료로 제공되는 서비스였지만, 로이와 메리 헵번 부부는 그것에 대해서는 전혀 듣지 못했다.

그랬다. 그리고 다른 모든 사람들이 6월에 받은 편지도 헵번 부부는 받지 못했다. 그 편지는 에콰도르 대통령인 호세 세풀베다 데라마드리드 박사가 그들에게 경의를 표하여, 엘도라도 호텔에서 열리는 국빈 조찬과 뒤이어 열리는 말이 끄는 꽃마차를 타고 호텔에서부터 그들이 배에 승선하게 될 부두까지 펼치는 퍼레이드에 그들을 초청하는 편지였다.

또한 메리는 킹이 11월 1일에 다른 모든 사람에게 보낸 전보도 받지 못했다. 그것은 경제의 지평선에 드리운 폭풍 구름이 실로 걱정스럽다고 인정하는 내용의 전보였다. 하지만 에콰도르 경제는 여전히 견실하므로 바이아데다윈호가 예정대로 출항하지 못할 것이라 믿을 이유는 없다고도 했다. 킹이 알면서도 그 전보에 적지 않은 것은 일본과 미국을 제외한 그 목록에 올라 있는 거의 모든 나라에서 예약 취소가 이어지는 바람에 그 승객 명단이 절반 가까이 줄었다는 사실이었다. 그러므로 아직 여행을 떠날 의사가 있는 사람은 거의 모두 뉴욕발 특별 항공편을 탈 것이었다.

그리고 지금 킹의 비서가 그의 사무실로 들어와, 이제 막 라디오에서

들은 미 국무부에서 미국인들에게 현재로서는 에콰도르를 여행하지 말 것을 권고했다는 소식을 그에게 전했다.

그리하여 킹이 이제껏 자신의 최고 역작이라고 여겼던 일은 그것으로 끝이었다. 조선 공학에 대해서는 아무것도 몰랐지만, 그는 배의 이름을 그 소유주들이 막 붙이려고 했던 '안토니오 호세 데 수크레호' 대신 '바이아데다윈호'로 붙이도록 그들을 설득해 그 배를 더욱 매력적이게 만들었다. 그는 또 판에 박힌 여행이 되었을 섬들을 둘러보고 돌아오는 2주간의 여행을 세기의 자연 유람선 여행으로 탈바꿈시켜 놓았다. 그는 어떻게 그런 기적을 만들어 냈을까? 그것은 그냥 그가 그 여행을 '세기의 자연 유람선 여행'이라고 명명함으로써 해낸 일이었다.

바이아데다윈호가 다음 날 정오에 '세기의 자연 유람선 여행'을 떠나지 못하리라는 것은 이제 킹도 확신한 것 같았다. 하지만 그렇게 될지라도 그가 진행한 홍보 활동이 낳은 일부 부수적인 효과들은 지속될 것이었다. 그는 오나시스 여사, 키신저 박사, 믹 재거 같은 명사들이 앞으로 어떤 경이로운 것들을 보게 될지에 대한 홍보물을 통해 사람들에게 자연사에 대해 많이 가르쳐 놓았다. 또한 두 명의 새로운 명사를 만들어 놓기도 했다. 한 사람은 킹이 처녀항해를 떠나는 그 유람선의 주방 운영을 맡기기 위해 고용한 뒤 '프랑스 최고의 요리사'로 선전해 온 주방장 로베르 페펭이었고, 다른 한 사람은 바이아데다윈호의 선장인 아돌프 폰 클라이스트였다. 그는 커다란 코와 세상 사람들에게 뭔가 말 못 할 개인적 비극을 숨기는 듯한 태도를 지니다 보니, 그 결과 텔레비전 토크쇼에 나가면 일류 코미디언 못지않았다.

킹의 서류철에는 자니 카슨이 진행하는 〈투나잇 쇼〉에 선장이 출연한 장면을 받아 적어 놓은 원고가 들어 있었다. 다른 모든 토크쇼에서처럼 그 쇼에서도 선장은 에콰도르의 해군 예비역 제독으로서 그가 입을 자격이 있는 금색 줄이 들어간 하얀 제복을 입어 눈부시게 빛났다. 그 원고는 다음과 같았다.

카슨: '폰 클라이스트'란 성은 어쩐지 남미 쪽 성 같지 않군요.

선장: 잉카 쪽 성입니다. 사실 가장 흔한 잉카족 성 가운데 하나죠. 영어의 '스미스'나 '존스' 같은 성처럼 말입니다. 기독교도가 아니라는 이유로 잉카 제국을 파괴한 스페인 탐험가들에 대한 기사를 읽어 보셨다면……

카슨: 네?

선장: 그 기사를 읽어 보셨으리라 생각합니다.

카슨: 그건 제 침대 옆 테이블에 있습니다만…… 여배우 헤디 라마의 자서전 『엑스터시와 나』와 함께요.

선장: 그렇다면 스페인 탐험가들이 이단이라고 태워 죽인 인디오 세 명에 한 명 꼴로 폰 클라이스트라는 성을 지녔다는 사실을 아시겠군요.

카슨: 에콰도르 해군의 규모는 어느 정도입니까?

선장: 잠수함 네 대를 보유하고 있습니다. 항상 수중에 있죠. 절대로 올라오는 법이 없습니다.

카슨: 절대로 올라오지 않는다고요?

선장: 여러 해 동안 한 번도 올라오지 않았습니다.

카슨: 하지만 무선으로 연락은 하겠죠?

선장: 아뇨. 그들은 무선 두절 상태로 있습니다. 그건 그들의 생각이에요. 우리는 그들에게서 소식을 들으면 기쁠 테지만, 그들은 무선 두절 상태로 있는 것을 좋아해요.

카슨: 왜 그들은 수중에서 그렇게 오랫동안 머무는 겁니까?

선장: 그건 그들에게 물어보셔야죠. 당신도 알다시피, 에콰도르는 민주

주의 국가입니다. 심지어 해군에 있는 우리도 할 수 있는 일과 할 수 없는 일에 있어서는 아주 폭넓은 재량을 지니고 있습니다.

카슨: 어떤 사람들은 히틀러가 아직도 살아 있을지 모른다고 생각합니다. ……그것도 남미에 말이죠. 그럴 가능성이 있다고 보십니까?

선장: 에콰도르에는 히틀러가 저녁 식사 상에 있었으면 하는 사람들이 있다는 건 압니다.

카슨: 나치 동조자들이로군요.

선장: 그것에 대해서는 잘 모르겠습니다. 그럴 수도 있겠군요.

카슨: 그들이 히틀러가 저녁 식사 상에 있었으면 한다면…….

선장: 그렇다면 그들은 식인종들임에 틀림없어요. 저는 칸카보노족이 아닐까 생각하고 있었어요. 그 부족은 기꺼이 어느 누구든 저녁 식사 상에 있었으면 할 테니까요. 그들은 말이죠…… 영어로는 그 단어가 뭐더라? 그 단어가 혀끝에서 뱅뱅 맴돌 뿐 떠오르지 않는군요.

카슨: 그럼 이 주제는 그냥 넘어가죠.

선장: 그들은…… 그들은…… 칸카보노족은…….

카슨: 천천히 생각해 보세요.

선장: 아, 생각났어요! 그들은 '비정치적'이에요. 바로 그 단어예요. 칸카보노족이야말로 정말로 비정치적이죠.

카슨: 하지만 그들도 에콰도르 국민이 아닙니까?

선장: 예, 물론입니다. 제가 앞서 에콰도르는 민주주의 국가라고 말씀드렸잖아요. 그러니 식인종에게도 1인 1표가 주어지죠.

카슨: 몇몇 여성분이 여쭤봐 달라고 부탁하신 질문이 하나 있습니다. 어쩌면 너무 사적인 질문일지도 모르지만…….

선장: 왜 저처럼 잘생기고 매력 있는 남자가 결혼의 기쁨을 전혀 맛보지

않았느냐는 질문인가요?

카슨: 그 문제에 대해서라면 저도 경험이 좀 있습니다. ……아시는지 모르겠지만요.

선장: 제 아내가 될 여자에게 공정하지 못한 일 같아서요.

카슨: 점점 너무 사적인 대화로 흘러가는군요. 푸른발부비새 얘기로 넘어가 볼까요? 자, 이제 선장님이 갖고 오신 필름을 보여 줄 시간이 된 것 같습니다.

선장: 아뇨, 아니에요. 제가 결혼하지 못한 이유를 아주 흔쾌히 말씀드리겠습니다. 그건 저 같은 사람이 결혼하면 여성분에게 공정하지 못한 일 같아서인데, 바로 잠수함에서 언제 소집 명령이 떨어질지 모르기 때문이에요.

카슨: 그리고 선장님이 물속으로 내려가면 다시는 올라오지 않을 테니까요.

선장: 그것이 전통이지요.


킹은 한숨을 푹 내쉬었다. 그의 책상에 놓인 승객 명단에서 거의 절반의 이름에 줄이 그어져 지워져 있었는데, 어리석게도 각자 자국 통화로 재산을 보유하고 있던 멕시코인들, 아르헨티나인들, 이탈리아인들, 필리핀인들 등이었다. 이미 과야킬에 가 있는 여섯 사람을 제외한 그 명단의 나머지 사람들은 모두 뉴욕시 지역에 와 있어서 쉽게 전화로 연락할 수 있었다.

"전화를 몇 통 돌려야 할 것 같군." 킹이 비서에게 말했다.

비서가 대신 전화를 해 주겠다고 나섰지만 그는 거절했다. 그것은 그가 거리낌 없이 남에게 맡길 일이 아니었다. 명단에 있는 그 모든 명사들을 설득해 유람선 여행에 참가 신청을 하게 만들고, 그들 가운데 최고로 뉴스거리가 되는 인사들에게는 연인이 구애하듯 참가 신청을 해 달라고 졸라 댄 사람은 다름 아닌 그였기 때문이다. 이제 그는 책임감 있는 연인이라면 으레 그래야 하듯이 직접 그들에게 나쁜 소식을 전해야만 했다. 적어도 그들 대부분을 찾는 어려움은 별로 겪지 않아도 될 것이었다. 보잘것없는 배우자나 동행까지 포함시키면 연락해야 할 대상은 마흔두 명이었지만, 때마침 그날의 가십난에 보도된 바에 따르면 그들은 밤 10시 정각에 출발하는 에콰토리아나 항공의 과야킬행 특별 항공편 시간에 맞춰 케네디 국제공항으로 자신들을 편안하게 실어다 줄 리무진이 올 때까지 남아 있는 시간을 즐겁게 보내기 위해 몇 군데에서 디너파티를 열어 즐기고 있었기 때문이다.

그리고 적어도 그는 환불에 대한 이야기도 꺼낼 필요가 없을 것이었다. 그 여행에 그들은 아직 돈 한 푼 내지 않은데다가 이미 그 여행에 잘 어울리는 여행 가방과 세면도구, 파나마모자를 공짜로 받기까지 했으니까 말이다.

그 자신과 비서의 슬픈 마음을 달래기 위해, 킹은 이제 박제한 바다이구아나로 장난을 쳤다. 그는 그것을 집어 들어 전화기인 것처럼 머리 옆에 갖다 대고는 말했다. "오나시스 여사님? 유감스럽지만 다소 실망스런 소식을 전해 드리게 됐습니다. 여사님은 결국 푸른발부비새의 구애 춤을 보실 수 없게 되셨습니다."


킹의 사과 전화는 정중한 형식상의 절차였다. 아직 아무도 그날 밤 10시에 그 비행기에 탑승할 생각을 하고 있지 않았다. 그건 그렇고, 그날 밤 10시까지 ★앤드루 매킨토시, 젠지 히로구치, 선장의 동생 ★지그프리트는 모두 죽음을 맞이해, 파란 터널을 지나 내세로 들어가는 짧은 여정을 마칠 것이었다.

킹이 통화한 승객 명단에 있던 모든 사람들은 다가오는 2주 동안 할 새로운 계획들을 이미 세워 둔 상태였다. 많은 이들이 유람선 여행 대신 미국의 안전한 경계선 안에서 스키를 타러 갈 것이었다. 여섯 사람이 연 디너파티에서는 모두가 이미 애리조나주 피닉스에 있는 건강 관리 시설과 테니스 캠프가 같이 있는 복합 휴양지에 가기로 결정한 상태였다.

그리고 킹이 사무실을 떠나기 전에 마지막으로 전화를 건 상대는 지난 열 달 동안 아주 막역한 사이가 된 남자였다. 그는 키토 출신의 시인 겸 의사로, 현재 유엔 주재 에콰도르 대사인 테오도로 도노소 박사였다. 박사는 하버드 대학에서 의학 학위를 취득했으며, 킹이 상대하는 다른 몇몇 에콰도르인들도 미국에서 교육받은 사람들이었다. 바이아데다윈호의 선장 아돌프 폰 클라이스트는 아나폴리스에 있는 미국 해군사관학교의 졸업생이었다. 선장의 동생 ★지그프리트는 뉴욕주 이타카에 있는 코넬 호텔 학교의 졸업생이었다.

대사관에서 광란의 파티가 벌어지고 있는 모양인지, 전화기 너머로 시끄러운 소음이 들려오더니 도노소 박사가 문을 닫자 잠잠해졌다.

"거기 사람들은 무엇을 축하하고 있는 겁니까?" 킹이 물었다.

"민속 무용단이에요." 대사가 말했다. "칸카보노족의 불춤을 예행연습하고 있어요."

"그들은 여행이 취소된 걸 모르나 보군요?" 킹이 물었다.

그들은 그 사실을 알고 있었다. 그들은 또한 보비 킹이 유명하게 만들어 놓은 '칸카보노족의 불춤'을 나이트클럽과 극장에서 공연해 고향의 가족들을 위해 달러를 벌려고 미국에 계속 머물 생각이었다.

"무용단에 진짜 칸카보노족이 있습니까?" 킹이 물었다.

"제 짐작으로는 진짜 칸카보노족은 어디에도 없는 것 같습니다." 대사가 말했다. 그는 사실 에콰도르 열대 우림에 살던 작은 부족의 절멸을 노래한 「마지막 칸카보노족」이란 제목의 26행짜리 시를 쓴 바 있었다. 그

시의 앞부분에는 열한 명의 칸카보노족이 나왔다. 그 시의 뒷부분에는 단 한 명의 칸카보노족이 나오는데 건강 상태마저 좋지 않았다. 하지만 대부분의 에콰도르인들처럼 그 시인도 칸카보노족은 한 번도 본 적이 없었으므로 그 시는 허구를 노래한 시였다. 그가 들은 바로는 그 부족은 단 열네 명으로 줄어들어 있었기 때문에 문명의 잠식으로 인해 그 부족의 최종적 절멸이 불가피해 보였다.

그는 한 세기도 지나지 않아 지구상 모든 인간의 혈관에는 폰 클라이스트와 히로구치의 피가 살짝 섞인 가운데 주로 칸카보노족의 피가 흐를 것이라는 사실을 조금도 알지 못했다.

그리고 이 놀라운 반전은 '세기의 자연 유람선 여행'의 원래 승객 명단에 있던 완전히 보잘것없는 두 사람 중 한 사람이 크게 힘쓴 덕분에 일어나게 될 예정이었다. 그 사람은 바로 메리 헵번이었다. 보잘것없는 다른 한 사람은 그녀의 남편이었는데, 그로 말할 것 같으면 그 자신의 절멸을 앞에 두고 흘수선 아래의 싸고 작은 객실 한 칸을 예약함으로써 인간의 운명을 정하는 데 결정적인 역할을 했다.

# 22

도노소 대사의 '마지막 칸카보노족'을 위한 26행짜리 애시는 줄잡아 말해도 너무 이르게 나왔다. 그보다는 차라리 '마지막 남미 본토인'이나 '마지막 북미 본토인' 아니면 '마지막 유럽 본토인'이나 '마지막 아프리카 본토인'이나 '마지막 아시아 본토인'을 위해 종이 위에 눈물을 흘렸더라면 좋았을 것이다.

어쨌든 앞으로 한 시간 정도 안에 에콰도르 국민의 사기에 일어날 일에 대해 그가 보비 킹에게 전화상으로 했던 짐작은 옳았다. "오나시스 여사가 결국 오지 않을 것이란 사실을 알게 되면 저기 아래에 있는 모든 사람들은 바로 산산이 무너져 내릴 겁니다."

"상황이란 30일 만에도 굉장히 많이 바뀔 수 있는 법이죠." 킹이 말했다. "'세기의 자연 유람선 여행'은 에콰도르인들이 기대해야 할 여러 가지 일 중 하나였을 뿐이었는데, 갑자기 그게 유일한 일이 되어 버렸죠."

"그건 마치 우리가 샴페인 펀치*가 담긴 커다란 크리스털 그릇을 준비해 놓았는데," 도노소가 말했다. "밤사이에 갑자기 그것이 니트로글리세

---

\* 샴페인에 과일즙과 설탕을 넣어 만든 파티용 칵테일.

린\*이 담긴 녹슨 양동이로 변해 버린 것과 같죠." 그는 '세기의 자연 유람선 여행'이 적어도 에콰도르가 그 나라에 닥친 해결할 수 없는 경제 문제들을 직시하는 것을 한두 주 정도 연기시켜 줬다고 말했다. 북쪽의 콜롬비아 정부와 남동쪽의 페루 정부는 이미 전복되어 지금은 군부 독재 하에 있었다. 사실, 페루의 새 지도자들은 페루 국민들의 커다란 뇌의 주의를 그들의 모든 문제에서 다른 데로 돌리기 위해 이제 막 에콰도르에 전쟁을 선포하기 직전이었다.

"만약 오나시스 여사가 지금 그곳에 간다면," 도노소가 말했다. "사람들은 그녀를 구세주나 기적을 행하는 사람처럼 받아들일 겁니다. 사람들은 그녀가 과야킬에 식량을 실은 배들을 불러오고, 미군 폭격기들을 시켜 그곳 어린이들을 위해 곡물과 우유와 신선한 과일을 투하하게 해 줄 거라고 기대할 테죠!"

이 말은 하고 넘어가야 할 것 같은데, 요즘은 일단 사람이 태어나 아홉 달만 지나면 아무도 어떤 것으로부터도 구제될 것이라고 기대하지 않는다. 요즘은 딱 아홉 달이 사람의 어린 시절이 지속되는 기간이기 때문이다.

내 경우에는 어리석음과 부주의함으로부터 구제되었던 것은 열 살까지, 그러니까 어머니가 아버지와 나를 두고 떠나 버린 때까지였다. 나는 그 후로 스스로를 구제했다. 메리 헵번은 스물두 살에 석사 학위를 받을 때까지 부모에게서 독립하지 않았다. 바이아데다윈호의 아돌프 폰 클라이스트 선장은 스물여섯 살까지 도박 빚과 음주 운전, 폭행, 체포 불응, 공공기물 파손 등으로 부과된 벌금을 부모가 대신 꼬박꼬박 내서 구제해

---

\* 무색의 액체로 독성이 있고 폭발하기 쉬우며, 다이너마이트 같은 폭약을 만드는 원료로 쓰인다.

주었다. 스물여섯 살 때가 바로 그의 아버지가 헌팅턴 무도병에 걸려 그의 어머니를 살해한 때였다. 그제야 비로소 그는 자신이 저지른 잘못에 대해 책임을 지기 시작했다.

어린 시절이 대개 아주 길었던 과거 그 당시에 정말 많은 사람들이 자신의 부모님이 돌아가신 뒤에도 누군가, 그러니까 하느님이나 성인이나 수호천사나 별 같은 존재가, 늘 자신을 보살피고 있다고 평생토록 믿는 버릇이 있었던 것은 놀랄 일이 못 된다.

오늘날 사람들은 그런 환상을 품지 않는다. 그들은 세상이 어떤 곳인지 일찌감치 깨우치며, 자기 형제나 부모가 부주의하게 굴다가 식인 고래나 상어에게 산 채로 잡아먹히는 광경을 목격하지 않은 어른은 정말로 드물다.

백만 년 전에는 정자와 난자가 수정하는 것을 막거나 수정된 난자를 자궁에서 떼어 내기 위해, 즉 사람 수가 식량 공급을 초과하는 것을 막기 위해, 사람들이 기계적인 수단을 이용하는 것이 옳은지 그른지에 대한 열띤 논쟁이 있었다.

오늘날 그 문제는 말끔히 해결되어 누구도 자연의 법칙에 어긋나는 일을 할 필요가 없다. 식인 고래와 상어가 인구를 관리 가능한 적정 수준으로 유지시켜 줘서 이제 사람은 아무도 굶주리지 않는다.

메리 헵번은 일리움 고등학교에서 일반생물을 가르쳤을 뿐만 아니라 성교육도 담당했다. 그래서 그녀는 다양한 피임 기구에 대해 설명해야 했다. 하지만 그녀 자신은 그런 것들을 전혀 사용해 본 적이 없었는데, 남편이 그녀가 사귄 유일한 남자였고, 남편과 그녀는 처음부터 아이를 갖고 싶어 했기 때문이었다.

정작 그녀는 남편 로이와 여러 해 동안 열심히 사랑을 나누며 노력해도 임신하지 못했지만, 학생들에게는 여성이 남성과 아주 순간적으로 대수롭지 않게 한 접촉만으로도 얼마나 임신이 되기 쉬운지 일깨워 줘야 했다. 그렇게 몇 년을 가르친 뒤, 그녀의 경고성 이야기의 대부분에는 그녀가 개인적으로 아는 학생들의 사례도 들어가게 되었다. 바로 그곳 일리움 고등학교 학생들의 사례였다.

일리움 고등학교에서 학생이 원치 않는 임신을 하는 사건이 한 건도 일어나지 않고 지나가는 학기는 거의 없었고, 기억에 남을 1981년 봄 학기 동안에는 그런 사건이 여섯 건이나 있었다. 그리고 엄연한 사실인데, 아기를 가진 이 아기들의 절반가량이 그들이 짝짓기를 한 상대와 진짜 사랑하는 사이라고 주장했다. 하지만 나머지 절반은 너무나도 강력한 반대 증거 앞에서도 자기가 기억하는 한 자기는 아이의 출산으로 이어질 만한 어떤 짓도 결코 하지 않았다고 맹세했다.

메리는 기억에 남을 1981년 봄 학기가 끝날 무렵 동료 여교사에게 이렇게 말하고는 했다. "어떤 사람에게는 임신하는 게 감기에 걸리는 것만큼이나 쉬운 것 같아요." 그리고 분명 임신과 감기 사이에는 유사점이 하나 있었다. 감기도 아기도 점막을 가장 좋아하는 세균에 의해 비롯된다는 점이었다.

산타로살리아섬에서 10년을 보낸 뒤, 메리 헵번은 심지어 상대를 좋아하지도 않으면서 오직 성욕 해소 말고는 아무것도 추구하지 않는 남성이 뿌린 씨앗에 의해 십 대 처녀가 정확히 얼마나 임신되기가 쉬운지 직접 깨닫게 될 것이었다.

# 23

그리하여 아돌프 폰 클라이스트 선장이 자신이 모든 인류의 조상이 될 줄은 꿈에도 모른 채 택시를 타고 과야킬 국제공항에서 바이아데다윈호로 갈 때, 나는 아돌프 폰 클라이스트 선장의 머릿속으로 들어갔다. 나는 인류가 운 좋게도 이제 곧 하나의 아주 작은 점으로 줄어들었다가 역시 운 좋게도 다시 팽창할 기회가 주어지려고 한다는 사실을 알지 못했다. 나는 여기저기 사방을 완전히 엉망진창으로 만들고 그걸 또 재현하고 재현하는 커다란 뇌를 지닌 수십억 명의 사람들이 연루된 그 혼돈이 계속될 것이라고 믿었다. 그런 예기치 않은 대소동 속에서 한 개인이 중요할 수 있을 것 같지 않았다.

그런데 내가 탈것으로 선장의 머리를 선택한 것은 거대한 카지노에서 슬롯머신에 동전을 넣어 곧바로 잭팟을 터트리는 것과 같은 일이었다.

어느 무엇보다 내 마음을 끌었던 것은 그의 제복이었다. 그는 예비역 제독의 금색 줄이 들어간 하얀 제복을 입고 있었다. 나는 그냥 일개 사병 출신이었기 때문에 군대 계급과 사회적 지위가 아주 높은 사람에게는 세상이 어떻게 보이는지 무척 궁금했다.

그런데 나는 그의 커다란 뇌가 운석에 대해 생각하고 있는 것을 발견하고는 어리둥절했다. 사실 그것은 과거 그 당시 내가 흔히 하던 경험이었다. 나는 내가 볼 때 특히 흥미로운 상황에 있는 어떤 사람의 머릿속으로 들어가서는, 그 사람의 커다란 뇌가 당면한 문제와는 아무런 관계가 없는 일에 대해 생각하고 있는 것을 발견한 적이 많았다.

선장과 운석에 얽힌 사연은 이러하다. 교수들의 수업 대부분을 건성으로 들어 넘겼던 그는 미국 해군사관학교를 꼴찌로 졸업했다. 사실 그는 천문 항법 시험에서 부정행위를 하다가 들켜 퇴학당할 뻔했지만, 그의 부모가 외교 경로를 통해 선처를 호소한 덕분에 그렇게까지 되지는 않았다. 하지만 그는 운석을 주제로 한 강의에는 깊은 인상을 받았다. 그 교수의 설명에 따르면, 우주 공간에서 빗발치듯 쏟아지는 커다란 둥근 돌들은 영겁의 세월에 걸쳐 상당히 흔한 것이었는데, 그 돌들이 지구와 워낙 강하게 충돌하는 바람에 공룡을 포함한 여러 생명체들의 멸종을 초래한 것일지도 몰랐다. 그러므로 인류에게는 행성을 강타하는 그런 물체들이 더 많이 언제라도 지구를 강타할 수 있다고 예상할 만한 충분한 이유가 있으니, 적의 미사일과 운석을 구별할 수 있는 장치를 고안해야 한다는 것이 그 교수의 주장이었다.

그렇지 않으면 우주 공간에서 날아온 무의미한 돌들을 적의 공격으로 간주해 분노한 나머지 제3차 세계대전이 일어날지도 몰랐다.

그리고 이 종말론적 경고는 선장 뇌의 신경회로와 어찌나 잘 맞아떨어졌던지, 선장은 그 강의를 들은 후로 죽, 자기 아버지가 헌팅턴 무도병에 걸리기 전에도, 인류는 정말로 운석에 의해 전멸될 가능성이 가장 높다고 믿게 되었다.

선장에게는 인류가 그런 식으로 소멸하는 것이 제3차 세계대전으로 소멸하는 것보다 훨씬 더 영예롭고 시적이고 심지어 아름답게까지 느껴졌다.

그의 큰 뇌를 더 잘 알게 되었을 때, 나는 배고픈 군중이 비상계엄으로 통제되고 있는 차창 밖의 과야킬 거리를 내다보는 동안 그가 운석에 대해 했던 생각이 어느 정도 타당하다는 것을 깨닫게 되었다. 화려한 운석 소나기 없이도 과야킬 사람들에게는 세상이 끝나 가고 있는 것처럼 보였을 테니까.

어떤 의미에서는 이 남자도 그의 아버지가 어머니를 살해한 날에 이미 운석을 맞은 셈이었다. 그리고 인생이 지켜봐 주거나 신경 써 주는 사람 하나 없는 의미 없는 악몽 같다는 그의 기분은 사실 나도 아주 잘 아는 기분이었다.

그건 바로 내가 베트남에서 어떤 할머니를 총으로 쏘아 죽인 뒤 느꼈던 기분이었다. 그 할머니는 생이 끝나갈 무렵의 메리 헵번의 모습처럼 이가 없고 허리가 굽어 있었다. 그 할머니가 단 한 방의 수류탄으로 나와 같은 소대에 있던 내가 가장 좋아했던 대원과 내가 가장 싫어했던 대원을 한꺼번에 죽이자 곧바로 나는 그 할머니를 총으로 사살했다.

그 사건으로 인해 나는 살아 있는 것이 미안하게 생각되었고 한낱 돌멩이가 부럽기까지 했다. 나는 차라리 자연계에 유용한 하나의 돌이었으면 했다.

선장은 자기 동생을 보러 호텔에 잠시 들르지 않고 공항에서 곧바로 배로 갔다. 그는 뉴욕시에서 장거리 비행으로 날아오는 동안 샴페인을 계속 마신 탓에 머리가 깨질 듯이 아팠다.

그리고 우리가 바이아데다윈호에 올랐을 때, 나는 예비역 제독으로서의 그의 역할과 마찬가지로 선장으로서의 그의 역할도 순전히 의례적인 것이라는 사실을 명백히 깨닫게 되었다. 조종이나 기기 정비, 선원 규율

유지 같은 업무는 다른 사람들에게 맡겨 놓고 그는 유명한 승객들과 어울릴 예정이었다. 그는 선박의 운용에 대해서는 아는 것이 거의 없었으나 많이 알 필요도 느끼지 못했다. 그가 갈라파고스 제도에 대해서 잘 안다고 하지만 그 또한 개략적으로 아는 것일 뿐이었다. 그는 그 제도의 섬 가운데 발트라섬의 해군 기지와 산타크루스섬의 다윈 연구소에 제독으로 공식 방문한 적이 있었는데, 물론 그 역시 명목상으로는 사령관이었지만 본질적으로는 배에 탄 승객으로서의 방문이었다. 하지만 그 제도의 나머지 섬들은 모두 그에게 미지의 땅이었다. 그는 이를테면 스위스의 스키장이나, 몬테카를로*의 카지노 카펫이나, 팜비치**의 폴로 경기장에 있는 마구간에서라면 더 유익한 안내인이었을 것이다.

하지만 역시…… 그게 무슨 상관있었겠는가? '세기의 자연 유람선 여행'에는 다윈 연구소에서 훈련도 받고 자연과학 분야의 석사 학위도 소지한 안내인 겸 해설사들도 같이할 텐데. 선장은 나머지 승객들과 함께 그들의 설명을 경청하며 갈라파고스 제도의 섬들에 대해 배울 생각이었다.

선장의 두개골 속으로 들어갈 때, 나는 최고의 사령관이란 어떤 것인지 알게 되기를 바랐다. 하지만 그 대신 나는 사교성이 뛰어난 사람이란 어떤 것인지 알게 되었다. 우리가 부두와 배 사이에 걸쳐 놓은 발판을 오를 때, 우리는 최고의 군인에 대해 존경을 표하는 온갖 종류의 환영을 받았다. 하지만 우리가 일단 승선하자, 고급 선원이든 하급 선원이든 오나시스 여사와 나머지 승객들을 맞을 마무리 점검을 하면서도 우리에게는 어떤 것에 대해서도 지시를 구하지 않았다.

---

* 모나코 동북부의 지중해에 면한 국제적 휴양 도시로, 세계적 부호와 명사들이 몰려드는 카지노로 유명하다.
** 미국 플로리다주 동남쪽에 있는 도시로 피한지와 보양지로 유명하다.

선장이 아는 한 그 배는 여전히 다음 날 출항할 예정이었다. 그는 다른 통보는 받지 못한 상태였다. 에콰도르에 돌아온 지 겨우 한 시간밖에 되지 않았던 터라 뱃속에는 아직 뉴욕의 좋은 음식들이 가득했고 샴페인으로 인한 두통도 있었기 때문에, 그는 자신과 자신의 배가 어떤 끔찍한 곤경에 처했는지 미처 깨닫지 못하고 있었다.

자연 선택의 법칙이 아직 구제하지 못한 인간의 결함이 또 하나 있다. 오늘날 사람들도 배가 부르면 백만 년 전의 선조들과 똑같이 자신들이 처할지도 모르는 끔찍한 곤경을 무척 느리게 인지한다는 것이다. 그때가 바로 오늘날 사람들이 방심하고 상어나 고래에 대한 경계를 풀어 버리는 때이다.

백만 년 전에 이것은 특히 비극적인 결함이었는데, 예를 들어 ★앤드루 매킨토시처럼 지구의 상태에 대해 가장 잘 알고 있고, 진행 중인 그 모든 낭비와 파괴를 늦출 정도로 부유하고 영향력 있는 사람들은 당연히 잘 먹고 잘살고 있었기 때문이다.

그러니 그들이 볼 때는 모든 것이 늘 좋기만 했다.

컴퓨터든 측정기든 뉴스 취재원이든 평가사든 기억장치든 도서관이든 이런저런 분야의 전문가든 얼마든지 마음대로 활용할 수 있었음에도 불구하고, 그들은 이런저런 문제가, 이를테면 산성비에 의한 북미와 유럽 삼림의 파괴와 같은 문제가 얼마나 긴급한지에 대한 최종적인 판단을 여전히 눈도 귀도 먼 그들의 배가 내리게 했다.

그리고 여기에 음식으로 가득 찬 배가 과거에도 해 줬고 아직도 해 주는 그런 종류의 충고가 있다. 그리고 그것은 선장의 음식으로 가득 찬 배가 그에게 해 줬던 충고이기도 하다. 바이아데다윈호의 일등 항해사 에르난도 크루스가 안내인이 한 명도 모습을 드러내지 않았고 연락도 되지 않으며, 지금까지 승무원의 3분의 1이 가족을 돌봐야겠다며 떠나 버렸다고 선장에게 보고했을 때, 선장은 자신의 배가 시키는 대로 이렇게 충고했다. "그리 조급할 게 뭐 있어? 얼굴 펴고 웃으라고. 자신감을 가져. 어쨌든 다 잘 풀릴 텐데 뭘 그러나."

# 24

메리 헵번은 〈투나잇 쇼〉와 연이어 〈굿모닝 아메리카〉에 출연한 선장의 웃기는 방송을 보고 감탄했다. 그런 만큼, 그녀의 커다란 뇌가 그녀를 과야킬로 향하게 만들기 전부터 그녀는 자기가 이미 그를 조금은 알고 있는 것 같은 느낌이 들었다.

그녀의 남편 로이가 죽고 2주 뒤에 〈투나잇 쇼〉에 나온 선장은 그 슬픈 일이 있고 난 뒤 처음으로 그녀를 웃게 만든 사람이었다. 그때 그녀는 자신의 작은 집 거실에 홀로 앉아 있었고, 이웃집들은 모두 비워진 채 팔려고 내놓은 상태였다. 그녀는 물속으로 내려가서 다시는 올라오지 않는 것이 전통이라던 그 우스꽝스런 에콰도르 잠수함대 이야기에 저도 모르게 깔깔대고 웃고 있었다.

그때 그녀는 폰 클라이스트가 자연과 기계를 사랑한다는 점에 있어서 자기 남편과 무척 비슷하다고 생각했다. 그렇지 않다면 그가 바이아데라 원호의 선장으로 선택됐을 리 없지 않은가?

비록 그녀의 말을 듣는 사람은 없었지만 그녀의 영혼이 무척 당혹스럽게도, 이제 그녀의 커다란 뇌는 브라운관에 나온 선장의 영상에 대고 그녀가 큰 소리로 외치게 만들었다. "혹시 나랑 결혼할래요?"

나중에 드러난 바에 따르면, 선장보다 오히려 그녀가 기계에 대해 조금은 더 많이 알고 있었다. 로이와 살았던 덕분으로, 로이가 죽은 뒤 예를 들어 잔디 깎는 기계가 시동이 걸리지 않는가 하는 일이 생기면, 그녀는 점화 플러그를 교체해 기계를 작동시킬 수 있었다. 그리고 그건 선장은 죽었다 깨어나도 못할 일이었다.

그리고 그녀는 갈라파고스 제도에 대해서도 선장보다 훨씬 더 많이 알았다. 나중에 그들이 섬에 고립됐을 때, 그 섬이 어느 섬인지 정확히 알아맞힌 것도 바로 메리였다. 선장은 그의 큰 뇌가 상황을 엉망진창으로 만들어 버린 뒤, 갈가리 찢긴 자존심과 권위를 조금이나마 챙기려고 그 섬이 라비다섬이라고 단언했다. 하지만 그 섬은 분명 라비다섬도 아닐뿐더러, 어쨌든 그가 한 번도 본 적이 없는 섬이었다.

메리가 산타로살리아섬을 알아본 것은 그곳에서 우세한 종인 핀치* 덕분에 가능했다. 덧붙이자면, 이 담갈색의 작은 새들은 대부분의 관광객과 메리의 학생들에게는 하나도 흥미롭지 않았지만, 젊은 찰스 다윈에게는 땅거북이나 부비새나 바다이구아나 등 그곳에 서식하는 다른 어떤 동물만큼이나 흥미로웠다. 실은 핀치들은 생김새가 무척 비슷비슷했지만 실제로는 13종으로 분류되며 종마다 일상적으로 먹는 먹이도 다르고 먹이를 구하는 방법도 달랐다.

그 중 어느 핀치 종도 남미 본토에 가까운 친척이 없었다. 핀치가 망망대해 위로 1천 킬로미터의 비행에 나서는 것은 그 작은 몸에는 전혀 맞지

---

* 참새목의 작은 새로, 환경과 먹이 종류에 따라 부리 모양이 다르게 여러 종으로 진화했다. 갈라파고스 제도에 서식하는 이들의 모습을 관찰한 다윈이 자연 선택에 의한 진화론을 주장하게 되는 데에 중요한 영향을 끼친 새로, '갈라파고스핀치'나 '다윈의 핀치'로도 불린다.

않는 일이었으므로, 어쩌면 그들의 선조들 또한 노아의 방주나 자연 뗏목을 타고 그곳에 도착했을지도 몰랐다.

갈라파고스 제도에 딱따구리는 없었지만 딱따구리와 같은 것을 먹는 핀치 한 종이 있었다. 하지만 그 핀치는 뭉툭한 작은 부리로는 나무를 쫄 수가 없어서, 부리를 이용해 선인장의 잔가지나 가시를 떼어내고 그 속에 숨어 있는 곤충을 파내서 잡아먹었다.

또 다른 핀치 종으로는 흡혈 핀치가 있었는데, 그것들은 부주의한 부비새의 긴 목을 부리로 마구 쪼아 작은 핏방울이 나오면 그 완벽한 상식(常食)을 마음껏 빨아 먹고 살았다. 사람들은 이 핀치 종을 '지오스피자 디피실리스(Geospiza difficilis)'라는 학명으로 불렀다.

이 별난 핀치 종이 주로 둥지를 트는 곳, 즉 이 핀치 종의 에덴동산이 바로 산타로살리아섬이었다. 그 섬이 갈라파고스 제도의 나머지 섬들과 워낙 동떨어져 있는데다 그 섬을 찾는 사람도 극히 드물었으므로, '지오스피자 디피실리스' 떼가 아니었더라면 메리도 아마 그 섬에 대해 들어 보지 못했을 것이다. 그리고 그녀는 흡혈 핀치가 학생들의 관심을 끌 수 있는 유일한 핀치 종이 아니었더라면 분명 그 섬에 대해 그렇게 많이 가르치지도 않았을 것이다.

훌륭한 교사였던 그녀는 그 흡혈 핀치를 '드라큘라 백작에게 이상적인 애완동물'이라고 묘사함으로써 학생들의 호기심을 부추기고는 했다. 허구의 인물인 드라큘라 백작이 학생들에게는 그들 나라의 건국자에 불과한 조지 워싱턴 같은 위인보다 훨씬 중요하다는 사실을 그녀는 알았던 것이다.

학생들은 그런 위인보다 드라큘라에 대한 지식도 더 많았기 때문에, 메리는 그때 그녀가 '호모 트란실바니엔시스'*라고 불렀던 드라큘라 백작은

---

\* 루마니아 트란실바니아가 드라큘라 전설 속 백작의 고향이므로 메리가 드라큘라 백작의 이름을 동물 분류학상의 학명처럼 지어낸 것이다.

낮 동안 내내 자는 반면, '지오스피자 디피실리스'는 밤 동안 내내 자기 때문에 백작은 결국 '지오스피자 디피실리스'를 애완동물로 삼아 즐겁게 키우지는 못했을 것이라는 농담까지 덧붙일 수 있었다. "그러니 어쩌면," 그녀는 짐짓 슬픈 척하며 이렇게 결론 내리고는 했다. "드라큘라 백작에게 최적의 애완동물은 여전히 생물 분류상 데스모돈티대 과에 속하는 동물이지요. 이 과학 용어는 바로 '흡혈박쥐'를 말하는 것입니다."

그런 뒤 그녀는 다음과 같은 말로 그 농담을 마무리하고는 했다. "만약 여러분이 산타로살리아섬에 가서 '지오스피자 디피실리스' 한 놈을 죽인 다음, 반드시 그놈을 영원히 죽은 상태에 있게 하려면 무엇을 해야 할까요?" 이 질문에 대한 그녀의 대답은 이러했다. "당연히 그놈의 심장에 작은 말뚝을 박아 십자로에 그놈을 묻어야죠."

하지만 모든 종의 갈라파고스핀치에 대해 젊은 찰스 다윈이 흥미를 느꼈던 부분은, 그 새들이 최선을 다해 대륙에 있는 더 다양하게 분화된 새들처럼 행동하고 있다는 점이었다. 다윈은 세계 일주를 하면서 발견했던 그 모든 동물을 전능하신 하느님이 창조했다는 것이 타당하다고 밝혀진다면 기꺼이 창조론을 믿을 준비가 되어 있었다. 하지만 그의 커다란 뇌는 다음과 같은 의문들을 품을 수밖에 없었다. 갈라파고스 제도의 경우에는 왜 조물주가 작은 육지새 대신 잘 적응도 못하는 핀치에게 상상 가능한 온갖 과제를 주었을까? 만약 조물주가 갈라파고스 제도에 딱따구리 유형의 새가 있어야겠다고 생각했다면, 그냥 진짜 딱따구리를 창조하면 될 것을 왜 그러지 않았을까? 만약 조물주가 그 제도에 흡혈 조류가 있었으면 좋겠다고 생각했다면, 도대체 왜 핀치 대신 흡혈박쥐에게 그 과제를 맡기지 않았을까? 흡혈 핀치는 뭣 하러 창조했을까?

메리도 지력을 필요로 하는 그 문제를 학생들에게 정확히 지적하면서 이런 말로 끝맺고는 했다. "여러분 의견을 말해 보세요."

메리는 바이아데다윈호가 좌초한 검은 돌출부에 내려서 처음으로 그 섬에 오르다가 발을 헛디디는 바람에 넘어져 오른손 손가락 마디가 벗겨졌다. 하지만 그렇게 아프지는 않았다. 그녀는 다친 부위를 대충 살펴보았다. 긁힌 부위에 핏방울이 맺혀 있었다.

하지만 그때 핀치 한 마리가 두려움이라고는 전혀 없이 그녀의 손가락에 내려앉았다. 그녀는 핀치가 사람의 머리나 손이나 술잔 같은 것에 내려앉는다는 이야기를 많이 들었기 때문에 놀라지 않았다. 그녀는 그 제도에 온 것을 이런 식으로 환영받는 것을 즐기기로 마음먹고는 손을 움직이지 않은 채로 그 새에게 다정하게 말을 걸었다. "넌 13종의 핀치 가운데 어느 종이니?"

마치 그녀의 질문을 알아들은 것처럼, 그 새는 그녀의 손가락 마디에 맺힌 빨간 핏방울을 핥아 먹음으로써 자기가 어떤 종의 핀치인지 그녀에게 보여 주었다.

그렇게 그녀는 자기가 흡혈 핀치들에게 수천 번의 식사를 제공하면서 남은 생애를 그곳에서 보내게 될 줄은 꿈에도 상상하지 못한 채 그 섬을 다시 한번 둘러보았다. 그녀는 신망을 다 잃어버린 선장에게 말했다. "이곳이 라비다섬이라고요?"

"그럼요. 확실합니다." 선장이 말했다.

"음, 그 모든 힘든 일을 겪은 사람에게 이런 말 하기는 싫지만, 선장님은 이번에도 틀렸어요. 이곳은 산타로살리아섬이 분명해요."

"어떻게 그렇게 확신할 수 있습니까?"

"이 작은 새가 지금 막 제게 알려 줬으니까요."

# 25

맨해튼섬에서는 보비 킹이 크라이슬러 빌딩 꼭대기에 있는 자신의 사무실 전등을 끄고 비서에게 퇴근 인사를 건넨 뒤 집으로 갔다. 그는 이 이야기에 다시 등장하지 않을 것이다. 그 순간부터 분주한 여러 해를 보낸 뒤 내세로 향하는 파란 터널로 들어갈 때까지 그는 더 이상 인류의 미래에 털끝만큼도 영향을 끼치지 않을 것이기 때문이다.

보비 킹이 집에 도착한 바로 그 순간, 과야킬에서는 임신한 자기 아내에게 화가 잔뜩 난 ★젠지 히로구치가 엘도라도 호텔의 자기 방을 나서고 있었다. 그녀는 고쿠비와 만다락스를 개발한 그의 동기에 대해 용서할 수 없는 말들을 퍼부었다. 그는 엘리베이터 호출 버튼을 눌러 놓고는 손가락을 딱딱 튕기면서 씩씩거리고 있었다.

그런데 그때 복도로 나온 사람은 다름 아닌 그가 가장 꼴도 보기 싫은 인간, 그러니까 그가 볼 때는 모든 문제의 원인 제공자인 ★앤드루 매킨토시였다.

"오, 거기 있었군요." ★매킨토시가 말했다. "전화에 뭔가 문제가 생긴 것 같다고 지금 막 당신한테 말해 주러 가던 참이었는데. 전화가 고쳐지는 대로 아주 좋은 소식을 전해 드리겠소."

유전자가 오늘날까지 살아남아 있는 ★젠지는 조금 전에는 아내 때문에, 그리고 이제는 ★매킨토시 때문에 신경이 곤두설 대로 곤두선 나머지 아무 말도 할 수 없었다. 그래서 그는 일본어로 만다락스의 자판을 쳐서 작은 화면에 다음과 같은 글을 띄워 ★매킨토시에게 보여 줬다. "지금은 말하고 싶지 않습니다. 무척 속상해서 그러니 저를 혼자 있게 해 주십시오."

덧붙여 말하자면, 보비 킹처럼 ★매킨토시도 인류의 미래에 더는 영향을 끼치지 않을 것이었다. 만약 그의 딸이 10년 뒤 산타로살리아섬에서 인공 수정에 동의했더라면, 어쩌면 이야기는 아주 달라졌을지도 모른다. 아마도 ★매킨토시였다면 선장의 정자로 하는 메리 헵번의 실험에 참가하는 것을 무척 좋아했을 것이다. 만약 셀레나가 좀 더 모험심이 강했더라면, 어쩌면 오늘날 모든 사람들은 그와 마찬가지로 아주 오래전에 로마 군단을 격퇴한 용감한 스코틀랜드 전사의 후손이 되었을지도 모른다. 이런 기회를 놓쳐 버리다니! 만다락스라면 이런 글을 띄웠을 것이다.

혀나 펜에서 나올 수 있는 모든 슬픈 말 가운데
가장 슬픈 말은 바로 이것이니. "어쩌면 그랬을지도 모르는데!"
−존 그린리프 휘티어(1807~1892)*

"내가 뭐 도울 게 없겠소?" ★매킨토시가 말했다. "뭐든 하리다. 말만 하시오."

---

* 미국의 시인으로 위는 「Maud Muller」에 나오는 시구이다. 이 시는 '모드 멀러'라는 시골 아가씨와 판사가 서로 반하지만 각자 자기 신분과 맞는 다른 상대와 결혼한다. 그렇게 각자 결혼 생활을 해 나가면서, 그때 둘이 결혼했더라면 어땠을까 하고 후회하는 내용을 담고 있다.

★젠지는 고개를 저을 수조차 없었다. 고작 할 수 있는 것이라고는 눈을 질끈 감는 것뿐이었다. 바로 그때 엘리베이터가 도착했고 ★젠지는 ★매킨 토시가 자기를 따라서 엘리베이터를 타자 머리꼭지가 돌아 버릴 것만 같 았다.

"이봐요." ★매킨토시가 내려가는 도중에 말했다. "난 당신 친구니까 내게는 뭐든 말해도 되오. 지금 당신이 골치 아픈 게 나 때문이라면, 내게 '굴러가는 도넛에나 걸려 뒈져 버려'고 악담을 퍼부어도 좋소. 그리고 난 누구보다 먼저 당신의 고통을 함께할 거요. 나도 실수를 하오. 사람이 니까."

그들이 로비에 내렸을 때, ★젠지의 커다란 뇌는 그에게 '어떻게 해서 든 ★매킨토시에게서 도망쳐야 해. 도보 경주에서라면 이 운동선수처럼 건장한 미국인을 이길 수 있을 거야.'라는 비현실적이고 거의 유치하기까 지 한 충고를 했다.

그래서 그는 곧장 호텔 정문으로 나가 아고스토 10번가의 출입통제선이 쳐진 구역으로 향했고, ★매킨토시는 계속 바로 옆에서 그를 따라갔다.

그 두 사람이 어찌나 빠르게 로비를 가로질러 해가 지고 있는 바깥으로 나갔던지 폰 클라이스트 형제 가운데 운 나쁜 동생 ★지그프리트가 칵테일 라운지의 바 뒤에서 그들에게 소리쳐 경고했지만 그들은 듣지 못했다. "저 기요! 잠깐만요! 제가 당신들이라면 그곳으로 나가지 않을 거예요!"라고 소리쳤지만 너무 늦고 말아서 그는 그들을 뒤쫓아 달려가야 했다.

백만 년 뒤에 영향을 끼치게 될 여러 사건들이 아주 짧은 시간 안에 지 구상의 작은 공간에서 일어나고 있었다. 운 나쁜 동생 폰 클라이스트가 ★매킨토시와 ★히로구치를 쫓아가고 있는 동안, 운 좋은 형 폰 클라이스 트는 바이아데다윈호의 선교 바로 후미에 있는 선장실에서 샤워를 하고 있었다. 그는 생존하는 것, 즉 살아남아 있는 것 말고는 인류의 미래에 특별히 중요한 일은 아무것도 하고 있지 않았지만, 그의 일등 항해사 에르난도 크루스는 이제 막 인류의 미래에 근본적으로 영향을 미칠 행동을 할 참이었다.

크루스는 바깥의 상갑판에서 마침 시야에 들어오는 유일한 선박으로 포구에 오랫동안 정박되어 있는 콜롬비아 화물선 산마테오호를 바라보고 있었다. 크루스는 다부진 체격의 머리가 벗겨진 사내로 나이는 선장 또래였다. 그는 다른 선박들을 타고 갈라파고스 제도를 쉰 차례나 다녀왔다. 그는 말뫼에서 바이아데다윈호를 몰고 온 기간 선원 가운데 한 사람이기도 했다. 명목상의 선장이 미국에서 홍보를 하며 돌아다니는 동안, 과야킬에서 그 배의 출항 채비를 감독해 온 사람은 바로 그였다. 이 사내의 커다란 뇌는 배의 아래쪽에 있는 강력한 디젤 엔진에서부터 주휴게실의 바 뒤에 있는 제빙기에 이르기까지 그 배의 모든 부분을 완벽하게 이해하고 있었다. 게다가 그는 승무원 개개인의 장단점도 모두 파악하고 있어서 승무원들의 존경을 받았다.

이 사내가 바로 그 배를 실제로 운항할 실질적인 선장이었다. 지금 샤워실에서 궁둥이를 치며 노래하고 있는 아돌프 폰 클라이스트는 식사 시간에는 승객들을 매료시키고 밤에는 여성 승객 모두와 춤이나 출 것이었다.

크루스는 자신이 우연히 바라보고 있는 것, 즉 산마테오호와 그 배의 닻줄 주위로 나뭇가지와 수초가 뭉쳐 거대한 뗏목을 이루고 있는 모습에는 조금도 관심이 없었다. 녹슨 그 작은 배는 완전히 영구적인 붙박이처럼 되어 버린 탓에 차라리 그곳에 있는 생명 없는 바위로 치는 편이 나을 것 같았다. 그런데 지금 보니 작은 유조선 한 척이 산마테오호에 나란히 배를 대고 고래가 새끼에게 젖을 먹이듯 산마테오호에 급유를 하고 있었다. 그 유조선은 유연한 관을 통해 디젤유를 내보내고 있었다. 그 기름은 산마테오호의 엔진에 모유와 같은 역할을 할 것이었다.

어떻게 된 일이냐면, 산마테오호의 소유주들이 콜롬비아산 코카인을 주고 그 대가로 거액의 미국 달러화를 받아 에콰도르로 몰래 갖고 들어왔던 것이었다. 에콰도르에서는 그 돈이면 디젤유뿐만 아니라, 가장 값비싼 재화인 음식, 즉 인간을 위한 연료와도 교환할 수 있었다.

그런 식으로 아직도 국제 상거래가 어느 정도 이루어지고 있었다.

크루스는 산마테오호의 연료와 식량 공급을 가능하게 만든 그 부정행위에 대해 상세히 알 수는 없었지만, 그 광경을 보고 일반적인 부정행위에 대해서는 곰곰이 생각해 보게 되었다. 즉, 그는 유동 자산을 지닌 자는 그것을 가져 마땅한 자이건 아니건, 자신이 바라는 것은 뭐든 가질 수 있다는 생각을 하게 되었다.

샤워실에 있는 선장은 그런 유동 자산을 지닌 자였지만 크루스는 아니었다. 크루스가 평생 힘들여 모은 저금은 모두 수크레화였기에 이제 한낱 휴지조각에 불과했다.

그는 일을 관두고 집으로 의기양양하게 돌아가는 승무원들이 부러웠다. 새벽에 일어난 이후로 크루스도 집으로 돌아가는 것에 대해 진지하게 고민하고 있었다. 그는 멀리 공항 부근의 근사한 집에 임신한 아내와 열한 명의 아이들이 있었는데 그들은 겁에 질려 있었다. 그의 가족은 분명 그를 필요로 했다. 그럼에도 지금까지는 이유가 무엇이든 간에 그가 책임질 의무가 있는 배를 포기하는 것은, 그에게는 일종의 자살, 즉 그의 인격과 명성에서 감탄할 만한 모든 것을 말소하는 것처럼 느껴졌었다.

하지만 이제 그는 어쨌든 바이아데다윈호에서 떠나기로 결정했다. 그는 상갑판의 난간을 쓰다듬으며 스페인어로 부드럽게 말했다. "행운을 빌어, 나의 스웨덴 공주님. 난 네 꿈을 꿀 거야."

그의 경우도 엘도라도 호텔의 전화 접속선을 뜯어 버렸던 헤수스 오르티스와 무척 비슷한 경우였다. 그의 커다란 뇌는 그것이 내린 '이제 그가 반사회적으로 행동할 때'라는 결론을 가능한 마지막 순간까지 그의 영혼에게 꼭꼭 숨기고 있었다.

그로 인해 항해라든가 갈라파고스 제도라든가 대형 선박의 운항과 유지 보수라든가 하는 것에 대해서는 일자무식인 아돌프 폰 클라이스트가 완전히 책임을 떠맡게 되었다.

선장의 무능과 에르난도 크루스의 자신의 혈육을 보살펴러 가야겠다는 결심이 합쳐지는 바람에 일어난 일은, 비록 그 당시에는 저속한 코미디의 소재로나 쓰일 법한 일이었지만, 나중에 알고 보니 오늘날의 인류에게는 헤아릴 수 없을 만큼 가치 있는 일이었다. 그러니 코미디 같은 일이었다는 말은 이쯤 해 두자. 그렇다고 진지하게 여겨지는 일이었다는 말도 하지 말기로 하자.

만약 '세기의 자연 유람선 여행'이 계획대로 진행되었더라면 있었을 선장과 그의 일등 항해사 사이의 업무 분담은 백만 년 전에는 수많은 조직에서 쓰던 전형적인 관리 방식으로, 사람들과 어울려 실없는 소리나 하며 얼굴마담 노릇을 하는 명목상의 대표와 실제로 일이 돌아가는 상황과 실제로 벌어지고 있는 일을 파악하는 책임을 맡은 이른바 부대표를 두는 방식이었다.

가장 잘 돌아가는 국가들에서도 최고위직에는 그처럼 둘이 짝을 이뤄 공생하는 일이 흔했다. 그리고 옛날에 국가들이 저지르곤 하던 자멸적인 실수들에 대해 지금 생각해 보니, 그 국가들은 최고위직에 에르난도 크루스 같은 사람은 없이 아돌프 폰 클라이스트 같은 사람만 앉힌 채로 나라를 꾸려 나가려 하고 있었던 것 같다. 그런 국가에서 살아남은 주민들은 너무 늦게, 그들 자신이 만들어 낸 폐허에서 기어 나온 다음에야, 그들이 스스로 초래한 모든 고통을 겪는 내내 실제로 일이 어떻게 돌아가는지도, 어찌 된 영문인지도, 실제로 무슨 일이 벌어지고 있는지도 전혀 모르는 완전히 보잘것없는 사람이 최고위직에 앉아 있었다는 사실을 깨닫고는 했다.

# 26

 오늘날 살아 있는 모든 사람들의 공동 조상인 운 좋은 형 폰 클라이스트는 키가 크고 마른 체형에 독수리 부리 같은 코를 지니고 있었다. 그의 숱이 풍성한 곱슬머리는 과거에는 금발이었지만 지금은 백발이었다. 그는 골치 아픈 실무는 일등 항해사가 도맡아 한다는 조건 하에 바이아데라 원호의 지휘를 맡기로 했다. 그가 선장을 맡게 된 이유는 ★지그프리트가 엘도라도 호텔의 책임을 맡게 된 이유와 같았는데, 바로 키토에 있는 삼촌들이 가까운 친척이 유명한 손님들과 귀중한 자산을 돌보기를 원했기 때문이었다.

 선장도 동생도 차가운 연무가 드리운 키토 고지에 아름다운 집을 갖고 있었지만 그들은 결코 다시는 자기 집을 보지 못할 운명이었다. 형제는 또한 살해당한 어머니와 친가 외가 양쪽 조부모에게서 상당한 재산을 물려받았다. 그들의 재산 가운데 가치 없는 수크레화로 된 것은 거의 없었다. 그들의 재산은 거의 다 뉴욕시의 체이스 맨해튼 은행에서 관리하고 있었기 때문에 미국 달러화와 일본 엔화로 표시되었다.

 샤워실에서 춤을 추면서 선장은 과야킬에는 문제가 많아 보였지만 그래도 자기가 걱정할 일은 별로 없을 것이라고 생각했다. 무슨 일이 일어나든 에르난도 크루스가 알아서 처리할 테니까.

그의 커다란 뇌는 그가 몸을 말린 뒤 크루스에게 전하면 좋을 것 같은 묘안을 하나 제시했다. 만약 승무원들이 배를 떠날 것처럼 보이면, 곧바로 크루스가 그들에게 바이아데다윈호는 법적으로는 전함이라는 사실을 상기시켜 주면 된다는 생각이었다. 그 말은 바이아데다윈호를 떠나는 자들은 해군의 군법에 따라 엄격한 처벌을 받게 될 것이라는 뜻이었다.

그것은 악법이었지만, 서류상 그 배는 에콰도르 해군 소속이라는 그의 생각은 옳았다. 제독으로서의 역할을 맡은 선장이 말뫼에서 출발한 그 배가 여름에 과야킬에 도착했을 때 그 배를 전함으로 등록해 맞이했던 것이다. 그 배의 갑판에는 아직 카펫이 깔려 있지 않은 상태여서 그대로 노출된 맨 철판에는 언제든 전쟁이 일어나면 기관총이나 로켓포, 수중 폭탄 선반 등을 설치할 수 있도록 뚫어 놓은 구멍들이 여기저기 나 있었다.

선장이 〈투나잇 쇼〉에서 말했듯, 전쟁이 일어나면 바이아데다윈호는 "사병 1백 명당 돔페리뇽 10병과 비데 1개씩을 갖춘" 장갑 군대 수송선이 될 것이었다.

선장은 샤워실에서 다른 묘안들도 생각해 냈지만 그것들은 모두 에르난도 크루스에게서 들었던 것들이었다. 예를 들어, 거의 취소가 확실시되어 보이는 그 유람선 여행이 만약 취소된다면 크루스가 승무원 몇 명을 데리고 그 배를 약탈자들에게서 멀리 떨어진 습지 어딘가에 정박시켜 놓는 것이었다. 크루스는 당연히 선장이 그 길에 동행할 리 만무하다고 생각했다.

만약 순식간에 아수라장으로 변해 그 도시 근처 어디에도 그 배를 정박시켜 놓을 만한 안전한 곳이 없어 보이면, 크루스가 갈라파고스 제도의 발트라섬에 있는 해군 기지로 그 배를 몰고 갈 계획이었다. 이 경우에도 마찬가지로, 크루스는 당연히 선장이 동행할 리 만무하다고 생각했다.

또는, 만약 뉴욕시에서 오는 명사들이 믿기 힘들지만 그래도 이튿날 아침에 도착한다면, 선장이 승선해 그들을 맞이하고 안심시키는 일이 필수적일 것이었다. 그 경우에는 크루스는 바이아데다윈호를 콜롬비아 화물선 산마테오호처럼 앞바다에 정박시켜 놓고 그들을 기다릴 생각이었다. 명사들이 그곳에 도착해 승선 준비가 됐을 때에야 그 배를 다시 부두로 몰고 올 것이었다. 그런 다음 그들을 태워 최대한 빨리 안전한 난바다로 데리고 나갔다가, 뉴스를 들어 본 다음 그들을 태운 채 갈라파고스 제도로 가는 약속된 여행을 떠나든지 할 생각이었다.

하지만 조금 더 가능성이 높은 것은 그들을 과야킬보다 좀 더 안전한 항구로 데려가는 것이었지만 페루나 칠레나 콜롬비아에는, 즉 남미의 서해안에는 어디에도 분명 안전한 항구가 없었다. 이들 나라의 국민들은 모두 에콰도르 국민 못지않게 필사적인 상태였다.

파나마의 항구로는 가도 될 것 같았다.

에르난도 크루스는 필요하다면 명사들을 바로 미국의 샌디에이고까지 싣고 갈 작정이었다. 그 배에는 분명 그 정도 거리의 여행은 충분히 하고도 남을 만큼의 음식과 연료와 물이 실려 있었다. 명사들은 도중에 친구와 친척들에게 전화를 걸어 나머지 세상에서 전해지는 소식이 얼마나 나쁘든지 간에 자신들이 평소처럼 호사를 누리고 있다고 전할 수도 있을 것이었다.

선장이 샤워실에서 고려하지 않은 비상 계획이 하나 있었다. 그것은 바로 그를 도울 사람이라고는 오직 메리 헵번뿐인 상황에서 그가 배를 전적으로 책임지다가, 급기야 모든 인류의 요람이 될 산타로살리아섬에서 그 배를 좌초시키는 것이었다.

여기에 만다락스가 잘 알고 있는 인용문이 하나 있다.

아주 작은 것이라도 등한시하면 큰 화를 불러올 수 있다. 못 하나가 없어서
편자를 잃었고, 편자가 없어서 말을 잃었고, 말이 없어서 기수를 잃었다.
—벤저민 프랭클린(1706~1790)*

그랬다. 그리고 아주 작은 것을 등한시한 덕분에 아주 쉽게 희소식을 불러올 수도 있었다. 바이아데다윈호에 에르난도 크루스가 없었던 덕분에 인류가 구원받았다. 크루스가 있었다면 결코 그 배가 산타로살리아섬에 좌초되지 않았을 테니까.

그리고 이제 크루스는 자신의 캐딜락 '엘도라도'의 트렁크를 '세기의 자연 유람선 여행'을 위해 준비된 진미들로 꽉 채운 채 부두를 빠져나가고 있었다. 군대와 굶주린 폭도들이 몰아닥치기 훨씬 이전인 그날 새벽에 그는 가족들에게 주려고 그 모든 음식을 훔쳐 놓았다.

바이아데다윈호의 출항 준비를 하며 필요한 물품과 식량을 사들일 때 그가 부정 취득한 그 차는 엘도라도 호텔과 이름이 같았다. '엘도라도'**는 막대한 부와 기회가 있는 것으로 여겨졌던 전설상의 도시로 그의 스페인 조상들이 찾아내고자 했으나 결코 찾지 못하였다. 그의 조상들은 엘도라도가 어디에 있는지 실토하라고 인디오들을 고문하고는 했다.

오늘날은 사람이 사람을 고문하는 것은 상상하기 힘들다. 어떻게 지느

---

* 미국의 정치가이자 과학자.
** 16세기 스페인 사람들이 남미 아마존 강가에 있다고 생각한 황금의 나라로 신세계
   탐험의 중요한 동기가 되었다.

러미와 입만으로 자기가 고문하고 싶은 사람을 잡을 수나 있겠는가? 요즘 사람들은 굉장히 빠르게 헤엄치고 수중에서 그토록 오래 있을 수 있는데 어떻게 사람 사냥을 꾀할 수나 있겠는가? 게다가 누굴 쫓든 그 사람은 다른 사람들과 생김새도 아주 비슷비슷할 뿐만 아니라 어느 깊이든 거의 어디든 꼭꼭 숨을 수 있기까지 하다.

에르난도 크루스는 인류를 위해 자신의 소임을 다했다.

페루 공군도 이제 곧 맡은 바 소임을 다할 테지만, 그것은 그날 저녁 6시가 되어서야 그러니까 ★앤드루 매킨토시와 ★젠지 히로구치가 죽은 다음에야 일어날 일이었다. 바로 그 시각에 페루는 에콰도르에 전쟁을 선포할 것이었다. 페루는 에콰도르보다 14일 먼저 파산했기 때문에 그만큼 굶주림도 훨씬 더 심했다. 지상군은 무기를 그대로 가진 채 집으로 돌아가고 있었다. 오직 소규모의 페루 공군만이 아직 믿을 만했고, 페루 군사 정부는 뭐든 아직 남아 있는 최고의 음식을 공군들에게 줌으로써 정권을 유지하고 있었다.

페루 공군이 그렇게 사기충천해 있는 이유 중 하나는 페루가 파산하기 전에 외상으로 구입해 들여온 덕택에 공군의 장비가 아주 최신이었기 때문이었다. 페루 공군은 프랑스제 신형 전투 폭격기 8대를 보유하고 있었다. 더욱이 그 폭격기마다 일제 미사일 제어 장치가 달린 미제 공대지 미사일 1기가 탑재되어 있어서, 조종사의 지시에 따라 레이더 신호로 유도하거나 엔진 열을 추적해 목표물을 맞힐 수 있었다. 조종사는 지상의 컴퓨터와 자신의 조종석에 있는 컴퓨터의 지시를 번갈아 받았다. 각 미사일의 탄두에는 그 파괴력이 미국이 제2차 세계대전 중에 히사코 히로구치의 어머니에게 투하한 원자폭탄의 5분의 1에 달하는 이스라엘제 신형 폭약이 장전되어 있었다.

이 신형 폭약은 커다란 뇌를 지닌 군사과학자들에게는 대단히 유용한 것으로 여겨졌다. 그들이 핵무기 대신에 재래식 무기로 사람들을 죽이는 한, 그들은 인도주의적인 정치인으로 칭송받았다. 그들이 핵무기를 사용하지 않는 한, 제2차 세계대전이 종전된 후로 계속되어 온 그 모든 살육 행위에 올바른 명칭을 붙일 사람은 아무도 없을 것 같았다. 그 명칭은 물론 '제3차 세계대전'이었다.

페루 군사 정부가 밝힌 전쟁을 시작하려는 공식적인 이유는 "갈라파고스 제도는 당연히 페루의 영토이므로 페루가 다시 되찾고자 한다."는 것이었다.

오늘날 사람은 어느 누구도 백만 년 전 가장 가난한 나라에서 보유했던 종류의 무기를 만들 정도의 머리도 되지 않는다. 그랬다. 그리고 그 당시 무기들은 쉴 새 없이 사용되고 있었다. 내 살아생전, 지구상 어딘가에서 전쟁이 적어도 세 건 이상 벌어지고 있지 않은 날은 하루도 없었다.

그리고 자연 선택의 법칙은 그런 신기술에 대응할 만한 힘이 없었다. 어떤 종의 암컷도, 혹시 코뿔소라면 몰라도, 불에도 폭탄에도 총알에도 끄떡없는 새끼를 낳으리라고는 기대할 수 없었다.

내가 살던 시절에 '자연 선택의 법칙'이 내놓을 수 있었던 최선의 대응은 두려워할 것이 너무나 많았음에도 아무것도 두려워하지 않는 사람이었다. 나는 베트남에서 그런 사람을 몇 명 알고 지냈다. 그냥 아는 사이라고 말할 정도였지만. 그리고 ★앤드루 매킨토시도 그런 부류의 사람이었다.

# 27

셀레나 매킨토시는 내세로 들어가는 파란 터널 끝에서 자기 아버지와 재회할 때까지 아버지가 죽었다는 사실을 확실히 알지 못할 운명이었다. 그녀가 확신할 수 있는 것이라고는 아버지가 엘도라도 호텔의 그녀의 방을 나가 복도에서 ★젠지 히로구치와 몇 마디 말을 나눴다는 것이 다였다. 그런 뒤 그 두 사람은 엘리베이터를 타고 같이 내려갔다. 그 후로 그녀는 그 두 사람 가운데 어느 누구의 소식도 결코 다시는 듣지 못할 것이었다.

말이 나온 김에 셀레나가 눈이 먼 사연에 대해 이야기하자면 이러하다. 셀레나는 여자에게만 유전되는 결함 있는 유전자가 일으키는 색소성 망막증*을 앓았다. 그 유전자는 어머니에게서 물려받은 것인데 그녀의 어머니는 아주 잘 볼 수 있었으므로, 그 유전자를 딸에게 물려준 보인자가 자신이라는 사실을 남편에게 숨겼다.

색소성 망막증은 호모 사피엔스의 1천 가지 심각한 질병 가운데 하나였기 때문에 만다락스도 잘 아는 질병이었다. 산타로살리아섬에서 메리가 그 병에 대해 질문했을 때, 만다락스는 셀레나의 경우는 태어날 때부

---

* 눈의 망막 세포가 손상되어 시력이 나빠지는 유전성 질환.

터 맹인이었기 때문에 아주 심각한 경우라고 선언할 것이었다. 고쿠비의 아들인 만다락스의 설명에 따르면, 색소성 망막증에 걸려도 30년 동안이나 세상을 선명하게 보는 경우가 더 흔했다. 만다락스는 또한 셀레나가 직접 메리에게 말한 내용도 사실임을 확인해 주었다. 만약 셀레나가 아이를 가진다면, 그 아이가 맹인이 될 가능성이 반반이라는 것이었다. 그리고 만약 그 아이가 딸이라면, 그 딸이 맹인이든 아니든 그 아이가 자라서 아이를 낳으면, 그 아이가 맹인이 될 가능성도 반반이라는 것이었다.

비교적 드문 두 가지 유전적 결함, 즉 색소성 망막증과 헌팅턴 무도병이 산타로살리아섬에 처음 정착한 인간들에게 걱정의 원인이었던 것은 놀라운 일이다. 그들은 겨우 열 명밖에 되지 않았기 때문이다.

내가 앞서 말했듯, 선장은 운 좋게도 보인자가 아닌 것으로 밝혀졌다. 셀레나는 의심의 여지없이 보인자였다. 하지만 그녀가 번식을 했다고 하더라도, 내 생각에는 지금 인류는 여전히 색소성 망막증에서 자유로울 것이다. 자연 선택의 법칙과 상어와 식인 고래들 덕택에 말이다.

셀레나와 그녀의 개 카자크가 바깥에서 들려오는 군중들의 소란스러운 소리에 귀를 기울이는 동안, 그녀의 아버지와 ★젠지 히로구치가 어떻게 죽음을 맞이하게 되었는지도 말이 나온 김에 덧붙이고자 한다. 그 두 사람은 뒤통수에 총을 맞았고, 그래서 뭐에 맞는지도 전혀 알지 못했다. 그들을 쏜 그 군인도 또한 백만 년 후까지 뚜렷한 영향을 끼치게 되는, 작지만 중요한 어떤 일을 한 공로를 인정받아야 할 사람이었다. 지금 내가 말하고 있는 어떤 일은 그가 총을 쏜 일이 아니다. 엘도라도 호텔과 마주 보고 있는, 셔터가 내려진 기념품점에 그가 뒷문으로 침입한 일을 말하고 있는 것이다.

그 군인이 그 기념품점을 털지 않았더라면, 오늘날 지구상에는 인류가 없을 것이 거의 확실하다. 정말이다. 오늘날 살아 있는 모든 사람은 그 군인이 정신 이상이었던 것에 대해 하느님에게 감사해야 한다.

그는 제랄도 델가도 이병으로, 자신의 구급약품 통과 수통, 백병전용 단검*, 돌격용 자동 소총, 수류탄 2발, 탄창 몇 개 따위를 챙겨 부대를 탈영했다. 겨우 열여덟 살의 그는 망상형조현병 환자였다. 그는 결코 실탄이 지급되어서는 안 될 인물이었다.

그의 커다란 뇌는 그에게 사실이 아닌 온갖 것들을 속삭이고 있었다. 그가 세상에서 가장 훌륭한 무용수라거나, 그가 프랭크 시내트라의 아들이라거나, 그의 춤 실력을 시기하는 사람들이 작은 무선 장치로 그의 뇌를 망가뜨리려고 하고 있다는 따위의 헛소리였다.

과야킬의 다른 수많은 사람들처럼 아사 직전 상태인 델가도는 자신이 직면한 큰 문제는 작은 무선 장치를 들고 있는 적들이라고 생각했다. 그리고 누가 봐도 폐점한 것이 분명한 기념품점에 뒷문으로 침입했을 때, 그의 눈에 그곳은 기념품점이 아니었다. 그의 눈에 그곳은 에콰도르 민속 무용단의 본부였고, 그는 이제 자신이 정말로 세상에서 가장 훌륭한 무용수라는 사실을 증명할 기회를 얻기 직전이었다.

오늘날에도 환각에 사로잡히는 사람들, 그러니까 실제로는 일어나고 있지 않은 온갖 종류의 일에 격렬하게 반응하는 사람들이 여전히 많다. 이것은 칸카보노족에게서 물려받은 유산일 가능성이 있다. 하지만 그런 사람들이라고 해도 이제는 무기를 잡을 수가 없고 헤엄쳐서 멀리 달아나기도 쉽다. 그런 사람들이 옛 시절의 잔재인 수류탄이나 기관총이나 칼이나 그 비슷한 뭔가를 발견한다 할지라도, 지느러미와 입만으로 어떻게 그

---

* 백병전: 칼, 총, 총검 같은 무기를 가지고 적과 직접 몸으로 맞붙어서 싸우는 전투.

것을 사용이나 할 수 있겠는가?

내가 코호우즈*에서 살던 어린 시절, 한번은 어머니가 올버니**에서 열리는 서커스 구경을 시켜 주려고 나를 데리고 간 적이 있었다. 우리는 그럴 만한 형편도 아니었고 아버지가 서커스를 달갑게 여기지 않았는데도 말이다. 서커스에서는 훈련된 물개와 바다사자들이 신호에 따라 코 위에 공을 올려놓고 균형을 잡는다든가, 뿔 나팔을 분다든가, 지느러미로 박수를 친다든가 하는 묘기를 선보였다.

하지만 그 물개와 바다사자들은 기관총을 장전해 방아쇠를 당긴다거나 수류탄의 안전핀을 뽑아 거리를 조금 두고 정확하게 던진다거나 하는 것은 결코 할 수 없었다.

델가도만큼 미친 사람이 어떻게 군대에 들어갈 수 있었는지에 대해서 먼저 이야기하도록 하자. 미 해병대에 입대할 때 내가 그랬던 것처럼, 그도 징병관과 면담할 때는 보기에도 멀쩡했고 행동도 멀쩡했다. 그래서 델가도는 로이 헵번이 죽을 무렵인 지난여름에 '세기의 자연 유람선 여행'을 특별히 지원하기 위한 단기 병력으로 투입될 수 있었던 것이다. 그의 부대는 오나시스 여사와 나머지 귀빈 앞에서 한껏 멋을 부리고 기량을 뽐내는 의장대가 될 예정이었다. 의장대원들에게는 돌격용 자동 소총과 철모 등이 지급될 것이었지만 분명 실탄은 아니었다.

그리고 델가도는 행진 솜씨와 놋쇠 단추와 구두를 광내는 솜씨가 일품이었다. 하지만 그때 에콰도르에 경제 위기가 닥쳐 대소동이 일어나는 바람에 의장대원들에게도 실탄이 지급되었다.

---

\* 뉴욕주 동부의 도시.
\*\* 뉴욕주의 주도.

그는 빠른 진화의 참혹한 사례였지만 그때는 어떤 군인이라도 마찬가지였다. 내가 해병대 신병 훈련을 마치고 베트남으로 파견되어 실탄을 지급받았을 때, 내게는 허약한 동물이었던 민간인 시절의 모습은 거의 남아 있지 않았다. 거기에다 나는 델가도보다 더 나쁜 짓들을 저지르기까지 했다.

자, 그럼 다시 이야기로 돌아가자. 델가도가 침입한 그 기념품점은 엘도라도 호텔 맞은편의 자물쇠로 잠가 둔 상점들이 즐비한 구역에 있었다. 엘도라도 호텔 주위에 가시철조망을 쳐 둔 군인들은 그 상점들을 장벽의 일부처럼 여겼다. 그래서 델가도가 그곳 상점 가운데 한 곳의 뒷문을 부수어 연 다음, 앞문을 털끝만큼만 열고 그 틈으로 밖을 엿봤을 때, 그는 그 장벽에 다른 사람들이 지나갈 수 있는 구멍을 낸 셈이었다. 장벽에 낸 이 틈을 통해 그는 인류의 미래에 공헌을 하게 됐던 것이다. 아주 중요한 사람들이 이제 곧 그 틈을 통과해 그 호텔에 이르게 될 것이기 때문이었다.

델가도가 문의 틈새로 밖을 내다봤을 때, 그의 적 두 사람이 눈에 들어왔다. 그 둘 중 하나가 그의 머릿속을 뒤죽박죽으로 만들 수 있는 작은 무선 장치를 휘두르고 있었다. 아니, 그냥 그의 생각에는 그랬다. 사실 그것은 무선 장치가 아니었다. 그것은 만다락스였고 적으로 추정된 두 사람은 ★젠지 히로구치와 ★앤드루 매킨토시였다. 그들은 호텔 손님이었기 때문에 그곳을 걸을 자격이 있었으므로 방어벽 안쪽을 따라 잰걸음으로 걸어가고 있었다.

★히로구치는 아직도 화가 부글부글 끓어오르는 상태였고, ★매킨토시는 인생을 너무 심각하게 받아들이는 것 아니냐며 악의 없이 놀리고 있었다. 그들은 델가도가 숨어 있는 그 가게 바로 앞을 지나갔다. 그러자 바로 델가도가 앞문으로 나와서 자기 딴에는 정당방위라고 믿으며 그 두 사람을

쌌다.

그러므로 나는 이제 더 이상 젠지 히로구치와 앤드루 매킨토시의 이름 앞에 별표를 달 필요가 없다. 나는 다만 그들이 엘도라도 호텔의 여섯 손님 가운데 해가 지기 전에 죽게 되는 두 사람이라는 사실을 독자들에게 상기시키기 위해 그렇게 했을 뿐이다.

그 두 사람은 이제 죽었고, 수많은 사람들이 오직 적자만이 생존한다고 믿었던 백만 년 전의 한 세상에 해가 지고 있었다.


생존자 델가도는 다시 그 가게 안으로 사라져 뒷문으로 향하며 아직 살아남아 있는 더 많은 적들을 그곳에서 발견할 수 있을 것이라고 기대했다.

하지만 그곳 바깥에는 갈색 피부의 거지 꼬마 여섯밖에 없었는데 모두 여자애들이었다. 소름끼치는 미치광이 군인이 자신의 모든 살인 장비를 들고 그 어린 여자애들 앞에 불쑥 뛰쳐나왔을 때, 그 아이들은 너무나 허기지고 죽어도 상관없다고 체념한 나머지 달아나지도 않았다. 그러기는 커녕 아이들은 자기들이 얼마나 배고픈지 보여 주려고 입을 벌리고는 갈색 눈동자를 굴리고 배를 두드리며 목구멍을 가리켰다.

과거 그 당시에는 그곳 에콰도르의 한 뒷골목에서만 그런 것이 아니라 전 세계의 아이들이 그렇게 하고 있었다.

그래서 델가도는 그 애들을 놔두고 그냥 계속 길을 갔다. 하지만 그는 결코 체포되어 처벌을 받거나 병원에 수용되거나 하지 않았다. 그는 군인들로 바글거리는 도시에 그저 한 명 더 있는 군인에 불과했으므로 아무도 그의 얼굴을 유심히 살펴보지 않았다. 그리고 어차피 철모가 드리운 그림자 속 그의 얼굴은 다른 군인의 얼굴과 그리 다를 것도 없었다. 그리고 위대한 생존자답게 그는 다음 날 한 여자를 강간해 남미 본토에서 태어날 마지막 1천만 명 가량의 아이들 가운데 한 아이의 아버지가 될 것이었다.

그가 지나간 뒤, 그 꼬마 여자애 여섯은 음식이나 음식과 바꿀 만한 것이 없나 찾아보려고 그 기념품점 안으로 들어갔다. 그 애들은 그곳에서 정말 머나먼 동쪽의 산맥 너머에 있는 에콰도르 열대 우림 지역에서 온 아이들이었다. 부모들이 공중에서 살포된 살충제에 모조리 살해당한 뒤, 어떤 부시 파일럿*이 그 애들을 과야킬로 데려다주었고, 그곳에서 그 애들은 거리의 아이들이 되었다.

그 아이들은 인디오 혈통이었지만 조상 가운데는 흑인들도 있었다. 바로 오래전 열대 우림 지역으로 도망쳤던 아프리카 출신 노예들이었다.

그 아이들은 칸카보노족이었다. 그들은 산타로살리아섬에서 성인이 되어 히사코 히로구치와 함께 모든 현생 인류의 어머니가 될 운명이었다.

하지만 그 아이들이 산타로살리아섬에 가려면 먼저 엘도라도 호텔부터 가야 할 것이었다. 제랄도 델가도 이병이 그 가게를 통과하는 길을 터놓지 않았더라면, 군인들과 방어벽들 때문에 그 아이들은 틀림없이 그곳에 가지 못했을 것이다.

---

* 대형 항공기나 다른 교통수단으로는 접근할 수 없는 지역을 소형 비행기로 비행하는 조종사를 말한다.

# 28

산타로살리아섬에서 폰 클라이스트 선장의 아담의 여섯 이브가 될 그 아이들은 에두아르도 히메네스라는 이름의 젊은 에콰도르인 부시 파일럿이 없었더라면 과야킬에 오지 못했을 것이다. 지난여름 로이 헵번이 묻힌 다음 날, 히메네스는 자신의 4인승 수륙양용기를 몰고 태평양이 아니라 대서양으로 흘러가는 티푸티니강 상류 부근의 열대 우림 지역 상공을 날고 있었다. 그는 이제 막 프랑스인 인류학자 한 사람과 그의 생존 장비를 페루와의 경계에 위치한 강 하류 지점에 실어다 주고 오는 길이었다. 그곳에서 그 프랑스인은 사람들 눈에 좀처럼 띄지 않는 칸카보노족을 찾아나설 계획이었다.

히메네스가 다음으로 향하고 있는 곳은 장벽처럼 놓인 두 개의 높고 험준한 산 너머의 5백 미터 떨어진 과야킬이었다. 과야킬에서 그는 아르헨티나인 백만장자 낚시꾼 두 사람을 태워 갈라파고스 제도의 발트라섬에 있는 착륙장으로 데려다줄 예정이었다. 그곳에 그들은 이미 승무원이 딸린 심해 낚싯배를 빌려 놓은 상태였다. 그들은 아무 종류의 물고기나 뒤쫓지는 않을 계획이었다. 그들은 백상아리를 낚기를 바랐는데, 31년 후

메리 헵번과 폰 클라이스트 선장과 만다락스를 집어삼킬 놈이 바로 백상아리였다.

하늘에 있는 히메네스의 눈에 강기슭의 진흙에 발로 꾹꾹 눌러 써 놓은 글자가 보였다. 바로 'SOS'란 글자였다. 그는 강물 위에 자신의 비행기를 내린 다음 오리처럼 뒤뚱뒤뚱 몰아 강기슭에 댔다.

버나드 피츠제럴드라는 아일랜드 출신의 여든 살의 로마가톨릭교 신부가 그를 맞이했다. 그는 칸카보노족과 반세기 동안 함께 살았다. 그와 함께 마지막 칸카보노족들인 그 여섯 명의 어린 소녀들이 있었다. 신부와 소녀들이 진흙을 발로 꾹꾹 눌러 강기슭에 구조를 요청하는 그 글자를 써 놓았던 것이었다.

덧붙여 말하자면, 피츠제럴드 신부는 오나시스 여사의 첫 남편이자 미국의 35대 대통령인 존 F. 케네디와 증조할아버지가 같았다. 만약 신부가 인디오와 짝짓기를 했더라면, 물론 그는 절대 그러지는 않았지만, 현재 살아 있는 모든 사람은 아일랜드 귀족 혈통이라고 자랑할 수 있을지도 모른다. 하지만 오늘날 사람들은 그 어떤 것도 대단하다고 자랑하고 그러지 않는다.

현재는 태어나서 겨우 아홉 달만 지나면, 사람들은 자기 어머니가 누구인지조차 잊어버린다.

부족의 다른 사람들이 모두 공중에서 살포되는 살충제를 맞고 있을 때, 그 소녀들은 피츠제럴드 신부와 합창 연습을 하고 있었다. 피해자 가운데 몇 명이 아직 죽어 가고 있어서 노신부는 그들과 남을 것이라고 했다. 그러면서 노신부는 히메네스에게 그 소녀들을 보살펴 줄 수 있는 사람이 있는 곳으로 데려가 달라고 부탁했다.

그리하여 그 소녀들은 단 다섯 시간 만에 석기 시대에서 전자 시대로, 정글의 담수 늪지대에서 과야킬의 염수 습지로 날아오게 되었다. 그들은 칸카보노 말밖에 할 줄 몰랐는데, 그 말은 정글에서 죽어 가고 있는 그들의 친척 몇 명, 그리고 나중에 밝혀진 바에 따르면 과야킬에 있는 꾀죄죄한 백인 노인 한 명만이 알아들을 수 있었다.

히메네스는 키토에서 왔기 때문에 과야킬에는 자신의 집이 없어서 그 소녀들을 재울 데가 없었다. 자기 방은 엘도라도 호텔에 잡아 놓았다. 그 방은 나중에 셀레나 매킨토시와 그녀의 개가 묵게 될 방이었다. 경찰의 조언에 따라 그는 소녀들을 시내의 대성당 바로 옆에 있는 고아원으로 데리고 갔고, 그곳의 수녀들은 기꺼이 그들을 맡아 주었다. 그곳에는 아직 모두가 먹을 수 있을 만큼 음식이 많았다.

그런 뒤 호텔로 돌아간 히메네스는 그곳 바텐더에게 그 이야기를 들려주었다. 그 바텐더는 바로 헤수스 오르티스, 그러니까 나중에 바깥세상과 연결되는 모든 전화를 불통으로 만들어 버리는 바로 그 사내였다.

그렇게 히메네스는 인류의 미래에 아주 많은 영향을 끼친 비행사가 되었다. 그리고 인류의 미래에 영향을 끼친 또 한 명의 비행사로 폴 W. 티베츠라는 미국인이 있었다. 제2차 세계대전 중 히사코 히로구치의 어머니에게 원자폭탄을 투하했던 조종사가 바로 티베츠였다. 티베츠가 원자폭탄을 투하하지 않았더라도 오늘날 사람들은 현재의 모습처럼 털로 덮여 있을 것이다. 하지만 티베츠 때문에 사람들이 털로 덮이게 되는 속도가 확실히 더 빨라졌다.

그 고아원에서는 통역을 맡기기 위해 칸카보노 말을 할 줄 아는 사람을 구하는 공고를 냈다. 술 취한 좀도둑 노인 하나가 찾아왔는데, 순혈 백인인 그 노인은 놀랍게도 칸카보노족 소녀들 가운데 가장 피부색이 옅은 소녀의 할아버지였다. 젊은 시절, 그 노인은 열대 우림 지역에 값비싼 광물을 시굴하러 가서 칸카보노족과 3년 동안 살았던 적이 있었다. 그는 피츠제럴드 신부가 아일랜드에서 칸카보노족에게 처음 왔을 때 그를 반갑게 맞이했던 사람이기도 했다.

이름이 도밍고 케제다인 그 노인은 훌륭한 가문 출신이었다. 그의 부친은 키토 중앙대 철학과 학과장을 지냈다. 오늘날 사람들은 그럴 의향만 있다면 자신들이 대대로 스페인 귀족 지식인집안의 후손이라고 자랑해도 될 것이다.

코호우즈에서 살던 어린 시절, 보잘것없는 우리 가족의 삶에서 자랑스러워할 만한 점은 아무것도 찾지 못한 내게 어머니는 내 핏줄 속에는 프랑스 귀족의 피가 흐른다고 말해 주었다. 어머니 말씀으로는, 프랑스 혁명이 일어나지 않았더라면 나는 아마도 어마어마한 토지가 딸린 프랑스의 대저택에서 살고 있을 것이라고 했다. 그것은 외가 쪽 핏줄이었다. 어머니는 또한 내가 미국 독립 선언서 서명자 가운데 한 사람인 카터 브랙스턴과도 외가 쪽으로 먼 친척이 된다는 말도 해 주었다. 내 핏줄 속에 그런 피가 흐르고 있으니 내가 고개를 꼿꼿이 들고 다녀야 한다는 것이 어머니의 말씀이었다.

나는 정말 멋진 일이라고 생각했다. 그래서 나는 타자기 앞에서 일하는 아버지를 방해하며 내가 친가 쪽에서 물려받은 것은 무엇인지 물어봤다. 그때 나는 정자가 무엇인지 몰랐기 때문에 그 후로도 몇 년 동안은 아버지의 대답을 이해하지 못했다. 아버지는 그때 이렇게 대답했다. "얘야, 넌 대대로 결연하고, 꾀바르고, 현미경으로 봐야만 보이는 올챙이 집안의 후손이란다. 그 올챙이들은 하나도 빠짐없이 모두 챔피언이었지."

전쟁터에서나 날 법한 악취를 풍기는 노인 케제다가 그 소녀들에게 자기만 믿으라고 말하자, 그 노인이 그들 중 한 소녀의 할아버지인데다 자신들과 대화를 나눌 수 있는 유일한 사람이었으므로 그 소녀들은 그 말을 쉽게 곧이곧대로 믿었다. 그들은 그가 하는 모든 말을 믿을 수밖에 없었다. 그들의 새로운 환경은 열대 우림 지역과 같은 점이 하나도 없었기 때문에 그들은 그를 의심하려야 의심할 수가 없었다. 그 소녀들에게도 완강하고 당당하게 지킬 각오가 되어 있는 많은 진리들이 있었다. 하지만 그 가운데 어떤 진리도 그들이 과야킬에서 이제껏 봤던 것에는 하나도 적용되지 않았다. 단 한 가지만은 예외였는데, 그것은 바로 '친척들은 절대 자신들에게 해를 끼치려고 하지 않을 것'이라는 믿음이었다. 하지만 그것은 백만 년 전의 도시 지역에서는 오래전부터 불행을 초래하는 믿음이었다. 케제다는 실은 그 소녀들을 끔찍한 위험에 노출시키고 싶어 했다. 그러니까 소녀들을 도둑이나 거지로 만들고 가능한 한 빨리 창녀로도 만들 작정이었다. 그는 자부심과 알코올에 대한 그의 커다란 뇌의 갈망을 충족시키기 위해 그런 짓을 하려 했다. 그가 부유하고 중요한 사람이 될 기회가 드디어 생긴 것이었다.

고아원 수녀들이 알기로는, 그는 그 소녀들을 도시 여기저기로 데리고 돌아다니며 공원이며 대성당이며 박물관 같은 곳을 구경시켜 주었다. 하지만 사실 그는 소녀들에게 관광객들의 어떤 점이 지긋지긋한지, 어디를 가야 관광객들이 있는지, 관광객들을 어떻게 속이는지, 관광객들이 귀중품을 가장 많이 보관하는 곳이 어디인지 따위를 가르치고 있었다. 그리고 그 소녀들은 자기들이 경찰 눈에 띄기 전에 먼저 경찰을 발견하고, 적이 자기들을 잡으려고 할 때 시내에서 숨기 좋은 곳들을 암기하는 게임을 했다.

소녀들이 그 도시에서 보낸 첫 주 동안에 그것은 '그냥 흉내 내기 놀이'

에 불과했다. 하지만 그런 뒤, 수녀와 경찰이 알기로는 도밍고 케제다 할아버지와 소녀들은 완전히 자취를 감췄다. 모든 인류의 그 사악한 늙은 조상은 부둣가의 빈 창고로 소녀들을 옮겼다. 그런데 공교롭게도 그 창고는 원래 바이아데다윈호와 경쟁할 예정이었던 보다 더 오래된 유람선 두 척 가운데 한 척이 차지하고 있던 창고였다. 관광산업이 위축되어 그 낡은 배가 퇴역하는 바람에 창고가 비어 있었던 것이다.

적어도 그 소녀들에게는 서로가 있었다. 그리고 산타로살리아섬에서 살게 된 초창기 동안, 그러니까 메리 헵번이 그들에게 아기라는 선물을 만들어 줄 때까지, 그들이 가장 고맙게 여겼던 점이 바로 그것이었다. 적어도 그들에게는 서로가 있으며, 그들만의 언어와 신앙과 농담, 노래 등등이 있다는 사실이었다.

그리고 그것이 바로 그들이 한 사람씩 내세로 이어지는 파란 터널로 들어갈 때 산타로살리아섬의 자식들에게 남겨 주게 되는 것들이었다. 적어도 서로가 있다는 위안, 그리고 칸카보노족의 언어와 칸카보노족의 종교, 칸카보노족의 농담과 노래를.

그 소녀들이 과야킬에서 지낸 끔찍했던 나날 동안, 늙은 케제다는 어리디 어린 그 소녀들에게 창녀의 기본적인 기술과 태도를 가르치면서 자신의 악취 진동하는 몸뚱이를 실험용으로 제공했다.

그 소녀들은 경제 위기가 닥치기 훨씬 전부터 분명히 구조를 필요로 했다. 그랬다. 그리고 그들의 소름 끼치는 학교인 그 창고의 먼지 자욱한 한 유리창 바로 밖으로 바이아데다윈호의 고물이 보였다. 그 아름다운 하얀 배가 머지않아 자신들의 노아의 방주가 될 줄은 그들은 조금도 알지 못했다.

그 소녀들은 마침내 노인에게서 달아났다. 그들은 구걸과 도둑질을 계속하며 거리에서 살기 시작했다. 하지만 그들이 이해할 수 없는 이유로 관광객들을 찾기가 점점 더 힘들어지더니, 급기야 어디에서도 먹을 것을 구하지 못하게 되었다. 그들은 이제 정말 허기가 진 나머지, 그냥 누구에게 다가가든 자기들이 뭔가를 먹은 지가 얼마나 오래 되었는지를 보여 주기 위해 입을 벌리고 눈동자를 굴리며 작은 목구멍을 가리켰다.

그리고 어느 늦은 오후, 그 소녀들은 군중의 소리에 이끌려 엘도라도 호텔 주변으로 가게 되었다. 그들은 셔터가 내려진 어느 가게의 뒷문이 열려 있는 것을, 그리고 그 문으로 방금 막 앤드루 매킨토시와 젠지 히로구치를 총으로 쏘아 죽인 제랄도 델가도가 나오는 것을 보았다. 그래서 그들은 그 가게로 들어가 앞문으로 나왔다. 그랬더니 그곳은 군인들이 쳐 놓은 장벽 안쪽이었다. 따라서 이제 그들이 엘도라도 호텔로 들어가는 것을 막을 사람은 아무도 없었다. 그곳에서 소녀들은 칵테일 라운지에 있는 제임스 웨이트에게 제발 자비를 베풀어 달라고 매달릴 것이었다.

# 29

한편, 메리 헵번은 위층 자신의 객실 침대에 누워 '재키 드레스'의 폴리에틸렌으로 된 커버로 스스로를 살해하고 있었다. 그 커버의 안쪽은 이제 김이 자욱하게 서려 있었고, 그녀는 자신이 먼 옛날 범선의 후텁지근한 선창에 등을 대고 누워 있는 커다란 땅거북이라는 환각 상태에 빠졌다. 그녀는 꼭 땅거북이 등을 대고 그랬을 법한 모습으로 헛되이 허우적거렸다.

그녀가 종종 학생들에게 말했듯, 태평양 횡단에 나서는 범선들은 무방비 상태인 거북을 잡기 위해 갈라파고스 제도에 들르고는 했다. 거북은 등을 대고 누운 채 먹이나 물 없이도 여러 달을 살 수 있었기 때문이었다. 거북은 무척 느리고 온순하며 몸집도 크고 수도 많았다. 선원들은 거북에게 물리거나 할큄을 당할 염려 없이 거북을 뒤집어 놓고는 했다. 그런 뒤 그들은 녀석의 무용지물인 갑옷 같은 등딱지를 썰매 삼아 녀석을 해안가의 보트로 끌고 내려갔다.

선원들은 거북을 등을 대고 뒤집힌 상태 그대로 어두운 선창에 넣어 두고는 잡아먹을 때가 될 때까지는 더 이상은 신경 쓰지 않았다. 선원들에게 거북의 장점은 거북이 냉장 보관하거나 바로 먹어 치우지 않아도 되는 신선한 식육용 고기라는 점이었다.

　　과거 일리움에서 매년 그 수업을 할 때면, 메리는 사람을 신뢰하는 동물을 사람들이 그토록 잔인하게 취급한 사실에 격분하는 학생이 몇 명 있을 것이라고 예상했다. 그러면 그것을 기회로 삼아 그녀는 인간 같은 동물이 그곳에 가기 훨씬 전부터 자연율이 그런 거북들을 가혹하게 다뤘다는 설명을 하고는 했다.

　　수백만 마리의 거북이 어떤 크기의 대륙이든 온화한 곳이라면 어디든 느릿느릿 기어서 넘어 갔다고 그녀는 설명을 덧붙이고는 했다.

　　하지만 그 뒤에 몇몇 작은 동물들이 설치류로 진화했다. 이들 설치류들은 거북의 알을 쉽게 찾아서 먹어 치웠다. 그것도 하나도 빠짐없이 다.

　　그런 식으로 아주 빠르게 모든 곳에서 거북들이 최후를 맞이했다. 설치류가 없는 섬 몇 군데만 제외하고는.

　　메리가 질식 상태에서 환각에 빠져 자신을 땅거북이라고 생각한 것은 예언적이었는데, 아주 오래전 대부분의 땅거북에게 일어났던 일과 무척 비슷한 일이 그 당시 대부분의 인간에게도 일어나기 시작하고 있었기 때문이다.

　　육안으로는 볼 수 없는 어떤 새로운 생물이 독일 프랑크푸르트의 연례 도서전을 시작으로 인간의 난소에 있는 모든 난자를 먹어 치우고 있었다. 그 도서전에 갔던 여자들은 하루 이틀 정도 미열이 있다가 없어지는 증상과 때로는 시력이 흐릿해지는 증상을 겪고 있었다. 그런 뒤에는 그들은 메리 헵번과 똑같이 될 운명이었다. 즉 그들은 더 이상 아이를 가질 수 없게 될 것이었다. 사람들은 그 병을 막을 수 있는 어떤 방법도 찾아내지 못할 것이며, 그 병은 거의 전 세계 모든 곳으로 퍼질 것이었다.

작은 설치류 때문에 거대한 땅거북이 거의 멸종 상태에 이른 것은 분명 '다윗과 골리앗' 이야기 같았다. 이제 그와 같은 이야기가 하나 더 생긴 셈이었다.

　그랬다. 그리고 메리는 내세로 이어지는 파란 터널이 보일 정도로 죽음에 가까이 다가갔다. 그 시점에서 그녀는 자신을 그 지경까지 가도록 만든 자신의 커다란 뇌에 반란을 일으켰다. 그녀는 머리에 쓰고 있던 옷 커버를 벗고, 죽어 가는 대신에 아래층으로 내려갔다. 그곳에서는 제임스 웨이트가 바 뒤에 서서 땅콩과 올리브, 칵테일용 체리와 양파를 칸카보노족 여섯 소녀에게 먹이고 있었다.

　어설프게 자선을 베푸는 이 인상적인 장면은 남은 평생 그녀의 뇌리에 각인되어 남게 될 것이었다. 그녀는 그 후로 계속 그가 이타적이고 인정 많고 사랑스러운 사람이라고 믿을 것이었다. 그는 이제 곧 치명적인 심장 발작을 일으키게 될 운명이었다. 따라서 이 혐오스러운 인간에 대한 그녀의 높은 평가가 수정되는 일은 결코 일어나지 않을 터였다.

　다른 일은 다 제쳐두더라도 이 사내는 살인자였다.

　그의 살인에 얽힌 이야기는 다음과 같다.

　그가 맨해튼섬에서 동성애자를 상대하는 남창이었던 시절, 배가 터질 듯이 불룩한 어떤 부호가 바에서 그의 멋진 파란색 신상 벨루어 셔츠의 단에 가격표가 아직 붙어 있는지 아느냐고 물으며 그에게 접근했다. 그 부호의 핏줄에는 왕족의 피가 흐르고 있었다! 그는 크로아티아—슬라보니아 왕국의 리하르트 왕자로, 영국의 제임스 1세와 독일의 프리드리히 3세, 오스트리아의 프란츠 요제프, 프랑스의 루이 15세의 직계 후손이었다. 그는 매디슨가 북쪽에서 골동품점을 운영했는데 동성애자는 아니었다. 그는 그 당시 청년이었던 웨이트에게 실크 가운 허리띠로 자신의 목을 조르다가 자신이 최대한 죽음에 가까이 이르렀을 때에 그 띠를 풀어 달라고 했다.

리하르트 왕자의 아내와 두 아이는 스위스로 스키 휴가를 떠난 상태였다. 그리고 그의 아내는 아직 배란을 할 정도로 젊었기 때문에 웨이트가 아니었더라면 고귀한 유전자의 보유자가 한 명 더 태어났을지도 모른다.

또 이런 일이 있었을지도 모르겠다. 리하르트 왕자가 살해되지 않았더라면, 왕자 부부는 보비 킹에게서 '세기의 자연 유람선 여행'에 참가해 달라는 초대를 받았을지도 모른다.


왕자의 미망인은 스스로를 '샬로테 왕자비'라고 칭하며 넥타이 디자이너로 큰 성공을 거둘 것이었다. 하지만 사실 그녀는 뉴욕의 스태튼섬에서 지붕을 이는 사람의 딸로 태어난 평민이었으며, 그런 지위에 오를 자격도 왕자 가문의 문장을 사용할 자격도 없었다. 그럼에도 불구하고 그 문장은 그녀가 디자인한 모든 넥타이에 찍혀 있었다.

고인이 된 앤드루 매킨토시도 샬로테 왕자비의 넥타이를 몇 개 가지고 있었다.


웨이트는 왕자의 말로는 헝가리의 요제프 1세의 어머니인 팔츠 노이부르크 공국의 일리오노혜가 쓰던 4주식 침대\*에 이 뚱뚱하고 나약한 귀족 혈통의 사내를 팔다리를 벌리고 얼굴을 위로 한 채 똑바로 눕게 했다. 웨이트는 이미 길이에 맞게 잘려져 있는 나일론 줄로 그의 팔다리를 굵은 네 기둥에 묶었다. 그 나일론 줄들은 침대 발치의 주름 장식 아래 비밀 서랍에 들어 있었다. 그 오래된 서랍은 한때 팔츠 노이부르크 공국의 일리오노혜의 성생활을 위한 비밀 도구들을 숨기던 장소였다.

"날 단단히 잘 묶어. 내가 빠져나가지 못하게." 리하르트 왕자가 웨이

---

\* 네 모서리 각각에 기둥이 있고 덮개가 달린 대형 침대.

트에게 말했다. "하지만 혈액 순환이 안 될 정도로 꽉 묶지는 마. 피가 안 통해 괴저가 일어나는 건 싫으니까."

왕자의 커다란 뇌가 시키는 대로 왕자는 이미 지난 3년 동안 적어도 한 달에 한 번은 이 짓을, 그러니까 낯선 사람들을 고용해 자신을 단단히 묶 게 한 다음 목을 조르게 시키는 짓을 해 오고 있었다. 무슨 놈의 생존 전 략이 이런가!

크로아티아―슬라보니아 왕국의 리하르트 왕자는, 어쩌면 자기 선조의 혼령들이 지켜보는 가운데, 젊은 제임스 웨이트에게 자기가 의식을 잃을 정도로 목을 조르라고 지시했다. 그러면서 왕자가 '지미'로만 알고 있던 웨이트는 "1천하고 1, 1천하고 2……." 하는 식으로 천천히 20까지 세기 로 되어 있었다.

어쩌면 제임스 왕과 프리드리히 황제, 프란츠 요제프 황제, 루이 왕이 지켜보는 가운데, 유고슬라비아의 왕위 계승권자라고 주장하는 몇 사람 가운데 하나인 리하르트 왕자는 '지미'에게 자기 목에 감긴 띠 말고는 자 신의 몸이나 옷 어디에도 손대지 말라고 주의를 줬다. 오르가슴을 맛보는 자신을 '지미'가 입이나 손으로 더 흥분시키려는 시도를 해서는 안 된다는 말이었다. 왕자는 이렇게 말했다.

"난 동성애자가 아니야. 난 자네를 일종의 시종으로 고용한 거야. 남창 이 아니라. 지미, 자네가 내가 생각하는 그런 생활을 하고 있다면, 자네 는 이 말을 믿기 힘들지도 모르겠군. 하지만 이것은 내게는 영적인 체험 이니 영적으로 계속 대해 줘. 그렇지 않으면 백 달러 팁은 없어. 내 말 알 아들었나? 난 평범한 사람이 아니야."

그가 웨이트에게는 말하지 않았지만 그의 커다란 뇌는 그가 무의식 상태인 동안 그를 위해 대단한 영화를 한 편 상영했다. 그의 뇌는 그에게 트럭을 몰고 통과해도 될 정도로 크고 토네이도의 깔때기처럼 안쪽이 환한, 지름 5미터 정도의 요동치는 파란색 관의 한쪽 끝을 보여 주었다. 하지만 거기에서는 토네이도처럼 포효하는 듯한 소리는 나지 않았다. 그 대신 이 세상 것 같지 않은 음악이, 마치 글라스 하모니카*에서 나는 듯한 음악이 50미터 정도 떨어진 듯한 반대쪽 끝에서 들려왔다. 그 관이 요동치는 형상에 따라 리하르트 왕자는 그 반대쪽 끝에 있는 구멍과 그 너머의 황금빛 점과 초록 식물 조금을 언뜻언뜻 볼 수 있었다.

물론 그 관은 내세로 이어지는 터널이었다.

그리하여 웨이트는 지시받은 대로 장차 유고슬라비아 민족의 해방자가 될지 모르는 사내의 입에 작은 고무공을 넣은 다음, 미리 잘라 침대 기둥에 붙여 둔 접착테이프 조각으로 그 입을 봉했다.

그런 뒤 그는 왕자의 목을 졸라 커다란 뇌로 혈액이 공급되고 폐로 산소가 공급되는 것을 막았다. 왕자가 의식을 잃고 오르가슴에 이르러 요동치는 관을 본 후, 웨이트는 천천히 20까지가 아니라 300까지 셌다. 그렇게 하는 데는 5분이 걸렸다.

그런 짓을 한 것은 웨이트의 커다란 뇌의 발상이었다. 웨이트 자신이 특별히 원해서 한 짓은 절대 아니었다.

만약 그가 살인이든 과실치사든 아니면 정부가 그의 죄에 붙이기로 정한 뭐 그 비슷한 죄목으로 재판에 회부되었더라면, 그는 아마도 일시적인 정신 이상 때문에 일어난 일이었다고 항변했을 것이다. 그는 자신의 커다란 뇌가 그때는 제대로 돌아가지 않았다고 주장했을 것이다. 백만 년 전

---

* 크기가 다른 유리컵에 물을 넣고 문질러 소리를 내는 악기.

에는 살아 있는 사람 가운데 그게 어떤 것인지 모르는 사람은 없었다.

"아이고!", "죄송합니다.", "다치시지 않으셨어야 할 텐데.", "제가 그런 짓을 하다니 믿을 수가 없어요.", "너무 순식간에 일어난 일이라 생각할 시간이 없었어요.", "이런 일에 대비해 보험을 들어 놨어요.", "내가 어떻게 나 자신을 용서할 수 있을까요?", "총이 장전된 줄 몰랐어요." 등과 같은 순간적인 뇌 고장에 대한 변명은 모든 사람의 대화에서 주요소였다.

웨이트가 서튼 광장에 있는 트리플형 아파트에서 나왔을 때, 리하르트 왕자의 문장이 수놓아진 새틴 시트에는 아무 데도 아닌 곳을 향해 서로 경주를 벌이는 왕족 올챙이들로 바글바글한 정자 방울과 덩이들이 묻어 있었다. 그는 아무것도 훔치지 않았고 지문도 남기지 않았다. 그가 들어 갔다가 나오는 것을 본 그 아파트의 수위가 경찰에게 그의 인상착의에 대해 말해 줄 수 있는 것이라고는 그가 호리호리한 젊은 백인이고 가격표를 아직 떼지 않은 파란색 벨루어 셔츠를 입고 있었다는 사실뿐이었다.

그리고 새틴 시트 위의 그 수백만 마리의 갈 곳 잃은 왕족 올챙이들에게도 역시 뭔가 예언적인 것이 있었다. 사람의 정자에 관한 한, 갈라파고스 제도를 제외한 전 세계는 이제 곧 그 새틴 시트처럼 되려 하고 있었다.

감히 나는 이렇게 덧붙인다. "때마침?"

# 30

　이제 나는 ★지그프리트 폰 클라이스트 다음으로 ★제임스 웨이트가 죽을 것임을 나타내기 위해 그의 이름 앞에 별표를 달고자 한다. 한 시간 반 정도 있으면 ★지그프리트가 먼저 파란 터널로 들어갈 것이고, 열네 시간 정도 있으면 ★웨이트가 순조롭게 항해 중인 바이아데다윈호의 상갑판에서 메리 헵번과 결혼식을 올린 뒤 그 뒤를 따르게 될 것이었다.

　태곳적, 만다락스 가라사대,

끝이 좋으면 다 좋다.
−존 헤이우드(1497?~1580?)*

　★제임스 웨이트의 삶이 분명 위의 격언과 같은 경우였다. 그는 짐작건대 악마의 자식으로 이 세상에 나왔고, 나오자마자 바로 날갯짓을 시작했다. 하지만 이제 마지막 순간에 가까워진 그가 칸카보노족 소녀들에게 음식

---

* 영국의 시인이자 극작가.

을 먹이는 기쁨에 깜짝 놀라고 있었다. 소녀들은 무척 고마워하고 있었지만, 바에는 간식거리며 장식용 식재료며 양념거리들이 갖추어져 있었기 때문에 그 소녀들을 돕는 것은 굉장히 쉬운 일이었다. 자비를 베풀 기회가 전에는 한 번도 없었지만 그럴 기회가 생긴 지금, 그는 그 기회를 즐기고 있었다. 아이들에게 웨이트는 생명의 원천 그 자체였다.

그리고 바로 그때 웨이트가 오후 내내 나타났으면 하고 바랐던 과부 헵번이 나타났다. 그는 그녀의 신뢰를 얻으려고 할 필요도 없었다. 그녀는 소녀들에게 음식을 먹이고 있는 그를 보고는 첫눈에 맘에 든 데다, 전날 오후 과야킬 국제공항에서 호텔로 오는 길에 굶주린 아이들을 너무나 많이 봤기 때문에 그에게 이렇게 말을 걸었다. "어머, 정말 잘하셨어요! 정말 훌륭하시네요!" 그녀는 이 사내가 밖에서 그 아이들을 보고는 뭘 좀 먹이기 위해 여기로 데리고 들어온 모양이라고 생각했는데 그 생각은 앞으로도 절대 바뀌지 않을 터였다.

"난 왜 당신 같은 사람이 될 수 없는 걸까요?" 메리는 말을 이어 갔다. "여기로 내려와 당신처럼 바깥의 이 불쌍한 아이들과 우리가 가진 것을 나누었어야 했는데, 난 그저 위층에서 신세 한탄만 하고 있었군요. 당신을 보니 나 자신이 참 부끄럽네요. 하지만 최근에는 내 머리가 제대로 돌아가지 않아서 그래요. 어떨 땐 그냥 내 머리를 박살냈으면 한다니까요."

그녀는 소녀들에게 영어로 말을 걸었지만, 영어는 그 소녀들이 앞으로도 결코 알아듣지 못할 언어였다. 그녀는 "그거 맛있니?", "너희 엄마 아빠는 어디 계시니?"와 같은 질문들을 했다.

산타로살리아섬에서는 칸카보노어가 처음부터 다수의 언어였으므로, 그 어린 소녀들은 앞으로도 결코 영어를 배우지 않을 것이었다. 그로부터 한 세기 반이 지나면 칸카보노어는 인류 대다수의 언어가 될 것이었다. 그로부터 42년이 지나면 칸카보노어는 인류의 유일한 언어가 될 것이었다.

메리는 그 소녀들에게 더 좋은 먹을거리를 구해 주려고 급히 서두를 필요가 없었다. 바 뒤쪽에 많이 있는 땅콩과 오렌지만으로도 더할 나위 없었다. 소녀들은 칵테일용 체리나 녹색 올리브, 작은 양파 같은 자기들에게 좋지 않은 음식은 뭐든 뱉어 냈다. 그들은 누가 도와주지 않아도 알아서 잘 먹었다.

그래서 메리와 ★웨이트는 아이들을 자유롭게 지켜보는 가운데 담소를 나누며 서로를 알아 갔다.

★웨이트는 사람은 서로를 돕기 위해 이 땅에 태어났다고 생각한다며 그래서 지금 자기가 이 아이들에게 음식을 먹이고 있는 것이라고 말했다. 그러면서 아이들은 세상의 미래이므로 지구의 가장 중요한 자연 자원이란 말도 덧붙였다.

"제 소개를 하지요. 저는 캐나다 서스캐처원의 무스조에서 온 윌러드 플레밍입니다." 그가 말했다.

메리는 자신이 누구이며 어떤 사람인지를, 그러니까 전직 교사이며 과부라고 밝혔다.

그러자 그는 자기가 교사들을 얼마나 존경하는지 모른다고, 어린 시절 자기에게 교사들이 얼마나 중요한 존재였는지 모른다고 말했다. "고등학교 시절 제 선생님들이 아니었더라면, 저는 결코 MIT 대학에 들어가지 못했을 겁니다. 아마 대학 문턱에도 못 가고, 제 아버지처럼 자동차 정비공이 되었을 겁니다."

"그래서 당신은 무엇이 되었나요?" 그녀가 물었다.

"아무짝에 쓸모없는 인간이 되었죠. 아내가 암으로 죽은 뒤로는 말입니다."

"저런! 제가 괜한 걸 물었네요. 정말 죄송해요!"

"아뇨. 당신 잘못이 아닌걸요 뭐."

"그렇긴 하지만."

"그러기 전에는 풍차 기술자였습니다. 저는 공짜로 맘껏 쓸 수 있는 청정 에너지인 풍력은 우리 주위 어디에나 있다는 미친 생각을 했었죠. 당신이 들어도 미친 소리 같죠?"

"멋진 생각인데요. 남편과 나도 그런 얘기를 한 적이 있는걸요."

"전력 회사들이 저를 싫어했죠. 석유 재벌, 석탄 재벌, 원자력 업체들도요."

"그럴 줄 알았어요!" 그녀가 말했다.

"이젠 그들은 저 때문에 속 태울 일은 없어요. 아내가 죽은 뒤로는 가게를 접고 줄곧 세상을 떠돌아다니고 있으니까요. 제가 무엇을 찾고 있는지도 모르겠어요. 찾을 가치가 있는 것이 존재하는지도 무척 의심스럽습니다. 그래도 이것 한 가지만은 확신해요. 제가 결코 다시는 사랑에 빠지지 못하리라는 겁니다."

"당신은 세상에 베풀 사랑이 참 많은 분이신걸요!" 그녀가 말했다.

"설령 제가 다시 사랑에 빠진다 하더라도, 오늘날 많은 남자들이 원하는 철없고 어린 솜털 보송보송한 그런 아가씨와는 아닐 겁니다. 저는 그런 아가씨는 못 견뎌낼 겁니다."

"그렇지 않을 거예요."

"전 망가질 대로 망가져 버렸어요." 그가 말했다.

"그럴 만했는걸요."

"그리고 난 스스로에게 '이제 돈이 무슨 소용인가?'라는 질문을 던지고는 합니다. 분명 당신 남편도 좋은 남편이었겠지요. 제 아내도 정말……."

"그이는 정말 좋은 사람이었어요. 더할 나위 없이 훌륭한 사람이었지요."

"그러면 당신도 분명 저와 똑같이 '이제 완전히 혼자인 사람에게 돈이 무슨 소용인가?'란 질문을 스스로에게 던지고는 하겠군요. 만약 당신에게 백만 달러가 있다면…….”

“오, 세상에! 나한테는 그런 돈은 없어요.” 그녀가 말했다.

“좋아요. 음, 그렇다면 십만 달러가 있다면…….”

“그 정도면 조금 더 비슷하네요.”

“그 돈은 그냥 이제 쓰레기에 불과하겠죠, 안 그래요? 그 돈으로 무슨 행복을 살 수 있겠습니까?”

“그래도 어느 정도 안락하게 살 수는 있겠죠.”

“당신은 근사한 집도 있겠군요?” 그가 말했다.

“꽤 근사한 집이죠.”

“그리고 차도 한 대, 어쩌면 두세 대 있을지도 모르겠고, 그 외에도 이런저런 것들을 갖고 있겠군요?”

“한 대 있어요.” 그녀가 말했다.

“메르세데스벤츠 아닌가요?”

“지프예요.”

“그리고 아마 저처럼 주식과 채권도 갖고 계시겠죠?”

“남편 회사에서 보너스로 주식을 줬어요.”

“오, 그렇군요. 그리고 보험에다 퇴직 연금에…… 중산층이 꿈꾸는 다른 모든 보장금도 있을 테고요.”

“그이와 나는 둘 다 일을 했어요. 둘 다 꼬박꼬박 돈을 냈죠.”

“아내가 일하지 않았으면 저는 아내와 결혼하지 않았을 겁니다. 아내는 전화 회사에서 일했어요. 아내가 죽은 뒤, 사망 보험금을 다 합산해 보니 액수가 꽤 많더군요. 하지만 사망 보험금만 생각하면 그저 울고 싶을 뿐이에요. 그건 제 삶이 얼마나 공허해졌는가 하는 것만 더 상기시킬 뿐이니까요. 그리고 아내의 작은 보석함도 마찬가지예요. 그 보석함에는 제가 아내에게 수년간 선물한 반지와 브로치, 목걸이가 다 들어 있지만 우리에겐 그걸 물려줄 자식도 없으니까요."

"우리도 아이가 없었어요." 그녀가 말했다.

"우린 공통점이 아주 많은 것 같군요. 그러면 당신은 당신의 보석을 누구에게 물려줄 생각입니까?"

"어, 그게 저, 보석이 그리 많지 않아요. 값비싼 것이라고는 시어머니가 남겨 주신 진주 목걸이 하나뿐인걸요. 그 목걸이의 걸쇠는 다이아몬드로 되어 있어요. 보석을 착용할 일이 거의 없어서 지금 이 순간까지 그 진주 목걸이를 거의 잊어버리고 있었네요."

"물론 보험에는 들어 두셨겠죠?"

# 31

과거 그 당시 사람들은 얼마나 말이 많았는지! 모든 사람이 온종일 '뭐라 뭐라' 떠들어 댔다. 그 가운데는 심지어 자면서까지 떠들어 대는 사람들도 있었다. 나의 아버지도 자면서 계속 지껄여 대고는 했는데, 어머니가 우리를 버리고 떠난 뒤로는 특히 더 그랬다. 소파에서 자곤 했던 나는 한밤중이라 분명 집 안에 우리 말고는 아무도 없는데 아버지가 계속 침실에서 '뭐라 뭐라' 중얼거리는 소리를 듣고는 했다. 아버지는 잠깐 동안 조용했다가는 이내 다시 또 '뭐라 뭐라' 중얼거리고는 했다.

그리고 내가 해병대에 있었을 때와 나중에 스웨덴에 있었을 때도 가끔씩 누군가가 잠꼬대 좀 그만하라며 나를 깨우고는 했다. 나는 내가 뭐라고 말했는지 전혀 기억이 없었다. 그래서 내가 뭐라고 말했는지 물어볼 수밖에 없었는데, 언제나 내게는 금시초문인 말이었다. 그런데 밤낮없이 뭐라 뭐라 떠들어 대는 말 대부분이 우리의 거대하고 활동적인 뇌에서 쓸모없고 엉뚱한 신호가 쏟아져 나온 것이 아니라면 대체 무엇이었겠는가?

하지만 뇌를 끌 수는 없지 않은가! 우리의 뇌는 할 일이 있건 없건 내내 쉴 새 없이 돌아갔다! 그리고 뇌는 또 정말이지 얼마나 시끄럽던지! 세상에, 어쩜 그리 시끄러울 수가 있었을까!

내가 아직 살아 있었을 때, 미국의 도시에서는 젊은 사람들이 어딜 가든지 휴대용 라디오나 카세트플레이어를 들고 다니며 뇌우 소리를 덮어 버릴 정도로 볼륨을 크게 높여 음악을 틀어 댔다. 어찌나 시끄럽던지 이런 기기들은 '빈민가의 발파공'이란 뜻의 '게토 블래스터'라고 불렸다. 백만 년 전의 우리는 머릿속에 이미 게토 블래스터가 있었지만 그것만으로는 충분하지 않았던 모양이다!

심지어 최근까지도 나는 백만 년 전의 그 엄청나게 커다란 뇌처럼 정신을 흐트러뜨리고 부적절하고 파괴적인 것의 진화를 허용한 자연율에 여전히 분노를 한가득 느낀다. 만약 뇌가 진실을 말했다면, 나는 모든 사람에게 뇌가 있는 것은 어느 정도 효용이 있기 때문이라고 봤을 것이다. 하지만 뇌 그 녀석들은 내내 거짓말을 했다! 지금 ★제임스 웨이트가 메리 헵번에게 거짓말을 하고 있는 꼴을 보라!

그리고 이제 젠지 히로구치와 앤드루 매킨토시가 총을 맞아 죽는 것을 목격한 ★지그프리트 폰 클라이스트가 칵테일 라운지로 돌아왔다. 만약 그의 커다란 뇌가 진실을 말하는 기계였더라면, 그는 메리와 ★웨이트에게 분명히 그들이 들을 자격이 있고 그들이 살아남고 싶다면 그들에게 무척 유용했을지도 모르는 정보를 알려 줬을 것이다. 그러니까 자신이 정신병의 초기 단계이며, 호텔 손님 두 명이 방금 막 사살당했으며, 바깥의 군중을 더 이상 저지하기 힘들며, 그 호텔이 나머지 세상과 연락이 되지 않고 있다는 등의 정보 말이다.

하지만 그는 그러지 않았다. 겉으로는 여전히 평온한 척했다. 그는 남아 있는 손님 네 사람이 공황 상태에 빠지기를 원하지 않았다. 그 결과, 나머지 손님들은 젠지 히로구치와 앤드루 매킨토시가 어떻게 되었는지는 결코 알지 못하게 되어 버렸다. 마찬가지로 그들은 또한 한 시간가량 있으면 발표될 페루가 에콰도르를 상대로 전쟁을 선포했다는 소식도 듣지 못하게 되며, 선장도 그 소식을 듣지 못하게 된다. 페루의 로켓들이 과야킬 지역의 목표물을 타격했을 때, 선장이 자신의 커다란 뇌가 진실을 말하자니 마음에 거리껴서 거짓말로 둘러댄 것이 아니라 진짜로 진실이라고 믿고 있는 것을 말할 때, 그러니까 그들에게로 '운석이 소나기처럼 쏟아지고 있다'고 선장이 말할 때, 그들은 선장의 말을 믿을 것이었다.

그리고 훗날 산타로살리아섬에서 왜 자신의 조상들이 그 섬으로 오게 됐는지에 대해 궁금해 하는 사람이 있으면-그런 종류의 궁금증도 3천 년 정도만 지나면 마침내 사라질 테지만- 그 사람이 듣게 될 대답은 "그들은 운석이 쏟아지는 바람에 본토에서 떠나온 것"이란 이야기였다.

만다락스 가라사대,

> 역사가 없는 민족은 행복하다.
> -체사레 보네사나, 베카리아 후작(1738~1794)*

그리하여 선장의 동생 ★지그프리트는 차분한 어조로 ★웨이트에게 위층으로 가서 셀레나 매킨토시와 히사코 히로구치에게 내려와 달라고 말하고 그들의 짐도 좀 같이 들어 달라고 부탁했다. "그분들을 불안하게 만들지 않도록 조심해 주십시오. 모든 것이 더할 나위 없이 좋다고만 말씀해 주십시오. 혹시 모르니까 안전하게 제가 여러분 모두를 공항까지 모셔다 드리겠습니다."라고 그는 말했다. 말이 나온 김에 덧붙이자면, 과야킬 국제공항은 페루 로켓들에 의해 초토화될 첫 번째 목표물이 될 것이었다.

그는 ★웨이트가 히사코와 의사소통할 수 있도록 ★웨이트에게 만다락

---

* 이탈리아의 형법학자 겸 경제학자.

스를 건넸다. 그는 젠지의 시신 옆에서 그 기계를 발견해 챙겨 왔다. 시신은 둘 다 눈에 띄지 않는 곳으로, 그러니까 약탈당한 그 기념품점 안으로 옮겨 놓았다. ★지그프리트가 직접 그들의 시신을 기념품용 침대보로 덮어 주었는데, 그 침대보에는 칵테일 라운지 바 뒤에 걸려 있는 찰스 다윈의 초상화와 똑같은 초상화가 그려져 있었다.

그리하여 ★지그프리트 폰 클라이스트는 메리 헵번과 히사코 히로구치, ★제임스 웨이트, 셀레나 매킨토시, ★카자크를 이끌고 호텔 앞에 주차된 화사하게 꾸며 놓은 버스로 데리고 나갔다. 그 버스는 뉴욕에서 오는 명사들을 환영하기 위해 악사들과 무용수들을 공항으로 싣고 나가기로 되어 있던 버스였다. 칸카보노족 여섯 소녀도 그들과 동행했는데, ★카자크 이름 앞에 별표를 단 것은 그 개가 곧 그 소녀들에게 잡아먹힐 것이기 때문이다. 개가 있을 때가 아니었다.

셀레나는 자기 아버지가 어디에 있는지 알고 싶어 했고, 히사코는 자기 남편이 어디에 있는지 알고 싶어 했다. ★지그프리트는 그들이 공항으로 먼저 갔다고 둘러댔다. 그의 계획은 민항기든, 전세기든, 군용기든 그들을 에콰도르에서 무사히 빠져나가게 해 줄 비행기만 있으면 어떻게든 그들을 그 비행기에 태우는 것이었다. 앤드루 매킨토시와 젠지 히로구치에 대한 진실은 그 비행기가 이륙하기 직전에야 전해 줄 생각이었다. 그때면 그 두 사람이 비탄에 잠겨 아무리 날뛰어도 계속 살아남을 수 있을 테니까 말이다.

메리의 비위를 맞춰 주기 위해, 그는 그 여섯 소녀도 데려가는 데 동의했다. 그는 그 소녀들의 말은 만다락스의 도움을 받아도 전혀 알아들을 수 없었다. 만다락스도 그 소녀들의 말은 기껏해야 스물 가운데 한 단어 정도만 알아들을 수 있었는데, 아마도 칸카보노어가 잉카 제국의 공통어인 케추아어와 아주 가까운 동족어였기 때문에 그나마도 알아들을 수 있었던 것이다. 간혹 만다락스는 먼 옛날 아프리카 노예 매매상들의 공통어인 아랍어와 조금 비슷한 말도 들었던 것도 같다고 생각했다.

그런데 나는 최근 들어서는 커다란 뇌가 했던 그 발상, 즉 '인간 노예'에 대해서는 별로 듣지 못했다. 지느러미와 입뿐인 사람이 어떻게 누군가를 속박할 수나 있겠는가?

# 32

엘도라도 호텔 앞에 세워 둔 버스에 모두가 자리를 잡은 순간, 군중이 든 라디오에서 '세기의 자연 유람선 여행'이 취소됐다는 뉴스가 흘러나왔다. 그 것은 군중들에게도, 군복을 입은 시민일 뿐인 군인들에게도, 호텔에 있 는 음식이 이제 모두의 차지가 되었다는 것을 뜻했다. 백만 년 동안 여기 저기 떠돌아다닌 사람으로서 하는 말이니 내 말을 믿기를 바란다. 따지고 보면, 음식이 언제든 사실상 전부인 법이다.

만다락스 가라사대,

> 먹고사는 문제가 먼저고, 도덕은 그 다음이다.
> ─베르톨트 브레히트(1898~1956)*

그리하여 그 버스는 호텔 입구로 돌진하는 사람들에게 순식간에 에워 싸였다. 하지만 음식을 털려는 그 폭도들은 버스와 그 안에 탄 사람들에 게는 전혀 관심이 없었다. 그들은 벌써 자기네들보다 앞서 호텔로 들어간

---

* 독일의 극작가 겸 시인. 위는 그의 희곡 『서푼짜리 오페라』에 나오는 말이다.

사람들이 있으니 자기들 몫으로 남겨질 음식이 없을 것이라는 사실을 깨닫고는 고통에 몸부림치며 버스 옆을 쾅쾅 치면서 고함을 질러 댔다.

그런 상황에서 버스를 타고 있는 것은 틀림없이 굉장히 무서운 일이었다. 버스가 전복될지도 몰랐다. 폭도들이 버스에 불을 붙일지도 몰랐다. 돌멩이가 날아들어 버스 유리창이 유산탄처럼 깨지며 유리 파편에 맞을지도 몰랐다. 살아남을 수 있는 곳은 버스 통로의 바닥뿐이었다. 히사코 히로구치가 눈먼 셀레나에게 처음으로 친밀한 행동을 했다. 그녀는 셀레나를 두 손으로 잡고 이끌며 버스 통로에 무릎을 꿇고 앉아 머리를 숙이라고 일본어로 속삭였다. 그런 뒤 자기도 셀레나와 ★카자크 옆에 무릎을 꿇고 앉아 셀레나의 등에 팔을 둘렀다.

히사코와 셀레나가 앞으로 살아가면서 서로를 얼마나 다정하게 보살피게 되는지! 그 두 사람이 얼마나 아름답고 마음씨 고운 아이를 키우게 되는지! 그 두 사람을 보며 내가 얼마나 감탄했는지 모른다!

그랬다. 그리고 ★제임스 웨이트는 어쩌다 보니 또다시 아이들의 보호자 행세를 하고 있었다. 버스 통로에서 겁에 질려 있는 칸카보노족 소녀들을 그가 자기 몸으로 막아 주고 있었다. 그는 가능하다면 그냥 자기 몸만 구할 생각이었지만, 메리 헵번이 그의 두 손을 잡고 그녀 쪽으로 끌어당기는 바람에 그 두 사람이 아이들 주위로 인간 요새를 만들게 됐던 것이다. 유리 파편이 날아와도 그 두 사람에게 박히지 그 어린 소녀들에게는 박히지 않을 터였다.

만다락스 가라사대,

벗을 위하여 제 목숨을 바치는 것보다 더 큰 사랑은 없다.

193

바로 ★웨이트가 이런 자세로 있을 때, 그의 심장에 잔떨림이 오기 시작했다. 즉, 심장의 근육 섬유가 통제되지 않고 경련을 일으키기 시작해 그의 순환계에서 혈액의 흐름이 더 이상 원활하게 이루어지지 못하게 되었다. 여기에서도 또다시 유전적 요인이 작용하고 있었다. 그로서는 그 사실을 알 길이 없었지만, 부녀지간이었던 ★웨이트의 부모는 둘 다 사십대 초반에 심장마비를 일으켜 이 당시 이미 사망하고 없었다.

★웨이트가 산타로살리아섬에서 이루어진 짝짓기에 참여하기 전에 사망한 것은 오늘날 인류에게는 행운이었다. 그런데 오늘날 사람들이 그의 시한폭탄 같은 심장을 물려받았더라도 지금과 그리 많이 달라지지는 않았을 것이다. 어쨌든 아무도 그 시한폭탄이 터질 만큼 오래 살지는 못할 테니까 말이다. 오늘날은 ★웨이트 나이 또래만 되어도 므두셀라**처럼 완전히 장수한 노인 축에 속하기 때문이다.

한편, 저 아래 부둣가에서는 또 다른 폭도들이, 그러니까 에콰도르 사회 체계에 잔떨림을 일으키고 있는 또 다른 기관이 바이아데다윈호에서 음식뿐만 아니라, 텔레비전, 전화기, 전파 탐지기, 수중 음파 탐지기, 라디오, 전구, 나침반, 화장지, 카펫, 비누, 솥, 냄비, 해도, 매트리스, 선외 모터, 공기 주입식 상륙용 주정 할 것 없이 온갖 것들을 약탈하고 있었다. 이 생존자들은 닻을 내리고 올리는 윈치까지 훔치려고 했지만 그것을 수리 못할 정도로 손상을 입히는 정도에 그쳤다.

어쨌든 폭도들은 구명정들은 놔두고 갔다. 하지만 거기에 실린 비상식

---

* 요한복음 15장 13절.
** 노아의 홍수 이전에 969년을 살았다는 창세기에 나오는 유대 족장.

량들은 다 들고 가 버렸다.

그리고 폰 클라이스트 선장은 목숨을 잃을까 봐 두려운 나머지 속옷 바람으로 돛대 꼭대기의 망대에 올라가 있었다.


엘도라도 호텔의 군중들은 해일처럼 버스를 휩쓸고 지나갔다. 그래서 이제 버스만 덩그러니 남겨지게 되었다. 버스는 어디든 가고 싶은 곳으로 자유롭게 갈 수 있었다. 폭도들이 돌진하는 와중에 다치거나 죽어서 여기저기 널브러져 있는 몇 사람을 빼고는 버스 주위에 사람들이 별로 없었다.

그래서 ★지그프리트 폰 클라이스트는 용맹스럽게 헌팅턴 무도병의 증상인 발작을 억누르고 환각을 물리치며 운전석에 자리 잡고 앉았다. 그는 열 명의 승객이 지금 있는 통로에 그대로 있는 것이 가장 좋겠다고 생각했다. 그러면 밖에서도 보이지 않고 서로의 체온을 느끼며 마음을 진정시킬 수도 있을 테니까.

그는 시동을 걸고 기름이 가득 차 있는 것을 확인했다. 그는 에어컨을 켰다. 승객 가운데 다만 몇 사람이라도 알아들을 수 있는 유일한 언어인 영어로 그는 금방 버스 안이 시원해 질 것이라고 알렸다. 그것만큼은 그가 지킬 수 있는 약속이었다.

이제 밖에는 땅거미가 지고 있어서 그는 미등을 켰다.


바로 그 시각쯤, 페루가 에콰도르에 전쟁을 선포했다. 페루의 전폭기 두 대가 로켓을 탑재한 채로 에콰도르 영공을 넘어와, 한 대는 과야킬 국제공항의 레이더 신호기로 향했고, 다른 한 대는 갈라파고스 제도의 발트라섬에 있는 해군 기지의 레이더 신호기로 향했다. 그 해군 기지는 항해 훈련함 한 척, 연안 경비함 여섯 척, 원양 항해용 예인선 두 척, 초계 잠수함 한 척, 건선거* 하나, 그리고 그 건선거에 올려진 구축함 한 척의 은신처였다. 그 구축함은 에콰도르 해군이 보유한 가장 큰 배였다. 단 하나의 배, 바로 바이아데다윈호를 빼고.

만다락스 가라사대,

가장 좋은 시절이면서 가장 나쁜 시절이기도 했고, 지혜의 시기이면서 어리석음의 시기이기도 했으며, 믿음의 시대이면서 불신의 시대이기도 했고, 빛의 계절이면서 어둠의 계절이기도 했으며, 희망의 봄이면서 절망의 겨울이기도 했다. 우리 앞에 모든 것이 있으면서 우리 앞에 아무것도 없기도 했다. 우리는 모두 천국으로 곧장 가면서 정반대 방향으로 곧장 가고 있기도 했다.

　　　　　　　　　　　−찰스 디킨스(1812~1870)**

---

* 배를 만들거나 수리할 때 해안에 배가 출입할 수 있을 정도로 땅을 파서 만든 구조물.
** 영국의 소설가. 위는 『두 도시 이야기』의 첫 문단을 인용한 것이다.

# 33

가끔 나는 만약 산타로살리아섬에 처음으로 정착한 사람들이 '세기의 자연 유람선 여행'의 원래 승객 명단에 있던 사람들과 승무원들이었더라면 인류는 어떻게 되었을까 추측해 본다. 그러니까 폰 클라이스트 선장과 히사코 히로구치, 셀레나 매킨토시, 메리 헵번이야 당연히 포함되고, 칸카보노족 소녀들 대신에 고급 선원과 하급 선원들, 재클린 오나시스, 헨리 키신저 박사, 루돌프 누레예프, 믹 재거, 팔로마 피카소, 월터 크롱카이트, 보비 킹, '프랑스 최고의 요리사'인 로베르 페펭, 그리고 물론 앤드루 매킨토시와 젠지 히로구치 등등이 산타로살리아섬에 처음으로 정착했더라면 어떻게 되었을까?

아주 간신히든 어쨌든 산타로살리아섬은 그처럼 많은 사람들을 먹여 살릴 수 있었을 것이다. 식량이나 식수가 부족하면 다툼이나 싸움, 심지어는 살인도 벌어졌을 것으로 짐작된다. 그리고 그들 중 일부는 자연인가 뭔가가 자신들이 승리를 거둔 것에 무척 기뻐하리라고 생각했을 것 같다. 하지만 진화에 관한 한, 그들이 번식하지 않는다면 그들의 생존은 자연에게는 별로 가치 있는 일이 아니었을 것이다. 그리고 승객 명단에 있는 여자들의 대부분은 가임 연령을 지났기 때문에 차지하기 위해 싸울 가치가 없었다.

산타로살리아섬에 정착하고 처음 13년 동안은, 그러니까 아키코가 가임기에 이르기 전까지는, 사실상 출산 가능한 여자들이라고는 눈먼 셀레나와 이미 온몸이 털로 뒤덮인 아이를 낳은 히사코 히로구치, 그리고 정상인 다른 여자 셋뿐이었을 것이다. 그리고 아마도 그들 모두는 그들의 의지와는 상관없이 승리자들에 의해 임신되었을 것이다. 하지만 결국에 믹 재거든, 헨리 키신저 박사든, 선장이든, 사환이든 어느 남성이 임신을 시켰건 인류는 지금과 별로 달라지지 않았을 것이라고 생각한다. 인류는 여전히 오늘날 인류의 모습과 무척 비슷할 것이다.

결국 살아남게 되는 사람들은 여전히 가장 사나운 투사들이 아니라 가장 유능한 어부들이었을 것이다. 여기 갈라파고스 제도의 상황에서는 그게 당연한 이치니까.


또한 살아 있는 메인산(産) 바닷가재들도 갈라파고스 제도에서 생존 능력을 시험받게 되었다. 바이아데다윈호가 약탈당하기 전, 선창에 있는 바닷물 수조에는 2백 마리의 바닷가재가 있었다.

산타로살리아섬 주위의 바다는 바닷가재가 살 수 있을 정도로 차가웠지만 수심이 너무 깊었다. 어쨌든 바닷가재에 대해 밝히고 싶은 사실은, 바닷가재도 그래야만 한다면 거의 뭐든 먹을 수 있다는 점에 있어서는 인간과 같았다는 것이다.

그리고 훗날 꼬부랑 늙은이가 되었을 때, 폰 클라이스트 선장은 그들의 수조에 있던 그 바닷가재를 떠올렸다. 늙어갈수록 그는 오래전의 일들에 대한 기억이 더욱 생생해졌다. 어느 날 밤 저녁 식사를 한 뒤, 그는 공상 과학 판타지 이야기로 히사코 히로구치의 털북숭이 딸인 아키코를 즐겁게 해 주고 있었다. 그 이야기는 그 메인산 바닷가재들이 갈라파고스 제도에 도착한 뒤로 백만 년이 흘렀으며—그리고 이제는 실제로도 백만 년이 흘렀다— 바닷가재가 지구상의 가장 지배적인 종(種)이 되어서 도시며 극장이며 병원이며 대중교통수단 등을 건설했다는 것을 전제로 하고 있었다. 그의 이야기 속에서 바닷가재는 바이올린을 연주하고 살인사건을 해결하고 현미 수술을 하고 북클럽에 가입하는 등의 일을 할 수 있었다.

그 이야기의 교훈은 그 바닷가재들이 정확히 인간이 했던 짓을, 즉 모든 것을 엉망으로 만드는 짓을 하고 있었다는 것이다. 그것들은 모두 자기들이 그저 평범한 바닷가재가 되기를 바랐는데, 그것들을 산 채로 솥에 안쳐 끓이고 싶어 하는 사람들이 주위에 더 이상 없게 되자 특히 더 그랬다.

'산 채로 끓여지는 것', 먼저 바닷가재들이 불평할 수밖에 없었던 것은 그것이 다였다. 그런데 그저 더 이상 산 채로 끓여지는 것을 원치 않는다는 이유만으로, 바닷가재들은 교향악단과 공연하는 등의 일을 해야만 했다. 선장이 들려준 이야기의 화자는 바로 얼마 전에 아내를 프로 아이스하키 선수에게 뺏긴 랍스터빌 교향악단의 박봉의 차석 프렌치호른 연주자였다.


선장이 그 이야기를 지어냈을 때, 그는 다른 곳에서는 인류가 멸종되기 직전이며, 다른 생명체들이 지배적인 종이 되고자 한다면 그러기가 점점 더 수월해지고 있는 줄은 전혀 몰랐다. 선장은 그 사실에 대해서 전혀 듣지 못할 것이었으며 산타로살리아섬에 있는 다른 사람들도 마찬가지였다. 그리고 지금 나는 큰 생명체가 다른 큰 생명체를 지배하는 것에 대해서만 이야기하고 있다. 솔직히 말해 지구에서 가장 승리를 많이 거둔 생물은 언제나 현미경으로 밖에 볼 수 없는 미생물이었다. 소년 다윗과 거인 골리앗 사이에 있었던 교전을 통틀어, 과연 골리앗이 이겼던 적이 있었던가?

그 커다란 생명체들, 즉 눈에 보이는 투사들의 수준에서 보면, 바닷가재는 인간처럼 몹시 건설적이면서도 파괴적이 되기에는 부족한 후보였다. 만약 선장이 바닷가재 대신 문어에 대한 풍자 우화를 들려줬더라면 그리 터무니없지 않았을지도 모른다. 지금처럼 과거 그 당시에도 그 흐늘흐늘한 생물의 뇌는 고도로 발달되어 있었으며, 그 뇌의 기본 기능은 그들의 다재다능한 팔을 제어하는 것이었다. 그들의 상황은 제어할 수 있는 팔을 지닌 인간의 상황과 그리 다르지 않았을 것이라고 생각하는 사람도 있을지 모르겠다. 짐작건대 그들의 뇌는 팔과 뇌를 이용해 물고기를 잡는 것 외에 다른 일도 할 수 있었을 것이다.

하지만 나는 문어든 어떤 종류의 동물이든, 인간이 끝없는 탐욕과 야망에 사로잡혀 행하는 실험들을 피한 채, 먹이를 채집하며 지상에서 시간을 보내는 것으로 완전히 만족하지 않는 경우는 아직 본 적이 없다.

인간이 옛날처럼 도구를 사용하고 집을 짓고 악기를 연주하는 등의 활동을 다시 시작하자면, 이번에는 자신들의 부리로 그런 활동을 해야 한다. 이제 인간의 팔은 지느러미가 되었고, 손뼈는 거의 지느러미 속에 파묻혀 움직이지 못하게 되었기 때문이다. 지느러미마다 박힌 다섯 개의 작은 덩어리는 완전히 장신구 역할만 해서 짝짓기 철이면 이성에게 매력적으로 보이게 만들었다. 이것들은 사실 퇴화된 다섯 손가락의 끝부분이었다. 게다가 사람의 뇌에서 손을 제어하는 데 사용되던 부분은 더 이상 존재하지 않으며, 그리하여 인간의 두개골은 이제 훨씬 더 축소되었다. 두개골이 더 축소될수록 사람은 물고기를 더 성공적으로 잡았다.

이제 사람들이 물개만큼 빠르고 멀리 헤엄칠 수 있다면, 그들의 조상들이 온 본토로 다시 헤엄쳐 돌아가지 못하게 막는 것은 무엇일까? 대답은 '아무것도 없다.'는 것이다.

물고기가 부족하거나 인구가 과잉된 시기에는 많은 이들이 본토로 돌아가려는 시도를 했었고 앞으로도 그럴 것이다. 하지만 사람의 난자를 먹어 치우는 박테리아가 언제나 그곳에서 그들을 맞이할 것이다.

그런 시도에 대한 이야기는 이제 그쯤 해 두자.

또 한편으로는 이곳은 정말로 평화로운데 누가 무엇 때문에 본토에서 살고 싶어 하겠는가? 살랑거리는 코코야자수들과 드넓은 백사장 그리고 맑고 푸른 석호까지 있는 갈라파고스 제도의 모든 섬은 이제 아이들을 키우기에 이상적인 곳이 되었다.

그리고 이제 모든 사람들은 무척 순진무구하고 느긋한데, 모두가 다 진화 과정에서 사람들의 손이 사라졌기 때문이다.

만다락스 가라사대,

> 노동을 요하는 일이든 기술을 요하는 일이든
> 나 또한 바쁘게 살리니.
> 빈둥거리는 손에게는
> 사탄이 끊임없이 못된 짓을 저지르게 할 테니까.
> ─아이작 와츠(1674~1748)*

---

* 영국의 목사로 영국 찬송가의 아버지라고 불린다. 위는 「어떻게 바쁜 꼬마 꿀벌은」
이란 찬송시에서 발췌한 것이다.

# 34

백만 년 전에 페루 조종사가 한 명 있었다. 그는 전투 폭격기를 몰고 지구 대기권의 가장자리에서 대기를 가르며 날아오고 있는 젊은 중령이었다. 그의 이름은 기예르모 레예스였고, 그는 그의 조종사복과 헬멧이 인공적으로 공기가 주입되어 부풀어 있었기 때문에 그토록 높은 고도에서도 생존할 수 있었다. 사람들은 무척 경이로운 존재여서 자신이 꾸는 불가능한 꿈을 실현해 내고는 했다.

레예스 중령은 언젠가 섹스보다 더 짜릿한 것이 있는지를 놓고 동료 조종사와 결론이 나지 않는 토론을 벌인 적이 있었다. 그는 지금 페루 공군 기지에 있는 바로 그 동료 조종사와 무선으로 교신하고 있었다. 그 동료 조종사는 페루가 에콰도르를 상대로 공식적으로 전쟁을 선포하면 곧 바로 그에게 알려 주기로 되어 있었다.

레예스 중령은 그의 전폭기 아래에 달린 가공할 만한 자동추진식 무기의 제어 장치를 이미 가동시켜 놓고 있었다. 그 무기는 이번이 첫 실전 투입이었지만 이미 과야킬 국제공항 관제탑 꼭대기의 접시 모양 레이더와 미친 듯이 사랑에 빠져 있었다. 에콰도르가 이미 그 공항에 전투기 열 대를 배치하고 있었기 때문에 그 공항은 합법적인 군사 목표물이었다. 중령의 전폭기 아래에 달린 이 놀라운 레이더 사랑꾼은 자기 껍데기 안에 필요한 모든 영양분을 가지고 있다는 점에서 갈라파고스 제도의 큰 땅거북과 비슷했다.

잠시 뒤 그 녀석을 놓아줘도 좋다는 말이 떨어졌다.

그래서 그는 그 녀석을 놓아줬다.

지상에 있는 동료가 그에게 그런 녀석에게 자유를 주는 기분이 어떠냐고 물었다. 그는 섹스보다 더 재미있는 것을 마침내 찾았다고 대답했다.

녀석을 놓아주는 순간 젊은 중령의 느낌은 선험적일 수밖에, 즉 전적으로 그의 커다란 뇌가 낳은 산물일 수밖에 없었다. 로켓이 자신의 첫날밤을 치르기 위해 출발했을 때 그의 전폭기는 마구 흔들리지도 한쪽으로 기우뚱해지지도 급상승을 하거나 급강하를 하지도 않았기 때문이다. 전폭기는 자동 조종 장치로 전폭기 무게와 공기 역학의 갑작스런 변화에 즉각적으로 대처하여 전과 똑같이 계속 비행해 나갔다.

그러면 로켓 발사 후에 레예스의 눈에는 무엇이 보였을까? 로켓은 너무나도 높이 날아올라 비행운을 남기지 않았고 배기가스도 깨끗했기 때문에, 레예스의 눈에는 막대기 하나가 빠르게 점으로 줄어들더니 그런 다음에는 작은 알갱이로 변했고 또 그런 다음에는 아무것도 보이지 않게 되었다. 로켓이 워낙 빨리 사라져 버려서 그것이 존재했다고도 믿기 힘들었다.

그리고 그것으로 끝이었다.

성층권에서 일어났던 그 일의 잔재는 레예스의 커다란 뇌 속이 아니라면 아무 데도 있을 수가 없었다. 그는 행복했다. 그는 초라했다. 그는 경외감이 들었다. 그는 진이 빠졌다.

레예스는 자신이 지금 막 한 일을 성교 시 남성의 행위와 유사하다고 느낄 정도로 미치지는 않았다. 일단 작동시키면 그가 제어할 수 없는 컴퓨터가 정확한 발사 순간을 결정하고, 그에게서 조언은 전혀 필요로 하지 않고 발사 장치에 상세한 지시를 내렸다. 어쨌든 그는 그 장치가 어떻게 작동하는지에 대해서는 그리 많이 알지 못했다. 그런 지식은 전문가들이나 아는 것이었다. 사랑을 할 때처럼 전쟁을 할 때도 그는 두려움을 모르는 태평스러운 모험가였다.

그 미사일의 발사는 사실상 번식 과정에서 수컷의 역할과 거의 동일했다.

중령이 할 것으로 기대됐던 일은 바로 '당장 물건을 배달하는 것'이었다.

그랬다. 그리고 굉장히 빠르게 점이 되었다가 작은 알갱이가 되었다가 완전히 사라져 버린 그 막대기는 이제 다른 누군가의 책임이었다. 지금부터 모든 조치는 받는 쪽에서 취할 것이었다. 그는 자신의 임무를 다했다. 즐겁고 자랑스러운 가운데 이제 그에게 달콤한 졸음이 밀려왔다.

그리고 나의 이야기 속 몇몇 등장인물들이 진짜로 정신 이상자이다 보니 나의 이야기를 왜곡해서 백만 년 전의 사람들은 모두 정신 이상자라는 인상을 받는 사람이 있을까 봐 걱정스럽다. 하지만 그렇지 않았다. 다시 말하지만, 전혀 그렇지 않았다.

과거 그 당시 거의 모든 사람은 정신이 멀쩡했다. 그리고 나는 기꺼이 레예스에게도 그런 광범위한 찬사를 수여하는 바이다. 또다시 큰 문제는 정신 이상이 아니라 사람들의 뇌가 너무나도 크고 거짓말을 잘해서 실용적이지 않다는 점에 있었다.

아주 완벽하게 작동하는 그 로켓에 대한 공적을 어떤 인간도 단독으로 주장할 수는 없었다. 그 로켓은 자연이 가할 수 있는 분산된 폭력을 어떻게 포착하고 압축해서 작은 용기에 담아 자신들의 적에게 투하할 것인가 하는 문제를 해결하기 위해 커다란 뇌를 열심히 굴린 모든 사람들이 공동으로 성취해 낸 것이었다.

나도 베트남에서 '꿈을 실현한' 그런 종류의 것들을, 즉 박격포, 수류탄, 대포 같은 것들을 개인적으로 몇 차례 경험한 바 있었다. 자연은 결코 인간의 도움이 없었더라면 그토록 작은 공간에 그런 예측 가능한 파괴력을 담지 못했을 것이다.

나는 앞서 우리에게 수류탄을 던진 할머니를 총으로 쏘아 죽였다는 이야기를 한 바 있다. 내가 들려줄 수 있는 비슷한 다른 이야기들도 많지만, 베트남에서 내가 보거나 들은 그 어떤 폭발도 그 페루 로켓이 그 코끝, 즉 노출된 신경종말이 가장 풍족한 그 몸체 부분을 에콰도르의 접시 모양 레이더에 박았을 때 일어난 폭발과는 비교도 되지 않았다.


요즘에는 아무도 조각에 관심이 없다. 지느러미나 입으로 조각칼이나 용접 토치를 다룰 수 있는 사람이 있겠는가?

그래도 여기 갈라파고스 제도에 기념비를 세워 과거의 주요 사건을 기리고자 한다면, '폭발 직전 그 로켓과 접시 모양 레이더가 교미한 순간'이 좋을 것 같다.

그 기념비 아래의 화산암 대좌에는 그 로켓의 설계, 제작, 판매, 구매, 발사에 관여한 모든 사람들의 감정, 그리고 고성능 폭약을 오락 산업의 한 분야쯤으로 여기는 모든 사람들의 감정을 대변하는 이런 글귀를 새겨도 될 것이다.

이것이야말로

우리가 열렬히 바라는 삶의 극치가 아닌가.

−윌리엄 셰익스피어(1564~1616)*

---

*『햄릿』에서 발췌한 부분으로, 햄릿의 대사에서 '이것'은 '죽음'을 가리킨다.

# 35

그 로켓이 접시 모양 레이더에 진한 입맞춤을 하기 20분 전, 아돌프 폰 클라이스트 선장은 이제 바이아데다윈호의 돛대 꼭대기의 망대에서 내려가도 안전할 것 같다고 판단했다. 깨끗이 다 털려 버린 바이아데다윈호는 작지만 멋진 나무 범선인 영국 군함 비글호가 1831년 12월 27일 세계를 일주하는 항해를 떠났을 때보다 편의 시설과 항해 보조 장치가 더 적었다. 비글호에는 적어도 나침반과 육분의, 그리고 별에 대한 지식 덕분에 우주라는 태엽 장치에서 자신들의 배의 위치를 꽤 정확하게 추측할 수 있는 항해사들이 있었다. 게다가 비글호에는 야간에 쓸 기름등과 양초, 그리고 일반 선원들을 위한 해먹과 고급 선원들을 위한 매트리스와 베개가 있었다. 지금 바이아데다윈호에서 밤을 보내기로 마음먹은 사람은 지친 머리를 맨 철판에 눕히거나, 아니면 더 이상 눈을 뜨고 있기가 힘들 때 히사코 히로구치가 하고는 했던 것처럼 해야 할 것이었다. 히사코는 주휴게실의 화장실 변기 뚜껑에 앉아 그 앞의 세면기 위에 팔을 접어 올린 다음 거기에 머리를 기대고는 했다.

나는 앞서 호텔의 폭도들을 물마루가 버스를 휩쓸고 지나가서는 결코 다시는 돌아오지 않는 해일에 비유한 바 있다. 나는 부둣가의 폭도들은 토네이도와 더 비슷했다고 말하고자 한다. 이제 그 맹렬한 회오리바람 같은 폭도들은 황혼녘에 내륙으로 이동하면서 서로를 약탈하고 있었다. 폭도들이 바닷가재, 포도주, 전자기기, 커튼, 옷걸이, 담배, 의자, 카펫, 수건, 침대보 등을 들고 있다 보니 서로 약탈 대상이 되었기 때문이었다.

그렇게 선장은 돛대 꼭대기의 망대에서 기어 내려왔다. 가로대를 딛고 내려오다 보니 그의 연약한 맨발에 생채기가 났다. 그가 보기로는 그 배와 전체 부두에는 자기 혼자밖에 없었다. 그는 속옷만 입고 있었기 때문에 먼저 선장실로 갔다. 그는 약탈자들이 입을 것을 조금이라도 남겨 뒀기를 바랐다. 그가 선장실의 전등 스위치를 켰지만 불이 켜지지 않았다. 전구도 모조리 빼 가 버린 것이었다.

그래도 그 배에는 전기가 있었다. 배 아래쪽 기관실에 아직 축전지 저장소가 있었기 때문이었다. 사실 그것이 무사했던 것은, 배터리와 발전기와 시동기를 도둑맞기 전에 전구 도둑들이 기관실을 깜깜하게 만들어 버린 덕분이었다. 그러므로 어떤 의미에서는 그들은 무의식중에 인류에게 큰 은혜를 베푼 셈이었다. 그들 덕택에 바이아데다윈호는 아직 달릴 수 있었다. 항해 보조 장치가 없었기 때문에 바이아데다윈호도 셀레나 매킨토시처럼 장님 신세였지만 그래도 그 지역에서는 가장 빠른 배였고, 칠흑같이 어두운 기관실에서 뭔가 잘못된 일이 일어나지만 않는다면 필요할 경우 연료를 재급유 받지 않고도 20일 동안 전속력으로 물을 가를 수 있었다.

하지만 나중에 밝혀지다시피, 단 5일간 항해한 뒤, 칠흑같이 어두운 기관실에서 뭔가가 아주 많이 잘못될 것이었다.

선장실을 더듬어 가며 거의 벌거벗은 자신의 몸을 가릴 옷을 찾을 때만 해도 선장은 분명 출항할 계획이 없었다. 그곳에는 손수건이나 세면용 수건 한 장도 없었다. 그리하여 그는 직물 부족을 처음으로 겪고 있었는데, 직물 부족은 바로 그 순간에는 그저 불편하게 여겨질 따름이었지만 앞으로 30년 동안은 극심할 것이었다. 낮에는 햇볕에 화상을 입지 않게, 밤에는 한기로부터 피부를 보호해 줄 옷감은 더 이상 구할 수 없을 것이었다. 선장과 산타로살리아섬에 처음으로 정착한 자들이 히사코의 딸 아키코의 털가죽을 얼마나 부러워했는지!

아키코가 털북숭이 아기들을 낳을 때까지는 아키코를 제외한 모든 사람들이 낮에는 깃털을 물고기 내장으로 엮어 만든 허술한 망토와 모자를 써야 했다.

만다락스가 반대로 가라사대,

인간은 깃털 없는 두발짐승이다.
—플라톤(기원전427?~기원전347)

선장은 자신의 선실을 뒤질 때는 차분한 상태였다. 화장실 샤워 꼭지에서 물이 뚝뚝 떨어지고 있어서 수도꼭지를 꽉 잠갔다. 아무튼 그럴 정도로 그의 상태는 괜찮았다. 그 정도로 그는 침착했다. 내가 앞서 말했듯, 그의 소화기 계통에는 처리할 음식이 아직 남아 있었다. 그래도 그의 마음의 평화에 훨씬 더 중요했던 것은 어떤 일에 대해서도 아무도 그를 의지하고 있지 않다는 점이었다. 그 배를 약탈했던 자들 거의 전부에게는 칸카보노족 소녀들처럼 눈동자를 굴리고 배를 두드리며 목구멍을 가리키기 시작한 절박한 상황에 처한 친척들이 수두룩했다.

선장은 아직도 뛰어난 유머 감각을 지니고 있었고, 그 어느 때보다 더 자유롭게 유머 감각을 발휘했다. 이제 그가 도대체 누굴 위해서 인생이 심각한 문제인 척할 것이란 말인가? 그 배에는 쥐조차도 남아 있지 않았다. 바이아데다윈호에 쥐가 있었던 적은 전혀 없었는데, 그것은 인류에게는 또 하나의 행운이었다. 만약 쥐들이 산타로살리아섬에 처음 정착한 사람들과 함께 그 섬에 상륙했더라면, 여섯 달도 못 되어 사람들이 먹을 것이 남아 있지 않았을 터였다.

그런 뒤, 그 쥐들은 사람들과 서로에게 남겨진 것까지 다 먹어 치운 후 굶어 죽었을 것이다.

만다락스 가라사대,

쥐새끼들!
개와 싸우고 고양이를 죽이고
요람 속의 아기를 깨물고
치즈 통에 들어 있는 치즈를 갉아 먹고
요리사의 국자에 담긴 수프를 핥아 먹고
소금에 절인 생선이 든 통을 깨뜨리고
남자들의 나들이 모자에 보금자리를 틀고
심지어 여자들의 수다까지 망쳤지.
오십 가지 다른 음조의
끽끽 찍찍 소리로
여자들의 말소리를 삼켜서.
—로버트 브라우닝(1812~1889)*

깜깜해진 머리로도 영리하게 움직이던 선장의 손가락에 뭔가가 닿았는

---

* 영국의 시인. 위의 시는 『하멜른의 피리 부는 사나이』에서 발췌한 것이다.

데, 화장실 변기 수조 위에 놓여 있는 코냑 반병이었다. 그것은 종류를 불문하고 그 배에 실린 마지막 병이었고, 그 병 안에 든 것은 이물에서 고물까지, 망대에서 용골까지, 온 배를 다 뒤져서 찾을 수 있는 인간이 신진대사를 할 수 있는 마지막 물질이었다. 물론 이 말은 식인의 가능성을 배제하고 하는 말이다. 나는 선장도 식용에 꽤 알맞다는 사실은 무시하고자 한다.

그리고 선장의 손가락들이 어둠 속에서 코냑의 병목을 단단히 잡은 바로 그 순간, 바깥에서 뭔가 크고 강한 것이 바이아데다윈호에 위압적으로 부딪쳤다. 또한 한 층 아래의 구명정이 있는 갑판에서 남자들의 목소리도 들렸다. 어떻게 된 일이냐면, 콜롬비아 화물선 산마테오호에 연료와 식량을 실어 날랐던 예인선의 선원들이 지금 바이아데다윈호의 구명정 두 척을 끌고 갈 준비를 하고 있었던 것이다. 그들은 바이아데다윈호의 이물쪽 계류용 밧줄을 이미 풀어 놓은 상태였고, 예인선은 우현 쪽 구명정을 바다에 내리기 위해 이물을 포구 쪽으로 향한 채 천천히 나아갔다.

그렇게 바이아데다윈호는 이제 남미 본토와 고물 쪽의 밧줄 단 하나만으로 연결되어 있었다. 시적으로 말하자면, 그 고물의 밧줄은 모든 현생인류의 하얀 나일론 탯줄이었다.


선장은 바이아데다윈호에서 나처럼 유령 같은 존재였다. 우리의 구명정들을 가져간 그 사내들은 자기들 말고 또 다른 사람이 그 배에 있을 것이라고는 전혀 의심조차 하지 않았다.

나를 빼면 또다시 혼자가 된 선장은 계속 취해 갔다. 이제 그게 뭐가 중요하겠는가? 예인선은 구명정들이 고분고분하게 뒤따르는 가운데 상류로 사라져 버렸다. 산마테오호는 크리스마스트리처럼 완전히 불을 밝히고, 선교 꼭대기에서는 접시 모양 레이더가 회전하는 가운데 하류로 사라져 버렸다. 그래서 선장은 선교에서 이목을 끌지 않은 채 바라는 건 뭐든 마음대로 소리칠 수 있었다. 타륜에 손을 올린 채, 그는 별이 빛나는 저녁 하늘을 향해 소리쳤다. "사람이 배에서 떨어졌다!" 그는 자기 이야기를 하고 있었다.

딱히 무슨 일이 일어날 것이라고는 기대하지 않은 채, 선장은 좌현 엔진의 시동 버튼을 눌렀다. 그 배의 가장 깊은 곳에서 완벽한 상태의 커다란 디젤 엔진이 힘차게 우르릉거리는 소리가 어렴풋이 들려왔다. 그는 나머지 시동 버튼도 눌러 좌현 엔진의 일란성 쌍둥이에게 생명을 선물했다. 이들 믿음직하고 불평불만 없는 노예들은 인디애나주 콜럼버스에서 태어났는데, 그곳은 메리 헵번이 동물학 석사 학위를 받은 인디애나 대학에서 그리 멀지 않은 곳이었다.

좁은 세상이다.

그 디젤 엔진들이 아직도 작동한다는 것은 선장에게는 그저 코냑으로 자신을 거칠고 어리석게 만들 또 하나의 이유일 뿐이었다. 그는 그 엔진들의 스위치를 껐는데 그가 잘한 일이 있다면 바로 그것이었다. 만약 엔진이 아주 뜨거워질 정도로 오랫동안 돌아가게 놔뒀더라면, 그런 온도 편차는 성층권에 있는 페루 전투 폭격기의 전자 기기의 주의를 끌게 되었을지도 몰랐으니까. 베트남에서 우리는 밤에는 사람, 아니면 적어도 어떤 종류의 커다란 포유동물의 존재를 실제로 감지할 수 있는 —왜냐하면 사람들의 체온은 주위보다 아주 약간 더 온도가 높기 때문에— 아주 감도가 좋은 열 감지기를 갖고 다녔다.

한번은 내가 물소 한 마리 때문에 집중포화를 요청한 적이 있었다. 대개 뭔가가 감지되면 그건 우리에게 몰래 살금살금 다가와 우리를 죽이려고 하는 사람이었다. 인생이란 게 참! 그때 나는 내가 가진 모든 무기를 내려놓고 차라리 어부가 되고 싶었다.

그리고 그것과 같은 생각을 선장도 선교에서 하고 있었다. '인생이란 게 참!'이라거나 그 비슷한 생각들을. 완전히 웃기는 상황이었지만 그는 전혀 웃음이 나오지 않았다. 그는 인생이 이제 그를 평가해 그가 어떤 일에도 별로 가치가 없는 사람이란 걸 알아냈기 때문에 그와는 절교하려 한다고 생각했다. 그는 조금도 알지 못했다!

그는 선교와 고급 선원들의 선실 뒤쪽에 있는 상갑판으로 나가 맨발로 철판 위에 섰다. 상갑판에 깔려 있던 카펫도 다 약탈당해 없어져 버린 상태였기 때문에, 무기를 설치할 수 있도록 뚫어 놓은 구멍들이 별빛 속에서도 훤히 보였다. 상갑판에 있는 철판 가운데 네 장은 내가 용접한 것이었다. 하지만 내가 한 대부분의 작업과 가장 훌륭한 작업 결과물은 배 안쪽 깊숙한 곳에 있었다.

선장이 별들을 올려다보고 있는데, 그의 커다란 뇌가 그에게 그의 행성은 우주에서는 보잘것없는 한 점 먼지에 불과하고, 그는 그런 먼지 위에 있는 한 점 세균일 뿐이니, 그 하나쯤이야 어떻게 되든 전혀 대수로운 일이 아닐 것이라고 속삭였다. '이런 식으로 계속 대중없이 지껄이는 것', 그것이 바로 그 커다란 뇌들이 초과하는 용량으로 하곤 했던 짓이었다. 대체 무슨 목적으로? 아무튼 오늘날은 그런 생각을 하는 사람은 찾아볼 수가 없다.

그런데 그때 그의 눈에 별똥별 하나가 들어왔다. 하늘 위 대기권 가장자리에서 불타고 있는 운석이었다. 하늘 위 그곳은 우주복 차림의 레예스 중령이 페루가 에콰도르를 상대로 공식적으로 전쟁을 전포했다는 소식을 방금 막 전해 들은 곳이기도 했다. 그 별똥별을 신호로 선장의 커다란 뇌는 또다시 사람들이 지구 표면에 충돌하는 운석들에 얼마나 대비가 되어 있지 않은가에 대한 생각을 심어 선장을 놀라게 했다.

바로 그 순간, 저 멀리 공항에서는 로켓과 접시 모양 레이더가 밀월에 빠지며 엄청난 폭발이 있었다.

바깥을 온통 푸른발부비새와 바다이구아나, 펭귄, 날지 못하는 가마우지 등의 그림으로 도배하다시피 한 호텔 버스는 그 순간 병원 앞에 서 있었다. 선장의 동생인 ★지그프리트가 의식을 잃은 ★제임스 웨이트를 도와줄 사람을 찾아 막 병원 안으로 들어가려는 참이었다. ★웨이트가 심장 발작을 일으키는 바람에 공항으로 가던 길에 이렇게 병원으로 우회할 수밖에 없었는데, 그 덕택에 버스에 탄 모든 사람들은 확실히 목숨을 건질 수 있었다.

그 폭발의 충격파가 일으킨 큰 거품은 벽돌만큼이나 단단했다. 버스에 타고 있는 사람들은 그 병원이 폭발한 줄 알았다. 버스의 유리창이 모조리 다 깨지며 안쪽으로 날아들었지만 다행히 안전유리여서 유산탄 파편처럼 깨지지는 않았다. 메리와 히사코, 셀레나, ★카자크, 불쌍한 ★웨이트, 칸카보노족 소녀들, 선장의 동생은 유산탄처럼 깨진 유리 파편 대신 겉보기에는 하얀 옥수수 알갱이처럼 보이는 유리 알갱이의 세례를 받았다.

이것은 바이아데다윈호에도 일어날 일이었다. 배의 유리창이 모두 깨지며 안쪽으로 날아들어 하얀 유리 알갱이들이 발밑 어디에나 널려 있게 될 것이었다.

조금 전까지만 해도 빛으로 가득했던 병원은 도시 전체와 마찬가지로 이제 완전히 깜깜해졌고, 도와달라고 울부짖는 소리들이 병원 안에서 들려왔다. 고맙게도 버스 엔진은 여전히 돌아가고 있었고, 버스의 전조등은 앞에 놓인 잔해를 뚫고 좁은 길을 비추고 있었다. 그래서 ★지그프리트는 이제 시시각각으로 몸이 점점 더 마비되어 가고 있었지만 그래도 간신히

차를 몰고 그곳에서 벗어났다. 폭파된 그 병원에 생존자들이 있다손 치더라도, 버스 안의 누구든 무슨 도움이 될 수나 있었겠는가?

파편의 미로를 요리조리 따라가다 보니 어느새, 기다시피 가고 있는 그 버스는 폭발의 중심인 공항에서 벗어나 부둣가 쪽으로 향하고 있었다. 습지를 가로지르며 도시의 변두리에서 수심 깊은 부두까지 이어지는 그 도로에는 사실상 잔해가 없었는데, 그곳에는 폭발의 충격파가 때려 부술 만한 것이 거의 없었기 때문이었다.

★지그프리트 폰 클라이스트는 그 길이 가장 무난한 길이었기 때문에 부둣가로 버스를 몰았다. 그들이 어디로 향하고 있는지는 오직 그만이 알 수 있었다. 다른 사람들은 여전히 버스 통로 바닥에 있었다. 메리 헵번은 의식을 잃은 ★제임스 웨이트를 끌어당겨 그녀의 무릎을 베개 삼아 반듯이 눕혀 놓은 상태였다. 무슨 일이 일어나고 있는지에 대한 정보가 한 조각도 없었기 때문에 칸카보노족 소녀들의 커다란 뇌는 완전히 정지 상태였다. 히사코 히로구치와 셀레나 매킨토시와 ★카자크도 마찬가지로 움직임이 없었다.

그리고 모두가 귀가 멀어 있었는데, 충격파가 그들의 몸에서 가장 작은 뼈인 내이에 있는 뼈에 엄청난 물리력을 행사했기 때문이었다. 앞으로 그들 가운데 어느 누구도 청각을 완전히 회복하지는 못하게 될 것이었다. 선장을 제외하면, 산타로살리아섬에 처음으로 정착한 사람들은 모두 살짝 귀머거리들이어서, 그들 사이 대화의 상당 부분은 이 언어로 하든 저 언어로 하든 "뭐라고요?"와 "더 크게 말해 봐요." 같은 말이 차지하게 된다.

다행스럽게도 이 결함은 유전되지는 않았다.

앤드루 매킨토시와 젠지 히로구치처럼 그들도 자신들이 무엇에 맞아 그렇게 됐는지는 앞으로도 결코 알지 못할 것이었다. 내세로 이어지는 파란 터널의 저쪽 끝에 그런 질문에 대한 대답이 있지 않는 한은 말이다. 그들은 그 폭발과 조만간 닥칠 또 하나의 폭발이 우주 공간에서 날아온 굉장히 뜨거운 둥근 돌들 때문에 일어났다는 선장의 이론을 받아들일 것이었다. 하지만 선장이 아주 많은 것들에 대해 어처구니없을 정도로 잘못 알고 있다는 사실을 알고 난 뒤로는 그 이론을 전적으로 믿은 건 아니었다.

몸이 마비되고 있는 선장의 동생은 귀가 울리기는 하지만 청력은 약간 회복된 가운데 버스를 부두에서 바이아데다윈호 가까운 곳에 세웠다. 그는 그 배가 안식처가 될 것이라는 기대 따위는 품고 있지 않았다. 그래서 그는 유리창도 다 깨지고 구명정도 사라지고 달랑 고물의 밧줄 하나에 매달려 부두에 간신히 고정된 채 영락없이 버림받은 꼴을 하고 있는 그 배를 보고도 놀라지 않았다. 밧줄이 풀린 그 배의 이물은 부두에서 좀 떨어져 있어서 배의 건널 판자가 물 위에서 대롱거리고 있었다.

바이아데다윈호 역시 엘도라도 호텔처럼 약탈당한 것이었다. 부두는 그 썩은 고기를 먹는 짐승 같은 약탈자들이 버린 포장지와 상자와 기타 쓰레기들로 어지럽혀져 있었다.

★지그프리트는 자신의 형을 보게 되리라고는 기대하지 않았다. 그는 형이 뉴욕에서 출발했다는 소식은 들었는데 과야킬에 실제로 도착했다는 소식은 듣지 못했다. 만약 형이 과야킬 어딘가에 있다면, 그는 죽었거나 다쳤거나 어떤 경우든 크게 도움이 될 위치에 있지 않을 공산이 컸다. 역사상 그 시점의 과야킬에서는 다른 누군가에게 크게 도움이 될 위치에 있는 사람은 아무도 없었다.

만다락스 가라사대,

너 스스로를 도와라. 그러면 하늘도 너를 도울 것이니.

－장 드 라퐁텐(1621~1695)*

★지그프리트가 가장 찾고 싶었던 것은 혼돈 속에서 그 버스를 세울 만한 평화로운 장소였다. 그는 그런 곳을 찾아냈다. 그곳에는 주위에 다른 사람은 아무도 없는 것 같았다.

그래서 그는 버스에서 내려 헌팅턴 무도병으로 인해 무의식중에 하게 되는 춤추는 듯한 동작을 자기가 어떻게든 제어할 수 없을까 살펴보기 위해 팔 벌려 뛰며 박수 치기, 팔굽혀펴기, 쪼그려 앉았다 일어나기와 같은 운동을 해 보았다.

달이 떠오르고 있었다.

그러자 바이아데다원호의 상갑판에서 어떤 사람이 일어서고 있는 모습이 보였다.

그 사람은 자신의 형이었지만 형의 얼굴이 그림자 속에 있어서 ★지그프리트는 형을 알아보지 못했다.

★지그프리트는 그 배에 유령이 출몰한다고 수군거리는 이야기를 들은 적이 있었다. 그래서 지금 자기가 유령을 보고 있다고 믿었다. 그는 그 유령이 나라고 생각했다. 그는 자기가 레온 트라우트를 보고 있다고 생각했다.

---

* 프랑스 고전주의 시인이자 우화 작가.

# 36

　하지만 선장은 자신의 동생을 알아보고는 내가 사람 앞에 형체를 드러
낸 유령이었더라면 그곳 위에서 외치고 싶었을지 모르는 말을 아래의 동
생에게 외쳤다. 그는 이렇게 소리쳤다. "'세기의 자연 유람선 여행'에 온
것을 환영한다!"

　이제 텅 비어 버린 술병을 계속 쥔 채 선장이 고물 쪽 주갑판으로 내려
오자, 그는 동생과 거의 같은 높이에 있게 되었다. ★지그프리트는 귀가
심하게 안 들렸기 때문에 두 사람이 있는 배와 부두 사이의 해자(垓字) 같
은 좁은 바다 틈에 빠지지 않게 조심하면서 최대한 가까이 다가갔다. 그
해자에는 고물 쪽 밧줄, 즉 그 하얀 탯줄이 다리처럼 걸쳐져 있었다.

　"난 귀가 안 들려요. 형님도 그래요?" ★지그프리트가 말했다.

　"아니, 난 잘 들려." 선장이 말했다. 그건 그가 폭발의 중심지에서 ★지
그프리트보다 훨씬 멀리 떨어져 있었던 덕택이었다. 하지만 코피가 났는
데 그러면 웃길 것 같아서 스스로 한 짓이었다. 충격파 때문에 상갑판에
나동그라졌을 때 그가 자신의 코를 후려갈겼던 것이다. 코냑이 그의 유머

감각을 뭐든 다 굉장히 웃겨 보이는 지경까지 악화시켰던 것이다.

선장은 방금 전 ★지그프리트가 부두에서 했던 운동이 그들 둘 다 아버지에게서 물려받았을지도 모르는 춤추는 병에 대한 풍자라고 생각했다. "아버지 흉내 잘 내던데. 아주 좋았어." 선장이 말했다. 형제의 대화는 전부 그들이 어린 시절 쓰던 언어이자 처음으로 익힌 언어인 독일어로 이루어졌다.

"형님! 그건 웃기려고 한 행동이 아닙니다!" ★지그프리트가 말했다.

"모든 게 웃기는걸." 선장이 말했다.

"약 좀 있어요? 먹을 것은요? 침대는요?" ★지그프리트가 물었다.

선장은 만다락스가 아주 잘 알고 있는 인용문으로 대답했다.

나는 빚이 많지만 가진 것은 하나도 없다.
나는 청산 후 남은 것을 가난한 사람들에게 주고자 한다.
—프랑수아 라블레(1494~1553)*

"형님, 취했군요!" ★지그프리트가 말했다.

"그럼 안 돼?" 선장이 반문했다. "난 그저 광대일 뿐인데." 코냑이 그의 뇌에 마구잡이로 손상을 끼쳐 그는 지독히 자기중심적으로 변해 있었다. 그는 저 멀리 폭격 받은 깜깜한 도시에서 다른 사람들이 겪고 있을 고통 따위는 생각조차 할 수 없었다. "이 배의 승무원 중 하나가 나침반을 훔쳐 가는 걸 내가 막으려고 했을 때 그놈이 나한테 뭐라고 했는지 알아, 동생?"

"아뇨." 이 대답과 함께 ★지그프리트는 다시 춤을 추기 시작했다.

"'비켜, 이 광대 녀석!'이라더군." 이렇게 말하고는 선장은 깔깔대며 자지러지게 웃었다. "그놈이 감히 제독에게 그딴 말을 하더라니까. 그놈을

_____
* 프랑스의 유머 작가이자 풍자 시인.

활대 끝에 매달아 죽이려고 했는데. 딸꾹. 그런데 어떤 놈이, 딸꾹. 활대를 훔쳐가 버렸더라고, 딸꾹. 새벽에 그러려고 했는데, 딸꾹, 그런데 어떤 놈이 새벽도 훔쳐가 버렸더라고."

말이 나온 김에 덧붙여 말하자면, 오늘날에도 사람들은 여전히 딸꾹질을 한다. 사람들은 여전히 딸꾹질을 할지 말지 제어할 수가 없다. 나는 사람들이 드넓은 백사장에 누워 있거나 푸른 석호 여기저기를 첨벙거리며 돌아다니다가 딸꾹질하는 소리를, 즉 성문이 자기도 모르게 닫히며 발작적으로 숨을 들이쉬는 소리를 자주 듣는다. 오히려 오늘날 사람들이 백만 년 전 사람들보다 딸꾹질을 더 많이 한다. 내 생각에 이것은 진화와 관련 있다기보다는 많은 사람들이 날 생선을 충분히 씹지 않고 꿀꺽 삼켜 버리는 것과 더 관련 있는 것 같다.

(사람들)

그리고 사람들은 뇌가 줄어들었음에도 여전히 과거에 그랬던 것만큼이나 많이 웃는다. 만약 한 무리의 사람들이 해변에서 빈둥거리고 있는데 그들 중 한 사람이 방귀를 뀐다면, 백만 년 전 사람들이 꼭 그랬을 것처럼 나머지 사람들은 다들 깔깔대며 배꼽을 잡고 웃을 것이다.

# 37

"딸꾹," 선장은 계속 말을 이어 갔다. "실제로 내 주장이 맞었어, 딸꾹, ★지그프리트. 왜, 내가 오래전부터 틈틈이 주장해 왔잖아. 거대한 운석들이 지구에 떨어질 것이라고. 그 일이, 딸꾹, 실제로, 딸꾹, 일어난 거야."

"그건 병원이 폭파된 거예요." ★지그프리트가 대꾸했다. 그가 보기에는 그런 것 같았기 때문이었다.

"어떤 병원도 절대 그런 식으로 폭파되지 않아." 그렇게 말하고는 선장이 난간으로 기어올라 부두로 뛰어내릴 자세를 취하는 바람에 ★지그프리트는 깜짝 놀랐다. 배와 부두 사이의 해자 같은 틈은 겨우 2미터 정도밖에 되지 않았기 때문에 사실 부두로 뛰어내리는 것이 그렇게까지 어렵지는 않았지만 선장은 술에 잔뜩 취한 상태였다.

선장은 성공적으로 날아올랐지만 부두 바닥에 무릎을 쿵 박았다. 하지만 그 덕택에 그의 딸꾹질이 멎었다.

"배에 형님 말고 다른 사람은 없어요?" ★지그프리트가 물었다.

"여기에는 우리 겁쟁이 형제 말고는 아무도 없어." 선장이 대답했다. 그는 자기와 동생이 서로가 아닌 다른 누군가를 구해야 할 책임이 있다는 사실은 전혀 알지 못했다. 버스에 탄 사람들은 모두 아직 버스 바닥에 그대로 있었다. 덧붙여 말하자면, ★지그프리트는 메리 헵번이 히사코 히로구치와 의사소통해야 될 경우에 대비해서 메리 헵번에게 만다락스를 맡겨 놓았다. 내가 앞서 말했듯, 만다락스는 칸카보노족 소녀들을 위한 통역기로는 무용지물이었다.

선장은 ★지그프리트의 덜덜 떨리는 어깨에 팔을 두르며 말했다. "동생, 겁먹지 마. 우리는 대대로 생존자 집안 출신이야. 폰 클라이스트 가문 사람을 달랑 운석 소나기 따위로 뭘 어쩌겠단 말이야?"

"형님, 배를 부두에 더 가까이 댈 수 있는 방법이 없을까요?" ★지그프리트는 버스에 있는 사람들이 배를 타고 있으면 조금 더 안전하고 덜 답답한 기분일 것이라고 생각했다.

"망할 놈의 배. 저 배에는 남은 게 아무것도 없어. 놈들이 레온까지 훔쳐가 버린 것 같아." 다시 한번 말하자면, 레온은 나였다.

"형님, 저 버스에 사람이 열 명 있어요. 그 가운데 한 명은 심장 발작을 일으켰고요."

★지그프리트의 말에 선장이 버스를 흘끗 보았다. "그런데 사람들이 왜 안 보이지?" 선장의 딸꾹질은 이제 완전히 멎어 있었다.

"모두 버스 바닥에 딱 붙어 있으니까요. 다들 무서워서 죽으려고 해요. 형님이 정신을 차려야 해요. 나는 저 사람들을 보살필 수가 없어요. 형님이 뭐든 조치를 취해야 해요. 나는 이제 더 이상 내 몸도 내 맘대로 움직일 수가 없어요, 형님. 하필이면 이럴 때 그 일이 일어나다니…… 난 아버지와 똑같은 병에 걸렸어요."

선장의 시간이 딱 멈췄다. 이건 선장에게 낯익은 환영(幻影)이었다. 그는 1년에도 여러 번, 자신이 그냥 웃어넘길 수 없는 소식을 접할 때마다 이런 환영을 경험했던 것이 생각났다. 그는 시간이 다시 가게 하는 법을 알았는데, 그것은 그 나쁜 소식을 부정하는 것이었다. "그건 사실이 아니야. 그럴 리가 없어." 그가 말했다.

"형님은 내가 지금 장난삼아 춤을 추고 있다고 생각해요?" 그렇게 대꾸하고 ★지그프리트는 무심결에 춤을 추며 형에게서 멀어져 갔다.

그는 역시 무심결에 다시 형 쪽으로 다가와 말했다. "내 인생은 끝났어요. 차라리 태어나지 말았더라면 좋았을 것을. 어떤 불쌍한 여자가 나와 똑같은 흉물을 낳았을지도 모르는데, 적어도 난 번식은 절대 하지 않아서 다행이에요."

"난 정말 무기력한 놈 같아." 그러면서 선장은 비참하게 덧붙였다. "게다가 엉망으로 취하기까지 하다니. 제기랄, 난 이제 더 이상 아무것도 책임질 수 없어. 너무 많이 취해서 생각도 못 하겠어. 내가 어떻게 해야 할지 말해 줘, 동생."

그는 워낙 취한 나머지 별로 할 수 있는 것이 없었다. 그래서 입을 딱 벌리고 눈을 휘둥그레 뜬 채로 옆에 우두커니 서 있기만 하고, 가엾은 ★지그프리트가 춤 동작을 멈출 수 있을 때마다 메리 헵번과 히사코의 도움을 받아 버스를 이용해 배의 고물을 부두 쪽으로 끌어당겨 놓은 다음 다시 버스를 고물 아래쪽에 댔다. 이는 버스를 배의 가장 낮은 갑판으로 올라가는 사다리로 사용하기 위한 것이었는데, 다른 방법으로는 배에 올라갈 수가 없을 것 같았기 때문이었다.

아, 그리고, 맞다, 여러분은 "그런 생각을 해내다니 그 사람들은 정말 재치가 뛰어나지 않습니까?"라거나 "그들에게 커다란 뇌가 없었더라면 결코 그런 생각을 해내지 못했을 겁니다."라거나 "장담컨대 뇌가 작은 오늘날 사람들은 어느 누구도 그런 방법은 생각해 내지도 못할 거예요." 같은 말을 할지도 모르겠다. 하지만 잘 생각해 보면, 만약 다른 사람들의 엄청나게 커다란 뇌들의 창작품과 활동들에 의해 지구가 사실상 사람이 살 수 없는 곳이 되지 않았더라면, 그 사람들은 그렇게 기지 넘치게 행동하지 않아도 됐을 것이며, 그렇게 복잡한 곤경에 처하지도 않았을 것이다.

만다락스 가라사대,

> *회전목마에서 잃은 것은 그네에서 벌충하기 마련인 것을!*
> ―패트릭 레지널드 차머스(1872~1942)*

사람들은 의식을 잃은 ★제임스 웨이트가 그 배에 오를 때 가장 골칫거리일 것이라고 예상했다. 하지만 사실 가장 큰 골칫거리는 선장이었다. 선장이 너무 취한 탓에 사람들은 배에 오를 때 인간 사슬에서 하나의 고리 역할을 선장에게 믿고 맡기기 힘들었다. 그래서 선장은 그냥 버스 뒷좌석에 앉아 자신이 술에 취한 것을 후회하는 것밖에 할 수 없었다.

선장은 딸꾹질도 다시 하고 있었다.

그들이 ★제임스 웨이트를 배로 올린 방법은 이러했다. 부두에 묶어 둔 고물 밧줄에 여유 부분이 충분히 있어서 메리 헵번이 그 여유분 밧줄의 자유로운 끝부분을 엮어 그를 안전하게 옮길 수 있는 장비를 만들었다. 그 장비는 모두 그녀의 아이디어였다. 어쨌든 그녀는 숙련된 산악인이었기 때문이다. 그들은 그에게 그 장비를 착용시킨 다음 버스 옆에 눕혔다. 그러고는 그녀와 히사코와 ★지그프리트가 버스 지붕 위로 올라가 그를 될 수 있는 한 조심스럽게 살살 끌어올렸다. 그런 다음 세 사람은 그를 난간 위로 넘겨 주갑판에 내려놓았다. 나중에 그들은 그를 상갑판으로 옮길 것인데, 그곳에서 그는 잠시―그와 메리 헵번이 백년가약을 맺기에 충분한 시간 동안― 의식을 회복할 것이었다.

---

* 아일랜드 작가.

★지그프리트는 배에서 다시 내려와 선장에게 이제 그가 배에 탈 차례라고 말했다. 버스 지붕 위로 올라가려고 애쓰면서 자기가 웃음거리가 될 것임을 아는 선장은 시간을 벌려고 꾸물거렸다. 술에 취한 상태로 뛰어내리는 것은 쉬웠다. 아주 조금이라도 복잡한 뭔가를 오르는 것은 전혀 다른 일이었다. 왜 백만 년 전에는 그토록 많은 사람들이 가끔씩 술로 자기 뇌의 주요 부분을 일부러 나가떨어지게 했는가 하는 것은 여전히 흥미로운 수수께끼이다. 아마 우리는 진화가 올바른 방향으로, 즉 뇌가 더 작아지는 방향으로 이루어지도록 힘껏 애쓰고 있었던 것일지도 모른다.

그리하여 선장은 거의 서 있기도 힘들면서 시간을 벌려고 꾸물거리며, 분별력 있고 의젓하게 들리려고 한껏 꾸민 목소리로 자신의 동생에게 말했다.

"그 남자는 움직여도 될 정도로 몸 상태가 좋은 것 같지는 않던데."

★지그프리트는 형에게 인내심이 폭발하고 말았다. "안타까워 죽겠는 모양이야. 응? 우리가 그 불쌍한 자를 그냥 옮겨 버려서. 그러지 말고 헬리콥터라도 불러서 그자를 뉴욕 고급 호텔의 신혼부부용 객실로 실어 날랐어야 했는데 말이야."

그리고 선장이 반복하여 버스 지붕에 오르려다 실패하면서 내뱉은 "이랴!", "영차!", "어이쿠!" 같은 말을 제외하고는 위의 대화가 폰 클라이스트 형제가 마지막으로 주고받은 말이 될 것이었다.

완전히 굴욕스럽기는 했지만 선장은 마침내 버스 지붕에 올랐다. 그래도 버스 지붕에서 배까지는 다른 사람들의 도움 없이도 오를 수 있었다. 그 다음으로 ★지그프리트는 메리 헵번에게 나머지 사람들과 배에 올라 그들이 윌러드 플레밍으로 알고 있는 ★웨이트를 보살펴 달라고 부탁했다. 그녀는 그가 도움을 받지 않고 혼자 힘으로 버스에 오르려고 하는 것은 남자의 자존심 문제라고 생각하며 그가 시키는 대로 했다.

그리하여 부두에는 ★지그프리트 혼자만 남아 다른 사람들을 올려다보고 있었다. 다른 사람들은 그도 곧 합류할 것이라고 생각했지만 그런 일은 없을 것이었다. 그는 배에 오르는 대신 버스 운전석에 앉았다. 팔다리가 이리저리 맘대로 홱홱 움직였지만 그는 엔진의 시동을 걸었다. 그의 계획은 최고 속도로 다시 시내 쪽을 향해 달리다가 어디에든 버스를 박아 자살하는 것이었다.

하지만 버스 기어를 넣기도 전에, 또 다른 엄청난 폭발로 인한 충격파에 그는 실신하고 말았다. 이번 폭발은 시내나 시내 부근에서 일어난 것이 아니었다. 이번 폭발은 하류 쪽에서, 저 멀리 사람이 살지 않는 습지 어딘가에서 일어난 것이었다.

# 38

두 번째 폭발도 첫 번째 폭발과 비슷했다. 로켓이 접시 모양 레이더와 교미한 것이었다. 이번 레이더는 콜롬비아 화물선 산마테오호의 꼭대기에 있던 레이더였다. 그 로켓에 생명의 불꽃을 선사한 페루 조종사 리카르도 코르테스는 자신이 그 로켓이 바이아데다원호의 접시 모양 레이더와 사랑에 빠지게 했다고 생각했다. 하지만 바이아데다원호에는 더 이상 접시 모양 레이더가 없었으므로 그 특별한 종류의 로켓을 끌어당길 성적 매력이 없었다.

코르테스 소령은 백만 년 전 '의도치 않은 실수'라고 불렸던 일을 저지르고 말았던 것이다.

덧붙여 말하자면 '세기의 자연 유람선 여행'이 배 한가득 명사들을 싣고 계획대로 진행되었더라면, 페루는 결코 바이아데다원호를 공격하라는 명령을 내리지 않았을 것이다. 페루가 세계 여론에 그리 둔감하지는 않았을 테니까 말이다. 하지만 그 유람선 여행이 취소되자 바이아데다원호는 완전히 다른 난처한 상황에 처하게 되었다. 합리적인 사람이라면 바이아데다원호를 폭탄이나 네이팜탄이나 기관총으로 공격해 달라고 사실상 간

청하고 있는 사람들이 타고 있는 잠재적인 군대 수송선으로, 즉 '해군 전력'으로 생각하게 된 것이었다.

그때 산마테오호의 콜롬비아인들은 달빛 비추는 습지에서 고향으로 돌아가기 위해 난바다로 향하며, 일주일 만에 처음으로 식사다운 식사를 하면서 자기들 배의 접시 모양 레이더가 회전하며 성모 마리아처럼 자신들을 지키고 있다고 믿었다. 성모 마리아는 절대 그들에게 어떤 위험도 닥치게 하지 않을 터였다. 그들은 조금도 알지 못했던 것이다.

말이 나온 김에 덧붙이자면, 그들이 먹고 있는 것은 더 이상 우유를 많이 제공할 수 없는 늙은 젖소였다. 그 젖소는 산마테오호에 식량을 공급하는 거룻배에 방수포로 덮여 있었는데 아직 기운이 넘쳤다. 그들은 부둣가에 있는 사람들 눈에 띄지 않도록 젖소를 부두에서 먼 쪽으로 끌어올려 산마테오호에 실었다. 부둣가에는 죽음을 불사하고 그 젖소를 차지하려고 덤벼들 정도로 필사적인 사람들이 가득했기 때문이다.

그리하여 굉장히 많은 양의 단백질 덩어리가 에콰도르를 떠나가고 있었다.

그들이 젖소를 끌어올린 방법이 흥미로웠다. 그들은 견인용 사슬이나 하역용 그물망을 사용하지 않았다. 그들은 밧줄을 젖소의 뿔에 둘둘 감아서 왕관처럼 만들었다. 그러고는 왕관 모양의 꼬인 밧줄 사이로 크레인 케이블 끝의 쇠갈고리를 단단히 끼워 넣었다. 그런 다음 크레인 기사가 위에서 케이블을 감아올리자 젖소는 이내 허공에서 대롱거리고 있었는데, 젖소로서는 난생처음으로 똑바로 선 자세를 취한 셈이었다. 뒷다리를 벌리고 젖통을 드러낸 채 앞다리를 수평으로 뻗고 있다 보니 대략 캥거루와 비슷한 형상이었다.

이 거대한 포유동물을 만들어 낸 진화 과정은 이 동물이 온몸의 무게를 목으로 지탱하며 그런 자세를 취하게 되리라고는 절대 예상하지 못했을 것이다. 대롱대롱 매달려 있는 젖소의 목은 푸른발부비새나 백조, 날지 못하는 가마우지의 목을 닮아 가고 있었다.

과거 그 당시, 어떤 종류의 커다란 뇌에게는 그 젖소가 비행 체험하는 모습이 깔깔대고 웃을 만한 일이었을 것이다. 그 젖소의 모습은 우아함과는 전혀 거리가 멀었다.

그리고 산마테오호의 갑판에 내려졌을 때 젖소는 심하게 다친 나머지 더 이상 제대로 서 있지도 못했다. 하지만 그것은 예상 가능하고 충분히 받아들일 수 있는 일이었다. 오랜 경험을 통해 선원들은 소는 그렇게 취급해도 일주일 이상을 살 수 있으며, 잡아먹을 때까지 살도 썩지 않는다는 사실을 알고 있었다. 그 젖소가 당한 일은 과거 범선 시대에 커다란 땅거북이 당하곤 했던 일의 요약판이었다.

어느 경우든, 냉장은 필요 없었다.

그 불쌍한 젖소의 고기를 행복하게 씹어 삼키고 있던 바로 그때, 그 콜롬비아인들은 고성능 폭약의 진화 단계에서 가장 발전된 최신형 폭약인 '대고나이트'에 의해 산산조각이 났다. 대고나이트는 같은 회사에서 만든 '글라코'라는 보다 더 약한 폭약의 아들이었다. 말하자면 글라코가 대고나이트를 낳았고, 둘 다 그리스 화약과 다이너마이트, 코르다이트, 티엔티의 후손들이었다.

그러므로 젖소를 끔찍하게 다룬 그 콜롬비아인들에 대한 응징이 신속하고 무시무시하게 이루어졌던 것은 주로 대고나이트를 발명한 커다란 뇌의 소유자들 덕택이라고 할 수 있을 것이다.

젖소를 그토록 형편없이 다룬 그 콜롬비아인들에 비추어 보면, 소리보다 빠르게 날고 있는 리카르도 코르테스 소령은 먼 옛날의 고결한 기사로 봐도 무방할 것 같았다. 소령은 그 젖소에 대한 일도 그가 쏜 로켓이 무엇을 맞혔는지도 전혀 몰랐지만, 그 순간만큼은 자신이 고결한 기사처럼 느껴졌다. 그는 바이아데다윈호가 폭파되었다고 상관에게 무전으로 보고했다. 그러면서 그날 오후 공항을 로켓으로 공격하고 지상으로 돌아와 있는 가장 친한 동료인 기예르모 레예스 중령에게 스페인어로 '정말 그렇군.'이란 메시지를 전해 달라고 부탁했다.

그러면 레예스 중령은 로켓을 발사하는 것이 섹스를 하는 것만큼이나 짜릿하다는 그의 말에 코르테스 소령도 동의한다는 사실을 알 수 있을 것이었다. 하지만 그는 소령이 바이아데다윈호를 맞히지 못한 사실은 결코 알지 못할 것이며, 포구에서 폭파되어 햄버거용 고기처럼 산산조각이 난 그 콜롬비아인들의 친구와 친척들도 그들이 어떻게 되었는지 결코 알지 못할 것이었다.

다윈주의자의 견지에서는 공항을 타격한 로켓이 산마테오호를 타격한 로켓보다 훨씬 더 효율적이었다. 공항을 타격한 로켓은 그렇지 않았더라면 자기 종족을 번식했을 사람과 새, 개, 고양이, 시궁쥐, 생쥐 등을 수천이나 죽였다.

습지에서 있었던 폭발은 겨우 선원 열네 명과 배에 있던 쥐 5백여 마리, 새 2~3백 마리, 게와 물고기 몇 마리만을 죽였을 뿐이었다.

하지만 그것은 먹이 사슬의 최하위 생물, 즉 자신들의 배설물과 조상들의 시체와 함께 습지의 진창을 구성하는 수십 수백억의 미생물에 대한 공격으로는 효과적이지 못했다. 미생물들은 갑작스런 출발과 정지에 그리 민감하지 않았기 때문에, 그 폭발은 미생물들을 별로 괴롭히지 못했다.

미생물들이 자살할 수 있다고 하더라도 버스를 몰다가 갑자기 정지해서 자살할 작정인 ★지그프리트 폰 클라이스와 같은 방법으로는 결코 그럴 수 없었다.

폭발로 인해 미생물들은 그저 원래 있던 곳에서 다른 곳으로 옮겨졌을 뿐이었다. 그것들은 오래도록 함께 있던 수많은 이웃과 함께 공중을 날아가 사방으로 튀어서 떨어졌다. 그 중 많은 미생물들이 그 젖소에 쥐들, 선원들, 다른 고등 생물들의 잔해까지 포식해 그 폭발의 결과로 오히려 크게 번성하기까지 했다.

만다락스 가라사대,

아무리 작은 것에도 자연이 만족하는 것을 보노라면 경이롭다.
—미셸 에켐 드 몽테뉴(1533~1592)*

고귀한 다이너마이트의 직계 후손인 글라코의 아들 대고나이트의 폭발은 포구에 해일을 일으켰는데, 과야킬 부둣가에서 지그프리트 폰 클라이스트가 탄 버스를 바다로 쓸어내 어떻게든 죽고 싶어 했던 그를 익사시켜 버렸을 때는 그 높이가 6미터나 되었다.

더 중요한 것은, 그 해일이 인류의 미래와 본토를 연결하고 있던 하얀 나일론 탯줄을 툭 끊어 놓은 것이었다.

그 해일은 바이아데다윈호를 상류로 1킬로미터쯤 이동시켜 그곳의 얕은 진창 둑에 살짝 걸쳐 놓았다. 달빛뿐만 아니라 과야킬 도처에서 발생한 지긋지긋하고 화려한 불들이 바이아데다윈호를 훤히 비추었다.

선장은 선교로 갔다. 그는 저 아래 어둠 속에 있는 쌍둥이 디젤 엔진의 시동을 걸었다. 그가 배의 쌍둥이 스크루를 작동시키자 배가 진창 둑에서

---

* 프랑스의 사상가.

미끄러지듯 빠져나갔다. 이제 배는 자유로웠다.

　선장은 하류로 배를 몰아 난바다로 향했다.

　만다락스 가라사대,

　　　　　지구에서 떨어져 나온 조각인 그 배는
　　　　　작은 행성처럼 외롭고 빠르게 나아갔다.
　　　　　　　　－조지프 콘래드(1857~1924)*

　이제 바이아데다윈호는 그냥 평범한 배가 아니었다. 인류에게 있어서
그 배는 '새로운 노아의 방주'였다.

---

* 영국 소설가.

Galápagos

제2부
그리고 그 배는……

# 1

그 배는 깜깜한 밤중에 새하얀 신형 발동기선이 되어, 해도도 나침반
도 야간 항행등도 없었지만 그럼에도 최고 속도로 차갑고 깊은 바다를 가
르고 있었다. 세상 사람들 생각에 그 배는 더 이상 존재하지 않는 배였다.
세상 사람들은 산마테오호가 아니라 바이아데다원호가 폭파되어 산산조
각 났다고 알고 있었다.

바이아데다원호는 유령선이었다. 그 배는 육지의 시계에서 벗어나 선
장의 유전자와 승객 열 명 가운데 일곱 명의 유전자를 싣고서, 서쪽을 향
해 이제까지 백만 년 동안 지속되어 온 모험을 떠나고 있었다.

나는 유령선의 유령이었다. 나는 커다란 뇌를 지닌 SF 작가 킬고어 트
라우트의 아들이다.

나는 미 해병대의 탈영병이었다.

나는 스웨덴에서 정치적 망명을 허용받아 시민권을 획득했고, 스웨덴
말뫼에서 조선소의 용접공이 되었다. 어느 날 바이아데다원호의 선체 내
부에서 일하던 중 떨어지는 철판에 고통을 느낄 틈도 없이 목이 잘렸는
데, 그때 나는 내세로 통하는 파란 터널에 발을 들여놓기를 거부했다.

나는 언제든 사람 앞에 형체를 드러낼 수 있었지만 유령이 된 아주 초창기에 단 한 번만 그랬을 뿐이었다. 그러니까 나의 배가 말뫼에서 과야킬로 항해하던 중에 북대서양에서 폭풍을 만났을 때 거센 비바람이 퍼붓던 잠깐 동안, 딱 한 번 그랬을 뿐이었다. 그때 나는 돛대 꼭대기의 망대에서 형체를 드러냈는데 스웨덴 기간 선원 하나가 거기 위에 있는 나를 보았다. 그 선원은 술을 마시고 있었다. 목이 잘려 나간 내 몸은 고물을 향하고 있었고, 내 팔은 위로 높이 하늘을 향해 있었다. 두 손은 잘려 나간 내 머리를 농구공처럼 받들고 있었다.

그래서 우리가 과야킬을 서둘러 떠난 뒤, 바다에서 맞이한 우리의 첫날밤이 끝나기를 기다리며 바이아데다윈호의 선교에서 아돌프 폰 클라이스트 선장 옆에 나도 같이 서 있었지만 사람들 눈에는 내가 보이지 않았다. 뜬눈으로 밤을 지새운 선장은 이제 정신은 멀쩡했지만 두통이 심했다. 그는 메리 헵번에게 그 두통을 '황금빛 스크루가 양 눈 사이에서 빙빙 돌아가는 것 같다.'고 묘사했다.

그의 몸에는 전날 밤의 굴욕스런 폭음이 남긴 다른 기념품들도 있었는데, 버스 지붕에 오르려다가 몇 번 굴러떨어지는 바람에 입은 타박상과 찰과상이 그것이었다. 그는 자기가 책임져야 할 일이 있는 줄 알았더라면 절대로 그렇게까지 취하지 않았을 것이다. 그는 고급 선원들의 선실 뒤쪽의 상갑판에서 ★제임스 웨이트를 간호하느라 역시 온밤을 꼬박 지새운 메리에게 이미 그렇게 해명한 바 있었다.

★웨이트는 메리가 입고 있던 전투복 재킷을 만 것을 베개처럼 벤 채 상갑판에 눕혀져 있었다. 그 배의 나머지 부분은 워낙 어두웠기 때문이었다. 적어도 상갑판에는 달이 진 뒤에도 별빛이 있었다. 그들의 계획은 해가 뜨면 그가 맨 철판 위에서 튀김 신세가 되어 죽지 않도록 그를 선실로 옮

기는 것이었다.

다른 사람들은 모두 아래의 구명정 갑판에 있었다. 셀레나 매킨토시는 주휴게실에서 자기 개를 베개 삼아 베고 있었고, 여섯 명의 칸카보노족 소녀들도 그곳에 있었다. 그 소녀들은 서로를 베개 삼아 베고 있었다. 히사코는 주휴게실의 화장실에서 변기와 세면대 사이에 끼여 잠들어 있었다.

메리가 선장에게 넘겨준 만다락스는 선교의 서랍 안에 들어 있었다. 그 서랍은 배를 통틀어 안에 뭔가가 들어 있는 유일한 서랍이었다. 서랍이 살짝 열려 있어서 만다락스는 지난밤 있었던 대화의 대부분을 엿듣고 번역했다. 언어 설정이 무작위로 되어 있었기 때문에 만다락스는 선장의 행동 계획을 포함한 모든 것을 키르기스어로 번역했다. 선장의 행동 계획은 다음과 같았다. 그들은 갈라파고스 제도의 발트라섬으로 곧장 갈 것이다. 그곳에는 접안 부두 시설과 비행장과 작은 병원이 있다. 고출력 무선국도 있으니까 그들은 그 두 차례의 폭발이 무엇이었는지 확실히 알 수 있을 것이다. 그리고 만약 운석 소나기가 지구 전역에 광범위하게 쏟아져 내렸거나 메리의 생각처럼 제3차 세계대전이 시작되었다면 세계의 나머지 지역은 어떻게 되었는지도 알 수 있을 것이다.

그랬다. 그리고 이 계획은 키르기스어나 아무도 이해하지 못하는 어떤 다른 언어로 번역된 게 차라리 나았다. 왜냐하면 지금 그들이 가고 있는 이 항로를 따라가다 보면 갈라파고스 제도를 완전히 빗나가게 될 것이기 때문이었다.

그 배를 항로에서 멀리 이탈시키는 데는 그의 무지만으로도 충분했을 것이다. 하지만 그는 그 첫날 밤 동안 술이 다 깨기 전에 별똥별들의 바닷속에서 별똥별의 낙하 예상 지점을 찾아 가기 위해 항로를 계속 바꿈으로써 무지에다가 실수까지 보탰다. 그의 커다란 뇌가 운석이 소나기처럼 쏟아질 것이라고 그가 믿게 했다는 사실을 기억하라. 그는 별똥별을 하나 볼 때마다 그 별똥별이 바다에 떨어져 해일을 일으킬 것이라고 예상했다.

그래서 그는 배의 뾰족한 뱃머리로 그 해일을 맞이하기 위해서 그쪽을 향해 배를 몰고는 했다. 해가 떠올랐을 때, 그는 커다란 뇌 덕택에 그야 말로 지금 위치가 어딘지도, 어디를 향하고 있는지도 모르는 상황에 처해 있었다.

한편, ★제임스 웨이트 옆에서 메리 헵번은 비몽사몽간에 요즘 사람들 의 뇌는 할 생각도 하지 않는 뭔가를 하고 있었다. 그녀는 과거를 다시 체 험하고 있었다. 처녀 시절로 돌아간 그녀는 침낭 안 가장 어스레한 여명 속에서 쏙독새의 울음소리에 잠이 깨고 있었다. 그녀는 인디애나 주립 공 원에서 야영하고 있었는데, 사람이 길들이거나 먹을 수 없는 동식물은 용 인하지 않겠다고 유럽인들이 선언하기 전까지 그 지역의 땅은 살아 있는 박물관이었다. 젊은 메리가 자신의 고치에서, 즉 침낭에서 고개를 내밀자 썩어 가는 통나무들과 댐이 설치되지 않은 개울이 보였다. 그녀는 자연이 죽음과 버림을 반복하며 영겁의 세월 동안 빚어낸 향기로운 부엽토 위에 누워 있었다. 미생물이거나 잎을 소화시킬 수 있는 동물이라면 먹을 것 천지였겠지만, 1백만 30년 전의 인간이 든든하게 아침 식사로 먹을 만한 것은 없었다.

때는 6월 초였고, 날씨는 온화했다.

그 새 울음소리는 50보쯤 떨어진 찔레나무와 옻나무 덤불에서 나고 있 었다. 그녀는 잠자리에 들 때, 일찍 일어나서 고치 같은 침낭에서 생기 넘 치는 성체가 되어 꿈틀꿈틀 기분 좋게 벗어날 생각이었기 때문에 그 새 울음소리가 자명종 역할을 해 줘서 기뻤다.

얼마나 기뻤는지!

얼마나 만족스러웠는지!

그녀가 데려온 여자 친구는 계속 자고 있었기 때문에 더없이 완벽했다.

그래서 그녀는 일찍 일어난 그 새 친구를 보기 위해 슬며시 푹신푹신한 삼림지 바닥을 가로질러 덤불 쪽으로 갔다. 그런데 그녀가 그곳에서 본 것은 새가 아니라 해군복 차림의 키가 크고 깡마른 진지한 표정의 청년이었다. 그리고 쏙독새의 날카로운 울음소리를 내고 있는 건 바로 그였다. 그 청년이 바로 그녀의 미래의 남편 로이였다.


그녀는 짜증이 나고 혼란에 빠졌다. 이런 깊은 내륙에서 해군복이라니 정말 별난 특무 부대원이 아닐 수 없었다. 그녀는 방해받은 기분이 들면서도 어쩌면 이건 그녀가 두려워해야 할 일이란 생각도 들었다. 하지만 이 낯선 사내가 그녀를 쫓아오려면, 그는 먼저 서로 얽힌 찔레나무 사이를 헤쳐 나와야 할 것이었다. 그녀는 옷을 입은 채로 잤기 때문에 신발 없이 양말만 신고 있는 발을 제외하고는 옷을 다 입고 있었다.

그는 그녀가 오는 소리를 들었다. 그는 놀랍도록 귀가 밝았다. 그의 아버지도 그랬다. 그것은 그의 집안 내림이었다. 그가 먼저 인사를 건넸다. "안녕하세요?"

"안녕하세요? 그녀도 인사를 건넸다. 그녀는 훗날 그 에덴동산에서 자신이 유일한 사람인 줄 알았는데 갑자기 마치 자기가 이미 세상의 주인인 양 행동하는 해군복 차림의 이 피조물을 우연히 만나게 되었다고 말하고는 했다. 그러면 로이는 마치 세상의 주인인 양 행동한 사람은 사실은 바로 그녀였다고 반박하고는 했다.

"여기서 뭐하세요?" 그녀가 물었다.

"여기 공원의 이 지역에서는 야영해서는 안 되는 것으로 압니다만." 그가 말했다. 그것에 대해서는 그의 말이 맞았고 메리도 그것을 알고 있었다.

메리와 그녀의 친구는 그 살아 있는 박물관의 규칙을 위반했다. 메리와 친구는 밤에는 하등동물들만이 있기로 되어 있는 지역에 있었다.

"해군이세요?" 그녀가 물었다.

그는 그렇다고, 아니 아주 최근까지 그랬다고 대답했다. 그는 그때 막 해군에서 제대해 집으로 돌아가기 전에 차를 얻어 타고 다니며 전국을 여행하고 있었는데, 군복을 입고 있으면 사람들이 차를 훨씬 더 잘 태워 주는 경향이 있다는 사실을 알게 되었다.

오늘날은 누군가가 메리가 로이에게 물었던 것처럼 "여기서 뭐하세요?"라고 묻는다면 말이 되지 않을 것이다. 오늘날은 어디든 사람이 있는 이유가 하나같이 간단하고 빤하기 때문이다. 어느 누구에게도 로이가 대답했던 것처럼 복잡한 이야기는 없다. 로이의 대답은 이러했다. 샌프란시스코에서 제대한 그는 군에서 받은 전표를 현금으로 바꿔 침낭 하나를 산 다음, 지나가는 차를 얻어 타고 늘 가 보고 싶었던 그랜드캐니언과 옐로스톤 국립공원 같은 여러 곳을 돌아다니고 있었다. 그는 특히 새들에게 매료되어 있었기 때문에 새들의 언어로 새들에게 말을 걸 수 있었다.

그러던 중 그는 자동차 라디오에서 오래전 멸종됐다고 여겨지던 흰부리딱따구리 한 쌍이 인디애나주의 이 작은 주립 공원에서 목격되었다는 소식을 들었다. 그는 그길로 이 공원으로 직행해 왔던 것이다. 그 목격담은 나중에 거짓말로 밝혀질 것이었다. 원시림의 그 크고 아름다운 서식 동물은 정말로 멸종되었다. 인간들이 그 새들의 자연 서식지를 모두 파괴해 버리는 바람에 더 이상 그 새들은 필요한 만큼의 썩은 나무와 평화와 고요를 찾을 수 없게 되었던 것이었다.

"그 새들에게는 평화와 고요가 절대적으로 필요합니다." 로이가 말했다. "나도 그렇고요. 아마 당신도 그렇겠지요. 방해했다면 죄송합니다. 나는 새가 하지 않을 짓은 어떤 짓도 하고 있지 않았어요."

메리의 커다란 뇌의 어떤 자동 장치에서 딸칵 소리가 나는가 싶더니, 그녀의 다리가 풀리고 뱃속에서는 한기가 느껴졌다.

그녀가 그 남자를 사랑하게 된 것이었다.

요즘 사람들은 이런 추억을 만들지 않는다.

# 2

★제임스 웨이트가 "당신을 정말 사랑해요. 저와 결혼해 주세요. 저는 무척 외로워요. 무척 두렵기도 하고요."라는 말로 메리 헵번의 몽상을 방해했다.

"기운을 아끼세요, 플레밍 씨." 그녀가 말했다. 그는 밤새도록 간간이 청혼하고 있었다.

"손 좀 주세요."

"그럴 때마다 제 손을 놔주려고 하지 않더군요." 그녀가 말했다.

"놔드리겠다고 약속드릴게요."

그래서 그녀는 그에게 손을 주었고 그는 그녀의 손을 힘없이 쥐었다. 그는 미래나 과거에 대한 어떤 환상도 갖고 있지 않았다. 그는 잔떨림 증세가 와 있는 심장에 지나지 않았다. 꼭 아래층에서 변기와 세면대 사이에 끼여 잠든 히사코 히로구치가 태아와 자궁에 지나지 않듯이.

히사코는 자신에게 뱃속 아이 말고는 살 이유가 없다고 생각했다.

오늘날도 사람들은 여전히 딸꾹질을 하며, 여전히 다른 사람이 방귀를 꾸면 무척 재미있어 한다. 그리고 여전히 아픈 사람들에게는 달래는 어조로 위로하려고 한다. 그 배에서 ★제임스 웨이트의 곁을 지킬 때 메리는 오늘날 사람들에게서도 흔히 듣는 어조로 말했다. 말에 내용이 있든 없든, 그 어조는 아픈 사람이 현재 듣고 싶고, 백만 년 전에 ★웨이트가 듣고 싶었던 느낌을 담고 있었다.

메리는 그런 식으로 아주 많은 이런저런 말을 ★웨이트에게 했지만, 그녀의 어조만은 계속 "우리는 당신을 사랑해요. 당신은 혼자가 아니에요. 다 괜찮아질 거예요."와 같은 똑같은 메시지를 전하고 있었을 것이다.


물론 오늘날은 위로를 건네는 사람도 메리 헵번처럼 복잡한 연애를 하지 않고, 고통받는 사람도 ★제임스 웨이트처럼 복잡한 연애를 하지 않는다. 오늘날 사람의 사랑 이야기는 어떤 것이든 '연인이 발정기냐 아니냐 하는' 가장 간단한 문제로 위기를 맞이하고는 한다. 남자와 여자는 이제 1년에 단 두 번 서로에게, 그러니까 서로의 지느러미에 있는 퇴화된 뼈 조각 같은 것에 속수무책으로 끌리게 된다. 그런데 그마저도 물고기가 부족한 때에는 1년에 단 한 번일 때도 있다. 요즘은 아주 많은 일이 물고기에게 달려 있다.

메리 헵번과 ★제임스 웨이트는 적당한 상황만 주어지면 언제라도 사랑 때문에 자신들의 상식을 깰 수 있었다.

해가 떠오르기 바로 직전, 그곳 상갑판에서 ★웨이트는 메리와 진심으로 사랑에 빠졌고 메리는 그와 진심으로 사랑에 빠졌다. 아니 더 정확히 말하자면, 그가 사랑에 빠졌다고 주장하는 상태에 빠졌다. 밤새도록 그녀는 그를 '플레밍 씨'라고 불렀지만, 그는 그녀에게 자신을 성이 아닌 이름으로 불러 달라고 부탁하지 않았다. 왜였을까? 그는 그곳에서 자신의 이름이 무엇으로 되어 있는지 기억나지 않았기 때문이었다.

"제가 당신을 엄청난 부자로 만들어 드리겠습니다." ★웨이트가 말했다.

"그래요, 그래. 알았어요, 알았어." 메리가 말했다.

"복리로 이자가 불고 있어요."

"기운을 아끼세요, 플레밍 씨."

"저와 결혼해 주세요."

"그 얘긴 발트라섬에 가서 하도록 하죠." 그녀가 말했다. 그는 그에게 발트라섬을 그가 살아야 할 이유로 제시했다. 그녀는 마치 발트라섬이 천국인 것처럼 발트라섬에서 그들을 기다리고 있는 온갖 좋은 일들에 대해 밤새도록 정답게 소곤소곤 속삭였다. 그곳 부두에는 온갖 종류의 음식과 약품을 갖고서 그들을 환영하러 성인과 천사들이 나와 있을 것만 같았다.

그는 자신이 죽어 가고 있다는 것을 알았다. "당신은 아주 부유한 미망인이 될 겁니다."

"이제 그런 이야기는 하지 말기로 해요." 그녀가 말했다.

그녀가 정말로 그와 결혼해서 미망인이 될 것이기 때문에 법적으로 상속받게 될 모든 재산에 대해서 말하자면, 세상에서 가장 큰 뇌를 지닌 탐정도 그 재산을 털끝만큼도 찾아내지 못했을 것이다. 가는 곳마다 그는 존재하지 않는 가상의 인물을 주도면밀하게 하나씩 만들어 놓았기 때문이었다. 지구가 유례없이 점점 가난해져 가고 있었지만 그 가상 인물의 재산만큼은 꾸준히 늘어나고 있었고 그 재산의 안전은 미국이나 캐나다 정부가 보장하고 있었다. 멕시코 과달라하라에 페소화로 넣어진 그의 예금은 그 당시 휴지조각이 되어 있었다.

그의 재산이 그 당시 늘어나던 속도로 계속 늘어났더라면, ★제임스 웨이트의 소유지는 지금쯤 온 우주를—은하, 블랙홀, 혜성, 소행성군, 유성, 선장의 운석, 그리고 온갖 성간 물질을— 간단히 말해 모든 곳을 망라했을 것이다.

그랬다. 그리고 만약 인구가 그 당시 늘어나던 속도로 계속 늘어났더라면, 인구는 지금쯤 제임스 웨이트의 소유지를, 즉 간단히 말해 모든 곳을 다 채우고도 남았을 것이다.

불과 어제만 해도, 백만 년 전만 해도, 인간은 뭔가를 늘리는 어쩜 그리 불가능한 꿈들을 품고는 했었는지!

# 3

그런데 ★웨이트는 이미 번식을 한 바 있었다. 아주 오래전, 그는 그 골동품상을 내세로 향하는 파란 터널로 보내 버렸을 뿐만 아니라, 또한 한 상속인의 출생도 가능하게 했다. 다윈주의자의 기준에서 본다면, 그는 살인자로서도 아비로서도 아주 잘했다고 말해야 할 것이다.

그는 겨우 열여섯 살에, 즉 백만 년 전 인간 남성의 성적인 전성기에 아비가 되었다.

아직 오하이오주 미들랜드시티에 살던 시절의 어느 더운 7월 오후, 그는 자동차 판매업자이자 그 지역의 패스트푸드점도 여럿 소유한 엄청난 부잣집의 잔디를 깎고 있었다. 드웨인 후버라는 이름의 그 집주인에게는 아내는 있었지만 자식이 없었다. 그날 마침 후버 씨는 신시내티에 출장을 가느라 집을 비웠고, 그 집 잔디를 여러 번 깎았지만 ★웨이트가 한 번도 본 적 없던 후버 부인만 집에 있었다. 그녀는 세상과는 담을 쌓고 사는 사람이었는데, ★웨이트가 들은 바에 따르면 그녀는 알코올 문제가 있었고 의사에게 처방받은 약을 복용해야 하는 데다 그녀의 커다란 뇌는 어찌나 변덕스럽던지 사람들 앞에서 믿을 수 없었기 때문이었다.

그 당시 ★웨이트는 미소년이었다. 그의 부모도 미남 미녀였다. 그는 인물이 좋은 집안 출신이었다. 날씨가 무척 더웠지만, 여러 수양부모들에게서 벌을 받다 보니 몸 여기저기에 난 온갖 흉터가 창피해서 ★웨이트는 셔츠를 벗으려 하지 않았다. 나중에 그가 맨해튼섬에서 남창이 되었을 때, 그의 고객들은 담뱃불이나 옷걸이, 벨트 버클 따위로 인해 생긴 그 흉터들을 보고는 굉장히 흥분하고는 했다.

그날 ★웨이트는 성관계할 기회를 찾고 있던 것은 아니었다. 그는 그때 막 맨해튼으로 떠나기로 결심한 상태였기 때문에 경찰에게 그를 가둘 빌미를 줄지 모르는 어떤 짓도 하고 싶지 않았다. 실제로 범죄를 저지른 적은 한 번도 없었지만 그는 경찰들의 요주의 인물이었기 때문에, 경찰들은 이런저런 절도나 강도 같은 사건이 일어나면 그에게 묻는 일이 잦았다. 아무튼 경찰은 늘 그를 주시하고 있었다. 경찰은 그에게 "애송이, 조만간 넌 큰 실수를 저지르게 돼 있어."라는 따위의 말을 하고는 했다.

그런데 후버 부인이 노출이 심한 수영복을 입고 현관에 나타났다. 수영장은 집 뒤쪽에 있었다. 그녀는 얼굴은 완전히 초췌하고 삭았고, 치아도 안 좋았지만, 몸매는 아직 무척 아름다웠다. 그녀는 그에게 냉방 중인 집 안으로 들어가 아이스티나 레모네이드 한잔을 하며 잠시 땀을 식히지 않겠느냐고 권했다.

정신을 차리고 보니 ★웨이트는 그곳에서 후버 부인과 섹스를 하고 있었고, 그녀가 그들 둘이 비슷한 부류의 사람이라고, 둘 다 패배자라고 말하며 그의 흉터와 여기저기에 키스를 퍼붓고 있었다.

후버 부인은 임신을 했고 아홉 달 뒤에 아들을 낳았는데, 후버 씨는 자신의 아이라고 믿었다. 잘생긴 그 남자아이는 자라서 음악에 재능 많은 훌륭한 무용수가 될 것이었다. 꼭 ★웨이트처럼.

★웨이트는 맨해튼으로 간 뒤 그 아기에 대한 소식을 들었지만 그 아기가 자기 피붙이로 여겨지지는 않았다. 그는 그 아기에 대해서는 전혀 생각하지 않고 여러 해를 보낼 것이었다. 그러다가 그의 큰 뇌는 이렇다 할 이유 없이 불쑥 그에게 그가 아니었더라면 이 세상에 존재하지 않았을 젊은 남자가 세상 어딘가에서 돌아다니고 있다고 말할 것이었다. 그 사실에 그는 기분이 오싹해질 것이었다. 그것은 그토록 작은 실수 하나가 빚어낸 너무나도 큰 결과였다.

그 당시 그가 왜 아들을 원했겠는가? 그것은 그가 전혀 생각해 본 적도 없던 일이었다.

말이 나온 김에 덧붙여 말하자면, 오늘날 인간 남성의 성적인 전성기는 여섯 살 정도에 온다. 여섯 살짜리 남성이 발정기인 여성을 우연히 마주치면, 그가 성교하는 것을 아무도 막을 수 없다.

그리고 나는 내가 열여섯 살에 어땠는지 아직도 기억하기 때문에 ★웨이트가 불쌍하다. 그토록 흥분하면 생지옥이나 다름없었다. 지금처럼 그때도 오르가슴은 끝을 몰랐다. 오르가슴에 한 번 도달한 10분 뒤에는 어땠을 것 같나? 한 번 더 도달하는 것 말고는 어떤 것도 도움이 되지 않았다. 게다가 숙제도 해야 하는 마당에!

# 4

바이아데다윈호에 탄 사람들은 아직 불편할 정도로 배가 고프지는 않았다. 카자크의 장을 포함한 모두의 장은 아직 전날 오후에 먹은 것에서 마지막 소화 분자를 짜내고 있었다. 아무도 아직은 제 몸의 일부를 소모하는 갈라파고스땅거북의 생존 전략을 구사하고 있지는 않았다. 칸카보노족 소녀들은 배고픔이 어떤 것인지 이미 잘 알고 있었다. 나머지 사람들도 곧 그것이 어떤 것인지 알게 될 것이었다.

그리고 기운을 유지하는 가운데 그냥 잠들어서도 안 되는 유일한 두 사람이 메리 헵번과 선장이었다. 칸카보노족 소녀들은 그 배나 바다에 대해서는 아무것도 몰랐고 칸카보노어 외에 어떤 언어로 말해 봤자 그 소녀들에게는 전혀 통하지 않았다. 히사코는 긴장 증상을 보이고 있었다. 셀레나는 맹인이었고, ★웨이트는 죽어 가고 있었다. 그러니 그 배를 조종하고 ★웨이트를 보살필 사람은 오직 그 둘 뿐이었다.

항해 첫날 밤 동안, 그 두 사람은 어느 쪽이 그들이 떠나온 동쪽이고 어느 쪽이 평화롭고 풍요롭다고 여겨지는 발트라섬이 있는 서쪽인지 태양이 명료하게 알려주는 낮 동안에는 메리가 배를 조종하기로 합의했다.

251

그리고 선장은 밤에 별을 보고 항해하기로 했다.

배를 몰지 않을 때는 그 사람이 무조건 ★웨이트의 곁에 있어 줘야 했고, 아마도 그러는 동안 잠깐 눈을 붙일 수 있을 것이었다. 분명 이것은 불침번치고는 무척 긴 편이었다. 그렇지만 또 한편으로 이것은 아주 짧은 시련이 될 것이었다. 선장의 계산에 따르면 발트라섬은 과야킬에서 약 40시간밖에 안 걸리는 거리였기 때문이다.

결코 그렇게 하지는 못했지만, 만약 그들이 발트라섬에 도착했더라면, 그들은 또 다른 대고나이트 항공 소포에 당해 그 섬이 완전히 초토화되고 인구가 격감되어 있는 모습을 발견했을 것이다.

과거 그 당시, 인간들은 워낙 다산을 했기 때문에 그런 재래식 폭발은 장기적으로는 생물학적으로 거의 영향을 끼치지 않았다. 오래 계속된 전쟁이 끝나도 여전히 주위에는 사람들로 넘쳐나는 것 같았다. 아기들이 언제나 많다 보니 폭력적인 수단으로 인구를 줄이려는 진지한 노력들은 실패할 운명이었다. 히로시마와 나가사키에 대한 핵 공격을 제외하고 그런 노력들은 영구적인 손상을 입히지 못했고, 이는 바이아데다윈호가 아무리 바다를 가르고 휘저어도 바다에 아무런 자국이 남지 않는 것과 같았다.

인류에게는 아기들을 낳아 굉장히 빠르게 치유하는 능력이 있었기 때문에 아주 많은 사람들이 그런 폭발을 쇼 비즈니스쯤으로, 즉 아주 극적인 형태의 자기표현쯤으로만 치부하게 되었다.

하지만 산타로살리아섬의 작은 이민단을 제외한 인류가 이제 곧 잃게 될 것은, 물로 이루어지는 한 아무런 자국이 남지 않는 바다가 절대 잃지 않을 것이었다. 그것은 바로 스스로 치유하는 능력이었다.

인류에게 있어 이제 모든 부상은 아주 영구적인 것이 되려 하고 있었다. 그러니 고성능 폭약들은 이제 더 이상 쇼 비즈니스의 한 분야가 되지 않을 것이었다.

그랬다. 그리고 인류가 스스로 자초한 부상을 성교로 계속 치유했더라면, '산타로살리아섬 이민단'에 대해 지금 내가 해야 하는 이야기는 허영심 강하고 무능한 아돌프 폰 클라이스트 선장을 주연으로 하는 희비극이되었을 것이다. 그리고 그들은 절대 그 섬에 이주하지 않았을 것이므로 그 이야기는 백만 년이 아니라 몇 달에 걸친 이야기로 끝났을 것이다. 그들은 그저 무인도에 잠시 고립되었다가 발견되어 구조되었을 것이다.

그리고 그들이 치른 고역에 대해 전적으로 책임을 져야 하는 겸연쩍은 얼굴의 선장이 그들 사이에 있었을 것이다.

바다에서 겨우 하룻밤밖에 보내지 않았기 때문에 선장은 여전히 모든 것이 잘 되어 가고 있다고 믿을 수 있었다. 이제 곧 메리 헵번이 타륜을 잡고 있는 그와 교대할 시간이 될 것이었다. 그때 그는 그녀에게 이렇게 지시할 예정이었다. "오전에는 내내 태양을 고물 너머로 두고, 오후에는 내내 태양을 이물 너머로 두고 운항하십시오." 그리고 선장은 승객들의 존경을 얻는 것을 자신의 가장 긴급한 과제로 보았다. 그들은 그가 최악의 상태일 때 그를 보았다. 발트라섬에 배를 댈 때쯤에는 선장은 만취했던 그의 모습을 승객들이 잊어버리고 만나는 사람마다 빠짐없이 선장이 그들의 목숨을 구했다고 말하게 되기를 바랐다.

'아직 일어나지도 않았고 결코 일어나지도 않을지 모르는 일을 머릿속으로 즐기는 것', 그것 또한 요즘 사람들은 못 하지만 그 당시 사람들은 할 수 있었던 일이었다. 그건 나의 어머니가 정말 잘했다. 언젠가 나의 아버지는 공상 과학 소설을 쓰는 것을 멈추고 대신 정말 많은 사람들이 읽고 싶어 하는 글을 쓸 것이다. 그리고 우리 식구는 아름다운 도시에 새 집을 구하고 멋진 옷도 입고 또……. 그런 상상을 하는 어머니를 보며 나는 하느님은 뭣 하러 그리 수고스럽게 현실을 창조했던 것일까 의아해 하고는 했다.

만다락스 가라사대,

> *상상은 숱하게 항해 여행을 떠나는 것과 같다.*
> *게다가 훨씬 저렴하기까지 하지 않은가!*
> *−조지 윌리엄 커티스(1824~1892)**

그런 식으로 선장은 바이아데다윈호의 선교에 반나체 상태로 서 있으면서도 머릿속에서는 그의 돈과 많은 친구들이 있는 맨해튼섬에 가 있었다. 그는 발트라섬에 도착하면 어떻게든 맨해튼으로 가서 번화가인 파크애버뉴에 근사한 아파트를 산 다음, 에콰도르 따위야 어떻게 되든 상관하지 않을 작정이었다.

그때 또다시 현실이 끼어들었다. 진짜 태양이 떠오르고 있었다. 그런데 그 태양을 보니 작은 문제가 하나 있었다. 선장은 밤새 내내 자기가 정확히 서쪽으로 항해하고 있다고 생각했는데, 그러면 태양이 정확히 고물 쪽에서 떠오르고 있어야 했다. 하지만 그 태양은 분명 고물 쪽에서 떠오르기는 했지만 우현 쪽으로 무척 많이 치우쳐 있었다. 그래서 그는 태양이 당연히 있어야 할 곳에 위치할 때까지 배를 좌현 쪽으로 돌렸다. 그가 바로잡은 이 실수에 대해 책임이 있는 커다란 뇌는 그의 영혼에게 그 실수는 사소한 것이고 금방 바로잡았으며, 여명이 밝아 오면서 별빛이 흐릿해지는 바람에 일어났던 실수라고 납득시켰다. 그의 커다란 뇌는 그가 승객들의 존경을 바라는 것만큼이나 그의 영혼의 존경을 바랐다. 그의 뇌는

---

* 미국 작가.

저 나름의 삶이 있었고 그는 실제로 그의 뇌가 자신을 잘못 이끌었기 때문에 그의 뇌를 해고하려 할 때가 올 것이었다.

하지만 그때가 오려면 아직 닷새가 남아 있었다.

그는 '윌러드 플레밍'이 어떤지 알아보고 메리가 계획대로 그자를 선실들 사이에 있는 통로의 그늘로 옮기는 것을 돕기 위해 고물 쪽으로 갔을 때도 여전히 자신의 뇌를 신뢰했다. 나는 윌러드 플레밍의 이름 앞에는 별표를 달지 않으려 하는데, 실제로 그런 사람은 없으니 그 사람은 죽을 수도 없는 노릇이기 때문이다.

그리고 선장은 메리 헵번에게는 개인적으로 전혀 관심이 없었기 때문에 그녀의 성도 몰랐다. 지금 ★웨이트가 베개로 사용하고 있는 그녀의 잉여 군수품 전투복 재킷 호주머니에 '캐플런'이라고 성이 새겨져 있었기 때문에 그는 그녀의 성이 '캐플런'이라고 생각했다.

★웨이트도 메리의 성이 캐플런이라고 믿었는데, 몇 번이고 그녀가 ★웨이트에게 그녀의 성을 바로 알려 줬지만 소용이 없었다. 지난밤에 그는 그녀에게 이렇게 말했다. "당신 유대인들은 정말 대단한 생존자들이로군요."

"당신도 생존자잖아요, 윌러드."

"글쎄요, 나도 과거엔 내가 생존자라고 생각했어요, 캐플런 부인. 그런데 지금은 잘 모르겠어요. 그냥 이제는 아직 죽지 않은 사람은 모두 생존자인 것 같아요."

"자, 이제 그만 즐거운 일에 대해 이야기하도록 해요. 우리, 발트라섬에 대해 이야기해요."

★웨이트가 계속 그런 추론식 대화를 이어 갔던 것을 보면, 그때 잠깐 그의 뇌에 혈액 공급이 제대로 되고 있었음이 틀림없었다. 그는 심지어 조그맣게 탁한 웃음소리를 내며 이렇게 말하기도 했다. "자기가 생존자라고 떠벌리는 사람들이 수두룩합니다. 마치 그게 무슨 아주 특별한 일인

양 말이죠. 그런 말을 할 수 없는 유일한 종류의 사람이 있다면 그건 시체이지요."

"자, 자, 이제 그만하세요." 그녀가 말했다.

해가 떠오른 뒤 선장이 메리와 ★웨이트 앞에 나타났을 때, 메리는 이제 막 ★웨이트의 청혼을 승낙한 참이었다. 그의 끈질긴 구혼에 그녀가 결국 꺾이고 말았던 것이다. 그건 마치 그가 밤새도록 물을 달라고 애원한 끝에 결국 그녀가 그에게 물을 좀 주기로 한 것과 같았다. 만약 그가 약혼을 몹시 원하는데 약혼이 그녀가 그에게 줄 수 있는 전부라면, 그녀는 약혼을 해 주기로 했을 것이다.

그래도 그녀는 결혼 약속을 거의 즉시 지켜야 할 것이라고는 예상하지 않았다. 아니 아마도 그런 일은 없을 것이라고 예상했다. 그가 자신에 대해 그녀에게 말해 준 모든 이야기들이 그녀의 맘에 든 것은 틀림없었다. 간밤에 그녀가 크로스컨트리 스키광이라는 사실을 알게 된 그는, 사방이 깨끗한 눈으로 가득한 가운데 꽁꽁 얼어붙은 고요한 호수와 숲에서 스키를 탈 때보다 더 행복했던 적은 결코 없었다며 열띤 반응을 보였다. 그는 평생 스키를 타 본 적이 없었지만 뉴햄프셔주의 화이트산맥에 있는 스키장 주인의 미망인과 결혼해서 그녀를 파산시켰던 적은 있었다. 그는 봄철에 그 미망인을 꾀어 초록색 잎이 오렌지색이나 노란색, 빨간색이나 갈색으로 변하기 전에 그녀를 빈털터리로 만들었다.

메리는 자기가 결혼을 약속한 사내에 대해 잘 몰랐다. 그녀의 약혼자는 가짜였다.

약혼한 상대의 정체가 그리 중요한 것이 아니라고 그녀의 커다란 뇌가 그녀에게 속삭였다. 어차피 발트라섬에 도착하기 전에는 분명 그들은 결혼할 수 없을 테고, '윌러드 플레밍'이 그때까지 살아 있다손 치더라도 섬에 도착하는 즉시 집중 치료에 들어가야 할 테니까 말이다. 그녀는 약혼을 물릴 시간은 넉넉하다고 생각했다.

그래서 ★웨이트가 선장에게 "아주 멋진 소식이 있습니다. 캐플런 부인과 저는 결혼할 겁니다. 저는 세상에서 가장 운 좋은 남자예요."라고 말할 때도 그게 특별히 심각한 문제로 여겨지지 않았다.

그런데 이제 운명의 여신이 말뫼의 조선소에서 내가 참수될 때만큼이나 신속하고 필연적으로 메리에게 장난을 쳤다. "운이 좋으신 분이로군요." 선장이 말했다. "공해상에 있는 이 배의 선장으로서, 저는 두 분을 법적으로 결혼시킬 자격이 있습니다. 친애하는 신랑 신부 두 분, 우리는 오늘 여기에 하느님 앞에 모여……."라고 운을 떼더니 2분 뒤에 그는 '메리 캐플런'과 '윌러드 플레밍'이 부부가 되었음을 선언했다.

# 5

만다락스 가라사대,

> 맹세는 한낱 말에 불과하고, 말은 한낱 바람에 불과하나니.
> −새뮤얼 버틀러(1612~1680)*

    그리고 산타로살리아섬에서 메리 헵번은 만다락스가 인용한 위의 문장을 비롯해 수백 개의 다른 인용문들을 암기하고는 했다. 하지만 세월이 갈수록 그녀는 자신과 '윌러드 플레밍'과의 결혼을 점점 더 진지하게 받아들였다. 그 두 번째 남편이 선장이 그들의 성혼을 선언하고 2분쯤 뒤에 얼굴에 미소를 띤 채 죽었음에도 불구하고 말이다. 그녀는 이가 다 빠진 꼬부랑 할머니가 되었을 때 털북숭이 아키코에게 "나는 좋은 남편을 둘씩이나 보내 주신 데 대해 하느님께 감사한단다."라고 말하고는 했다. 여기서 좋은 남편 둘이란 로이와 '윌러드 플레밍'을 뜻했다. 그것은 또한 그녀가 선장을 별로 좋게 생각하지 않는다고 에둘러 말하는 방법이기도 했다.

---

\* 영국의 시인.

그 당시 꼬부랑 늙은이였던 선장은 아키코를 제외한 그 섬의 모든 젊은이의 아버지이거나 할아버지였다.

아키코는 그 이주지에서 과거 본토에서의 삶에 대한 이야기를, 특히 사랑 이야기를 듣는 데 열심인 유일한 젊은이였다. 그래서 메리는 아키코에게 들려줄 만한 1인칭 시점의 사랑 이야기가 별로 없다고 미안해하고는 했다. 메리가 많이 사랑하는 사이였던 게 분명한 자기 부모 이야기를 들려줄 때면, 아키코는 그 두 사람이 마지막 순간까지 계속 서로를 껴안고 입맞춤하고 있었던 이야기를 들으며 무척 즐거워했다.

그걸 연애라고 부를 수 있을지는 모르겠지만, 메리는 그녀와 로버트 워이치호위츠란 이름의 홀아비 사이에 있었던 우스꽝스런 연애담으로 아키코를 깔깔대고 웃게 만들 수도 있었다. 폐교되기 전 일리움 고등학교의 영어부장 선생님이었던 그는 로이와 '윌러드 플레밍' 외에 그녀에게 청혼한 유일한 사람이었다.

그 연애담은 이러했다.

로이가 땅에 묻히고 겨우 2주 뒤, 로버트 워이치호위츠가 그녀에게 전화를 해 데이트를 청하기 시작했다. 그녀는 다시 누군가와 데이트를 시작하기에는 너무 이르다며 거절했다.

그녀는 그를 단념시키기 위해 할 수 있는 건 뭐든 다 했고, 제발 소원이니 혼자 있게 해 달라고 부탁했지만 그래도 그는 어느 날 오후 무작정 그녀를 보러 왔다. 그가 그녀의 집으로 차를 몰고 왔을 때 그녀는 잔디를 깎고 있는 중이었다. 그는 그녀에게 잔디 깎는 기계를 끄게 하더니 불쑥 청혼을 했다.

아키코는 자동차라고는 결코 본 적이 없고 앞으로도 결코 없을 테지만, 메리가 그녀에게 그가 타고 온 차를 묘사할 때면 웃음을 터트리고는 했다. 로버트 워이치호이츠는 한때 무척 멋졌지만 이제는 운전석 옆이 완전히 긁히고 찌그러진 재규어를 몰았다. 그 차는 그의 아내가 죽어 가면서 남긴 선물이었다. 그의 아내의 이름은 ★도리스였는데, 아키코는 그저 메리의 이야기에 나왔다는 이유만으로 훗날 그 이름을 자신의 털북숭이 딸 가운데 한 명에게 붙여 줄 것이었다.

그 재규어는 상속받은 재산이 조금 있었던 ★도리스 워이치호이츠가 좋은 남편이 돼 줘서 고맙다는 의미로 남편에게 사 준 차였다. 그들 사이에는 조지프라는 이름의 장성한 아들이 있었다. 막된 녀석이었던 조지프는 자기 어머니가 아직 살아 있을 때 그 멋진 재규어를 망가뜨렸다. 조지프는 음주운전을 한 데 대한 벌로 1년 동안 감옥살이를 했다.

이번에도 역시 뇌를 줄어들게 만드는 우리의 오랜 친구 알코올이 말썽이었다.

로버트의 청혼은 인근에서 유일하게 갓 깎은 잔디밭에서 이루어졌다. 다른 집 사람들은 모두 이사를 가 버렸기 때문에, 다른 집들의 마당은 모두 손질하지 않고 버려져 풀이 마구 우거진 상태로 돌아가고 있었다. 그리고 워이치호이츠가 청혼하는 내내, 커다란 골든레트리버 한 마리가 그두 사람을 향해 짖어 대며 자기가 무시무시한 동물인 척했다. 그 개는 로이가 숨을 거두기 전 마지막 몇 달 동안 커다란 위안이 되어 주었던 도널드였다. 과거 그 당시에는 개들도 이름이 있었다. 도널드는 개, 로버트는 사람이었다. 그리고 도널드는 사람을 해치지 않았다. 녀석은 사람을 문 적이 전혀 없었다. 녀석이 원하는 전부는 그저 누군가가 자기를 위해 막대기를 던져 주는 것뿐이었다. 그러면 자기가 그 막대기를 도로 물고 올 수 있고, 그런 뒤 다시 그 사람이 자기를 위해 막대기를 던져 주고, 그러면 또 자기가 그 막대기를 도로 물고 오는 식으로 계속 놀 수 있도록 말이다. 도널드는 아무리 좋게 봐줘도 그리 똑똑하지 않았다. 녀석은 분명 베토벤 교향곡 9번을 작곡할 재목은 아니었다. 잠잘 때 도널드는 종종 끙끙거리면서 뒷다리를 떨고는 했다. 녀석은 막대기를 뒤쫓는 꿈을 꾸고 있었다.

로버트는 개를 무서워했다. 겨우 다섯 살이었을 때, 그와 어머니가 도베르만의 공격을 받은 적이 있었기 때문이었다. 로버트는 주위에 개를 다루는 법을 아는 사람이 있으면 개와 같이 있어도 괜찮았다. 하지만 개와 단둘이 있게 될 때면, 그 개가 크든 작든 식은땀이 나면서 몸이 덜덜 떨리고 머리털이 쭈뼛 섰다. 그래서 그는 그런 상황을 피하기 위해 극도로 조심했다.

하지만 메리 헵번은 그의 청혼에 너무 놀란 나머지 왈칵 눈물을 터트렸는데, 그건 요즘에는 아무도 하지 않는 일이다. 그녀는 어찌나 당혹스럽고 혼란스럽던지 그에게 더듬거리며 죄송하다고 말하고는 집 안으로 뛰어 들어가 버렸다. 그녀는 로이 외에는 어느 누구와도 결혼하고 싶지 않았다. 로이가 죽고 없어도 그녀는 여전히 로이 말고는 다른 어느 누구와도 결혼하고 싶지 않았다.

그리하여 로버트는 도널드와 단둘이 앞쪽 잔디밭에 남겨지게 되었다.

로버트의 큰 뇌가 다소간이나마 수완이 있었더라면, 그의 뇌는 그가 도널드에게 짖지 말고 집으로 가라는 등의 명령을 위압적으로 하면서 자신의 차로 유유히 걸어가게 했을 것이다. 하지만 그의 뇌는 그러는 대신 그가 돌아서서 달아나게 했다. 그의 뇌는 어찌나 결함이 많았던지 도널드가 바로 그의 뒤에서 껑충껑충 달려오고 있는데도 그로 하여금 그의 차를 바로 지나쳐 계속 달리게 했다. 그런 뒤 그는 길을 건너, 알래스카로 이사 간 가족 소유의 빈집 앞마당의 사과나무에 올랐다.

그러자 도널드는 그 나무 밑에 앉아서 그를 올려다보며 짖었다.

로버트는 무서워서 내려오지도 못하고 한 시간 동안 그 나무에 올라가 있었다. 결국은 도널드가 왜 그리 오랫동안 계속 짖어 대는지 의아해진 메리가 집에서 나와 그를 구해 줬다.

나무에서 내려온 로버트는 공포와 자기혐오에 구역질을 했다. 그는 실제로 토하기까지 했다. 그러는 바람에 자신의 구두와 바짓단을 버리고는 으르렁거리며 말했다. "나 같은 놈이 무슨 사내라고. 난 전혀 사내가 아닙니다. 두 번 다시 절대로 선생님을 성가시게 하지 않겠습니다. 절대 다시는 어떤 여자도 성가시게 하지 않을 거예요."

그리고 내가 이 시점에서 메리의 이 이야기를 들려주는 이유는, 아돌프 폰 클라이스트 선장이 닷새 밤낮을 거품이 나도록 바다를 마구 휘저으며 돌아다녀도 섬 비슷한 것도 하나 발견하지 못한 뒤 그와 똑같은 식으로 자기 비하를 하게 되기 때문이다.

선장은 북쪽으로 너무 멀리, 아득히 멀리 와 있었다. 그래서 우리도 모두 북쪽으로 너무 멀리, 아득히 멀리 와 있었다. 물론 나는 배가 고프지 않았고, 아래의 주방에 있는 고기 냉동고에서 꽁꽁 얼어 있는 제임스 웨이트도 마찬가지였다. 주방은 전구도 도둑맞고 현창도 없었지만 전기 오븐과 레인지의 발열체 덕분에 지옥의 불빛 같기는 해도 여전히 조명이 비춰지고 있었다.

그랬다. 그리고 배관 설비도 여전히 작동하고 있었다. 어디든 수도꼭지에서는 온수도 냉수도 잘 나왔다.

그래서 목마른 사람은 아무도 없었다. 하지만 모두 배가 고파 죽을 지경이었다. 셀레나의 개 카자크가 사라졌다. 하지만 나는 카자크의 이름 앞에는 별표를 달지 않았는데, 카자크는 이미 죽었기 때문이다. 칸카보노족 소녀들이 셀레나가 잠든 사이 카자크를 훔쳐서 맨손으로 목을 졸라 죽인 다음, 이빨과 손톱만으로 카자크의 껍질을 벗기고 내장을 제거했다. 그 소녀들은 카자크를 오븐에 구워 먹었다. 그들이 그런 짓을 한 것은 아직 아무도 몰랐다.

카자크는 아무튼 자기 몸에 축적된 물질을 소모하고 있던 상태였다. 칸카보노족 소녀들이 카자크를 죽였을 때 카자크는 피골이 상접해 있었다.

설령 카자크가 산타로살리아섬에 무사히 도착했다 치더라도 카자크에게 그리 대단한 미래가 펼쳐지지는 않았을 것이다. 있을 법하지는 않지만 혹시라도 그 섬에 수캐가 한 마리 있었더라도 말이다. 어쨌든 카자크는 이미 중성화되어 있었으니까. 카자크가 성취해 낼 수 있는 일 가운데 카자크의 생애보다 더 오래 갈지도 모르는 일이라고는 곧 태어날 털북숭이 아키코에게 개에 대한 유아기의 추억을 선사하는 게 다였을 것이다. 최고의 상황 아래에서도 카자크는 그 섬에서 태어나는 다른 아이들이 자기를 쓰다듬고 자기가 꼬리 흔드는 모습을 보게 하거나 할 정도로 오래 살지는 못했을 것이다. 또한 그 아이들은 카자크가 짖는 소리도 기억하지 못했을 텐데, 카자크는 절대 짖지 않는 개였기 때문이다.

# 6

카자크의 때 이른 죽음에 누가 눈물짓지 않도록 나는 지금 이렇게 말하고자 한다. "에이, 할 수 없지 뭐…… 어쨌든 그 개는 베토벤 교향곡 9번을 작곡할 재목은 아니었잖아."

나는 제임스 웨이트의 죽음에 대해서도 똑같은 말을 하고자 한다. "에이, 할 수 없지 뭐…… 어쨌든 그는 베토벤 교향곡 9번을 작곡할 재목은 아니었잖아."

우리 대부분이 얼마를 살든 인생에서 뭔가를 성취할 가능성이 얼마나 적은가에 대한 이 비꼬는 말은 내가 창작한 말이 아니다. 나는 아직 살아 있을 적에 장례식에서 스웨덴어로 이 말을 처음 들었다. 그 특별한 통과 의례의 시신은 페르 올라프 로젠퀴스트라는 이름의 우둔하고 평판이 나쁜 조선소 현장 감독의 것이었다. 그도 제임스 웨이트처럼 결함 있는 심장을 물려받은 탓에 젊은 나이에, 아니 정확히는 그 당시에 젊다고 여겨지는 나이에 죽었다. 백만 년 전 사람의 이름이 뭐 그리 중요하겠냐마는 나는 얄마르 아르비드 보스트룀이라는 이름의 동료 용접공과 함께 그의 장례식에 갔다. 장례식을 마치고 교회에서 나올 때, 보스트룀이 내게 이렇게 말했다. "에이, 할 수 없지 뭐…… 어쨌든 그는 베토벤 교향곡 9번을 작곡할 재목은 아니었잖아."

내가 그에게 이 빈정대는 농담이 그가 창작한 것이냐고 묻자, 그는 아니라면서 제1차 세계대전 동안 서부전선에서 죽은 사람들을 매장하는 일을 담당했던 자신의 독일인 장교 할아버지에게서 들었다고 대답했다. 그런 종류의 작업을 처음 맡은 군인들은 이 시체 저 시체의 얼굴에 삽으로 흙을 퍼서 덮다 보면 점점 철학적이 되어, 그 시체의 주인이 그리 젊어서 죽지 않았다면 무슨 일을 하고 있을까 사색하게 되는 일이 흔했다. 그런 생각에 잠긴 신병에게 고참병이 들려줬을지 모르는 수많은 냉소적인 말들 가운데 하나가 바로 "걱정 마. 어쨌든 그 사람은 베토벤 교향곡 9번을 작곡할 재목은 아니었잖아."였다.

나 자신이 말뫼에서 젊은 나이에 페르 올라프 로젠퀴스트와 겨우 6미터 떨어진 곳에 묻힌 뒤, 얄마르 아르비드 보스트룀는 묘지를 떠나면서 나에 대해서도 그 말을 했다. "에이, 할 수 없지 뭐…… 어쨌든 레온은 베토벤 교향곡 9번을 작곡할 재목은 아니었잖아."

그랬다. 그리고 나는 폰 클라이스트 선장이 그들이 윌러드 플레밍이라고 믿은 사내의 죽음에 뭘 그리 눈물을 질질 짜냐고 메리에게 핀잔을 줄 때 그 말이 떠올랐다. 그때는 바다로 출항한 지 겨우 열두 시간밖에 되지 않았기 때문에 선장은 아직 자신이 당연히 그녀보다 우월하다고, 그 문제에 관해서라면 사실상 그 배에 탄 모든 사람보다 우월하다고 생각했다.

서쪽 항로로 배를 계속 가게 하는 법을 그녀에게 설명하다가 그는 이렇게 말했다. "전혀 모르는 사람 때문에 그렇게 구슬피 울다니 참으로 시간 낭비가 아닐 수 없군요. 부인 말을 들어 보면, 그에게는 친척도 없고 유익한 일을 하던 사람도 아닌데 그리 울 이유가 대체 뭐가 있단 말입니까?"

바로 이때가 내가 육신을 떠난 목소리로 "그는 분명 베토벤 교향곡 9번을 작곡할 재목은 아니었어요."라고 끼어들면 좋았을 때였을 것이다.

선장은 이제 자기 딴에는 농담을 했지만 사실 그리 대단한 농담처럼 들리지 않았다. "이 배의 선장으로서," 그가 말했다. "부인에게 울 이유가 있을 때만 울라고 명하는 바입니다. 지금은 울 이유가 전혀 없습니다."

"그이는 내 남편이었어요." 그녀가 말했다. "나는 선장님의 주례로 올린 그 결혼식을 아주 진지하게 받아들이기로 결심했어요. 원하신다면 비웃어도 좋아요." 그들이 이야기하고 있는 대상인 웨이트는 아직 그들 바로 뒤에 있었다. 그는 아직 냉동고에 넣어지지 않은 상태였다. "그이는 이 세상에서 많은 일을 했고, 우리가 그이를 살려 내기만 했더라면 아직도 할 일이 많았을 거예요."

"그자가 세상에 뭐 그리 대단한 일을 했단 말입니까?" 선장이 물었다.

"살아 있는 어느 누구보다 그이는 풍차에 대해 많이 알고 있었어요. 그이는 우리가 탄광과 우라늄광을 폐쇄시킬 수 있다고 말했어요. 풍차만으로도 세상의 가장 추운 지역들을 플로리아주 마이애미만큼이나 따뜻하게 할 수 있다면서요. 그이는 작곡가이기도 했어요."

"정말입니까?"

"그럼요. 그이는 교향곡을 두 곡이나 작곡했는걸요." 웨이트가 이 세상에서의 마지막 밤에 자신이 교향곡을 두 곡이나 작곡했다고 주장했다니, 나는 내가 이제 막 했던 설명의 견지에서 보면 참 흥미롭다고 생각했다. 메리는 자기가 집으로 돌아가게 되면, 캐나다 서스캐처원의 무스조로 가서 한 번도 연주된 적이 없는 그 교향곡들을 찾아낸 다음, 오케스트라를 섭외해 그 곡들을 초연하게 할 것이라는 말까지 했다.

"윌러드는 정말 겸손한 사람이었어요." 그녀가 말했다.

"그랬을 것 같군요." 선장이 말했다.


108시간 뒤, 선장은 어느새 겸손의 귀감이라는 평판을 얻은 그 사내와 직접적인 경쟁 관계에 놓이게 된다. 메리는 이렇게 말했다. "윌러드가 아직 살아 있기만 했다면 정확히 어떻게 해야 할지 알 텐데."

선장은 완전히 자존심을 상실했다. 그는 앞으로 30년을 더 살게 되지만 결코 다시는 자존심을 회복하지 못할 것이었다. 거참 진짜 비극이지 않는가? 그는 메리의 조롱 앞에서 속수무책이었다. "나는 어떤 제안에든 열린 마음을 지닌 사람입니다." 선장이 말했다. "부인은 훌륭한 윌러드라면 어떻게 했을지 내게 말해 주기만 하면 됩니다. 그러면 나는 아주 기꺼이 그 일을 하겠습니다."

그때쯤 그는 자신의 뇌를 해고하고 영혼의 조언에 따라서만 그 배를 이쪽으로 돌렸다가 저쪽으로 돌렸다 하면서 항해하고 있었다. 손수건만 한 크기의 섬이라도 하나 보였더라면 선장은 감사하는 마음에 눈물을 펑펑 쏟았을 것이다. 그랬다. 하지만 또다시 태양은 정면에 있다가, 좌현에 있다가, 고물에 있다가, 우현에 있더니 지고 있었다.

아래쪽 갑판에서 셀레나 매킨토시가 자기 개를 소리쳐 부르고 있었다. "카아아아아자크! 카아아아아자크! 누구 내 개 본 사람 없어요?"

메리가 소리쳐 대답했다. "여기 위에는 없단다." 그러고 나서 그녀는 윌러드라면 어떻게 했을까 고민하다가 만다락스에 시계와 번역기 등의 기능 외에 무선 통신기 기능도 있을지 모른다는 생각이 떠올랐다. 그녀는 선장에게 만다락스로 구조 요청을 해 보라고 말했다.

선장은 그 기기가 만다락스라는 사실을 몰랐다. 그는 그 기기가 고쿠비인 줄 알았는데, 키토에 있는 그의 집 손수건 서랍에도 커프스단추, 셔츠 장식 단추, 시계와 함께 고쿠비 한 대가 들어 있었다. 동생이 지난 크리스마스에 준 선물로 그에게는 별로 쓸모가 없었다. 그에게 그것은 그저 또 하나의 장난감일 뿐이었으며 그는 이것만큼은 아주 잘 알았다. 바로 그것이 확실히 무선 통신기는 아니라는 사실이었다.

이제 그는 고쿠비인 줄로만 알고 있는 그 기기를 손에 들고 메리에게 말했다. "이 쓸모없는 물건이 무선 통신기 기능을 갖고 있다면 내 오른팔을 내놓겠습니다. 장담하는데, 그 성자 같은 윌러드 플레밍도 고쿠비로는 메시지를 주고받을 수 없을 겁니다."

"이제 뭔가에 대해 그리 전적으로 확신하는 태도는 좀 버릴 때도 됐잖아요!" 메리가 말했다.

"사실 그 생각은 나도 했어요." 그가 말했다.

"그렇다면 SOS 신호를 보내요." 메리가 말했다. "그런다고 해가 될 게 뭐 있어요?"

"해가 될 게 없고말고요." 선장이 말했다. "플레밍 부인, 부인 말씀이 전적으로 옳아요. 그런다고 분명 해가 될 건 없죠." 그는 만다락스의 작은 마이크에 대고 백만 년 전 배가 조난되었음을 알리는 국제공통어를 말했다. "메이데이, 메이데이, 메이데이." 하고 그가 읊조렸다.

그런 뒤 그는 만다락스의 화면에 뜰지도 모르는 응답을 자신과 메리가 같이 볼 수 있도록 화면이 보이게 만다락스를 들었다. 그런데 공교롭게도 그들은 만다락스의 지성 항목을 툭 건드려 놓은 상태였다. 고쿠비에는 없는 그 지성 항목에는 '5월'이란 주제를 비롯해 상상할 수 있는 온갖 주제에 대한 정말 많은 인용문이 들어 있었다. 만다락스의 작은 화면에는 전혀 종잡을 수 없는 다음과 같은 글이 나타났다.

타락한 5월에 층층나무와 밤나무, 꽃피는 유다나무가

먹히고 나뉘고 마셔진다.

속삭임 속에서…….

—T. S. 엘리엇(1888~1965)*

---

* 미국 태생의 영국 시인. 위는 「Gerontion(작은 노인)」이란 시에서 발췌한 구절이다.

# 7

SOS 요청에 대한 응답이 그토록 빨리, 그렇게 문학적으로 올 수 없었을 텐데도 불구하고, 선장과 메리는 외부 세계와 연락된 모양이라고 잠시 동안 믿었다.

그래서 선장은 만다락스에 대고 다시 소리쳤다. "메이데이! 메이데이! 여기는 바이아데다윈호. 위치 미상. 내 말 들리는가?"

이 말에 대해 만다락스에 뜬 대답은,

> 아마 내년 5월은 좋을 테지.
> 아아, 허나 그때면 우린 스물네 살인 것을.
> ─A. E. 하우스먼(1859~1936)*

아무래도 그 기기가 메이데이의 '메이'를 5월을 가리키는 '메이'로 알아 듣고 그런 인용문들을 내놓고 있는 것이 분명했다. 선장은 어찌된 영문인

---

* 영국의 시인. 위는 「The Chestnut Casts his Flambeaux(밤나무는 횃불을 밝히고)」란 시에서 발췌한 구절이다.

지 골똘히 생각해 봤다. 그는 아직도 자기가 들고 있는 게 고쿠비라고 믿으며, 이 고쿠비는 집에 있는 그 고쿠비보다 성능이 약간 더 좋은 것 같다고 생각했다. 그는 조금도 알지 못했던 것이다! 그래도 그는 '메이'란 단어에 그 기기가 반응하고 있다는 사실만큼은 깨달았다. 그래서 그는 만다락스에 대고 '6월'이라고 말해 보았다.

그러자 만다락스가 대답을 내놓기를,

6월이 사방에 만발하네.
−오스카 해머스타인 2세(1895~1960)*

"10월! 10월!" 선장이 외쳤다.

그러자 만다락스가 내놓은 대답은,

하늘, 그것은 잿빛으로 수수하고
나뭇잎, 그것은 바삭 말라 버렸고
나뭇잎, 그것은 시들어 말라 버렸다.
내 기억에도 없을 만큼 멀고도 먼 옛날 어느 해
쓸쓸한 10월의 밤이었다.
−에드거 앨런 포(1809~1849)**

이런 식이어서 선장이 아직도 고쿠비라고 믿고 있는 만다락스에게는 더 이상 기대할 것이 없었다. 메리는 돛대 꼭대기의 망대에 다시 올라가 뭐가 보이는지 직접 눈으로 확인하는 게 차라리 낫겠다고 말했다.

---

* 미국의 뮤지컬 작가 겸 작사가. 위는 〈회전목마〉라는 영화에 나오는 노래 가사이다.
** 미국의 시인이자 소설가. 위는 「Ulalume(올라룸)」이란 시에서 발췌한 구절이다.

하지만 망대에 올라가기 전에 그녀는 선장에게 가시 돋친 말을 한마디 더 던졌다. 그녀가 이제 곧 보게 될 것으로 기대되는 섬의 이름은 뭐냐고 그에게 물었던 것이다. 수평선 아래로 바로 앞에 나타날 섬의 이름이 아마도 무엇일 것이라며 이런저런 섬의 이름을 대는 것은 바다에 나온 지 3일째 되는 날에 선장이 하루 종일 했던 일이었다. "눈 똑바로 뜨고 산크리스토발섬이 나오나 주시해요. 어쩌면 헤노베사섬이 나올지도 모릅니다. 우리가 얼마나 남쪽으로 왔느냐에 따라 말이지요."라고 선장은 말했었다. 그러다가 그날 늦게는 "아! 지금 우리가 어디에 있는지 알겠습니다. 이제 곧 우리 눈앞에 후드섬이 보일 겁니다. 그 섬은 갈라파고스 제도에서 가장 큰 새인 갈라파고스앨버트로스가 세계에서 유일하게 서식하는 곳입니다."라고 말했으며, 이런 식의 말이 계속 이어졌다.

말이 나온 김에 덧붙이자면, 그 앨버트로스들은 오늘날 아직도 존재하며 계속 후드섬에서 서식하고 있다. 그 새들은 날개폭이 2미터나 되며 가까운 장래에 비행하리라는 굳은 믿음을 갖고 있다. 그 새들은 여전히 그것이 다가오는 일이라고 생각한다.

그래도 닷새째 날이 저물어 가는 지금, 메리가 선장에게 가까이에 있다고 믿는 섬의 이름을 물어도 그는 아무 말이 없었다.

그녀가 다시 묻자 그는 이렇게 대답했다. "아라라트산*이에요."


그녀가 돛대 꼭대기의 망대에 올라갔을 때, 그 배의 고물 바로 위에서 고물 쪽으로 길게 배의 항적을 따라 나부끼고 있는, 내가 아주 기묘한 기상 현상으로 오인한 어떤 것을 보고도 그녀가 소리치지 않아서 나는 깜짝 놀랐다. 그것은 아주 조용했지만 전기적 성질을 띠고 있는 것 같았고, 어

---

* 터키의 동쪽 끝에 있는 산으로, 노아의 방주가 표착했다고 알려져 있다.

찌 보면 구전(球電)*과 아주 비슷해 보이기도 하고, 또 어찌 보면 세인트 엘모의 불** 같기도 했다.

전직 고등학교 교사는 그것을 똑바로 보면서 조금도 특이하게 여기는 기색이 없었다. 그제야 나는 그것이 내 눈에만 보인다는 사실을 깨달으면서 그것의 정체를 알게 되었다. 그것은 바로 내세로 들어가는 파란 터널이었다. 그 터널이 다시 나를 뒤쫓아 왔던 것이었다.

나는 그것을 전에 세 번 본 적이 있었다. 목이 잘리던 순간에 봤고, 그런 뒤에는 축축한 스웨덴 흙이 내 관 뚜껑에 툭툭 떨어지고, 자기도 베토벤 교향곡 9번을 작곡할 재목은 절대 아닌 얄마르 아르비드 보스트룀이 나에 대해서 "에이, 할 수 없지 뭐…… 어쨌든 그는 베토벤 교향곡 9번을 작곡할 재목은 아니었잖아."라고 말했던 말뫼의 묘지에서 봤다. 그것의 세 번째 등장은 북대서양에서 폭풍이 불어 닥친 동안, 내가 돛대 꼭대기의 망대에 올라가 진눈깨비와 물보라 속에서 잘려 나간 내 머리를 농구공처럼 높이 받들고 있었을 때였다.

그 파란 터널의 등장이 함축하는 질문은 오직 나만이 대답할 수 있다. 그 질문은 바로 '인생이란 무엇인지에 대한 나의 호기심을 마침내 해소시켰는가?'이다. 만약 그렇다면 나는 내가 진공청소기에 비유하는 것 안으로 그냥 걸어 들어가기만 하면 된다. 바이아데다원호의 전기 레인지와 오븐의 빛과 무척 비슷한 빛으로 가득 찬 파란 터널 내에 정말로 흡인력이 작동하고 있다 하더라도, 돌아가신 내 아버지 SF 작가 킬고어 트라우트에게는 문제가 되지 않는 모양인지, 나의 선친은 그 터널의 입구에 똑바로 서서 나와 이야기를 나눌 수 있었다.

---

* 천둥이나 번개에 의한 방전 현상으로 생기는 적황색을 띤 공 모양 빛의 덩어리로, 흔히 도깨비불로 알려져 있다.
** 천둥이나 번개가 칠 때 돛대 끝에 나타나는 푸른빛이나 붉은빛을 띤 방전 현상.

아버지가 바이아데다윈호의 고물 위쪽에서 내게 건넨 첫마디는 이러했다. "애야, 바보들로 가득한 그 배는 이제 그만하면 충분히 탔지 않니? 지금 당장 아빠에게로 오너라. 이번에도 거절하면 백만 년 동안 다시는 나를 보지 못할 게다."

백만 년! 세상에, 백만 년이라니! 아버지는 나를 속이고 있는 것이 아니었다. 과거에 나쁜 아버지이기는 했지만 그래도 약속만큼은 늘 지켰고 내게 고의로 거짓말을 한 적도 결코 없었다.

그래서 나는 아버지 쪽으로 한 걸음 내디뎠지만 한 걸음 더 내딛지는 않았다. 나는 구애 춤을 시작한 암컷 푸른발부비새 같았다. 구애 춤에서처럼 그 확신 없는 첫걸음은 시계가 처음으로 째깍하고 움직인 것과 같았다. 그 뒤로는 결코 움직임을 거부할 수 없게 될 것이었다. 나는 터널 입구에서 아직 멀리 떨어져 있었지만 이미 변화가 시작되고 있었다. 바이아데다윈호의 엔진 진동이 점점 희미해지고 철제 상갑판이 투명해져서 그 아래의 주휴게실이 훤히 들여다보였다. 그곳에서는 칸카보노족 소녀들이 아무 죄도 없는 그들의 자매 카자크의 뼈다귀를 물어뜯고 있었다.

아버지를 향해 첫걸음을 내딛자 나는 그 인디오 소녀들, 내 등 뒤 망대에 올라가 있는 메리, 화장실에 있는 히사코 히로구치와 그녀의 태아, 의기소침해진 선장, 선교에 있는 눈먼 셀레나, 대형 냉동고에 있는 그 시체에 대해 이런 생각이 들었다. '왜 내가 공포와 배고픔의 노예들인 이 낯선 사람들에게 관심을 가졌던 거지? 이 사람들이 나와 무슨 상관이 있다고?'

내가 자기 쪽으로 한 걸음 더 다가오지 않자 아버지가 말했다. "레온, 어서 이리로 와. 우물쭈물하고 있을 시간이 없어."

"하지만 아직 저의 연구를 마치지 못했는걸요." 나는 항변했다. 내가 유령이 되기로 선택한 이유는 유령이 되면 사람들 마음도 읽고, 사람들

과거의 진실도 알게 되고, 벽도 투시하고, 동시에 여러 곳에 존재하고, 이런저런 상황이 어떻게 그런 모습에 이르게 되었는지 그 내력도 파악하고, 인간의 모든 지식에 접근할 수 있는 부가적인 혜택을 누리기 때문이었다. "아버지, 5년만 더 있다가 갈게요."

"5년이라니!" 아버지가 외쳤다. 그러면서 아버지는 앞서 세 번에 걸쳐 자신에게 똑같이 애원한 내 흉내를 냈다. "아빠, 딱 하루만 더요.", "아빠, 딱 한 달만 더요.", "아버지, 딱 여섯 달만 더요."

"하지만 저는 인생이란 정말 어떤 것인지, 인생이 정말 어떻게 돌아가는지, 인생의 본질은 정말 무엇인지에 대해 아주 많은 것을 배우고 있어요!" 내가 주장했다.

"내게 거짓말 말거라. 내가 네게 거짓말한 적이 있었니?"

"아뇨, 아버지."

"그럼 내게 거짓말하지 말거라."

"아버지는 이제 신이 되신 거예요?"

"아니. 난 여전히 네 아버지일 뿐이란다, 레온. 하지만 내게 거짓말은 마. 네가 그리 엿듣고 다녀 봤자 그냥 정보만 쌓일 뿐이잖아. 그럴 바에야 차라리 야구 카드나 병마개를 수집하는 게 낫지. 네가 지금 지닌 그 모든 정보면 차라리 만다락스가 되는 편이 낫겠다."

"딱 5년만 더요, 아빠, 아버지, 아버님, 네?"

"네가 알고 싶은 것을 알게 되기에는 시간이 턱없이 모자라. 그리고 얘야, 나의 명예를 걸고 맹세하는데, 이번에 나를 그냥 보내 버리면 나는 백만 년 동안은 돌아오지 못한단다."

"레온! 레온! 레온!" 아버지는 애원조로 말을 이어 갔다. "네가 사람들에 대해 더 많이 알아 봤자 정나미만 더 떨어질 거야. 네 나라에서 가장 현명하다고 여겨지는 자들이 끝도 없고, 보람도 없고, 몸서리처지고, 결국 무의미하기만 한 전쟁터로 너를 내보낸 것만으로도 네가 인간의 본성에 대한 통찰은 앞으로 영원히 하지 않아도 될 만큼 충분히 한 줄 알았는데!

내가 굳이 말해야 하겠니? 보아 하니 네가 아직도 더 많이 알고 싶어 하는 그 훌륭하다는 짐승들이 바로 지금 이 순간, 결국 모든 것을 죽여 버릴 무기들을 당장이라도 발사할 준비를 다 해 놓고 얼마나 득의양양해 있는지?

내가 굳이 말해야 하겠니? 공중에서 봤을 때 한때는 아름답고 풍요로웠던 이 행성이 지금은 부검대에 노출된 불쌍한 로이 헵번의 병든 장기들과 비슷하단 것을? 그리고 네가 사랑하는 인간들의 도시는 오직 성장만을 위해 성장하고 뭐든 닥치는 대로 다 먹어 치우며 망가뜨리고 있는 암세포들과 비슷하단 것을?

내가 굳이 말해야 하겠니? 이 짐승들이 죄다 망쳐 버린 탓에 그것들은 심지어 제 손주들이 남부럽지 않은 삶을 사는 것도 더 이상 꿈꿀 수 없게 되어 버렸단 걸? 이제 14년밖에 남지 않은 2,000년까지 먹고 즐길 게 남아 있다면 기적이 아닐까?

애야, 그들도 이 저주받은 배에 탄 사람들처럼, 해도도 나침반도 없이 자존심 지키기에만 급급하고 문제에 즉각적으로 대처하지 못하는 선장들이 이끄는 배를 타고 있는 셈이야.”


생전처럼 아버지는 여전히 면도가 필요한 얼굴이었다. 생전처럼 그는 여전히 창백하고 초췌했다. 생전처럼 그는 여전히 담배를 물고 있었다. 그리고 내가 아버지 쪽으로 한 걸음 더 내딛기 어려웠던 한 가지 이유는 분명 내가 아버지를 좋아하지 않았기 때문이었다.

나는 아버지가 굉장히 부끄러워서 열여섯 살에 집에서 도망쳤다.

만약 파란 터널 입구에 아버지 대신 천사가 있었더라면, 나는 곧바로 그 터널 속으로 뛰어들었을지도 모른다.

제임스 웨이트는 사람들이 늘 그에게 육체적 고통을 가했기 때문에 집에서 도망쳤다. 수양부모들의 큰 뇌가 그를 위해 고안한 고문 가운데 일부는 워낙 독창적이어서, 그는 분만실에서 곧장 스페인 이단 심문에 끌려나온 것이나 마찬가지였다. 나는 화가 나도 내게 손찌검한 적은 한 번도 없는 친아버지에게서 도망쳤다.

하지만 내가 너무 어려 철없던 시절, 아버지는 나를 공모자로 만들어 어머니를 영원히 내쫓게 했다. 어머니가 이따금 어딘가로 여행을 가고 싶어 하거나, 친구를 사귀고 싶어 하거나, 친구를 저녁 식사에 초대하고 싶어 하거나, 영화를 보러 가고 싶어 하거나, 레스토랑에 가고 싶어 할 때면, 아버지는 내가 그와 함께 어머니를 조롱하게 했다. 나는 아버지와 죽이 맞았다. 그 당시 나는 그가 세상에서 가장 훌륭한 작가라고 믿었는데, 내가 자랑스럽게 여길 수 있는 것이라고는 그것뿐이었기 때문이었다. 우리에게는 친구가 없었고, 우리 집은 동네에서 가장 허름한 집이었으며, 우리는 심지어 텔레비전도 자동차도 없었다. 그러니 왜 내가 어머니에 맞서 아버지 편을 들지 않았겠는가? 어쨌든 아버지에게 있어 칭찬할 만한 점은 그는 자신이 위대한 면을 지녔을지도 모른다는 사실을 스스로 내비친 적이 결코 없었다는 것이다. 하지만 내가 판단이 미숙했던 시절, 나는 모든 시간 내내─정말 말 그대로 '모든 시간' 내내─ 글 쓰고 담배 피는 것 말고는 아무것도 하지 않는 아버지의 집요함에 위대한 면이 내포되어 있다고 생각했다.

오, 그랬다. 그리고 내가 자랑스럽게 여길 수 있는 것이 한 가지 더 있었다. 그건 내 아버지가 미 해병대 출신이라는 사실이었는데, 그것은 코호우즈에서는 정말 중요한 일이었다.

하지만 열여섯 살이 되자, 나 역시도 내 어머니와 이웃들이 아주 오래 전에 도달했던 결론에 이르렀다. 바로 내 아버지는 역겨운 실패자이며, 그의 작품은 아주 평판이 나쁜 출판물에만 실리며 원고료도 거의 없는 것이나 마찬가지라는 결론이었다. 모든 시간 내내─정말 말 그대로 '모든 시간' 내내─ 글 쓰고 담배 피우는 것 말고는 계속해서 아무것도 하지 않는 그를 보며 나는 그의 존재 자체가 삶에 대한 모욕이라고 생각했다.

그때 나는 학교에서 미술 말고는 모든 과목에서 낙제점을 받고 있었다. 코호우즈 고등학교에서는 아무도 미술에서 낙제점을 받지 않았다. 그것은 그야말로 불가능했다. 나는 어머니를 찾으려고 집을 나왔지만 결코 어머니를 찾지는 못했다.

아버지는 책도 1백 권 이상 내고 단편소설도 1천 편 넘게 발표했지만, 내가 여기저기 돌아다니는 내내 그의 이름을 들어 본 적이 있다는 사람은 딱 한 사람만 만났을 뿐이다. 정말 오랫동안 찾은 끝에 그런 사람을 한 사람 마주치자 나는 무척 혼란스런 감정에 사로잡힌 나머지 잠시 동안 정말 얼이 나갔던 것 같다.

나는 아버지에게 결코 전화를 걸지도 엽서를 보내지도 않았다. 아버지가 돌아가신 줄도 몰랐다가 내가 죽고 나서 아버지가 내세로 들어가는 파란 터널의 입구에 처음으로 내 앞에 모습을 드러내고서야 아버지가 돌아가신 것을 알게 되었다.

그래도 나는 아버지가 아직도 자랑스럽게 여겨야 한다고 생각하는 단 한 가지 일에 대해서는 그에게 경의를 표해 나도 아버지를 따라 미 해병대에 들어갔다. 그것은 우리 집안의 전통이었다.

그리고 이런! 나도 지금 아버지처럼 작가가 되어 글을 마구 끄적거리고 있지 않은가. 어딘가에 독자가 한 명이라도 있을 것 같은 기색이 전혀 없는데도. 독자는 한 명도 없겠지. 한 명이라도 있을 리가 없지 않은가.

그래서 이제 우리 부자는 둘 다 마치 푸른발부비새들이 구애하는 것처럼 누가 주목하는 사람이 있건 없건-아니, 실은 없을 가능성이 훨씬 높았지만- 우리가 해야만 하는 일을 하고 있었다.

그때 아버지가 터널 입구에서 내게 말했다. "넌 꼭 네 어머니 같구나."
"어떤 점에서요?" 내가 물었다.
"네 어머니가 가장 좋아한 명언이 뭔지 아니?"
나는 그것이 무엇인지 확실히 알았고, 만다락스도 마찬가지였다. 그건 이 책 첫 머리에 인용된 명언이기도 하다.

"넌 인간이 선한 동물이라고, 그래서 결국은 모든 문제를 해결하고 세상을 다시 에덴동산으로 만들 거라고 믿겠지."
"제가 어머니를 만날 수 있을까요?" 내가 말했다. 나는 어머니가 터널 저쪽 끝 어딘가에 있다는 것을, 즉 어머니가 돌아가셨다는 사실을 알았다. 내가 죽은 뒤 아버지에게 했던 첫 질문은 "어머니는 어떻게 되셨는지 아세요?"였다. 미 해병대에 입대하기 전에 나는 어머니를 찾아 여기저기 돌아다녔었다.
"아버지 바로 뒤에 계신 분이 어머니 아니세요?" 내가 물었다. 파란 터널은 연동운동을 하는 것처럼 끊임없이 꿈틀거리는 상태였다. 터널이 꿈틀대고 있어서 나는 터널 안쪽 깊은 곳을 언뜻언뜻 볼 수 있었다. 아버지가 세 번째로 나타난 지금, 나는 터널 속에 어떤 여자가 있는 것을 보고는 어머니일지도 모른다고 생각했다. 하지만 내가 그렇게 운이 좋을 리가 없지.
"레온, 난 나오니 타프 아줌마야." 그 여자가 내게 소리쳤다. 그녀는 내

친어머니가 떠난 뒤 잠깐 동안 내게 어머니가 되어 주려고 최선을 다했던 이웃 아줌마였다. "난 타프 아줌마란다. 날 기억하지, 레온? 우리 집 부엌문으로 들어오곤 했던 것처럼 여기로 들어오렴. 자, 착하지. 설마 백만 년을 더 그곳에 버려져 있기를 바라지는 않겠지?"

나는 터널 입구 쪽으로 한 걸음 더 내디뎠다. 그러자 바이아데다윈호는 환상 속의 거미집 같은 모습이 되었다. 파란 터널은 매일 나를 태우고 조선소를 오갔던 말뫼의 시가 전차만큼이나 단단하고 실체가 있는 교통수단이 되었다.

그런데 그때 내 뒤의 바이아데다윈호의 거미줄 같은 망대 위에서 이제는 흐릿한 유령처럼 보이는 메리가 뭐라고 반복해서 외치는 소리가 들려왔다. 나는 그녀가 어떤 극한 감정의 소용돌이에 휩싸인 것 같다고 생각했다. 나는 그녀의 말을 알아들을 수는 없었지만 그녀의 어조는 배에 총을 맞았을 때나 나올 법한 소리였다.

나는 그녀가 뭐라고 외치고 있는지 알아내야만 했다. 그래서 나는 두 발짝 뒤로 물러난 다음 돌아서서 그녀를 올려다봤다. 그녀는 흐느껴 우는 동시에 웃고 있었다. 그녀는 철제 양동이처럼 생긴 망대의 테두리 너머로 몸을 내밀고 머리를 아래쪽으로 향한 채 선교의 선장에게 소리치고 있었다. "육지가 보여요! 육지가! 하느님 찬양합니다! 하느님 감사합니다! 육지예요! 육지!"

# 8

메리 헵번이 본 것은 바로 산타로살리아섬이었다. 물론 선장은 당장 그 섬을 향해 배를 돌릴 것이었다. 그 섬에 사람들이 거주하기를 바라며, 그게 아니라면 하다못해 자기를 비롯한 일행이 잡아먹을 수 있게 동물들이라도 살고 있기를 바라며.

남은 문제는 다음으로 무슨 일이 벌어질지 알아보기 위해 내가 그들을 계속 따라다니느냐 마느냐 하는 것이었다. 그 배에 타고 있는 사람들의 운명에 대한 나의 호기심을 충족시키기 위해 내가 치르게 될 대가는 명확했다. 바로 '백만 년 동안 가석방의 기회 한 번 없이 계속 이승이라는 감옥을 떠도는 것'이었다.

하지만 그 결정은 나 대신에 메리 헵번, 그러니까 '플레밍 부인'이 해 주었다. 망대에서 그녀가 기뻐하는 모습이 내 주의를 어찌나 오랫동안 붙잡고 있었던지 내가 터널을 돌아봤을 때는 그 터널은 이미 사라지고 없었던 것이다.

나는 이제 천 년을 천 번 보내야 하는 그 형기를 다 채웠다. 사회에든 뭐에든 내가 진 빚을 다 갚은 셈이다. 이제 언제라도 파란 터널이 다시 나타리라고 예상한다. 물론 이번에는 아주 기꺼이 터널 입구로 뛰어 들어갈 것이다. 오늘날 일어나는 일 가운데 내가 전에 수없이 보거나 듣지 않은 일은 이제 하나도 없다. 요즘 사람은 어느 누구도 분명 베토벤 교향곡 9번을 작곡할 재목이 아니다. 아니, 거짓말을 하거나 제3차 세계대전을 일으킬 위인도 못 된다.

어머니의 말씀이 옳았다. 가장 어두운 시대라도 인류에게는 정말로 여전히 희망이 있었던 것이다.

1986년 12월 1일 월요일 오후, 아돌프 폰 클라이스트 선장은 배에 쓸 만한 닻이 없었던지라 고의적으로 바이아데다윈호를 해안 가까이의 용암 암초에 좌초시켰다. 그는 그 배가 다시 항해할 때가 되면 과야킬에서 그랬던 것처럼 힘겨워도 암초에서 벗어나 결국은 앞으로 나아갈 것이라고 믿었다.

그럼 그는 언제 다시 항해할 계획이었을까? 그 배의 식품 저장실이 알, 부비새, 육지이구아나, 펭귄, 가마우지, 게, 그 외의 식용 가능하고 잡기 쉬운 다른 것들로 채워지자마자 바로 그럴 계획이었다. 연료와 물은 충분히 비축되어 있으니 그에 걸맞게 식량만 확보되면 그는 느긋하게 본토로 돌아가 그들을 받아 줄 평화로운 항구를 찾을 수 있다고 생각했다. 그는 남미 대륙을 재발견할 것이었다.

그는 자신의 충실한 쌍둥이 엔진을 껐다. 그것으로 그 엔진들의 충실함은 끝날 것이었다. 선장은 결코 알 수 없는 이유로 그 엔진들은 다시 시동이 걸리지 않을 것이었다.

이것은 또한 전기 레인지와 오븐, 그리고 냉장고도 곧 멈출 것을 뜻했다. 배터리가 다 닳자마자 곧.

주갑판의 밧줄걸이에는 아직 하얀 나일론 뱃줄, 즉 고물 쪽 밧줄 10미터가 감겨 있었다. 선장이 그 밧줄로 매듭을 묶은 뒤, 메리와 함께 그 밧줄을 타고 암초로 내려가서, 물을 헤치고 섬에 올라 알을 줍고 그들에 대한 두려움이 없는 하등동물을 죽였다. 그들은 메리의 전투복 재킷과 아직도 가격표가 달려 있는 제임스 웨이트의 새 셔츠를 그것들을 담는 바구니 대용으로 사용할 것이었다.

그들은 부비새들의 목을 비틀었다. 육지이구아나들은 꼬리를 잡고 검은 바위에 내리쳐서 죽였다. 그리고 메리가 찰과상을 입게 되는 바람에 두려움 없는 흡혈 핀치 한 마리가 처음으로 사람의 피를 한 모금 맛보게 되는 것이 바로 이 대학살 동안이었다.

그 학살자들은 바다이구아나는 먹을 수 없다고 믿었기에 그것만은 건드리지 않았다. 그로부터 2년이 지나서야 그들은 이 동물의 뱃속에서 반쯤 소화된 해초가 이미 조리까지 되어 있는 맛있고 따뜻한 식사일 뿐만 아니라, 그때까지 그들을 괴롭히던 비타민과 미네랄 부족에 대한 치료제라는 사실을 발견하게 될 터였다. 그 발견은 그들의 식단을 완벽하게 만들게 될 것이었다. 게다가 어떤 사람들은 다른 사람들보다 이 해초 퓌레를 더 잘 소화할 수 있었고, 그 덕택에 그 사람들은 더 건강하고 더 잘생겨서 섹스 파트너로도 더 매력적이었다. 그리하여 자연 선택의 법칙이 작동하기 시작했고, 그 결과 백만 년이 지난 지금 사람들은 바다이구아나의 개입 없이도 해초를 스스로 소화할 수 있게 되어 이제 더 이상 바다이구아나를 건드리지 않는다.

그것은 사람에게도 바다이구아나에게도 훨씬 더 좋은 결말이다.

그렇지만 사람들은 지금까지 계속 물고기를 잡아먹고, 물고기가 부족할 때면 부비새도 잡아먹는데, 부비새는 여전히 사람을 두려워하지 않는다.

내가 백만 년을 더 여기에서 머물더라도 부비새들은 사람이 위험하다는 사실을 깨닫지 못할 것이라고 나는 확신한다. 그랬다. 그리고 내가 앞서 말했듯, 부비새들은 여전히 짝짓기 철이면 춤을 추고 또 춘다.

그날 밤 바이아데다윈호에서 사람들은 성대한 잔치를 벌였다. 그들은 상갑판에서 음식을 먹었는데, 상갑판 자체가 음식을 담은 대형 접시였고 선장이 요리사였다. 게살과 다진 핀치 고기로 속을 채운 육지이구아나 구이가 있었고, 부비새 알로 속을 채우고 녹인 펭귄 비계를 바른 부비새 구이도 있었다. 더할 나위 없이 맛있는 식사였다. 모두가 다시 행복해졌다.

다음 날 아침 동이 트자마자, 선장과 메리는 칸카보노족 소녀들을 데리고 다시 섬에 올랐다. 그 소녀들도 마침내 일이 어떻게 돌아가고 있는지 이해할 수 있었다. 소녀들 모두 동물들을 죽이고 또 죽인 다음, 죽은 동물들을 끌고 또 끌고 와서, 이미 제임스 웨이트가 넣어져 있는 그 배의 냉동고를 한 달은 넉넉히 버틸 수 있는 양의 새들이며 이구아나며 알들로 채워 넣었다. 이제 그 배에는 연료와 물이 넉넉했을 뿐만 아니라, 식량도, 그것도 좋은 식량이 그득했다.

다음은 선장이 엔진 시동을 켤 차례였다. 그는 최고 속도로 배를 정동향으로 몰 생각이었다. 남미든 중미든 북미든 아메리카 대륙을 놓칠 수가 없다고 이제 유머 감각이 되살아난 선장은 메리에게 큰소리쳤다. "우리가 운이 나빠 파나마 운하\*를 지나가게 되지만 않는다면 말입니다. 하지만 혹시라도 파나마 운하를 지나가게 되더라도, 우리는 금방 유럽이나 아프리카 대륙에 닿게 될 것이라고 장담할 수 있습니다."

그러면서 선장이 소리 내어 웃어서 메리도 따라 소리 내어 웃었다. 결국 모든 것이 다 잘 될 것이었다. 하지만 엔진의 시동이 걸릴 생각도 하지 않는 게 아닌가.

---

\* 중미에 위치한 대서양과 태평양을 잇는 운하.

# 9

1996년 9월, 바이아데다윈호가 고요한 바다 밑으로 미끄러지듯이 움직이며 가라앉을 무렵, 선장을 제외한 모든 사람들은 그 배를 메리가 지은 별칭인 '어마어마하게 큰 블라인드호'라고 부르고 있었다.

이 얄보는 별칭은 만다락스에게서 배운 시가에서 따온 것이었는데, 그 시가는 이러했다.

'어마어마하게 큰 블라인드호'라는 이름의
난바다 여행을 위한 최고급 선박이 있었다네.
돌풍이 불어도 그 배의 선원들은 당황하지 않았고
선장의 마음도 어지럽지 않았다네.
키잡이는 가장 거센 강풍이 불어닥쳐도
멸시하라고 배웠다네.
그래서 날이 갠 뒤에 보면,
분명 키잡이가 아래의 선실 침상에 있었던 것 같은 때가 잦았다네.

−찰스 캐릴(1842~1920)*

히사코 히로구치와 그녀의 털북숭이 딸 아키코 그리고 셀레나 매킨토시는 모두 바이아데다윈호를 '어마어마하게 큰 블라인드호'라고 불렀고, 뜻은 모르지만 그것을 발음할 때의 소리를 무척 맘에 들어 했던 칸카보노족 여자들도 그랬다. 그리고 칸카보노족 여자들이 아이들을 낳았을 때− 이때는 아직 아이를 낳지 않았을 때다− 그녀들은 자식들에게 자신들이 '어마어마하게 큰 블라인드호'라는 마법의 배를 타고 본토에서 그 섬으로 오게 되었고, 그 배는 그 이후 사라져 버렸다고 가르치게 될 것이었다.

영어와 일어뿐만 아니라 칸카보노어도 유창해서 칸카보노족이 아닌 사람 중 유일하게 칸카보노족 여자들과 대화를 나눌 수 있었던 아키코는 '어마어마하게 큰 블라인드호'를 칸카보노어로 옮길 만족스런 방법을 결코 찾지 못할 것이었다.

칸카보노족 여자들이 그 표현과 그것에 담긴 익살스런 의도를 이해할 수 없었던 것은, 푸른 석호 옆 백사장에서 햇볕을 쬐고 있는 오늘날의 사람의 귀에 대고 내가 '어마어마하게 큰 블라인드호'라고 속삭였을 때 그 사람이 그 말을 알아들을 수 없는 것과 같다.

메리가 인공 수정 프로그램에 착수한 것은 바로 '어마어마하게 큰 블라인드호'가 바다 밑으로 가라앉은 직후였다. 그때 그녀의 나이는 예순 하나였다. 그녀는 선장의 유일한 섹스 파트너였다. 그때 선장은 예순 여섯으로 성적 충동이 더 이상 그다지 강하지 않았다. 그리고 그는 자신이 헌팅턴 무도병을 물려줄 가능성이 다분하다고 생각했기 때문에 번식하지

---

* 미국의 어린이문학 작가로, 위는 「The Walloping Window Blind(어마어마하게 큰 블라인드호)」란 난센스 시에서 인용한 것이다.

않겠다고 결심하고 있기도 했다. 게다가 그는 인종 차별주의자이기도 해서 히사코나 그녀의 털북숭이 딸에게 전혀 끌리지 않았고, 인디오 여자들에게는 특히 더 끌리지 않았다. 결국에는 그 인디오 여자들이 그의 자식들을 낳게 되긴 하지만.

여러분이 명심할 것이 있다. 바로 '이들은 언제든 자신들이 구조되리라고 예상하고 있었고, 자신들이 인류의 마지막 희망이라는 사실을 알 길이 없었다.'는 것이다. 그래서 그들이 성관계를 가졌던 것은 그저 시간을 좀 즐겁게 보내거나, 욕구를 해소하거나, 잠이 잘 오게 하기 위해서 라든가 하는 등의 이유에서였다. 산타로살리아섬은 아이를 키울 만한 곳이 못 되었고, 아이들이 있으면 그만큼 식량을 구하는 부담도 더 커질 것이었으므로, 어느 누가 봐도 번식은 정말 무책임한 짓 같았다.

'어마어마하게 큰 블라인드호'가 에콰도르 잠수함대에 합류하기 전까지는 메리 또한 '이곳에서 아이가 태어나면 비극이 될 것이다.'는 생각이 누구 못지않게 확고했다.

그녀의 영혼도 계속 그렇게 생각했지만 그녀의 커다란 뇌가 그녀가 겁을 집어먹고 뇌의 생각을 바로 뿌리치면 안 되니까, 서서히 궁금해하기 시작했다. 선장이 한 달에 두 번 정도 그녀에게 찍 뿌리는 정자를 임신이 가능한 여자에게 어떻게든 전달할 수 없을까, 그 결과로 짠하고 임신시킬 수 없을까 하고. 아키코는 그때 겨우 열 살밖에 되지 않았으므로 아직 배란을 하지 않았다. 하지만 그때 나이가 열다섯 살에서 열아홉 살 사이였던 칸카보노족 여자애들은 확실히 배란을 하고 있었다.

메리의 커다란 뇌가 그녀가 자신의 학생들에게 숱하게 했던 '아무리 불가능하거나 비현실적이거나 완전히 미친 아이디어 같아 보여도 사람들이 머릿속에서 온갖 종류의 아이디어들을 가지고 놀아서 나쁠 건 없다고, 아니, 어쩌면 아주 좋을지도 모른다.'는 말을 그녀에게 속삭였다. 그녀는 예전에 일리움 고등학교의 청소년들에게 용기를 북돋워 주었던 것처럼, 이제는 그곳 산타로살리아섬에서 가장 시시한 아이디어를 갖고 하는 머릿속 게임들이 그녀가 백만 년 전 '현대'라고 불렀던 시대의 가장 중요한 과학적 통찰로 이어진 경우가 얼마나 많았냐고 속으로 되뇌며 스스로에게 용기를 북돋워 주고 있었다.

그녀는 만다락스에게 호기심에 대한 정보를 청했다.

만다락스 가라사대,

호기심은 활기찬 지성인의 영원하고 확실한 특징 가운데 하나이다.
—새뮤얼 존슨(1709~1784)*

만다락스가 그녀에게 알려 주지 않은 사실, 그리고 그녀의 커다란 뇌가 틀림없이 그녀에게 알려 주려 하지 않을 사실이 하나 있었다. 만약 그녀에게 성공 가능성이 있는 새로운 실험에 대한 아이디어가 하나 떠올랐다면, 그녀의 커다란 뇌가 그녀가 그 실험을 현실에서 실제로 할 때까지 그녀를 괴롭혀 생활을 생지옥처럼 만들 것이라는 사실이었다.

내 생각에 그것은 그 옛날 커다란 뇌들의 가장 악마적인 면이었다. 그 뇌들은 자기 주인들에게 사실상 이렇게 말하고는 했다. "이 미친 짓을 실제로 할 수도 있겠지만 당연히 우리는 절대 그런 짓을 실제로 하지는 않을 거야. 그냥 재미로 생각만 해 보자는 거지."

하지만 뇌의 주인들은 마치 최면 상태에 빠진 것처럼 현실에서 실제로 그런 짓을 저지르고는 했다. 콜로세움에서 노예들이 서로 결투를 벌이다 죽게 만들거나, 마을에서 일반 대중과 다른 의견을 지녔다고 공공 광장에

---

* 영국의 시인이자 비평가.

서 사람을 산 채로 태우게 만들거나, 오직 사람을 대량 학살하거나 도시 전체를 날려 버리려는 목적만으로 공장을 짓게 만들거나 하는 따위의 짓을.

만다락스 내부 어딘가에 다음과 같은 취지의 경고가 들어 있었어야 했지만 없었다. "커다란 뇌의 이 시대에는 어떤 일이든 다 일어날 수 있으니 몸을 사리는 게 좋다."

이와 같은 상황에 대해 만다락스가 내놓을 가능성이 가장 높은 인용문은 토머스 칼라일(1795~1881)*이 한 다음과 같은 말이었다.

의문은, 어떤 종류의 의문이든, 오직 '행동'만으로 끝낼 수 있다.

외딴섬에서 어떤 기술적 도움 없이 한 여자가 다른 여자를 임신시킬 수 있을까 하는 메리의 의문은 결국 행동으로 이어졌다. 최면에 빠진 것 같은 상태에서 메리는 어느새 아키코를 통역으로 대동하고 분화구 반대편에 있는 칸카보노족 여자들의 거처를 찾아가 있었다.

그러고 보니 문득 아직 살아 계실 적의, 코호우즈에서 여전히 잉크가 잔뜩 묻은 딱한 신세였던 시절의 내 아버지가 떠오른다. 아버지는 늘 영화사에 글을 팔고 싶어 했다. 그러면 잡다한 일들을 맡지 않아도 되고 우리 집에서 요리와 청소 일을 해 줄 파출부를 구할 수도 있을 터였다.

하지만 아버지가 영화사에 글을 팔기를 아무리 갈망해도, 그의 이야기와 책 속의 결정적 장면들은 하나같이 제정신인 사람이라면 누구도 영화에 넣고 싶어 하지 않을 사건들이었다. 그 영화가 인기 있기를 바란다면 말이다.

그런데 지금 나야말로 백만 년 전 인기 영화에는 절대 포함될 수 없는

---

* 영국의 사상가이자 역사가.

결정적 장면이 담긴 이야기를 하고 있다. 바로 메리 헵번이 마치 최면에 걸린 듯이 오른손 검지를 자기 몸속에 집어넣더니 그런 다음 그 손가락을 빼서 열여덟 살짜리 칸카보노족 여자 하나의 몸속에 집어넣어 그 여자를 임신시키는 장면이다.

훗날 메리는 단 한 명이 아니라 칸카보노족 십 대 소녀 모두의 몸에 제멋대로 그런 무분별하고 불가해하고 무책임하고 전적으로 미친 짓을 저지른 것에 대해 재미있게 웃어넘길 수 있는 농담을 떠올릴 것이었다. 하지만 그녀는 그곳 이주자 가운데 그 농담을 유일하게 이해할 사람인 선장과는 더 이상 말도 하지 않고 지냈다. 그래서 그 농담을 혼자 마음속으로 간직해야 했다. 그 농담을 소리 내어 말했다면 다음과 같았을 것이다.

"내가 일리움 고등학교에서 아이들을 가르칠 때 이 짓을 할 생각을 했더라면 얼마나 좋았을까. 그러면 나는 지금쯤 황량한 산타로살리아섬이 아니라 아늑한 뉴욕 주립 여자 교도소에 있을 텐데."

# 10

바이아데다윈호가 가라앉을 때 그 안에 있던 제임스 웨이트의 뼈도 고기 냉동고 바닥에서 오늘날 여전히 존재하는 종인 파충류와 조류의 뼈와 완전히 뒤섞인 채로 함께 가라앉았다. 그 뼈들 가운데 웨이트의 뼈와 같은 모습의 뼈를 지닌 종만 오늘날 존재하지 않는다.

그는 분명 일종의 수컷 유인원으로, 직립 보행을 하고, 짐작건대 정교하게 관절로 이어진 손의 움직임을 통제하는 것이 목적인 엄청나게 커다란 뇌를 지니고 있었다. 그는 불을 잘 다루었을지도 모른다. 도구를 사용했을지도 모른다.

어휘도 여남은 개 넘게 알고 있었을지도 모른다.

그 배가 가라앉을 때 선장은 그 섬에서 유일하게 턱수염이 있는 사람이었다. 그로부터 1년 뒤에는 선장의 아들 가미카제가 태어날 것이었다. 그로부터 13년 뒤에는 그 섬에 두 번째로 턱수염이 있는 사람이 있게 될 것이었다. 바로 가미카제였다.

만다락스 가라사대,

턱수염이 덥수룩한 어떤 노인이 말하기를,

"내가 걱정한 대로군!

올빼미 둘과 암탉 하나,

종다리 넷과 굴뚝새 하나,

모두 내 턱수염에 둥지를 틀었군."

—에드워드 리어(1812~1888)*

그 배가 가라앉을 무렵, 그러니까 그들이 그 섬에 이주한 지 10년째 되던 무렵에는 선장은 생각할 일도 별로 없고 할 일도 별로 없는 아주 따분한 사람이 되어 있었다. 그는 그 섬의 유일한 수원지인 분화구 기슭의 샘 근처에서 대부분의 시간을 보냈다. 사람들이 물을 길러 오면 그는 마치 자기가 그 샘의 친절하고 박식한 주인이나 조수나 관리인이라도 되는 양 사람들을 맞이하고는 했다. 그는 심지어 그의 말을 한 마디도 알아듣지 못하는 칸카보노족 여자들에게도 그날 샘의 상태가 어떤지 말해 주고는 했다. 바위틈에 물이 흐르는 상태를 보고 "오늘은 아주 신경질적"이라거나 "오늘은 아주 쾌활하다"라거나 "오늘은 아주 게으르다"거나 하는 식의 묘사를 통해.

그 샘의 물이 흐르는 상태는 사실 무척 한결같았는데, 그 이주자들이 그곳에 도착하기 전 수천 년 동안에도 그러했으며, 더 이상 사람들이 그 샘에 의존할 필요가 없는 오늘날까지도 여전히 그러하다. 그 샘이 어떻게 그럴 수 있는지를, 즉 그 샘의 신비를 이해하는 데는 미 해군 사관학교의 학위 따위는 필요하지 않다. 그 분화구는 빗물을 받는 하나의 거대한 사발과 같았고, 두꺼운 화산 암반층 밑으로 스며든 빗물은 햇빛을 피해 증발되지 않고 고여 있었다. 그 사발에서 서서히 물이 새어 나가는 틈이 있

* 영국의 난센스 문학 작가.

었는데 그것이 바로 그 샘이었다.

시간이 무척 많이 남아돌았지만 선장이 그 샘을 개선할 방도는 없었다. 물은 이미 둥근 화산암 틈에서 아주 만족스럽게 흘러나오고 있었고 10센티미터 아래에 있는 자연 대야에 고여 있었다. 그 대야는 그때도 지금도 변함없이 '어마어마하게 큰 블라인드호'의 주휴게실에 딸린 화장실에 있는 세면기 정도의 크기이다. 그 자연 대야가 완전히 비워지면, 선장의 원조가 있건 없건, 그 대야는 만다락스가 시간을 재어 봤을 때 23분 11초면 다시 그득 채워졌다.

선장의 말년은 어떻게 묘사해야 할까? 그는 절망감 속에서 적적하게 살았다고 말해야 할 것 같다. 하지만 그는 산타로살리아섬에 고립되지 않았어도 분명 그런 기분을 느꼈을 것이다.

만다락스 가라사대,

> 대부분의 사람들은 절망감 속에서 적적하게 살아간다.
> ―헨리 데이비드 소로(1817~1862)*

왜 과거 그 당시에는 특히 사람들 사이에서 적적한 절망감이 그토록 만연했던 것일까? 또다시 나는 내 이야기의 유일한 진짜 악당인 '지나치게 큰 사람의 뇌'를 무대로 올리고자 한다.

요즘은 아무도 절망감 속에서 적적하게 살아가지 않는다. 백만 년 전 대부분의 사람들이 절망감 속에서 적적하게 살아갔던 이유는, 그들의 두개골 내의 악마 같은 컴퓨터가 자제하거나 쉴 줄도 모르고 끊임없이 실제 삶에서는 제기될 수 없는 더 도전적인 문제들을 요구해 댔기 때문이었다.

---

* 미국의 사상가이자 작가로, 위는 『월든』에서 인용한 문장이다.

이제 나는 내 생각에 오늘날까지 인류가 기적적으로 살아남은 데 있어서 결정적인 사건들과 상황들을 거의 다 설명했다. 나는 그런 사건들과 상황들을 마치 완벽한 행복으로 통하는 마지막 문에 이르기 전 거쳐야 하는 수많은 잠긴 문들을 여는 기묘한 형태의 열쇠들처럼 기억하고 있다.

산타로살리아섬에 뼈나 나뭇가지, 돌, 물고기 내장, 새 내장을 얼기설기 엮은 것을 제외하고 도구가 없었던 것도 분명 그런 열쇠들 가운데 하나였다.

만약 선장에게 쇠지레, 곡괭이, 삽 따위의 제대로 된 도구가 있었더라면, 선장은 분명 과학과 진보의 이름으로 그 샘을 막거나 단 1~2주 만에 그 분화구의 전체 내용물을 분출시킬 방법을 찾았을 것이다.


그 섬에 이주한 사람들과 식량 공급 사이에서 균형을 유지할 수 있었던 것에 대해 말하자면, 그것 역시 지능보다는 행운 덕택이라고 말해야 할 것 같다.

자연이 아량을 베풀기로 결정한 덕분에 그곳에는 먹을 것이 충분했다. 제도의 다른 섬들에 있는 새들이 해마다 번식을 많이 하는 바람에 과밀한 원래 서식지에서 산타로살리아섬으로 옮겨 와서는 사람들에게 잡아먹힌 새들의 둥지들을 물려받았다. 장거리 수영을 못 하는 바다이구아나에게는 그런 자연적인 대체 체계가 없었다. 하지만 피부병에 걸린 듯한 껍질을 지닌 그 파충류의 모습과 그것의 창자에 든 내용물이 혐오스러웠던 탓에, 사람들은 다른 식량이 극심하게 부족한 때가 아니라면 음식물로 바다이구아나를 이용할 생각은 하지 않았다.

모두의 의견이 일치한 가장 만족스런 음식은 평평한 바위 위에 올려놓고 햇빛에 몇 시간 익힌 알이었다. 산타로살리아섬에는 불이 없었다. 그 다음으로 만족스런 음식은 새에게서 훔친 물고기였다. 그 다음은 새였다.

그 다음이 바다이구아나의 몸속에서 나오는 걸쭉한 녹색 덩어리였다.

자연은 사실 어찌나 인심이 좋았던지 그곳에는 예비 식량도 가득했다. 그 섬에 이주한 사람들도 그것을 알고 있었지만 그것들에 시선을 돌릴 필요가 전혀 없었다. 섬에는 온갖 연령대의 바다표범과 바다사자들이 있었는데, 이 동물들은 짝짓기 철의 수컷을 제외하고는 사람에게 의심스런 눈초리를 보내지도 사납게 굴지도 않았고 여기저기 아무 데나 널브러져서는 지나가는 사람들에게 추파를 던졌다. 사실 그것들은 아주 좋은 먹거리였다.

그 섬의 이주자들이 곧바로 육지이구아나를 몽땅 다 잡아먹은 일은 정말 치명적이었을지도 모르지만 그래도 재앙까지는 아니었던 것으로 밝혀졌다. 그것은 문제가 많이 될 수도 있었지만, 그냥 어쩌다 보니 요행히도 그리 문제가 되지는 않았던 것이다. 산타로살리아섬에 커다란 땅거북은 전혀 없었다. 그렇지 않았더라면 아마 그 이주자들이 땅거북 또한 전부 몰살시켰을 것이다. 하지만 그랬더라도 그 또한 그리 문제가 되지는 않았을 것이다.

한편 세계의 다른 지역에서는, 특히 아프리카에서는 수백만 명의 사람들이 운이 나빠서 죽어 가고 있었다. 여러 해 동안 비가 내리지 않았기 때문이었다. 원래 아프리카에는 비가 많이 내렸었는데 이제 두 번 다시는 비가 오지 않을 것처럼 보였다.

적어도 아프리카인들은 번식을 멈췄다. 그것만큼은 좋은 일이었다. 그것은 도움이 조금 되었으니까. 그것은 남은 사람들이 보잘것없는 것이라도 그만큼 더 많이 나눌 수 있다는 것을 뜻했다.

선장은 칸카보노족 여자들이 임신했다는 사실을 그 여자들 중 하나가 처음으로 출산하기 한 달 전까지도 전혀 알아채지 못했다. 그 첫 출산에서 공교롭게도 그 섬의 토박이인 첫 번째 인간 남성이 태어났고, 그는 털북숭이 아키코가 남자아이가 태어난 것에 기뻐하며 그에게 지어준 별명으로 불리게 된다. 일본어로 '신이 보내 준 바람'이란 뜻의 '가미카제'였다.

최초의 이주자들은 결코 모두를 구성원으로 한 가족이 되지는 않았다. 하지만 그들 가운데 마지막 사람이 늙어 죽은 뒤 그 다음 세대는 모두를 구성원으로 하는 한 가족이 되었다. 그 가족에게는 공통의 언어, 종교, 농담, 노래, 춤 같은 것들이 있었고, 그것들은 거의 모두 칸카보노족의 것들이었다. 그리고 가미카제는 노인이 되었을 때, 선장이 결코 되지 못했던 존재, 즉 공경받는 족장이 되었다. 그리고 아키코는 공경받는 족장 부인이 되었다.

무작위 유전 형질로 완벽하게 화합된 인간 가족이 형성되는 과정은 아주 빠르게 진행되었다. 그것은 보기에 무척 흐뭇한 광경이었다. 그 모습에 나는 하마터면 그 당시 사람들을 커다란 뇌까지 포함해 있는 그대로 사랑하게 될 뻔했다.

# 11

선장은 칸카보노족 여자 한 명이 임신했다는 사실을 아주 늦게야 알게 되었다. 아무도 그에게 말할 생각이 없었기 때문이기도 했고, 또한 칸카보노족 여자들이 주로 그가 인종 차별주의자라는 이유로 선장을 너무나도 싫어했던 탓에 선장 눈에는 거의 띄지 않게 피해 다녔기 때문이기도 했다. 그들은 그와 마주치지 않기 위해 그가 있는 분화구 쪽으로 물을 길러 올 때도 그가 곤히 잠든 밤늦게만 왔다. 그가 그들이 사랑하는 자식들 모두의 아버지였음에도 불구하고, 그들은 그의 생이 끝나는 마지막 순간까지 계속 그렇게 그를 싫어할 것이었다.

하지만 가미카제가 태어나기 한 달 전, 선장은 그와 메리의 깃털 침대에서 잠을 이룰 수가 없었다. 그의 커다란 뇌가 분화구 상단에서부터 수원지까지 샘을 깊숙이 파내어 물이 새어 나오는 틈을 찾아낸 다음, 아무도 불평할 이유가 없는 일, 즉 그 샘의 유량을 조절할 계획을 세워 그를 근질근질하고 들썩거리게 만들었던 것이다.

말이 나온 김에 덧붙이자면, 그것은 쿠푸왕의 대피라미드나 파나마 운하의 건설만큼이나 조심스런 토목 공사 계획이었다.

그래서 선장은 침대에서 일어나 한밤중에 산책에 나섰다. 보름달이 바로 머리 위에 떠있었다. 그가 그 샘에 도착하니 칸카보노족 여자 여섯 명이 있었다. 그 여자들은 넘칠 듯한 대야 같은 샘의 수면을 마치 사랑스런 동물인 양 쓰다듬기도 하고, 서로 물을 뿌리기도 하면서 무척 재미있게 놀고 있었다. 그리고 그들 모두 곧 아기를 낳을 것이기 때문에 특히 행복했다.

선장을 본 순간 바로, 재미있게 놀고 있던 여자들이 행동을 딱 멈췄다. 그들은 그가 악마 같다고 생각했다. 하지만 선장 또한 당황했는데 자신이 발가벗고 있었기 때문이었다. 그는 누군가와 마주칠 것이라고 생각도 못했던 탓에 굳이 이구아나 가죽으로 된 급소 가리개를 걸칠 생각도 하지 않았던 것이다. 그리하여 지금 산타로살리아섬에서 10년을 지낸 뒤, 칸카보노족 여자들은 처음으로 선장의 생식기를 보고 있었다. 그 모습에 웃음보가 터진 그들은 웃음을 멈출 줄을 몰랐다.


선장은 그의 거처로 달아났다. 메리는 깊이 잠들어 있었다. 그는 칸카보노족 여자들의 웃음소리를 대수롭지 않게 여기며 떨쳐 버렸다. 그는 또한 그 여자들 중 한 명은 배에 종양이나 기생충이나 감염이 생긴 모양이며, 그 여자가 무척 유쾌하게 놀고 있었지만 아마도 곧 죽을 것이라고 생각했다.

다음 날 아침 그가 메리에게 칸카보노족 여자애 하나의 배가 부어올랐다고 말하자, 메리는 그에게 아주 야릇한 미소를 지어 보였다.

"그게 웃을 일입니까?" 그가 말했다.

"내가 웃었나요? 이런! 그건 분명 웃을 일이 아닌데."

"그렇게 배가 부풀다니…… 가벼운 병일 리가 없어요." 그가 말했다.

"당신 말에 동의해요. 하지만 우리는 그저 기다리면서 지켜볼 수밖에 없어요. 달리 우리가 뭘 할 수 있겠어요?"

"그 애는 굉장히 쾌활하더군요." 그가 놀라워했다. "전혀 신경 쓰지 않는 듯했어요. 그토록 끔찍하게 배가 부풀었는데도."

"당신이 자주 말했다시피 칸카보노족 여자애들은 우리와 달라요. 생각도 아주 원시적이죠. 그 애들은 어떤 일이 닥치건 잘 헤쳐 나가려고 애쓰죠. 아무튼 그 애들은 자신들이 할 수 있는 일이 별로 많지 않다고 생각하기 때문에 삶을 있는 그대로 받아들이는 것 같아요."

그녀는 만다락스를 침대맡에 두고 있었다. 이주자들 가운데 그 기기를 아직도 재미있다고 여기는 사람은 그녀와 그 당시 겨우 열 살이었던 털북숭이 아키코뿐이었다. 그 두 사람이 아니었더라면, 쓸모없는 조언이나 미친 듯한 지혜나 내놓고 웃기지도 않으면서 웃기려고 애쓰는 만다락스에게 조롱당한 기분이 든 선장이나 셀레나나 히사코가 이미 오래전에 만다락스를 바다에 내던져 버렸을 것이다.

만다락스가 '어마어마하게 큰 블라인드호'의 우스꽝스런 선장에 대한 시를 내놓았을 때, 선장은 사실 만다락스에게 개인적으로 모욕당한 기분을 느꼈었다.

그렇게 만다락스를 계속 지니고 있던 덕분에 메리는 배가 불러옴에도 추측건대 아무것도 모르고 행복하기만 한 그 칸카보노족 여자애에 대한 의견을 제시할 수 있었다. 어떤 것이냐면,

가장 행복한 삶은
슬픔과 기쁨을 알기 전의 무지 속에 존재한다.
−소포클레스(기원전496~기원전406)*

---

* 고대 그리스 3대 비극 시인 가운데 한 사람.

선장과 같은 남자였던 내가 보기에 메리는 우쭐대고 옹졸하다고 생각하지 않을 수 없는 방식으로 그를 갖고 놀고 있었다. 생전에 내가 여자였더라면 다르게 느꼈을지도 모르겠다. 내가 여자였더라면, 아마도 나는 메리 헵번이 그 당시도 그러했고 지금도 그렇듯 번식에서 남자들이 했던 제한된 역할을 은밀히 조롱하는 것에 환성을 질렀을 수도 있다. 번식에서 남자들의 역할은 예나 지금이나 달라지지 않았다. 아직도 이 커다란 멍청이들은 발정기에 활발한 정자나 내뿜는 존재로 여겨진다.

메리의 은밀한 조롱은 또한 공공연하고 고약해져 가고 있었다. 가미카제가 태어난 뒤, 그 아이가 자신의 아들이라는 사실을 알게 된 선장은 분명 자기와 먼저 상의했어야 되는 일이 아니었냐고 말을 더듬거리며 따졌다.

그러자 메리는 이렇게 대답했다. "당신이 그 아이를 아홉 달 동안 배고 있을 것도 아니고, 다리 사이에서 그 아이가 밖으로 나오게 힘쓸 것도 아니잖아요. 당신이 원할 것 같진 않지만 혹시 당신이 원한다고 해도 당신은 그 아이에게 젖을 물릴 수도 없고요. 그리고 아무도 당신이 그 아이를 키우는 것을 도우리라고도 기대하지 않아요. 그저 바람이라면 사실상 당신이 그 아이 일에 전혀 상관하지 않았으면 하는 거예요!"

"아무리 그래도……" 그가 반박하려 했다.

"오, 세상에, 만약 우리가 바다이구아나 침으로 아기를 만들 수 있었다면, 설마 그렇게라도 해서 우리 귀하신 폐하를 성가시게 하지 말았어야 한단 건 아니겠죠?"

# 12

메리가 선장에게 그렇게 쏘아붙인 뒤로 그 둘의 관계가 계속 전과 같을 수는 없었다. 백만 년 전에는 인간 커플이 헤어지는 것을 막기 위해 큰 뇌가 궁리해 내놓는 변명거리들이 많았다. 만약 그녀가 정말로 선장과 잠깐 동안이라도 더 계속 같이 살기를 원한다면, 그럴 수 있는 방법은 적어도 한 가지는 있었다. 바로 칸카보노족 여자들이 바다사자와 물개와 성관계를 맺었다고 그에게 둘러대는 것이었다. 선장은 칸카보노족 여자들의 도덕관념을 형편없다고 여기고 있었던 데다가 인공 수정이 이루어졌으리라고는 전혀 의심조차 할 수 없었기 때문에 메리의 말을 곧이곧대로 믿었을 것이다. 그는 인공 수정이 가능하다고 여기지도 않았을 것이다. 비록 그 과정이 사실은 아이들 장난처럼 쉬운 일이었다는 것이 밝혀졌지만.

만다락스 가라사대,

담장을 사랑하지 않는 뭔가가 존재한다.
－로버트 프로스트(1874~1963)*

---

* 미국의 시인으로, 위는 「Mending Wall(담장을 고치며)」란 시에서 인용한 구절이다.

거기에 내가 보태자면,

> 맞다. 하지만 점막을 흠모하는 뭔가도 존재한다.
> ―레온 트로츠키 트라우트(1946~1,001,986)

그랬더라면 메리는 거짓말로 선장과의 관계를 계속 이어갈 수 있었을 테지만, 그래도 여전히 가미카제의 파란 눈에 대해서는 해명이 필요했을 것이다. 말이 나온 김에 덧붙이자면, 오늘날은 열두 명 가운데 한 명은 선장처럼 눈이 파랗고 머리는 곱슬곱슬한 금발이다. 가끔 나는 그런 모습의 사람에게 "구텐 모르겐, 헤어 폰 클라이스트."*이라거나 "비 게츠 에스 이넨, 프로일라인 폰 클라이스트."**라고 혼자 장난삼아 말을 건네고는 한다. 내가 아는 독일어는 그게 다이다.

오늘은 그 정도면 충분하고도 남는다.

메리 헵번이 거짓말로 선장과의 관계를 계속 유지해야 했을까? 그 질문은 지금까지 여전히 미결로 남아 있다. 그 둘은 결코 이상적인 짝이 아니었다. 셀레나와 히사코가 짝을 이뤄 함께 히사코를 양육하고, 칸카보노 여자애들이 칸카보노족의 신앙과 사고방식과 관습의 순수성을 지키기 위해 분화구 반대편으로 옮겨간 뒤, 그 둘은 어쩔 수 없이 서로 같이 지내게 됐을 뿐이었다.

말이 나온 김에 덧붙이자면, 칸카보노족의 풍습 중에는 칸카보노족이 아닌 사람에게 자신의 이름을 비밀로 하는 풍습이 있었다. 하지만 나는 모든 사람의 비밀에 접근할 수 있었던 것과 마찬가지로 그들의 비밀에도

---

* '안녕하세요, 폰 클라이스트 씨.'란 뜻의 독일어.
** '어떻게 지내세요, 폰 클라이스트 양.'이란 뜻의 독일어.

접근할 수 있었다. 그리고 지금 내가 그들의 이름을 밝혀도 해가 될 건 없을 것 같다. 선장의 아기를 가진 첫 번째 여자는 싱카, 두 번째 여자는 로어, 세 번째 여자는 리라, 네 번째 여자는 더노, 다섯 번째 여자는 내노, 여섯 번째 여자는 키얼이었다.

선장의 거처에서 나와 자신만의 깃털 침대와 차양을 만든 뒤, 메리는 아키코에게 선장과 살 때보다 오히려 지금이 덜 외롭다고 말하고는 했다. 메리는 선장에게 몇 가지 구체적인 불만을 품고 있었는데, 그건 선장 자신이 두 사람의 관계를 계속 이어 가는 데 조금이라도 관심이 있었더라면 쉽게 고칠 수 있는 단점들이었다.

"관계를 유지하려면 쌍방이 함께 노력해야 하는 거야." 그녀는 아키코에게 충고했다. "한쪽만이 관계를 유지하기 위해 애쓴다면, 차라리 그런 관계는 끝내 버리는 편이 나아. 그런 관계는 그냥 아무 쓸모도 없고, 어느 쪽이든 온갖 노력을 한쪽이 내내 바보가 된 기분을 느끼다가 결국 나와 같은 처지가 되고 마니까. 아키코, 나는 한 차례 정말 행복한 결혼 생활을 했고, 윌러드가 죽지 않았더라면 한 차례 더 정말 행복한 결혼 생활을 했을 테지. 그래서 난 행복한 결혼 생활을 하려면 어떻게 해야 하는지 알고 있어."

메리는 선장이 쉽게 고칠 수 있는데도 그러려고 들지 않은 가장 심각한 단점 네 가지를 다음과 같이 열거했다.

1. 앞으로 섬에서 구조된 뒤의 할 일에 대해서 이야기할 때면, 그는 자신의 계획에 결코 그녀를 포함시키지 않았다.
2. 그녀의 마음을 얼마나 상하게 하는 일인지 잘 알면서도 그는 윌러드 플레밍을 비웃으며, 윌러드 플레밍이 교향곡을 둘씩이나 작곡하

고, 풍차에 대해서는 뭐든 다 알고, 스키도 탈 수 있었단 사실에 잔뜩 의혹을 품었다.

3. 그녀가 만다락스의 이런저런 버튼을 누를 때마다 만다락스에서 나는 삑삑 소리가 시끄럽다며 그는 끊임없이 투덜댔다. 사실 그 소리는 거의 들리지도 않았고, 정신을 수양하고 명언을 외우고 새로운 언어를 배우는 것 등이 그녀에게 얼마나 보람 있는 일인 줄 그도 잘 알면서 말이다.

4. 그는 "사랑한다."고 말할 바에야 차라리 목을 매달아 죽을 사람이었다.

"이 네 가지는 그냥 큰 것만 뽑아 본 거야." 그녀가 말했다. 그러니 억눌린 분노가 한꺼번에 터져 나와 메리가 바다이구아나의 침을 들먹거리며 선장에게 쏘아붙였던 것이었다.

두 사람 사이에 딸린 자식이 있었던 것도 아니고, 둘 다 혼자 사는 것을 견딜 수 없었던 것도 아니기 때문에, 나는 그 둘의 결별이 비극이었다고 볼 수 없다. 아키코가 두 사람을 정기적으로 방문했고, 가미카제가 턱수염이 난 뒤로는 아키코가 자신의 털북숭이 아이들도 데리고 왔다.

칸카보노족 여자들은 메리 덕분에 아이를 갖게 되었지만 메리에게 특별한 지위를 부여하지는 않았다. 그들도 그리고 그들의 아이들도 메리가 선한 일뿐만 아니라 악한 짓도 할 수 있다고 믿었기 때문에 메리를 선장만큼이나 두려워했다.

그렇게 20년의 세월이 흘렀다. 히사코와 셀레나는 8년 전 바다에 몸을 내던져 스스로 목숨을 끊었다. 이제 39세인 아키코는 가미카제와의 사이에서 낳은 아들 둘과 딸 다섯, 이렇게 일곱 털북숭이 아이의 점잖은 어머니가 되어 있었다. 그녀는 만다락스의 도움 없이도 영어와 일어, 칸카보노어까지 세 가지 언어를 유창하게 구사했다. 그녀의 아이들은 칸카보노어만을 할 줄 알았고, 영어 낱말이라고는 단 둘, 할아버지와 할머니를 뜻하는 '그랜드파'와 '그랜드마'밖에 몰랐다. 아키코가 아이들에게 선장과 메리 헵번을 그렇게 부르도록 했기 때문이었다. 아키코 역시 그 두 사람을 그렇게 불렀다.

어느 날 아침, ★만다락스에 따르면 2016년 5월 9일 오전 7시 30분에, 아키코가 ★메리를 깨우더니 ★선장이 병세가 무척 위중해 아마도 오늘을 넘기지 못할 것 같다며 ★선장을 찾아가 그와 화해하라고 권했다. 전날 저녁 그를 찾아갔던 아키코는 아이들을 집으로 돌려보내고, 자기가 그를 위해 해 줄 수 있는 일은 거의 없었지만 그곳에 남아 밤새 그를 보살폈다.

그래서 ★메리는 ★선장에게로 갔다. 이제 ★메리도 많이 늙었다. 여든 살의 그녀는 이도 다 빠지고 없었다. 척추는 물음표 같은 모양을 하고 있었는데, ★만다락스에 따르면 골다공증으로 인한 참화였다. 사실 골다공증 때문이란 것은 ★만다락스에게 물어볼 필요도 없었다. 그녀의 어머니와 할머니도 돌아가시기 전에 뼈가 골다공증으로 인해 갈대만큼이나 약해졌었기 때문이다. 그것은 오늘날 사람에게는 없는 또 하나의 유전적 결함이다.

★선장의 어디가 잘못된 것인지에 대해서 ★만다락스는 자기가 가진 지식을 기반으로 ★선장이 알츠하이머병에 걸렸다는 추측을 내놓았다. 그 늙은 얼간이는 더 이상 스스로를 돌볼 수가 없었고 자기가 있는 곳이 어디인지도 잘 몰랐다. 아키코가 매일 그에게 음식을 갖다주면서 어떻게든 그가 음식을 조금이나마 삼키는지 확인하지 않았더라면 그는 굶어 죽었을 것이다. 그때 그의 나이는 여든여섯 살이었다.

★만다락스 가라사대,

이 기묘하고 파란만장한 인생 이야기를 마무리하는
연극 무대의 마지막 장은
제2의 유아기이자 완전한 망각의 시기이니
이도 없고 눈도 없고 입맛도 없고 아무것도 없도다.
−윌리엄 셰익스피어(1564~1616)*

그리하여 ★메리는 구부정한 자세로 한때 자신의 거처이기도 했던 ★선장의 깃털 침대 차양 아래로 발을 질질 끌며 들어갔다. 그녀는 20년 동안 그곳에 발길을 하지 않았다. 그녀가 떠난 뒤 그 차양은 여러 번 교체되었고, 그 차양을 떠받치고 있는 맹그로브나무 기둥과 막대기는 물론 깃털 침대도 당연히 교체되었다. 하지만 건축술은 똑같아서 살아 있는 맹그로브나무들 사이로 바다가 훤히 내다보이는 전망을 지닌 가운데, '어마어마하게 큰 블라인드호'가 아주 오래전 좌초했던 암초가 액자 속 그림처럼 보였다.

그런데 마침내 그 배를 암초에서 끌어냈던 것은 그 배의 고물에 빗물과 바닷물이 모인 덕택이었다. 바닷물이 그 배의 강력한 스크루 가운데 하나의 구동축 주위로 새어 들어갔다. 그리하여 그 배는 밤사이 바닷속으로 미끄러져 내려갔다. 그 배가 아래의 바다 묘지까지 곧장 3킬로미터를 내려가는 '세기의 자연 유람선 여행'의 마지막 여정에 오르는 광경을 실제로 본 사람은 아무도 없었다.

---

* 위는 『As You Like It(뜻대로 하세요)』란 희극 2막 7장에서 발췌한 구절이다. 인간의 인생을 일곱 단계로 나눠 읊조리는 대사로 위의 구절은 인생의 마지막 일곱 번째 단계에 대한 부분이다.

# 13

★선장의 거주지에서 내다보이는 그것은 대단히 애처롭고 역사적으로 중요한 암초가 분명하질 않은가! 나는 그가 매일 그 암초를 보고 싶어 하다니 놀라울 따름이었다. 내세로 향하는 파란 터널을 함께 찾아 나선 ★히사코 히로구치와 눈먼 ★셀레나 매킨토시가 서로 손을 잡고 물길을 헤치며 걸어간 곳도 반쯤 물에 잠긴 바로 그 암초였다. 그때 ★셀레나는 마흔여덟 살로 아직 가임기였다. ★히사코는 쉰여섯 살로 배란을 하지 않은 지 이미 오래였다.

아키코는 그 암초를 볼 때마다 여전히 속이 상했다. 그녀는 자기를 키워 준 두 여자의 자살에 책임감을 느끼지 않을 수 없었다. 그 두 여자를 죽음에 이르게 만든 것은 ★히사코의 잘 낫지 않으며 유전된 것으로 보이는 단극성 우울증이라고 ★매킨토시가 확실히 밝혔음에도 불구하고.

하지만 아키코가 피할 수 없는 사실은 아키코가 그들에게서 독립한 직후 ★히사코와 ★셀레나가 자살했다는 것이었다.

그녀는 그때 스물두 살이었다. 가미카제는 아직 사춘기도 되지 않았을 때라 그녀의 독립과는 아무런 상관이 없었다. 그녀는 그냥 혼자 살았고 그것이 꽤 좋았다. 그녀는 대부분의 사람들이 둥지를 떠나는 나이를 훨씬 지나 있었기 때문에 나는 그녀가 독립하는 것에 대찬성이었다. 그녀가 굉장히 강건하고 유능한 성인이 된 후로도 오랫동안 ★히사코와 ★셀레나가 그녀에게 아기에게 쓰는 말투로 계속 말할 때마다 그녀가 무척 고통스러워하는 모습을 나는 목격했던 터였다. 그래도 그녀는 그런 고통을 정말 오랫동안 감내했는데, 자기 스스로는 아무것도 할 수 없던 시절 그 두 사람이 자신을 위해 해 줬던 모든 헌신에 대해 대단히 감사한 마음을 갖고 있었기 때문이었다.

믿기지 않겠지만, 그녀가 독립하던 날에도 두 사람은 여전히 그녀에게 먹일 부비새 고기를 잘게 썰고 있었다.

그로부터 한 달 동안, 그 두 사람은 식사 때마다 계속 그녀의 자리를 마련해 잘게 썬 고기를 올려 두고는 그녀가 더 이상 그곳에 없는데도 있는 것처럼 그녀에게 정답게 속삭이고 살살 놀려 대고는 했다.

그러던 어느 날, 삶이 정말 더 이상은 살 만한 가치가 없다고 느껴졌다.

임종을 앞둔 ★선장을 보러 간 그 무렵에도 ★메리 헵번은 여기저기 아픈 데도 불구하고 여전히 자급자족하며 살아가고 있었다. 그녀는 아직도 자신의 식량은 자기가 구해서 조리하고, 자신의 거처도 아주 깔끔하게 유지했다. 그녀는 그 사실을 자랑스러워했는데 마땅히 그럴 만했다. ★선장은 그 공동체에게 짐, 다시 말해 아키코에게 짐이었다. 하지만 ★메리는 분명히 짐이 아니었다. 그녀는 만약 자기가 누군가에게 짐이 될 성싶으면 히사코와 셀레나의 뒤를 따라 그 암초로 가서 해저에 있는 두 번째 남편과 재회할 것이라고 누누이 말하고는 했다.

★메리의 발과 응석받이로 자란 ★선장의 발은 그 모습이 완전히 대조적이었다. 그들의 발에는 분명히 아주 다른 이야기가 담겨 있었다. 그의

발은 부드럽고 뽀얬다. 그녀의 발은 아주 오래전 과야킬에 올 때 가져왔던 등산화만큼이나 튼튼하고 가무잡잡했다.

★메리는 20년 동안 말을 하지 않고 지냈던 그 남자에게 말을 건넸다. "몸이 많이 편찮다는 얘길 들었어요."

사실 그는 아직도 인물이 훤했고 살집도 좋았다. 모습도 괜찮고 깔끔했는데, 아키코가 매일 그를 씻기고 턱수염과 머리까지 감기고 빗질해 준 덕분이었다. 그녀가 사용한 비누는 칸카보노족 여자들이 곱게 빻은 뼛가루와 펭귄 비계로 만든 것이었다.

★선장이 걸린 병이 정말 분통 터지는 점 가운데 하나는 그의 몸의 기능은 더할 나위 없이 잘 돌아가고 있다는 점이었다. 그의 몸은 ★메리의 몸보다 훨씬 튼튼했다. 그가 그토록 많은 시간을 침대에서 지내게 하고 그가 용변 실수를 하고 먹기를 거부한다든가 하는 따위를 하게 만드는 것은 바로 점점 악화되어 가고 있는 그의 커다란 뇌였다.

사실 그와 같은 상태는 산타로살리아섬에만 특별히 있는 것은 아니었다. 본토에서도 수백만 명의 노인들이 아기처럼 무기력한 상태가 되어 아키코처럼 인정 많은 젊은이들의 보살핌을 받아야 했다. 상어와 식인 고래 덕분에 오늘날에는 노화와 관련된 문제들은 상상도 할 수 없다.


"이 쭈그렁 할망구는 누구야?" ★선장이 아키코에게 물었다. "난 못생긴 여자는 딱 질색이야. 이렇게 못생긴 여자는 처음 봐."

"이분은 ★메리 헵번이세요. 플레밍 부인 말이에요, 할아버지."라고 대답하는 아키코의 털로 뒤덮인 뺨에 눈물이 주르륵 흘러내렸다. "할머니시잖아요." 그녀가 말했다.

"내 평생 처음 보는 여편네야. 이 여편네 여기서 내보내. 난 눈을 감고 있을 거야. 다시 눈을 떴을 땐 이 여편네가 내 눈앞에 없었으면 좋겠어."

그는 눈을 감고 낮은 목소리로 소리 내어 숫자를 세기 시작했다.

아키코는 ★메리에게로 가서 그녀의 연약한 오른팔을 잡았다. "아, 할머니, 할아버지께서 이런 모습이 될 줄은 전혀 몰랐어요."

★메리는 아키코에게 큰 목소리로 말했다. "예전이 오히려 지금보다 훨씬 상태가 안 좋았는걸."

★선장은 숫자를 계속 세고 있었다.

그때 반 킬로미터쯤 떨어진 샘 부근에서 환희에 찬 남자의 외침 소리와 떠들썩한 여자의 웃음소리가 들려왔다. 남자가 외치는 그 소리는 그 섬에서는 귀에 익은 소리였다. 그것은 가미카제가 어떤 종류든 암컷을 붙잡아 이제 막 성교하려 한다고 모두에게 알릴 때 내는 통상적인 소리였다. 그때 그는 한창 성욕이 왕성한 시기를 갓 지난 열아홉 살이었다. 그리고 그 당시 그 섬의 유일한 생식력 있는 남자로서 그는 아무 때나 아무 사람하고나, 아니 아무것하고나 성교하려 들었다. 자기 짝의 노골적인 부정(不貞), 이것은 아키코가 감내해야 했던 또 하나의 슬픈 일이었다. 아키코는 참으로 성자 같은 여자였다.

가미카제가 샘가에서 붙잡은 여자는 그의 이모뻘인 더노로, 그 당시 이미 가임기를 지나 있었다. 하지만 그는 개의치 않았다. 어쨌든 그 둘은 성교를 할 것이었다. 그는 더 어렸을 때 바다사자와 물개와도 성교를 했지만, 결국 아키코가 그가 아니라 그녀를 위해 제발 적어도 그 짓만은 말아 달라고 애원하는 바람에 그 짓은 그만뒀다.

가미카제가 임신시킨 바다사자나 물개는 없었는데, 그건 어떤 면에서는 애석한 일이었다. 만약 그가 바다사자나 물개를 임신시키는 데 성공했더라면, 현대의 인류로 진화가 이루어지는 데는 백만 년도 훨씬 안 걸렸을 텐데 말이다.

하지만 한편으로는 결국 그리 서두를 필요가 뭐가 있었겠는가?

★선장이 눈을 떴을 때 ★메리가 보이자 말했다. "왜 아직 안 갔어?"

"오, 난 신경 쓰지 말아요. 난 그냥 당신과 10년 동안 같이 산 여자일 뿐이니까요."

바로 그 순간, 칸카보노족 여자 가운데 하나인 리라가 멀찍이서 칸카보노어로 아키코에게 아키코의 네 살배기 아들 올런의 팔이 부러졌으니 즉시 집으로 가 보라고 외쳤다. 리라는 ★선장의 거처가 아주 나쁜 마법에 걸렸다고 믿었기 때문에 그 이상은 가까이 다가오려고 하지 않았다.

그래서 아키코는 ★메리에게 자기가 집에 간 동안 ★선장을 좀 지켜봐 달라고 부탁했다. 그녀는 ★메리에게 최대한 빨리 돌아오겠다고 약속한 다음 ★선장에게 당부했다. "이제 말씀 잘 들으셔야 해요. 아시겠죠?"

그는 심술 난 표정으로 알겠다고 대답했다.


★선장이 어제 낮부터 밤사이 몇 차례나 죽은 듯한 혼수상태에 빠지게 된 원인이 무엇인지 진단하는데 ★만다락스를 사용하기를 바라는 아키코의 부탁으로 ★메리는 그곳에 ★만다락스를 갖고 왔었다.

하지만 ★메리가 그에게 그 기구를 보여 주며 첫 번째 질문을 하기도 전에 그는 완전히 놀라운 행동을 했다. ★만다락스를 그녀에게서 낚아채더니 아무 문제없는 사람처럼 벌떡 일어난 것이었다. "난 이 망할 것이 이 세상에서 제일 싫어!"라고 외치며 ★선장은 해변 쪽으로 휘청거리며 걸어가더니 무릎까지 물이 올라오는데도 암초 쪽으로 비틀거리며 계속 나아갔다.

불쌍한 ★메리는 그를 뒤쫓았지만 그렇게 덩치 큰 남자를 제지할 몸 상태는 분명 아니었다. 그녀는 암초 경사지에서 나중에 밝혀지기로 수심 3미터 정도 되는 곳에 그가 ★만다락스를 내던지는 모습을 속수무책으로 지켜볼 수밖에 없었다. 그 암초는 바다이구아나의 등처럼 경사가 가팔랐다.

그곳 물속에 빠진 ★만다락스가 그녀의 눈에 들어왔다. 그녀가 죽을 때 아키코에게 물려주겠다고 약속했던 값을 매길 수 없을 정도로 귀중한 가보, 바로 그것이 거기에 있었다. 그래서 거동이 불편했지만 그 노파는 그것을 쫓아 곧장 물속으로 들어갔다. 한 손으로 그것을 잡은 찰나, 백상아리가 그녀와 만다락스를 함께 삼켜 버렸다.

망각 상태인 ★선장은 무엇 때문에 물이 핏빛인지 알지 못했다. 그는 자기가 어디에 와 있는지도 알지 못했다. 그에게 가장 두려운 것은 자기가 지금 새들의 공격을 받고 있다는 사실이었다. 그의 욕창에 덤벼들고 있는 그 새들은 사실 무해한 흡혈 핀치들로, 그 섬에서 가장 흔한 새들이었다. 하지만 그에게 그 새들은 낯설고 무서운 존재였다.

그는 새들을 손으로 마구 쳐내면서 도와달라고 소리쳤다. 점점 더 많은 핀치들이 계속 몰려오자 그는 새들이 자길 죽일 작정이라고 확신한 나머지 물속으로 뛰어들었고, 그 자리에서 귀상어에게 잡아먹히고 말았다. 그 동물은 자루 끝에 눈이 달려 있었는데, 그것은 수백수천만 년 전 자연의 법칙에 의해 완벽하게 설계된 것이었다. 귀상어는 우주라는 태엽 장치 속의 완벽한 한 부품이었다. 그 동물에게는 수정할 만한 결함도 없었다. 그 동물이 확실히 필요로 하지 않는 한 가지는 더 커다란 뇌였다.

귀상어가 더 커다란 뇌로 뭘 한단 말인가? 베토벤 교향곡 9번이라도 작곡한단 말인가?

아니면 이런 글귀라도 쓴단 말인가?

온 세상은 하나의 무대요,
남녀 모두는 한낱 배우일 뿐이도다.

저마다 무대에 등장했다가 퇴장하며,
한 사람이 살아가는 동안 여러 역을 맡아…….
   −윌리엄 셰익스피어(1564~1616)*

---

* 위는 『As You Like It(뜻대로 하세요)』란 희극 2막 7장에 나오는 자크라는 등장인물
  의 인생에 관한 독백에서 발췌한 구절이다. 인생을 연극에 비유하며, 인간의 인생을
  일곱 단계로 나눠 읊조리는 대사의 도입부이다.

# 14

 

나는 이 글을 허공에다 쓰고 있다. 역시 허공일 뿐인 왼손 검지 끝으로. 나의 어머니는 왼손잡이였고 나 또한 그러하다. 요즘은 왼손잡이인 인간은 없다. 사람들은 양쪽 균형을 완벽히 잡고 지느러미를 움직인다. 내 어머니는 빨강 머리였고 앤드루 매킨토시도 그랬다. 하지만 그들 각각의 자식인 나와 셀레나는 삼단 같은 구릿빛 머리털을 물려받지 않았다. 마찬가지로 어떤 인류도 빨강 머리를 물려받지 않았으며 물려받을 수도 없었다. 요즘은 빨강 머리는 전혀 없다. 나는 전에도 알비노*인 사람을 직접 본 적도 없거니와 요즘은 알비노인 사람도 없다. 물개 사이에서는 아직도 알비노인 물개가 가끔 나온다. 그런 물개의 털가죽은 백만 년 전이었더라면 오페라나 자선 무도회에 입고 갈 여자들의 모피 코트로 무척 귀한 대접을 받았을 것이다.

현대 사람들의 털가죽도 옛날 선조들의 근사한 모피 코트가 되었을까? 안 될 이유가 어디 있겠는가.

---

\* 선천적으로 피부, 모발, 눈 등의 멜라닌 색소가 결핍되거나 결여된 비정상적인 개체.

허공에다 허공인 것을 가지고 완전히 비실체적인 글을 쓰는 일이 수고스럽지 않으냐고? 글쎄…… 나의 글은 내 아버지가 쓴 글이나 셰익스피어가 쓴 글, 베토벤이 쓴 곡, 다윈이 쓴 글 못지않게 오래갈 것이다. 알고 보면 그들 모두가 허공에다 허공인 것을 가지고 작품을 썼질 않은가. 지금 나는 온화한 대기에서 아래와 같은 다윈의 생각을 뽑아낸다.

진화는 퇴화보다 훨씬 더 일반적이었다.

백번 옳은 말씀!

내 이야기가 시작된 시기에 우주라는 태엽 장치에서 지구인이라는 부품이 끔찍한 위험에 처한 듯했다. 많은 지구인 부품들이, 즉 사람들이 더 이상 어디에도 들어맞지 않게 되어 자신뿐만 아니라 주위의 다른 부품들까지 모조리 손상시키고 있었다. 과거 그 당시였다면 나는 그 손상은 수리 불가라고 말했을 것이다.
그런데 그렇지 않았다!
인간의 설계 구조에 모종의 수정이 있었던 덕택에 그 태엽 장치에서 지구인 부품이 지금처럼 영원히 재깍거리며 계속 돌아가지 않을 이유가 없어 보인다.

만약 내 아버지가 가장 좋아했던 비행접시를 타고 다니는 외계인이나 어떤 초자연적인 존재가 인류가 나머지 자연과 조화를 이루게 만들었다 할지라도, 나는 그들이 그런 일을 하는 것을 직접 목격한 적이 없다. 그러므로 나는 자연 선택의 법칙이 외부 세계의 도움은 전혀 없이 그 수리 작업을 했다고 기꺼이 선서하고 증언할 각오가 되어 있다.

물로 둘러싸인 갈라파고스 제도의 환경에서 가장 많이 살아남은 것은 바로 물고기를 가장 잘 잡는 사람이었다. 지느러미와 무척 비슷한 손과 발을 지닌 그 사람들은 헤엄도 가장 잘 쳤다. 물고기를 잡아 붙들고 있기에는 튀어나온 턱이 손보다 더 좋았다. 그리고 수중에서 보내는 시간이 점점 더 늘어날수록, 물고기를 잡는 사람은 그 모습이 유선형과 총알 모양에 가까울수록, 그리고 '두개골이 작을수록' 분명 물고기를 더 많이 잡을 수 있었다.

이렇게 해서 내 이야기는 다 끝났다. 다만 아직 다루지 못한 그리 중요하지 않은 덧붙일 이야기 몇 가지가 남아 있다. 이제 급히 글을 써 내려가야 하기 때문에 특별한 순서 없이 그 이야기들을 덧붙이려 한다. 아버지와 파란 터널이 언제 나를 데리러 올지 모르니까.

지금 사람들도 여전히 자신들이 언젠가는 죽는다는 사실을 알고 있는가? 아니다. 내 짧은 소견으로는 다행스럽게도 그들은 그 사실을 잊어버렸다.

나 자신도 살아생전 번식을 했는가? 나는 미 해병대에 입대하기 직전 산타페에서 어쩌다가 여고생을 임신시킨 적이 있다. 그 여자애의 아버지는 그 애가 다니는 고등학교의 교장이었고, 그 여자애와 나는 서로 그리 좋아하는 사이도 아니었다. 청춘 남녀가 으레 그러기 마련이듯, 우리도 그냥 재미를 좀 본 것뿐이었다. 그 여자애는 낙태를 했고, 낙태 비용은 그 여자애의 아버지가 댔다. 우리는 그 태아가 딸인지 아들인지 알아볼 생각도 전혀 하지 않았다.

그 일로 나는 확실한 교훈을 하나 얻었다. 그 뒤로는 나는 늘 나나 상대방이 피임기구를 사용하고 있는지 확인하게 되었다. 나는 결혼은 한 적이 없다.

그런데 현대의 사람이 사랑을 나누기 전에 백만 년 전의 전형적인 피임기구를 장착한다면 품위와 아름다움을 얼마나 상실할지 생각하니 웃음이 절로 터져 나온다. 게다가 손 대신에 지느러미로 그것을 장착해야 하는 모습을 상상해 보라!

내가 이곳을 떠돌던 내내 나무나 수초 따위가 뭉쳐서 생긴 자연 뗏목이 거기에 뭔가를 태웠든 아니든 어딘가에서 여기 갈라파고스 제도로 온 적이 있는가? 없다. 어떤 생물이든 본토의 종이 바이아데다윈호가 좌초된 이후로 이 갈라파고스 제도에 온 적이 있는가? 없다.

하지만 나는 겨우 이곳에 백만 년 동안만 있었을 뿐이다. 사실, 백만 년은 그리 긴 시간이 아니다.

나는 어떻게 해서 베트남에서 스웨덴으로 가게 됐을까?

수류탄 한 방으로 내가 가장 좋아했던 대원과 가장 싫어했던 대원을 죽인 노파를 쏘아 죽이고, 남은 우리 소대원들과 함께 그 노파의 마을을 잿더미로 만들어 버린 뒤, 나는 '신경 쇠약'으로 불리는 병으로 입원했다. 나는 친절하고 정성 어린 치료를 받았다. 또한 그 마을에서 일어난 일에 대해 어느 누구에게도 발설하지 않는 것이 얼마나 중요한지를 내게 명심시키러 온 장교들의 방문도 받았다. 그제야 나는 우리 소대가 남녀노소 가리지 않고 그 마을 사람을 59명이나 죽였다는 사실을 알게 되었다. 누군가가 나중에 사망자 수를 센 모양이었다.

나는 병원에서 외출 허가를 받고 나갔다가 술에 마리화나에까지 취한 상태에서 사이공의 창녀로부터 역시 오늘날에는 없는 질병인 매독이 옮았다. 하지만 그 병의 첫 번째 병변은 내가 태국 방콕에 도착할 때까지는 나타나지 않았다. 방콕에는 다른 여러 군인들과 함께 이른바 '정양 휴가'를 즐기도록 군에서 보내 준 것이었다. '정양 휴가'란 더 많은 매춘부와 마약과 술을 뜻하는 점잖게 에두른 표현으로, 그 뜻하는 바를 모두가 다 잘 알고 있었다. 그 당시 매춘은 태국에서는 쌀에 이어 두 번째로 주요한 외화벌이 수단이었다.

그 다음으로는 천연 고무,

그 다음으로는 티크 목재,

그 다음으로는 주석이었다.

나는 해병대에 내가 매독에 걸렸다는 사실을 알리고 싶지 않았다. 만약 해병대에서 그 사실을 알게 되면 치료 받는 기간 동안 내 월급이 깎일 터였다. 게다가 치료 기간만큼 내가 베트남에서 복무해야 되는 기간도 늘어날 것이었다.

그래서 나는 방콕에서 개인적으로 의사의 도움을 구하려 했다. 그곳의 해병대 동료가 나와 같은 환자들을 치료하는 젊은 스웨덴 의사를 추천해 줬는데, 그 의사는 그곳의 의과대학에서 연구를 하고 있었다.

첫 방문 때 그는 내게 전쟁에 대해 물었다. 나는 나도 모르게 어느새 우리 소대가 그 마을과 그 마을 사람들에게 했던 짓을 술술 털어놓고 있었다. 그때 내 느낌이 어땠는지 묻는 그에게 나는 그 경험에서 내가 가장 끔찍했던 부분은 바로 내가 아무것도 느끼지 못했다는 점이었다고 대답했다.

"나중에 울음보가 터지거나 수면 장애를 겪지 않았습니까?" 그 의사가 물었다.

"아뇨, 선생님. 사실, 제가 입원했던 이유는 제가 그냥 계속 잠만 자고 싫어 했기 때문이었습니다."

나는 울음 비슷한 것도 나온 적이 없었다. 다른 건 몰라도 나는 울보나 지나치게 동정심이 많은 사람은 결코 아니었다. 그리고 해병대가 나를 사나이로 만들어 주기 전에도 별로 울지 않았다. 나는 심지어 빨강 머리에 왼손잡이인 내 어머니가 아버지와 나를 버리고 떠났을 때도 울지 않았다.

하지만 바로 그때 그 스웨덴 의사가 한 말에 나는 어린애처럼 엉엉 울음을 터트렸다. 마침내, 드디어 말이다. 내가 하염없이 울고 또 우는 바람에 그도 나만큼이나 놀랐다.

그가 한 말은 바로 "성이 트라우트로군요. 혹시 훌륭한 SF 작가 킬고어 트라우트 선생님과 친척 되십니까?"였다.

그 의사가 뉴욕주 코호우즈 밖에서 내가 만난 사람 가운데 내 아버지에 대해 들어 본 적 있는 유일한 사람이었다.

태국의 방콕까지 그 먼 길을 온 끝에 드디어, 어쨌든 한 사람의 눈에는 필사적으로 글을 휘갈기던 나의 아버지가 헛된 삶을 산 사람으로 보이지 않는다는 사실을 나는 알게 되었던 것이다.


그 의사가 나를 너무나 많이 울린 바람에 나는 진정제까지 맞아야 했다. 한 시간 뒤 그의 연구실 침상에서 정신을 차려 보니 그가 나를 지켜보고 있었다. 그의 연구실에는 우리 둘뿐이었다.

"이제 좀 기분이 나아지셨습니까?" 그가 물었다.

"아뇨. 아니, 좀 나아진 것 같기도 하고. 사실 잘 모르겠어요."

"당신이 자는 동안 당신 사례에 대해 생각해 봤습니다. 제가 처방해 드릴 수 있는 아주 강력한 약이 하나 있지만 그 약을 시도할지 말지는 당신에게 맡기겠습니다. 그 약의 부작용도 숙지하셔야 하고요."

나는 그가 매독균이 자연 선택의 법칙으로 인해 항생제에 얼마나 내성이 생기게 되었는지에 대해 말하고 있다고 생각했다. 하지만 나의 커다란 뇌는 이번에도 또 틀렸다.

그는 만약 내가 스웨덴으로 정치적 망명을 원한다면 내가 방콕에서 스웨덴으로 갈 수 있도록 주선해 줄 수 있는 친구들이 있다고 말했다.

"하지만 난 스웨덴어를 할 줄 모르는걸요." 내가 말했다.

"배우게 될 겁니다. 배우게 될 테지요. 배우게 되고말고요."

# 보니것과 진화론의 멋진 만남

책을 읽을 때면 먼저 서평이나 역자 후기를 읽은 다음에야 본격적으로 책을 읽기 시작하는 사람이 많다. 하지만 가끔은 아무런 사전 정보 없이 그냥 읽으라고 권하고 싶은 책이 있는데, 바로 이 책이 그러하다. 그저 작가와 책 제목만을 스윽 확인한 채 읽어 내려가다 보면, 커트 보니것이 진화론의 대명사격인 갈라파고스를 소재로 삼아 상상해 낸 기발한 이야기의 매력을 오롯이 즐길 수 있기 때문이다. 반전이 있는 영화를 보기 전에 스포일러당하면 김이 새 버리는 것처럼 이런 류의 책은 내용을 미리 알고 읽기 시작하면 그 재미가 반감되어 버린다. 이 작품은 이미 우리나라에 번역 소개된 바 있으므로 이 책을 읽은 적이 있거나 서평이나 소개글 등을 통해 줄거리를 익히 알고 있는 독자도 있을 것이다. 그런 독자의 경우라면 앞뒤 순서를 바꿔서 본 이야기보다 역자 후기를 먼저 읽어도 아무런 상관이 없을 것이다. 하지만 이 책에 대한 사전 정보가 전혀 없이 그저 이 책이 읽을 만한 책인지 신중히 판단하고자 하는 마음에서 역자 후기를 먼저 펼쳐 든 독자가 있을지 모른다. 그러니 그런 독자를 위해 먼 미래의 진화된 인간의 기발하고도 엉뚱한 모습이라든가, 이 소설의 화자인 '나'의 뜻밖의 정체 등에 대해 최대한 스포일러를 자제해 가며 역자 후기를 써볼까 한다.

'갈라파고스'가 찰스 다윈의 진화론으로 세계적으로 유명해진 섬이란 사실을 알고 있다면, 책 제목을 통해 이 소설에서는 아무래도 '진화'와 관련된 이야기가 펼쳐지지 않을까 미루어 짐작할 수 있을 것이다. 하지만 이야기 전개 방식이 마치 '의식의 흐름' 수법처럼 이 얘기에서 저 얘기로, 현재에서 과거로, 또 미래로 계속 바뀌며, 진화에 관한 이야기를 하는가 싶으면 어느 틈엔가 유람선 '바이아데다윈호'의 승객들과 여행에 관한 이야기를 하고 있고, 또 그러다가는 느닷없이 화자 자신의 사연을 들려주다가는 중간중간 만다락스가 쏟아 내는 명문들이 나오는 등 이야기가 끊임없이 전환된다. 초반에는 '이야기 속 화자인 나란 존재는 과연 누구인지?', '대체 무엇에 관한 이야기인지?', '백만 년 후의 인류는 자연 선택의 법칙에 힘입어 어떤 모습으로 진화했는지?' 따위의 의문을 품으며 고개를 갸우뚱거릴지 모른다. 이런 의문에 이끌려 호기심 가득한 마음으로 읽어 가다 보면 어느새 이야기의 끝에 도달하게 된다. 책을 덮고 난 뒤에는 분량에 비해 아주 방대한 내용을 담은 소설을 읽은 것 같기도 하고, 여러 편의 소설을 읽은 것 같기도 한 기분이 드는데 사실 이 소설을 한 마디로 요약하기는 힘들다. 현생 인류의 종말과 미래 인류로의 진화를 담고 있는 이 거대한 이야기를 어떻게 요약하면 좋을까? 최대한 스포일러를 자제하면서 요약한다면, 화자인 '나' 레온 트라우트가 백만 년에 걸쳐 목격한 인류 진화에 얽힌 이야기라고 할 수 있다. 화자의 목격담 속 등장인물들은 갈라파고스 제도로 그저 단순한 유람선 여행을 떠나고자 했을 뿐이지만, 갈라파고스 제도의 한 섬인 산타로살리아섬에 좌초되는 바람에 자신도 모르는 사이에 현생 인류의 마지막 보루이자 미래 인류의 조상이 되어 버린 바이아데다윈호의 생존자들이다. 이 소설에서는 그들이 겪는, 시쳇말로 '웃픈' 이야기가 보니것식 풍자와 블랙 유머와 어우러져 펼쳐진다.

커트 보니것은 자전적 경험을 바탕으로 한 『제5도살장』을 대표작으로 하는 반전(反戰) 소설가이자 블랙 유머, 포스트모던, SF, 풍자의 대가로도 알려져 있다. 그의 작품들에는 이러한 여러 요소가 복합적으로 들어가 있기 때문에 사실 어느 한 특정 장르 작가로 부르기 어려우며, 작가 스스로도 특정 장르 작가로 국한되어 불리는 것을 싫어했다. 이 소설 역시 그런 그의 명성에 걸맞게 반전 의식과 공상과학적인 면모, 그리고 번득이는 풍자와 블랙 유머로 가득하다.

또한 보니것 특유의 문체도 이 소설에서 빛을 발한다. 보니것은 명확하면서도 간결한 군더더기 없는 문체로 복잡하고 어려운 소재를 자유자재로 손쉽게 다룬다. 그러는 가운데 개성 강한 인물들 저마다의 사연으로 상상력을 자극하고 호기심을 유발하며 흥미롭고 흡인력 있게 이야기를 전개해 나간다. 보니컷 특유의 문체이자 장기 가운데 하나는 문장을 반복해서 사용하는 점이다. 그저 단순히 문장이 아니라, 작품 전체를 관통하면서도 풍자와 위트가 가득해 한동안 뇌리에 박혀 떠나지 않고 회자되는 문장을 반복해서 사용하는데, 이 작품에서도 그런 장기가 유감없이 발휘되고 있다.

아울러 이 소설의 묘미 가운데 하나는 만다락스가 쏟아 내는 각종 명문의 향연이다. 만다락스는 인류의 과학기술이 빚어낸 최고의 발명품이지만, 아이로니컬하게도 섬에 좌초된 인류가 생존해 나가는 데는 아무짝에도 쓸모없는 골칫거리에 불과하다. 그렇지만 책 속에서 만다락스가 어떤 취급을 받든, 독자 입장에서 봤을 때는 적재적소에 인용된 다양한 문학작품에서 발췌한 만다락스의 명문들은 이 소설을 더욱 풍성하게 만들어 주며, 그 명문들을 곱씹다 보면 온갖 산해진미가 차려진 잔치상 앞에 앉아 있는 기분을 들게 한다.

그리고 이 작품에는 보니컷의 다른 작품들에도 등장하는 작가의 분신과도 같은 킬고어 트라우트나 드웨인 후버 같은 인명, 그리고 일리움 같은 지명이 등장한다. 덕택에 보니컷의 다른 작품을 접한 적이 있는 사람이라면 숨은그림찾기를 하는 듯한 즐거움과 예상치 못한 순간 오랜 지기를 만난 듯한 반가움도 부수적으로 누릴 수 있다.

커트 보니것의 다양한 매력을 엿볼 수 있는 단편소설 모음집 『몽키 하우스에 오신 것을 환영합니다』에 이어 『갈라파고스』까지 보니것의 작품을 연달아 번역하는 기회를 얻게 되어 영광이었다. 베토벤 9번 교향곡을 작곡할 재목도, 『갈라파고스』 같은 작품을 창작할 재목도 아니지만, 모든 문제의 근원인 뇌로 이런 멋진 작품들을 즐길 수 있으니 그것만으로도 행복할 따름이다.

－옮긴이 황윤영

**황윤영**

성균관대학교 번역대학원을 졸업한 후, 현재 번역문학가로 활발히 활동하고 있다. 옮긴 책으로 『오디세이』, 『지킬 박사와 하이드』, 『에드거 앨런 포 단편선』, 『폭풍의 언덕』, 『그레이브야드 북』, 『네버웨어』, 『뼈들이 노래한다』, 『사랑했고 미워했다』, 『몽키 하우스에 오신 것을 환영합니다』, 『갈라파고스』 등이 있다.

# 갈라파고스

**펴낸날** 초판 발행 2019년 9월 30일
**지은이** 커트 보니것 | **옮긴이** 황윤영
**펴낸이** 신형건 | **펴낸곳** (주)푸른책들 · 임프린트 에프 | **등록** 제321-2008-00155호
**주소** 서울특별시 서초구 양재천로7길 16 푸르니빌딩 (우)06754
**전화** 02-581-0334~5 | **팩스** 02-582-0648
**이메일** prooni@prooni.com | **홈페이지** www.prooni.com
**카페** cafe.naver.com/prbm | **블로그** blog.naver.com/proonibook
**ISBN** 978-89-6170-734-3  03840

이 도서의 국립중앙도서관 출판시도서목록(CIP)은 서지정보유통지원시스템 홈페이지
(http://seoji.nl.go.kr)와 국가자료공동목록시스템(http://www.nl.go.kr/kolisnet)에서 이용하실 수
있습니다.(CIP제어번호: CIP2019032656)

🅕 에프 블로그 blog.naver.com/f_books